Los últimos días
de nuestros padres

Joël Dicker

Los últimos días
de nuestros padres

Traducción de Juan Carlos Durán Romero

Los últimos días de nuestros padres

Primera edición en México: diciembre de 2014

Título original: *Les Derniers Jours de nos pères*

D. R. © 2012, Éditions de Fallois/L'Âge d'Homme

D. R. © De la traducción: Juan Carlos Durán Romero

D. R. © 2014, De esta la edición Española:
       Penguin Random House Grupo Editorial, S. A. U.
       Travessera de Gràcia, 47-49. 08021 Barcelona
       www.alfaguara.com

D. R. © 2014, Santillana Ediciones Generales, S.A de C.V., una empresa de
       Penguin Random House Grupo Editorial, S.A. de C.V.
       Blvd. Miguel de Cervantes Saavedra núm. 301, 1er piso,
       colonia Granada, delegación Miguel Hidalgo, C.P. 11520,
       México, D.F.

www.megustaleer.com.mx

D. R. © Diseño: Proyecto de Enric Satué
D. R. © Imagen de cubierta: Jesús Acevedo

Comentarios sobre la edición y el contenido de este libro a:
megustaleer@penguinrandomhouse.com

ISBN 978-607-113-551-3

Impreso en México / *Printed in Mexico*

A mi querida Maminou
y a mi querido Jean.

En memoria de Vladimir Dimitrijević.

No vayan a creer que la guerra, ni siquiera la más necesaria, ni siquiera la más justificada, no es un crimen. Pregúntenles a los soldados de infantería y a los muertos.

Ernest Hemingway,
Introducción a *Treasury for the Free World*

Primera parte

1.

Que todos los padres del mundo, a punto de
abandonarnos, sepan el gran peligro que corremos
sin ellos.
Nos enseñaron a caminar, y ya no caminaremos.
Nos enseñaron a hablar, y ya no hablaremos.
Nos enseñaron a vivir, y ya no viviremos.
Nos enseñaron a convertirnos en Hombres, y ya ni
siquiera seremos Hombres. Ya no seremos nada.

Fumaban al amanecer, mientras contemplaban sentados el negro cielo que bailaba sobre Inglaterra. Y Palo recitaba su poema. Al abrigo de la noche, recordaba a su padre.

Sobre la colina donde se encontraban, las colillas te-
ñían de rojo la oscuridad: habían adoptado la costumbre de
venir a fumar allí a primera hora de la mañana. Fumaban
para hacerse compañía, fumaban para no desesperar, fumaban para no olvidar que eran Hombres.

Gordo, el obeso, olisqueaba entre los matorrales imitando a un perro vagabundo, ladrando para ahuyentar a los
ratones de campo entre la hierba húmeda, y Palo se enfadaba
con el falso perro.

—¡Para, Gordo! ¡Hoy hay que estar triste!

Gordo se detuvo tras tres reprimendas y, enfurruña-
do como un niño, dio la vuelta al semicírculo que formaba la
decena de siluetas y se fue a sentar al lado de los taciturnos,
entre Rana, el depresivo, y Ciruelo, el tartamudo infeliz, secretamente enamorado de las palabras.

—¿En qué piensas, Palo? —preguntó Gordo.

—En cosas...

—No pienses en cosas malas, piensa en cosas bonitas.

Y con su mano grasa y regordeta, Gordo buscó el hombro de su camarada.

Los llamaron desde la escalinata del viejo caserón que se levantaba frente a ellos. El entrenamiento iba a comenzar. Inmediatamente, todos se pusieron en marcha; Palo permaneció sentado un instante más, escuchando el murmullo de la bruma. Volvía a pensar en su último día en París. Pensaba sin cesar en ello, todas las noches y todas las mañanas. Sobre todo las mañanas. Hoy hacía exactamente dos meses que se había marchado.

Había sucedido a principios de septiembre, justo antes del otoño; resultaba inevitable: era preciso defender a los Hombres, defender a los padres. Defender a su padre, al que sin embargo había jurado no abandonar nunca, años atrás, cuando el destino se había llevado a su madre. El buen hijo y el viudo solitario. Pero la guerra los había atrapado y, al elegir las armas, Palo había elegido abandonar a su padre. Ya en agosto sabía que iba a marcharse, pero había sido incapaz de anunciárselo. Sin coraje suficiente, solo pudo reunir el valor necesario para despedirse la víspera de partir, después de la cena.

—¿Por qué tú? —se atragantó su padre.

—Porque si no soy yo, no será nadie.

Con el rostro tan compungido como orgulloso, había abrazado a su hijo para infundirle valor.

Su padre había pasado el resto de la noche encerrado en su habitación, llorando. Lloraba de tristeza, pero le parecía que su hijo de veintidós años era el más valiente de los hijos. Palo había permanecido ante su puerta, escuchando los sollozos. Y de pronto se había odiado tanto por hacer llorar a su padre que se había cortado el torso con la punta de su navaja hasta hacerse sangre. Con el cuerpo herido frente a un espejo, se había insultado y había socavado más aún la carne a la altura del corazón para estar seguro de que la cicatriz no desaparecería nunca.

Al alba del día siguiente, su padre, que deambulaba por el piso en pijama, con el alma hecha trizas, le había preparado café bien fuerte. Palo se había sentado a la mesa de la cocina, con los zapatos y el sombrero puestos, y se había bebido el café, lentamente, para dilatar la partida. El mejor café que bebería nunca.

—¿Has cogido buena ropa? —había preguntado su padre señalando la bolsa que su hijo se disponía a llevarse.

—Sí.

—Déjame que lo compruebe. Necesitarás prendas de mucho abrigo, el invierno va a ser frío.

Y el padre había añadido al equipaje algo más de ropa, salchichón, queso y un poco de dinero. Después había vaciado y vuelto a llenar la bolsa en tres ocasiones; «voy a hacértela mejor», repetía cada vez, intentando retrasar el inexorable destino. Y cuando ya no hubo nada que pudiese hacer, se había dejado invadir por la angustia y la desesperación.

—¿Qué va a ser de mí? —le preguntaba.

—Pronto estaré de vuelta.

—¡Tengo tanto miedo por ti!

—No debes...

—¡Sentiré miedo cada día!

Sí, mientras su hijo no volviese, ni comería ni dormiría. A partir de entonces sería el más infeliz de los Hombres.

—¿Me escribirás?

—Claro que sí, papá.

—Y yo te esperaré siempre.

Estrechó con fuerza a su hijo.

—Tendrás que seguir estudiando —había añadido—. Los estudios son importantes. Si los hombres fueran menos tontos, no habría guerras.

Palo asintió con la cabeza.

—Si los hombres fueran menos tontos, no estaríamos aquí.

—Sí, papá.

—Te he metido unos libros...

—Lo sé.

—Los libros son importantes.

Entonces el padre había agarrado a su hijo de los hombros, con furia, en un desesperado impulso de rabia.

—¡Prométeme que no morirás!

—Te lo prometo.

Palo había cogido su bolsa y había besado a su padre. Por última vez. Y, en el descansillo, el padre lo había vuelto a retener.

—¡Espera! ¡Te olvidas la llave! ¿Cómo vas a volver si no tienes llave?

Palo no la quería: aquellos que no van a volver no necesitan llaves. Pero, para no apenar a su padre, murmuró simplemente:

—No quiero arriesgarme a perderla.

El padre temblaba.

—¡Claro! Sería un fastidio... ¿Cómo volverías si...? Entonces, mira, la pongo debajo del felpudo. Fíjate qué bien la guardo, debajo del felpudo, aquí, ¿ves? Dejaré siempre esta llave aquí, para cuando regreses —y, tras reflexionar un momento, añadió—: Pero ¿y si se la lleva alguien? Mmm... Avisaré a la portera, ella tiene una copia. Le diré que te has marchado, que no debe abandonar la portería cuando yo no esté, al igual que yo no debo salir de casa si ella no está en la portería. Sí, le diré que esté atenta y que le doblaré el aguinaldo.

—No digas nada a la portera.

—De acuerdo, no le diré nada. Entonces no volveré a cerrar la puerta con llave, ni de día ni de noche, nunca. Así no habrá riesgo de que no puedas volver.

Hubo un largo silencio.

—Adiós, hijo —dijo el padre.

—Adiós, papá —dijo el hijo.

Palo llegó a musitar «te quiero, papá», pero el padre no alcanzó a escucharlo.

2.

Las noches de insomnio, Palo abandonaba el dormitorio donde sus camaradas, agotados por el entrenamiento, dormían a pierna suelta. Deambulaba por el caserón glacial, en el que el viento se colaba como si no hubiese puertas ni ventanas. Se sentía como un fantasma escocés, el francés errante; pasaba por la cocina, por el comedor, y luego por la gran biblioteca; miraba su reloj, después los de la pared, contando cuánto tiempo faltaba para salir a fumar con los demás. A veces, para librarse de los pensamientos más tristes, pensaba en algún chiste para divertirse a sí mismo y, después, si le parecía bueno, lo anotaba para contárselo al resto al día siguiente. Cuando ya no sabía qué hacer, iba a echarse agua sobre las agujetas y las heridas, y junto al lavabo recitaba su nombre de pila, Paul-Émile, Palo, como le llamaban aquí, donde casi todos habían adoptado un mote. Nueva vida, nuevo nombre.

Todo había empezado en París meses antes, cuando en dos ocasiones, junto a uno de sus amigos, Marchaux, había pintado cruces de Lorena sobre un muro. La primera vez había ido todo bien. Así que lo repitieron. La segunda expedición había tenido lugar al atardecer, en una callejuela. Marchaux vigilaba mientras Palo pintaba hasta que, en plena acción, había notado cómo una mano lo agarraba del hombro y gritaba: «¡Gestapo!». Sintió cómo su corazón dejaba de latir, se volvió: un tipo grande le agarraba firmemente con una mano y a Marchaux con la otra. «Estúpidos niñatos —había escupido el hombre—, ¿queréis morir por una pintada? ¡Las pintadas no sirven para nada!». Aquel tipo no era de la Gestapo. Al contrario. Marchaux y Palo lo volvieron a ver en dos ocasiones. La tercera reunión tuvo lugar en la trastienda de un café en Batignolles, con un hombre al que nunca habían visto antes, aparentemente inglés. El hombre les había explicado que buscaba franceses valientes, dispuestos a unirse al esfuerzo de guerra.

Así fue como se marcharon. Palo y Marchaux. Una red de colaboradores les ayudó a llegar a España, a través de la zona Sur y los Pirineos. Marchaux decidió entonces desviarse y pasar por Argelia. Palo quería continuar hasta Londres. Se decía que allí era donde se jugaba todo. Siguió hasta Portugal y después a Inglaterra, en avión. A su llegada a Londres, había recalado en el centro de interrogatorios de Wandsworth —parada obligatoria para los franceses que desembarcaban en Gran Bretaña— y junto a todos los cobardes, valientes, patriotas, comunistas, brutos, veteranos, desesperados e idealistas, había desfilado ante los servicios de reclutamiento del ejército británico. La Europa fraternal se hundía, como un barco construido a toda prisa. La guerra duraba ya dos años, en las calles y en los corazones, y a esas alturas cada uno miraba por su propio interés.

No permaneció mucho tiempo en Wandsworth. Lo condujeron inmediatamente a Northumberland House, un antiguo hotel situado al lado de Trafalgar Square y requisado por el Ministerio de Defensa. Allí, en una habitación desnuda y glacial, había mantenido largas entrevistas con Roger Calland, francés como él. Las entrevistas se escalonaron durante varios días: Calland, psiquiatra de profesión, se había convertido en reclutador para el Special Operation Executive, una organización de actividades clandestinas de los servicios secretos británicos, y tenía interés en Palo. El joven, ajeno por completo al destino que le estaban preparando, se había limitado a responder aplicadamente a las preguntas y a los formularios, feliz de poder aportar su pequeña contribución al esfuerzo de guerra. Si le juzgaban útil como ametrallador, pues sería ametrallador. ¡Ay! Qué bien ametrallaría desde su torreta; si era mecánico, sería mecánico y ajustaría los pernos como nadie los había ajustado jamás; si las cabezas pensantes de Inglaterra le asignaban un papel de modesto pasante en una imprenta de propaganda, llevaría las planchas de tinta con entusiasmo.

Pero Calland había pensado desde un principio que Palo reunía las condiciones para ser un buen agente del SOE sobre el terreno. Era un chico tranquilo y discreto, de rostro dulce, más bien guapo, y cuerpo robusto; era un furibundo patriota sin ser uno de esos cabeza loca que podrían llevar al desastre a toda una compañía, ni uno de esos románticos desapegados y deprimidos que quieren ir a la guerra porque desean la muerte. Se expresaba bien, con sentido y vigor, y el médico le había escuchado divertido cuando le había explicado que sí, que se dedicaría gustosamente a la impresión, pero que habría que enseñarle porque, en lo referente a la imprenta, no sabía mucho, aunque le gustaba escribir poemas y trabajaría con ahínco para hacer buenas octavillas, octavillas magníficas, que se lanzarían desde los bombarderos y que los pilotos declamarían en sus cabinas con emoción, pues, al fin y al cabo, hacer octavillas también es hacer la guerra.

Entonces Calland escribió en sus notas que el joven Palo era una de esas personas valientes que a menudo ignoran que lo son, lo que añade la modestia a sus otras cualidades.

El SOE había sido ideado por el primer ministro Churchill en persona al día siguiente de la derrota inglesa en Dunkerque. Consciente de que no podría enfrentarse a los alemanes frontalmente con un ejército regular, había decidido valerse de la guerra de guerrillas para combatir desde el interior de las líneas enemigas. Y su concepción era notable: el Servicio, bajo dirección británica, reclutaba a extranjeros en la Europa ocupada, los entrenaba y los formaba en Gran Bretaña, y después los enviaba puntualmente a sus países de origen, donde pasaban desapercibidos entre la población local, para llevar a cabo operaciones secretas en la retaguardia enemiga: información, sabotaje, atentados, propaganda y creación de redes.

Después de todas las verificaciones de seguridad, Calland había abordado finalmente el tema del SOE con Palo. Terminaba el tercer día en Northumberland House.

—¿Estarías dispuesto a llevar a cabo misiones clandestinas en Francia? —había preguntado el médico.

El corazón del joven había empezado a latir con fuerza.

—¿Qué tipo de misiones?

—De guerra.

—¿Peligrosas?

—Mucho.

Acto seguido, adoptando un tono de confidencia paternal, Calland le había explicado de forma muy sucinta lo que era el SOE, o al menos lo que la bruma de secreto que rodeaba al Servicio le permitía revelar, porque necesitaba que el chico se diese cuenta de lo que suponía una propuesta como aquella. Sin comprenderlo del todo, Palo comprendió.

—No sé si seré capaz —había dicho.

Palideció. A él, que se había imaginado a sí mismo como alegre mecánico o jovial tipógrafo, le proponían sin decírselo directamente unirse a los servicios secretos.

—Te dejaré tiempo para pensarlo —había dicho Calland.

—Claro, tiempo...

Nada impedía a Palo decir que no, regresar a Francia, recuperar su tranquilidad parisina, besar de nuevo a su padre y no volver a abandonarlo jamás. Pero ya sabía, en el fondo de su alma inquieta, que no lo rechazaría. Lo que estaba en juego era demasiado importante. Había recorrido todo ese camino para unirse a la guerra y, en aquel instante, ya no podía renunciar. Con un nudo en el estómago y las manos temblorosas, Palo había regresado a la habitación en la que estaba instalado. Tenía dos días para pensárselo.

Había vuelto a reunirse con Calland en Northumberland House dos días después. Por última vez. En aquella ocasión no le condujeron a la siniestra sala de interrogatorios, sino a una habitación agradable, caldeada, con ventanas a la calle. Sobre una mesa habían dejado té y pastas y, en un momento en el que Calland se había ausentado, Palo se había lanzado sobre la comida. Tenía hambre, no había tomado casi nada los dos últimos días, por culpa de la angustia. Y había engullido, y vuelto a engullir, había tragado sin masticar. De pronto, la voz de Calland le sobresaltó.

—¿Cuánto llevas sin comer, muchacho?

Palo no respondió nada. Calland lo miró larga y fijamente: le parecía que era un joven atractivo, educado, inteligente, sin duda el orgullo de sus padres. Pero tenía las cualidades de un buen agente y eso seguramente sería su perdición. Se preguntó por qué diablos ese maldito chico había venido hasta allí, y por qué no se había quedado en París. Y como si quisiera retrasar el destino, lo llevó a una cafetería cercana para invitarle a un sándwich.

Comieron en silencio, sentados en la barra. Después, en lugar de volver directamente a Northumberland House, pasearon por las calles del centro de Londres. Palo declamó un poema suyo sobre su padre; lo hizo sin razón alguna, ebrio por su propio caminar: Londres era una hermosa ciudad, los ingleses eran un pueblo lleno de ambición. Calland se detuvo entonces en medio del bulevar y le agarró por los hombros.

—Márchate, hijo —dijo—. Corre a reunirte con tu padre. Ningún Hombre merece lo que te va a pasar.

—Los Hombres no huyen.

—¡Vete, por Dios! ¡Vete y no vuelvas nunca!

—No puedo... Acepto su propuesta.

—¡Piénsatelo bien!

—Lo tengo decidido. Pero quiero que sepa que nunca he hecho la guerra.

—Te enseñaremos... —el doctor suspiró—. ¿Eres consciente de lo que te dispones a hacer?

—Eso creo, señor.

—¡No, no sabes nada!

Entonces Palo miró fijamente a Calland. En sus ojos brillaba la luz del valor, ese valor de los hijos que son la desesperación de sus padres.

De esa forma, durante la noche, en el caserón, Palo recordaba a menudo su ingreso en el seno de la Sección F del SOE, a la que se había unido gracias a la recomendación del doctor Calland. Bajo mando general inglés, el SOE se subdividía en diferentes secciones encargadas de las operaciones en los diferentes países ocupados. Francia contaba con varias, a causa de sus distorsiones políticas, y Palo se había integrado en la Sección F, la de los franceses independientes no ligados ni a De Gaulle —Sección DF—, ni a los comunistas —Sección RF—, ni a Dios, ni a nadie. Había recibido como cobertura un rango y un número de registro en el seno del ejército británico; si alguien le preguntaba, podía decir que trabajaba para el Ministerio de Defensa, cosa nada excepcional, sobre todo en una época como aquella.

Había pasado varias semanas de soledad en Londres, mientras esperaba el comienzo de su formación como agente. Encerrado en su cuartucho, había estado rumiando su decisión: había abandonado a su padre, había preferido la guerra. *¿A quién querías más?*, le preguntaba su conciencia. A la guerra. No podía evitar preguntarse si volvería a ver algún día a su padre, a quien tanto había amado.

Todo había comenzado de verdad a principios del mes de noviembre, cerca de Guilford, en Surrey. En la mansión. Pronto haría dos semanas. Wanborough Manor y su loma de fumadores al alba. La primera etapa de la escuela de formación de alumnos en prácticas del SOE.

3.

Wanborough era una mansión a pocos kilómetros de la ciudad de Guilford, al sur de Londres. Se accedía a través de una sola carretera, que serpenteaba entre las colinas hasta un conjunto irregular de edificios de piedra, algunos con varios siglos a cuestas, construidos en su momento para servir a Wanborough Manor, un dominio ancestral que databa del año 1000, que había sido, con el paso de los siglos, feudo, abadía y granja, antes de convertirse, en el mayor de los secretos, en una escuela de entrenamiento especial del SOE.

La formación impartida por el SOE preparaba, en pocos meses, a aspirantes de toda Gran Bretaña. Futuros agentes que eran instruidos en el arte de la guerra en cuatro escuelas. La primera, donde permanecían unas cuatro semanas, era una escuela preliminar —*preliminary school*—, uno de cuyos objetivos principales consistía en descartar a los aspirantes menos aptos para el Servicio. Las escuelas preliminares se habían instalado en mansiones diseminadas por el sur del país y en las Midlands. Wanborough Manor acogía sobre todo las escuelas preliminares de la Sección F. Oficialmente, y para los curiosos de Guilford, no era más que un campo de entrenamiento de comandos del ejército británico. Era un sitio bonito, una casa señorial, una propiedad verde sembrada de bosquecillos y lomas al lado de un bosque. El edificio principal se levantaba entre altos álamos y a su alrededor tenía algunos anexos: una enorme granja e incluso una capilla de piedra. Palo y los demás aspirantes comenzaban a acostumbrarse al lugar.

La selección era implacable: habían llegado veintiuno, en el frío noviembre, y ya solo quedaban dieciséis, incluido Palo.

Stanislas, cuarenta y cinco años, el mayor del grupo, un abogado inglés, francófono y francófilo, y antiguo piloto de combate.

Aimé, treinta y siete años, un marsellés de acento cantarín, siempre de buen humor.

Dentista, treinta y seis años, dentista en Ruan y que, cuando corría, no podía evitar resoplar como un perro.

Frank, treinta y tres años, un lionés atlético, antiguo profesor de gimnasia.

Rana, veintiocho años, que sufría crisis de depresión que no le habían impedido ser reclutado; parecía una rana con sus grandes ojos desorbitados en su rostro delgado.

Gordo, veintisiete años, llamado en realidad Alain, pero apodado Gordo porque estaba gordo. Decía que era por culpa de una enfermedad, pero su enfermedad consistía únicamente en comer demasiado.

Key, veintiséis años, procedente de Burdeos, un pelirrojo alto, fuerte y carismático, con doble nacionalidad francesa y británica.

Faron, veintiséis años, un temible coloso, una inmensa masa de músculos hecha para el combate y que, de hecho, había servido en el ejército francés.

Slaz el Cerdo, veinticuatro años, un francés del Norte de origen polaco, ágil y achaparrado, de mirada maliciosa, tez extrañamente bronceada, y cuya nariz parecía el hocico de un cerdo.

Ciruelo, el tartamudo, veinticuatro años, que no hablaba nunca porque se le trababa la lengua.

Coliflor, veintitrés años, que debía su apodo a sus inmensas orejas despegadas y a una frente demasiado grande.

Laura, veintidós años, una rubia de ojos brillantes y encantadores modales, procedente de los barrios acomodados de Londres.

Gran Didier y Max, veintiún años cada uno, poco dotados para la guerra, y que habían llegado juntos desde Aix-en-Provence.

Y Claude el cura, diecinueve años, el más joven de todos, dulce como una chica, que había renunciado al seminario para combatir.

Los primeros días habían sido los más duros, porque ninguno de los candidatos se había imaginado la dificultad de los entrenamientos. Demasiado esfuerzo, demasiado aislamiento. Los aspirantes se despertaban al alba, con el miedo en el estómago, se vestían a toda prisa en sus dormitorios helados, y se presentaban inmediatamente para la sesión de combate cuerpo a cuerpo de la mañana. Más tarde, podían disfrutar de un desayuno copioso, pues no tenían que sufrir el racionamiento. A continuación daban una clase teórica, de morse o de comunicación por radio, y después volvían los agotadores ejercicios físicos: carreras, gimnasias diversas, y de nuevo combate cuerpo a cuerpo, combates violentos cuya única regla era que no había reglas para acabar con el enemigo. Los candidatos se lanzaban unos sobre otros, gritando, asestándose golpes sin miramientos; a veces incluso se mordían para librarse de alguna llave. Había muchas heridas, pero ninguna de gravedad. Y la jornada continuaba, entrecortada por algunas pausas, para terminar, al final de la tarde, con clases más técnicas, durante las que los instructores enseñaban a los aspirantes a utilizar llaves simples pero eficaces, así como a desarmar con las manos desnudas a un adversario armado con un cuchillo o una pistola. Después los aspirantes, agotados, podían ir a ducharse, antes de cenar temprano.

Al principio, en el comedor de la mansión, tragaban con el silencio de los hambrientos, y tragar quiere decir que comían sin hablarse, sentados a la misma mesa, ignorándose, como animales; el *fressen** de los alemanes. Después, solos, agotados, preocupados por la posibilidad de no aguantar, iban a derrumbarse a sus dormitorios. Fue allí donde poco a poco habían ido conociéndose, y donde habían descubierto las pri-

---

* *Fressen,* término alemán para denominar el acto de comer de los animales. (*N. del T.*)

meras afinidades entre ellos. En el momento de ir a acostarse, habían ido soltando algunas bromas, se habían contado anécdotas, habían revivido las jornadas para desdramatizarlas; a veces habían compartido sus angustias, el miedo a los combates del día siguiente, pero no mucho, por pudor. Palo había hecho amistad inmediatamente con Key, Gordo y Claude, con quienes compartía habitación. Gordo había distribuido entre sus compañeros un montón de galletas y salchichón inglés que había traído en su petate y así, mascando galletas, cortando salchichón, habían hablado hasta caer vencidos por el sueño.

Después de la cena, en la sala, habían empezado a disputar partidas de cartas; al alba, sobre la colina, comenzaban a fumar juntos, para infundirse valor. Y, rápidamente, todos los aspirantes se habían ido conociendo.

Key, robusto y dotado de un carácter fuerte, se convirtió en uno de los primeros amigos de verdad de Palo en el seno de la Sección F. Inspiraba una calma serena, tranquilizadora: daba buenos consejos.

Aimé, el marsellés, inventor de una pseudopetanca con piedras redondas, buscaba a menudo la compañía de Palo. Le repetía sin cesar que le recordaba a su propio hijo. Se lo decía casi todas las mañanas, en la colina, como si perdiese la memoria.

—¿De dónde eres, chaval?

—De París.

—Es verdad... París. Bonita ciudad. ¿Has estado en Marsella?

—No. No he tenido ocasión de ir, desde ayer.

A Aimé aquello le hacía gracia.

—Me repito, ¿eh? Es que, cuando te veo, pienso en mi hijo.

Key decía que el hijo de Aimé estaba muerto, pero nadie se atrevía a preguntarle.

Rana y Stanislas se aislaban juntos a menudo para jugar al ajedrez sobre un tablero de madera tallada que había traído Stanislas en su equipaje. Rana ganaba la mayoría de las partidas, y Stanislas se enfadaba.

—¡Ajedrez de mierda! —gritaba tirando los peones por toda la habitación.

Aquello siempre hacía reír a los demás, y Slaz le gritaba a Stanislas que ya era demasiado viejo y que perdía la cabeza, a lo que Stanislas respondía prometiendo repartir tortazos que no llegaban nunca. Mientras tanto, Gordo corría detrás de Stanislas y recogía las piezas del suelo.

—No rompas este juego tan bonito, Stan.

Gordo era en verdad el más encantador de los aspirantes, estaba repleto de buenas intenciones que a veces hacían que se volviera molesto. Por ejemplo, para infundir valor a sus compañeros durante los calentamientos individuales de la mañana, en el exterior de la mansión, con una bruma húmeda y glacial, cantaba a voz en grito una horrible canción infantil: *Rougnagni tes ragnagna*. Y saltaba en el aire, ya sudando, corto de aliento, mientras daba palmadas en los hombros de los aspirantes, recién levantados, y les gritaba al oído, lleno de ternura: *«Rougnagni tes ragnagna, choubi choubi choubi choubidouda»**. A menudo recibía algún golpe, pero al final de la jornada, bajo la ducha, los aspirantes se sorprendían tarareando el estribillo.

Faron, el coloso, aseguraba que nunca se cansaba con los entrenamientos. Llegaba incluso a salir a correr solo para poner aún más a prueba sus músculos, y todas las noches hacía flexiones de barra colgándose de las vigas de la granja y flexiones de suelo en su habitación. Una noche de insomnio, Palo se lo había encontrado en el comedor haciendo gimnasia como un poseso.

El joven Claude, destinado a convertirse en cura antes de cambiar de opinión y unirse casi por casualidad a los servicios secretos británicos, desbordaba una gentileza enfer-

---

* Canción infantil que juega con barbarismos y onomatopeyas, que puede interpretarse libremente como una burla a las niñas que ya menstrúan. *(N. del T.)*

miza que hacía pensar que no estaba hecho para la guerra. Rezaba todas las noches, arrodillado frente a su cama, indiferente a cualquier burla. Decía rezar por sí mismo, pero sobre todo rezaba por *ellos,* por sus compañeros. A veces les proponía que se unieran, pero como todos se negaban, desaparecía y se refugiaba en la pequeña capilla de piedra de la propiedad, para explicar a Dios que sus compañeros no eran malas personas y que seguramente tenían un montón de buenas razones para no querer rezar. Claude era muy joven, y su apariencia física lo hacía parecer más joven aún; era de talla media, muy delgado, imberbe, con el pelo moreno muy corto y la nariz chata. Tenía la mirada huidiza, lo que denotaba su gran timidez, y a veces, en el comedor, cuando intentaba unirse a un grupo en plena conversación, inclinaba la espalda, incómodo y torpe, como para hacerse más discreto. Palo sentía a menudo lástima por él y, una tarde, le acompañó a la capilla. Gordo, como un perro fiel, los seguía detrás canturreando, contando estrellas y masticando madera para engañar el hambre.

—¿Por qué nunca vienes a rezar? —preguntó Claude.

—Porque rezo mal —respondió Palo.

—No se puede rezar mal si uno es devoto.

—No soy devoto.

—¿Por qué?

—No creo en Dios.

—¿Y en qué crees entonces?

—Creo en nosotros, que estamos aquí. Creo en los Hombres.

—Bah, los Hombres ya no existen. Por eso estoy aquí.

Hubo un silencio incómodo, los dos habían censurado la religión del otro, hasta que Claude dejó estallar su indignación:

—¡No puedes no creer en Dios!

—¡No puedes dejar de creer en los Hombres!

Entonces Palo, por simpatía, se arrodilló junto a Claude. Por simpatía, pero sobre todo porque en lo más profundo temía que Claude tuviese razón. Y esa noche rezó por su padre, al que echaba tanto de menos, para que no sufriese los horrores de la guerra y los horrores que se preparaban para cometer, ellos que estaban siendo entrenados para matar. Aunque matar no era tan fácil: los Hombres no matan a los Hombres.

Todos los grupos de aspirantes al SOE estaban bajo las órdenes de un oficial de los servicios secretos británicos retirado de las operaciones y encargado de guiarlos en su formación, de seguir su progreso y de orientarlos más tarde. El grupo de Palo estaba a cargo del teniente Murphy Peter, antiguo enlace de los servicios secretos en Bombay. Era un inglés alto y seco de unos cincuenta años, inteligente, duro pero buen psicólogo y muy unido a sus aspirantes. Era él quien los despertaba, quien se ocupaba de ellos, quien velaba por ellos. Discreta y borrada por la bruma, su silueta angulosa se cernía sobre los aprendices combatientes durante los entrenamientos; anotaba sus logros, señalaba sus fortalezas y sus debilidades, y cuando le parecía que uno de ellos no iba a aguantar más tiempo, debía descartarlo de la selección. Un suplicio para él. Como el teniente Peter no hablaba francés y la mayoría de los aspirantes no dominaba el inglés, el grupo también disponía de un intérprete, un escocés bajito y políglota del que no se sabía nada, y que se hacía llamar sobriamente David. En cuanto a los tres anglófonos —Key, Laura y Stanislas—, tenían prohibido comunicarse en inglés para que su francés fuese irreprochable y no los traicionase una vez estuvieran sobre el terreno. Así que no paraban de requerir a David: debía traducir las instrucciones, las preguntas y las conversaciones, desde el amanecer hasta el ocaso, y sus traducciones eran a menudo somnolientas al alba, brillantes durante la jornada, y cansadas y llenas de lagunas por la noche.

El teniente Peter impartía por la noche las consignas para el día siguiente, anunciaba el comienzo de los entrenamientos y sacaba de su cama a los rezagados. Los entrenamientos empezaban al alba. Los aspirantes debían endurecer sus cuerpos mediante penosos ejercicios físicos: tenían que correr solos, en grupo, alineados, en fila; reptar en el suelo, en el barro, en los matorrales de zarzas; zambullirse en arroyos helados; subir por maromas hasta que les ardiesen las manos. También había sesiones de boxeo, de lucha libre o de combate a pecho descubierto contra armas de fuego. Los torsos se cubrían de hematomas; las piernas y los brazos, de profundos arañazos. No había más que sufrimiento.

Tras el último entreno, llegaba el momento de la ducha. Los cuerpos desnudos y ateridos, marcados por cortes y contusiones, se apilaban en cuartos de baño demasiado pequeños, bajo los chorros de agua tibia, en la intimidad de un espeso vaho blanco, con los aspirantes lanzando sordos gruñidos de fatiga. Palo consideraba la ducha como un instante privilegiado: dejaba que el agua se deslizara suavemente sobre su cuerpo fatigado y lo limpiara de sudor, barro, sangre y arañazos. Se enjabonaba despacio, masajeando sus hombros doloridos, y se sentía un hombre nuevo después de enjuagarse. Más estropeado, es verdad, pero más fuerte, más endurecido, cambiando de piel como una serpiente muda la suya; se convertía en alguien distinto. Se perdía de nuevo otro instante bajo el agua, empapando su cara y su pelo; pensaba en su viejo padre, y esperaba que estuviese orgulloso de él. Tenía el alma tranquila, con esa embriagadora sensación del deber cumplido, que duraría hasta la cena, hasta que Peter entrara en el bullicioso comedor y les indicara el programa y los horarios del día siguiente. Entonces, la angustia por la dificultad de los entrenamientos matutinos los invadiría de nuevo. Salvo, quizás, a Faron.

Todos aprovechaban la ducha para observar a sus compañeros desnudos y juzgar así a los más fuertes, a los que habría que evitar durante los ejercicios de cuerpo a cuerpo. Faron, con su gran talla y sus marcados músculos, era ciertamente el más temible; daba miedo, y su particular fealdad amplificaba el lado salvaje que irradiaba su esculpida complexión. Su rostro era cuadrado y poco agraciado, iba rapado y afeitado como si tuviese sarna, y balanceaba los brazos a ambos lados de su cuerpo como un gran mono. Al hacer el balance de los más fuertes, se señalaba también a los más débiles, aquellos que no aguantarían mucho tiempo, los peor adaptados, demacrados y con heridas profundas. Palo pensaba que Rana y probablemente Claude serían los siguientes. Claude, el infeliz, que no era del todo consciente de lo que les aguardaba, y que a veces preguntaba a Palo:

—Pero, al final, ¿qué vamos a hacer después?

—Después iremos a Francia.

—Y, una vez en Francia, ¿qué haremos?

Y Palo no sabía qué responderle. Primero porque ignoraba qué iban a hacer en Francia, segundo porque Calland les había avisado: no volverían todos. Entonces, ¿cómo decir a Claude, que tanto creía en Dios, que quizás iban a morir?

Al final de la segunda semana de entrenamiento, Dentista fue eliminado. La tarde de su partida, cuando Key propuso a Palo ir a fumar a la colina aunque aún no despuntara el alba, este le preguntó qué pasaba con aquellos que eran eliminados de la selección.

—Ya no vuelven —dijo Key.

Al principio, Palo no comprendió, y Key añadió:

—Los encierran.

—¿Los encierran?

—Encierran a los que fracasan aquí. Para que no revelen nada de lo que saben.

—Pero si no sabemos nada.

Key se encogió de hombros, pragmático. No servía de nada preguntarse lo que era justo o injusto.

—¿Cómo lo sabes?

—Lo sé.

Key le ordenó que no repitiese palabra, porque podría ocasionarles problemas a los dos, y Palo se lo prometió. Sin embargo, le invadió un profundo sentimiento de indignación: iban a encerrar a Dentista y a los demás, porque *no valían*. Pero no valían ¿para qué? ¿Para la guerra? ¡Si ni siquiera sabían lo que era la guerra! Y llegó a preguntarse si los ingleses eran realmente mejor que los alemanes.

4.

La lluvia, británica y puntual, empezó a caer sobre Wanborough Manor: una lluvia fría, pesada e interminable; el cielo entero chorreaba. El suelo se saturó de agua, y los aspirantes, empapados hasta lo más profundo de sus carnes, vieron cómo sus pieles adoptaban un tinte pálido, mientras su ropa, sin tiempo para secarse, enmohecía.

Además del entrenamiento físico y los ejercicios militares, la formación dispensada en las escuelas preliminares del SOE englobaba todo lo que podía ser útil sobre el terreno. Los ejercicios físicos se complementaban con diferentes cursos teóricos y prácticos. Poco a poco, los aspirantes fueron recibiendo las nociones básicas de comunicación: señales codificadas, morse, lectura de mapas o utilización de una emisora de radio. También aprendieron a moverse en campo abierto, a permanecer inmóviles durante horas en el bosque, a conducir un coche e incluso un camión, a veces sin demasiado éxito.

Al principio de la tercera semana, bajo el aguacero, llegó el turno de las lecciones de tiro, con revólveres Colt de calibre 38 y 45 y pistolas Browning. La mayoría de ellos manejaba un arma por primera vez y, alineados frente a un talud de tierra, disparaban, concentrados, con más o menos habilidad. Ciruelo era un verdadero desastre: estuvo a punto de dispararse en un pie, después casi abatió al instructor; Faron, en cambio, apuntaba con mucha precisión, alcanzando el centro de los blancos de madera con sus balas. Coliflor se sobresaltaba con cada detonación, y Rana cerraba los ojos justo antes de tirar. Al final de su primera jornada de tiro, todos escupieron una mucosidad espesa y negra, cargada de pólvora. El teniente Peter aseguró que era perfectamente normal.

Terminaba noviembre, y Palo sentía que el fantasma de la soledad seguía acechándole. No dejaba de pensar en su padre. Le hubiese gustado tanto escribirle, decirle que iba bien y que le echaba de menos... Pero en Wanborough tenía prohibido escribir a su padre. Sabía que no era el único que sufría de soledad, que la sufrían todos, que no eran más que mercenarios miserables. Ciertamente, cada día que pasaba endurecía sus cuerpos: la bruma parecía menos bruma, el barro menos barro, el frío menos frío, pero sufrían moralmente. Entonces, para sentirse mejor, denigraban a los demás para no denigrarse a ellos mismos. Se burlaban de Claude el piadoso, asestándole patadas en el trasero cuando rezaba arrodillado; patadas que no dolían en el cuerpo sino en el corazón. Se burlaban de Stanislas, que deambulaba con un amplio camisón de mujer durante los momentos de descanso porque intentaba secar su ropa. Se burlaban de Ciruelo, el tartamudo incapaz, que disparaba de cualquier forma y daba en todas partes menos en el blanco. Se burlaban de Rana y de sus preguntas existenciales, que no se mezclaba nunca con los demás para comer. Se burlaban de Coliflor y de sus grandes orejas que adoptaban un tono púrpura cuando eran azotadas por el viento. «¡Eres nuestro elefante!», le decían al tiempo que le daban dolorosos pescozones en los lóbulos. Se burlaban también de Gordo, el obeso. Todo el mundo se burlaba a la fuerza, al menos un poco, para sentirse mejor; incluso Palo, el hijo fiel, y Key el leal; todos salvo Laura, dulce como una madre, y que nunca se reía de los demás.

Laura no dejaba a nadie indiferente. En los primeros días en Wanborough Manor, todos habían puesto en duda sus capacidades, la única mujer entre tantos hombres, pero ahora los aspirantes se morían secretamente de placer cuando, en el comedor, se sentaba con ellos a la mesa. Palo la contemplaba a menudo, le parecía la mujer más bonita que había visto nunca: resplandecía por su aspecto alocado y su sonrisa magnífica, pero sobre todo emanaba de ella un encanto, una forma de vivir, una ternura en la mirada que la hacían especial. Nacida en Chelsea, de padre inglés y madre francesa, conocía bien Francia y hablaba su lengua sin el menor acento. Había estudiado literatura anglosajona en Londres durante tres años, antes de verse atrapada por la guerra y ser reclutada por el SOE en la universidad. Numerosos aspirantes habían sido captados en los bancos de las facultades inglesas, sobre todo los de doble nacionalidad, que ofrecían la seguridad de ser ingleses pero sin resultar completamente extranjeros en los países a los que se les iba a enviar.

Con frecuencia, cuando un aspirante del que se habían burlado se aislaba del grupo, era Laura la que iba a consolarle. Se sentaba cerca de su compañero, le decía que no importaba, que los demás solo eran hombres y que mañana todos habrían olvidado los malos resultados en tiro, la debilidad de espíritu, los pliegues grasientos o el tartamudeo que tanto les habían hecho reír. Después sonreía, y aquella sonrisa curaba todas las heridas. Cuando Laura sonreía, todo el mundo se sentía mejor.

Decía a Gordo, el hombre más feo de toda Inglaterra: «A mí no me pareces tan gordo. Eres fuerte, y creo que tienes mucho encanto». Entonces Gordo, durante un instante, se veía deseable. Y más tarde, bajo la ducha, frotándose sus enormes montículos de grasa, se juraba que después de la guerra, no volvería a ir de putas.

Decía a Ciruelo, el tartamudo: «Creo que utilizas palabras muy bonitas, poco importa cómo las pronuncies porque son bonitas». Y Ciruelo, durante un instante, se creía un orador. Bajo la ducha pronunciaba largos discursos impecables.

Decía a Claude el cura, el piadoso difamado: «Afortunadamente crees en Dios. Ruega y vuelve a rogar por todos nosotros». Y Claude acortaba su ducha en beneficio de unos cuantos avemarías.

En cuanto a Rana, al que denigraban porque quería estar solo para expresar su tristeza, Laura le confesaba que ella a menudo también estaba triste, por culpa de todo lo que ocurría en Europa. Pasaban un momento juntos, hombro con hombro, y después se sentían mejor.

Una mañana de la tercera semana, mientras Palo, Ciruelo, Gordo, Faron, Frank, Claude y Key fumaban según su costumbre sobre la destemplada colina, se cruzaron en la bruma con la silueta de un zorro, largo y sarnoso, que les saludó con un aterrador grito ronco. Claude intentó una respuesta amistosa, poniendo las manos a modo de embudo para imitarle, pero el zorro salió huyendo.

—¡Maldito zorro! —exclamó Frank.

—No te preocupes —dijo Gordo.

—Quizás tiene la rabia.

—¿Cómo puedes asustarte de un zorro, y no sentir miedo de los alemanes?

Frank entrecerró los ojos para ofrecer un aspecto malvado y no pasar por un cobarde.

—No tiene nada que ver... Quizás tenga la rabia.

—Él no —le tranquilizó Gordo—. No Georges.

Todos se volvieron hacia Gordo, incrédulos.

—¿Quién? —preguntó Palo.

—Georges.

—¿Le has puesto un nombre a ese zorro?

—Sí, me lo cruzo a menudo.

Gordo tiró el cigarrillo, como si no pasara nada, contento de que se interesaran por él.

—No se puede llamar Georges a un zorro —dijo Key—. Georges es un nombre de humano.

—Llámalo Zorro —sugirió Claude.

—Zorro no me gusta —refunfuñó Gordo—. Prefiero llamarlo Georges.

—¡Yo tengo un primo que se llama Georges! —declaró Slaz, indignado.

Y se echaron todos a reír.

Resultó, efectivamente, que Georges solía rondar cerca de la mansión en busca de comida, y que se lo podía ver al alba y al crepúsculo bajo un gran sauce que tenía el tronco vacío. Y en Wanborough Manor aquel día se habló mucho del zorro de Gordo. Laura se mostró muy interesada en saber cómo había conseguido domesticar a un zorro, lo que llenó al gigante de una inmensa satisfacción. «No se puede decir que lo haya domesticado, solo le he dado un nombre», dijo con modestia.

A la mañana siguiente, todo el grupo fue a fumar, pero no sobre la colina habitual, sino a pocos pasos del famoso sauce, con la esperanza de ver a Georges. Gordo, convertido por las circunstancias en guía masái del safari, comentaba: «No sé si vendrá... Hay demasiada gente... Seguro que se asusta...». Y se sintió muy importante, y le pareció formidable sentirse muy importante, porque era un sentimiento de felicidad extrema, el de los ministros y los presidentes.

Durante dos mañanas seguidas, Georges se mostró a los fumadores, siempre bajo el gran sauce. Y, observándolo bien, constatando que el raposo, sentado sobre el trasero, mascaba continuamente, Slaz comprendió que encontraba comida en el tronco hueco.

—¡Está comiendo! —clamó susurrando, pues la consigna de Gordo era susurrar para no espantar a Georges.

—¿Qué es lo que come? —preguntó uno de ellos.

—No lo sé, no lo veo.

—¿Gusanos, quizás? —sugirió Claude.

—¡Los zorros no comen gusanos! —corrigió Stanislas, que conocía bien a los zorros por haber participado en alguna montería—. Comen cualquier cosa, pero no gusanos.

—Creo que es su despensa —declaró Gordo con tono erudito—. Por eso viene siempre aquí.

Todos asintieron, y Gordo se sintió importante de nuevo.

Pero Georges el zorro no acudía bajo el sauce por casualidad: desde hacía diez días, Gordo dejaba allí, para atraerlo, los restos que se guardaba en los bolsillos durante las comidas. Primero lo había hecho para poder contemplar al animal; lo había esperado, al acecho, por su propio placer. Pero desde hacía dos días, se felicitaba por aquella idea, que había convertido al zorro y a sí mismo en el centro de atención general. Y al alba, aglutinados todos a su alrededor para ver al zorro, Gordo bendijo con amor a su noble raposo vagabundo, en realidad un zorro enclenque y enfermo, cosa que tuvo buen cuidado de no revelar.

El último día de la tercera semana, el teniente Peter concedió una tarde de descanso a los aspirantes, que estaban rendidos. La mayoría de ellos fueron a acostarse a sus dormitorios: Palo y Gordo entablaron una partida de ajedrez en la sala, cerca de la estufa; Claude se fue a la capilla. Faron, celoso por la agitación en torno a Gordo y a su zorro, aprovechó el tiempo libre para ir a buscar al zorro a su madriguera, justo debajo de la granja.

En dos ocasiones, el coloso había observado que el animal desaparecía detrás de una tabla baja: no le costó nada levantarla, y localizó la entrada de una pequeña cavidad poco profunda. El zorro estaba allí. Faron sonrió, satisfecho de sí mismo: no todo el mundo era capaz de encontrar zorros. Con ayuda de un palo largo, empezó a dar violentos golpes hasta el fondo del escondite. Deslizó el brazo dentro del túnel de la madriguera y golpeó el fondo lo más fuerte que pudo hasta tocar al animal, que gemía. Cuando Georges, herido y sin otra escapatoria, intentó salir para huir, Faron comenzó a darle patadas y pisotones y lo mató sin dificultad. Gritó de alegría: era tan fácil matar... Se levantó y lo contempló, un poco decepcionado; de cerca era mucho más pequeño de lo que había pensado. Contento a pesar de todo, llevó su trofeo hasta la sala desierta, donde Palo y Gordo se inclinaban sobre el tablero de Stanislas. Faron entró en la habitación, triunfal, y lanzó el cadáver del zorro a los pies de Gordo.

—¡Georges! —gritó Gordo—. ¿Has..., has matado a Georges?

Y Faron sintió cierto placer al descubrir en los ojos abiertos de Gordo un reflejo de terror y desesperación.

Palo, temblando, dejó estallar su rabia. Lanzó el tablero a la cara de Faron, que se carcajeaba y, tras correr hacia él, lo derribó en el suelo, gritando: «¡Eres un hijo de puta!».

Faron, con el rostro repentinamente enrojecido por la cólera, se levantó de un salto y agarró a Palo con un movimiento firme, uno de los que habían aprendido allí y, retorciéndole el brazo, sirviéndose de él como una palanca, le aplastó la cabeza contra la pared. El coloso, los ojos amarillentos de furia, cogió después a Palo por el cuello, con una sola mano, lo levantó por encima del suelo y empezó a golpearle con el puño libre. Palo se ahogaba; intentó zafarse, pero en vano; no podía hacer nada contra aquella fuerza prodigiosa, salvo cruzar los brazos contra su cuerpo y su rostro para protegerlos un poco.

La escena duró apenas unos segundos, el tiempo que necesitó el teniente Peter para correr a interponerse, alertado por los ruidos de la pelea, seguido de David y del resto del grupo que llegaban desde los dormitorios.

Palo había recibido una sarta de golpes, su propia sangre le quemaba la garganta y su corazón latía tan fuerte que pensó que se iba a parar.

—¡Qué está pasando aquí! —exclamó el teniente tirando de Faron por el hombro.

Le ordenó que se marchase al instante, después ordenó a los aspirantes dispersarse, amenazándoles con retomar los entrenamientos si no volvía la calma de inmediato. Palo se encontró entonces a solas con Peter, y pensó por un segundo que quizás él le iba a pegar también, o a enviarlo a prisión por haber sido vencido tan fácilmente. Se puso a temblar, quería volver a París, volver con su padre, no abandonar nunca más la Rue du Bac, y poco importaba lo que pasaba fuera, poco importaban los alemanes y poco importaba la guerra, mientras estuviese con su padre. Era un hijo sin padre, un huérfano lejos de su tierra, y quería que todo acabase. Pero el teniente Peter no le levantó la mano.

—Está sangrando —dijo simplemente.

Palo se secó los labios con el dorso de la mano y se pasó la lengua por los dientes para asegurarse de que no se había roto ninguno. Se sentía triste, humillado, había manchado el pantalón con un poco de orina.

—Ha matado al zorro —dijo Palo en su mal inglés, señalando la piel ensangrentada.

—Lo sé.

—Le he dicho que era un hijo de puta.

El teniente se rio.

—¿Me van a castigar?

—No.

—Teniente, no se debe matar a los animales. Matar a los animales es como matar a los niños.

—Tiene razón. ¿Está herido?

—No.

El teniente posó una mano sobre su hombro, y Palo sintió que sus nervios le abandonaban.

—Echo de menos a mi padre —sollozó, los ojos brillantes de lágrimas.

Peter asintió con la cabeza, compasivo.

—¿Eso hace de mí un débil?

—No.

El oficial dejó un poco más su mano sobre el hombro, y después le ofreció su pañuelo.

—Vaya a echarse agua en la cara, está sudando.

No sudaba, lloraba.

En la cena, Palo no consiguió probar bocado. Key, Aimé y Frank intentaron reconfortarle. Claude propuso contarle algunos grandes episodios bíblicos para cambiarle las ideas, Ciruelo balbuceó bromas incomprensibles y Stanislas le propuso jugar al ajedrez. Pero ninguno podía hacer nada por Palo.

Se separó de los demás. Se escondió detrás de la capilla, en un lugar que solo él conocía, un escondite entre dos muros

de piedra que protegían de la lluvia. Apenas se instaló apareció
Laura. No dijo nada, simplemente se sentó a su lado y plantó su
bonita mirada en la suya; sus ojos verdes reían en silencio.
A Palo le pareció tan dulce que se preguntó por un momento si
estaba al corriente de la paliza que le había dado Faron.

—Me ha arreado una buena tunda, ¿verdad? —murmuró, incómodo.

—Eso no importa.

Ella le hizo una seña para que se callase. Y fue un bonito instante. Palo cerró los ojos e inspiró secretamente: Laura
olía tan bien; su cabello lavado olía a albaricoque, su nuca
emanaba un delicado perfume. Se perfumaba, ¡estaban en
plena escuela de guerra y se perfumaba! Escondido en la oscuridad, acercó su rostro hacia ella sin que se diera cuenta y
volvió a inspirar. Hacía tanto tiempo que no había sentido un
olor tan agradable...

Laura golpeó amistosamente con la mano el brazo de
Palo, para que se sintiese mejor, pero él no pudo evitar un
gesto de dolor. Al subirse la manga, descubrió a la luz de su
mechero dos enormes hematomas violáceos en su antebrazo,
causados por los golpes de Faron. Ella posó con ternura las
manos frescas sobre las heridas.

—¿Te duele?

—Un poco.

Era horriblemente doloroso.

—Ven a mi habitación dentro de un rato. Te curaré.

Y con esas palabras se marchó, arrastrando por el inmenso parque de Wanborough Manor los efluvios de su delicado perfume.

Como Palo ignoraba cuánto tiempo significaba *dentro de un rato,* aprovechó el hecho de que todo el mundo estaba todavía ocupado en el comedor para ir a cambiarse al
dormitorio. Examinó su rostro en un trozo de espejo, se puso
una camisa inmaculada y registró las bolsas de sus compañe-

ros buscando perfume, pero no encontró nada. Después se deslizó hasta la habitación de Laura, con cuidado de que los demás no le vieran. Nadie entraba en la habitación de Laura, y ese privilegio le hizo olvidar por un momento la humillación que le había hecho sufrir Faron.

Llamó a la puerta; dos golpes. Se preguntó si dos golpes no sería demasiado insistente. O quizás demasiado impersonal. Hubiese debido dar tres golpes, algo más ligeros. Sí, tres golpecitos, como tres pasos apagados, furtivos y elegantes. *Pam pim pum,* y no el terrible *pam pam* que había aporreado. ¡Ay, cómo se arrepentía! Laura abrió, y Palo penetró en el sanctasanctórum.

La habitación de Laura era idéntica a las otras, amueblada con las mismas cuatro camas y el mismo gran armario. Pero aquí solo se usaba una cama y, a diferencia de los demás dormitorios, roñosos y llenos de desorden, esa estancia estaba bien cuidada.

—Siéntate aquí —dijo ella señalándole una de las camas.

Él obedeció.

—Súbete las mangas.

Palo volvió a obedecer.

Laura cogió de una estantería un frasco transparente que contenía un ungüento de color claro, se sentó a su lado y con las yemas de los dedos aplicó la crema en sus antebrazos. Cuando movía la cabeza, su pelo despeinado acariciaba las mejillas de Palo sin que ella se percatara.

—Esto debería calmarte el dolor —murmuró.

Palo ya no escuchaba, contemplaba sus manos: tenía unas manos tan bonitas, tan cuidadas a pesar del barro cotidiano. Y sintió ganas de amarla, sintió ganas desde el primer segundo en que le tocó el brazo. También tenía ganas de gritar a Claude que viniese a ver, que no estaban acabados si Laura existía, en esa sórdida casa de entrenamiento para la guerra. Luego recordó que Claude quería ser cura, así que no dijo nada.

5.

Y empezó la cuarta y última semana en Wanborough Manor. Los primeros fríos envolvieron lentamente Inglaterra, y Stanislas, que conocía su país, predijo que pronto llegarían grandes heladas. Los aspirantes pasaron varias de sus últimas noches entrenándose en recorridos nocturnos, poniendo a prueba a la vez las capacidades físicas y teóricas que les habían inculcado. Pero, llegados al final de su curso en Surrey, y a pesar de todos los ejercicios que hubiesen podido practicar, seguían sin saber nada del SOE ni de sus métodos de acción. Sin embargo, habían cambiado bastante: sus cuerpos se habían hecho más musculosos, más resistentes, habían aprendido lucha cuerpo a cuerpo, boxeo, algo de tiro, morse, algunos modos operativos simples, y sobre todo empezaban a adquirir una inmensa confianza en sí mismos, pues sus progresos habían sido asombrosos para quienes, en su mayoría, no sabían nada de la guerra clandestina al llegar allí. Se sentían preparados.

En esos últimos días, puestos al límite, algunos se hundieron, agotados: Gran Didier fue eliminado de la selección, sus piernas ya no aguantaban, y Palo se dio cuenta en las duchas de que Rana estaba apagándose. Una tarde, un instructor condujo al grupo para realizar una carrera por el bosque. El ritmo era terrible, y en varias ocasiones tuvieron que vadear un arroyo. El grupo fue estirándose poco a poco, y cuando Palo, más bien en la parte más retrasada de la tropa, penetró por tercera vez en el agua glacial, escuchó un grito de niño que desgarró el silencio: al volverse, vio a Rana tendido en la orilla, gimiendo, agotado.

El resto del grupo estaba ya lejos, detrás de los árboles. Palo aún pudo distinguir a Slaz y Faron; los llamó, pero

Faron, que corría cargado con dos gruesas piedras en las manos para endurecerse aún más, gritó: «¡No nos paramos por los gilipollas, ya los cogerán los alemanes!». Y desaparecieron por el sendero de barro. Entonces Palo, chapoteando con el agua hasta la cintura, dio marcha atrás. El arroyo le pareció más frío en ese sentido, la corriente más fuerte.

—¡No te detengas! —gritó Rana viéndolo—. ¡No te detengas por mí!

Palo no hizo caso, llegó a la orilla.

—Rana, debes continuar.

—Me llamo André.

—André, debes continuar.

—No puedo más.

—André, debes continuar. Te echarán si abandonas.

—¡Entonces abandono! —gimió—. Quiero volver a mi casa, quiero volver a ver a mi familia.

Se puso las manos en el vientre y encogió las piernas.

—¡Me duele! ¡Me duele!

—¿Dónde te duele?

—En todas partes.

Estaba desesperado.

—Tengo ganas de morirme —suspiró.

—No digas eso.

—¡Tengo ganas de morirme!

Palo le rodeó con sus brazos nudosos e intentó consolarle con sus palabras.

—Abandono —repitió Rana—. Abandono y me vuelvo a Francia.

—Si abandonas, no te dejarán volver —dijo Palo. Y juzgando que se trataba de un caso de fuerza mayor, rompió la promesa hecha a Key y reveló el insoportable secreto—: Irás a prisión. Si abandonas, irás a prisión.

Rana se echó a llorar. Palo sintió sus lágrimas correr por sus brazos, lágrimas de miedo, de rabia y de vergüenza. Y se llevó a Rana con él para unirse a los demás.

La escuela preliminar terminó al mismo tiempo que el mes de noviembre, después de un ejercicio final de rara intensidad que tuvo lugar en la noche glacial. Max, débil desde hacía varios días, quedó eliminado durante el recorrido. Al final de esa última prueba, reunieron al resto de los aspirantes en la sala para una pequeña celebración, y el teniente Peter les anunció que habían terminado su estancia en Surrey. Se felicitaron mutuamente en aquella habitación que ahora parecía tan desierta: tres semanas antes, eran el doble, la selección había sido implacable. Y fueron todos a fumar por última vez sobre la colina.

Esa noche, Palo decidió no ir a su dormitorio, donde sus camaradas ya estaban durmiendo. Atravesó el pasillo y llamó a la puerta de la habitación de Laura. Ella abrió y sonrió. Puso un dedo sobre su boca para que no hiciese ruido y le hizo una seña para que entrase. Sentados sobre una de las camas, permanecieron un instante contemplándose, orgullosos del trabajo realizado pero física y moralmente exhaustos. Después se tumbaron juntos, Palo la abrazó, y ella posó las manos sobre las de él, y las estrecharon.

6.

En París, el padre se marchitaba de pena, tan solo sin su hijo.

Era finales de noviembre, hacía dos meses y medio que Paul-Émile se había marchado. ¿Habría llegado a su destino? Claro... Pero ¿qué diablos podría estar haciendo ahora?

A menudo, entraba a observar la habitación de su hijo, miraba sus cosas. Se preguntaba por qué no había metido tal ropa, tal libro o esa bonita fotografía en su bolsa. En ocasiones se maldecía.

Un domingo, bajó del desván los juguetes de niño de Palo. Instaló en el salón el gran tren eléctrico, sacó los túneles de cartón piedra y las figuritas de plomo. Más tarde compró incluso nuevos decorados.

Pensaba en su hijo y hacía silbar el viejo tren de hierro. Era eso o morirse de pena.

7.

Estaban en Inverness Shire, en el centro-norte de Escocia, una región salvaje, bordeada al oeste por un mar agitado, y cuyas tierras, tapizadas de un resplandeciente verde, se ahogaban bajo una bóveda de nubes grises y densas. El paisaje era asombroso, tan lleno de suaves ondulaciones en sus colinas como de ángulos cortantes en sus peñascos y acantilados, magnífico a pesar de la furia de los negros vientos de los primeros días de diciembre. En el compartimento de un tren que unía Glasgow con Lochailort, se encontraban de camino hacia su segunda escuela de formación. Como simples pasajeros.

Llevaban viajando un día y una noche. Todo parecía normal. El teniente Peter, que conversaba con David, el intérprete, vigilaba a sus pupilos con mirada distraída. La mayoría dormía en calma, los unos apoyados en los otros. El día apenas comenzaba. Gordo, Coliflor y Ciruelo dormían ruidosamente, apilados en una misma banqueta de tercera clase. Ciruelo, aplastado por el enorme Gordo, roncaba como un diablo.

Palo, la nariz pegada a la ventanilla del vagón, permanecía subyugado por la calma extraordinaria del país que contemplaba: la vegetación, densa y desordenada, se dejaba morder a veces por hileras de viejos manzanos con sus troncos entrelazados cariñosamente por el musgo, lo que les confería un toque gris. Las densas praderas eran el territorio de extrañas ovejas de espesa lana que pastaban bajo la llovizna, y cuyos machos portaban enormes cuernos con forma de espiral.

El tren atravesaba a ritmo lento toda la región de Glasgow rumbo a la ciudad de Inverness, al norte del país, deteniéndose en cada una de las pequeñas estaciones. Después de cruzar las praderas, la vía alcanzaba la costa y la recorría, para mayor deleite de Palo, extasiado aún más ante los rizos de agua verde que rompían contra los abruptos acantilados creando una espuma salvaje, todo ello rodeado por el vuelo de las gaviotas.

Bajaron del tren en Lochailort, un pueblo minúsculo al que llegaron a media mañana, encajado entre colinas y gigantescos roquedales marinos, bordeado por un *loch* largo y estrecho y cuya estación, en comparación, no era más que un insignificante andén sin más límite que una valla de madera y un cartel que anunciaba la estación. Protegidos dentro del tren, ninguno de los aspirantes había medido hasta qué punto hacía frío, un frío violento y voraz, que multiplicaba por diez un viento cortante.

Ya no sabían muy bien dónde se encontraban; el viaje desde Londres había sido largo. Dos camionetas sin ningún distintivo los esperaban al borde de la carretera bacheada que atravesaba el pueblo. Montaron aprisa y desaparecieron pronto detrás de las colinas, a merced de una pequeña pista de tierra —que no se podía llamar propiamente carretera— que parecía no llevar a ninguna parte. Durante todo el trayecto, no vieron ni un ser humano, ni una construcción. Ninguno de ellos había estado en el desierto, pero aquello se le asemejaba.

Aquel día el grupo de aspirantes se dio cuenta realmente de lo que significaba el SOE y de su amplitud, cuando llegaron ante una inmensa mansión oculta tras un bosque de pinos y que se levantaba frente al mar embravecido, en medio de ninguna parte. Era Arisaig House, el cuartel general del SOE para las escuelas especiales de refuerzo, *roughning schools,* como las llamaban los ingleses. Las instalaciones, en las que reinaba una gran agitación, estaban repletas de gente. Diferentes secciones iban y venían, algunas en formación militar y otras en divertido tropel. Se escuchaban todas las lenguas: inglés, húngaro, polaco, holandés, alemán. Los aspirantes en uniforme de comando se dirigían a las galerías de tiro y a las zonas de ejercicio. Si bien el cuartel general del SOE se encontraba en Londres, Escocia se había convertido en uno de sus centros neurálgicos para la formación de reclutas, a resguardo gracias al aislamiento natural del país.

Las secciones se instalaban en pequeñas casas solariegas que rodeaban Arisaig House. No había nadie en kilómetros a la redonda. El gobierno había declarado el lugar *zona de acceso restringido* para la población civil, aprovechando la presencia cercana de una base de la Royal Navy para justificar tal medida sin despertar la curiosidad general. Así, ninguno de los habitantes de la región imaginaba que en el interior del bosque, justo frente al mar, se levantaba una auténtica pequeña ciudad secreta en la que voluntarios procedentes de toda Europa recibían lecciones de sabotaje. Palo, Key, Gordo, Laura y los demás se dieron cuenta entonces de que, a pesar de su dureza, la escuela previa de Wanborough Manor no era nada: flan, cartón piedra, un decorado teatral para descartar a los elementos no aptos y quedarse con los potenciales. Una vez pasado el filtro, todos los aspirantes de todos los países convergían en Arisaig House, lugar único de aprendizaje de los métodos de acción del Servicio. Solo ahora accedían al inmenso secreto del SOE, ellos que meses antes ni siquiera habrían soñado con unirse a los servicios secretos británicos.

La casa que ocuparon los trece aspirantes de la Sección F era una pequeña construcción de piedra oscura levantada al pie del acantilado, sobre un trozo de terreno rodeado de mar y rocas que formaba una península, y salpicado de árboles largos y sinuosos cuyos troncos enmohecidos se doblaban peligrosamente. Se atisbaba a lo lejos la casa de la sección noruega, Sección SN, mientras que en el bosque cercano se encontraba la de la sección polaca, Sección MP.

Se instalaron en sus habitaciones y encendieron sus estufas. Key y Palo, fumando junto a la ventana, contemplaban a los polacos, que se estaban entrenando. Sentían un cierto orgullo por haber llegado hasta allí, hasta el corazón de la Resistencia, y tenían la impresión de ser ya agentes ingleses, o casi. Aquello los convertía en hombres con un destino. Existían.

—Formidable —dijo Palo.

—Extraordinario —asintió Key.

Vieron a lo lejos a Coliflor, que parecía volver de expedición, con las mejillas rojas.

—¡Hay chicas! ¡Hay chicas! —gritó.

En los dormitorios, todos se precipitaron hasta las ventanas para escuchar al jadeante heraldo.

—¡Coliflor quiere aprender a follar! —se burló Slaz, provocando la carcajada general.

Coliflor prosiguió sin prestar atención, usando las manos como altavoz para que le oyesen bien.

—Hay un grupo de noruegas en la casa de al lado, trabajan en Cifra y en Información.

Cifra eran las comunicaciones encriptadas.

Los chicos sonrieron: la presencia femenina era un bálsamo para el corazón. Pero apenas tuvieron tiempo de pensar en ello, porque el teniente Peter ya los estaba convocando para una reunión en el pequeño comedor de la planta baja. Le encontraron allí con dos nuevos aspirantes que se disponían a ingresar en el grupo: Jos, un belga de aproximadamente veinticinco años, que venía de la escuela previa de la sección holandesa, y Denis, un canadiense de unos treinta procedente del Campo X, el campamento inicial de los voluntarios de América del Norte, con base en Ontario. Los dos se unían a la Sección F.

8.

La escuela de refuerzo duró todo el mes de diciembre y comenzó, al igual que para todas las secciones, por una agotadora marcha a través del caótico paisaje escocés. Tuvo lugar la primera mañana. Los aspirantes se pusieron en marcha en la oscuridad del alba, bajo una lluvia fuerte y glacial, guiados por sus instructores. Y caminaron durante todo el día, en línea recta hacia el horizonte, reptando entre los arbustos y las zarzas, serpientes entre las serpientes, escalando colinas abruptas, atravesando riveras cuando era necesario. Sus rostros, deformados por el esfuerzo, se cubrieron de sudor, de sangre, de gestos de dolor, de lágrimas, y sus pieles, todavía sin recuperarse de su etapa de formación anterior, se desgarraron como papel mojado.

La marcha del primer día era una prueba eliminatoria que ningún miembro del grupo suspendió. Pero no era más que un aperitivo de lo que les esperaba en Lochailort porque sería en Inverness donde Palo y sus compañeros aprenderían realmente los métodos de guerra del SOE: propaganda, sabotaje, atentado y creación de redes. Además de la forma física que habían conseguido, su éxito en la escuela preliminar, donde tantos otros habían fracasado, les insuflaba una mayor moral: ahora creían en sí mismos. Y aquello era importante, porque los entrenamientos se sucedían en una cadencia infernal desde el alba hasta el ocaso, y a veces también por la noche, hasta el punto de que rápidamente perdieron la noción del tiempo, y se limitaban a dormir y comer cuando podían. El paisaje escocés que Palo había imaginado mágico pronto se transformó en un brumoso infierno de lluvia helada y de barro. Los aspirantes tenían frío a todas horas, los dedos y las manos ateridos y, como no llegaban nunca a secarse, debían dormir desnudos en sus camas para no enmohecer dentro de los uniformes.

El teniente Peter, fuera de sí, marcaba con energía el ritmo de cada jornada. Empezaban al amanecer. Algunos aspirantes se daban prisa para poder ir a fumar juntos y armarse de valor antes de comenzar los ejercicios físicos: combate, carrera, gimnasia. Se entrenaban para matar, desarmados o con un temible cuchillito de comando, descubriendo las técnicas de combate cuerpo a cuerpo que impartían dos antiguos oficiales ingleses de la policía municipal de Shanghái.

Venían después los cursos teóricos: de comunicaciones, de morse, de radio, toda clase de cursos, de todo lo que podría ser útil en Francia, de todo lo que podría salvarles la vida, y así Denis, Jos, Stanislas y Laura tuvieron incluso que asistir a cursos de cultura francesa para asegurarse de que no sospecharían de ellos una vez en Francia.

Casi siempre, después de comer, había curso de tiro. Aprendieron el manejo de las ametralladoras ligeras, de fabricación alemana e inglesa, y especialmente de la metralleta Sten, práctica, pequeña y ligera, pero cuyo mayor defecto era que se encasquillaba con facilidad. Aprendieron tiro instintivo con pistola, disparando al blanco casi sin apuntar para hacerlo más rápido. Tenían que disparar al menos dos veces para estar seguros de haber alcanzado al enemigo. Había en Arisaig House una galería de tiro donde podían entrenarse con blancos móviles de talla humana, fijados a un raíl.

Una tarde, un viejo y experto cazador furtivo, reclutado por el gobierno, vino a enseñar a los aspirantes supervivencia en medios hostiles y aislados, el arte de esconderse durante días en el bosque, y técnicas de caza y pesca. Pasaron varias horas, por parejas, cubiertos de hojas, enredados en redes de camuflaje, intentando convertirse en fantasmas. Algunos aprovecharon para dormir; Gordo y Claude, escondidos juntos, cuchicheaban para pasar el tiempo.

—¿Crees que veremos algún zorro? —preguntó Gordo.

—No lo sé...

—Si vemos uno, le llamaré Georges. He cogido pan, por si acaso.

—Siento lo del otro Georges.

—No es culpa tuya, Ñoño.

Gordo llamaba con ternura a Claude «Ñoño», y este se lo tomaba estupendamente.

—Faron es una cerda puta —dijo Gordo.

Los dos amigos se echaron a reír, olvidando que su misión era no ser detectados.

—Por la noche se pone braguitas de mujer en su enorme culo y baila como un loco por los pasillos —prosiguió Gordo, e imitó una voz grotesca de mujer—: *Pío, pío, soy una puta y me gusta*.

Claude rio con más fuerza. Gordo sacó del bolsillo el pan para los zorros y golosinas, porque había notado que Claude estaba tiritando.

—Come, Ñoño, come. Así entrarás en calor.

Claude comió con ganas, después se pegó contra el cuerpo orondo de Gordo para sentir su calor.

—¿Por qué estamos aquí, Gordo?

—Ejercicio de supervivencia.

—No, ¿por qué coño nos hemos metido en esta mierda? Aquí, en Inglaterra.

—A veces no lo sé, Ñoño. Y otras veces solo sé algunas cosas.

—Y cuando lo sabes, ¿cuál es la respuesta?

—Para que los Hombres sigan siendo Hombres.

—Ah.

Claude dejó planear por un instante el silencio, y luego añadió:

—¿Y si no han encontrado a nadie más que haga esto en nuestro lugar?

Volvieron a reír. Después se durmieron, el uno contra el otro.

Entre cursos, ejercicios y entrenamientos, cada uno empezó a tener su pequeña rutina. Cuando a los futuros agentes les quedaba algo de energía, la empleaban para divertirse como podían. Gordo se daba una vuelta por las casas de las otras secciones para rebuscar en sus despensas; Key iba a distribuir algo de su encanto entre las noruegas; Aimé iniciaba a Claude y Jos en su juego de petanca-piedra; y Palo y Laura se encerraban discretamente en uno de los dormitorios del primer piso, donde Palo, en voz baja para que no les pillasen, le leía una novela que su padre le había metido en la maleta, una historia parisina de cierto éxito.

A veces, el tiempo libre era la ocasión para gastar algunas bromas de mejor o peor gusto: Jos y Frank desatornillaron los pies de las camas que, llegada la noche, se derrumbaron cuando sus ocupantes fueron a acostarse. Faron dispersó la ropa interior de Coliflor colgándola de las ramas bajas de un árbol ante la casa. En mitad de una noche, Slaz despertó a todos, fingiendo que el teniente Peter le había encargado anunciar un ejercicio sorpresa. Se levantaron rápidamente, se vistieron, y permanecieron fuera una media hora larga esperando al oficial, sin darse cuenta de que Slaz, satisfecho, se había vuelto a acostar. Y cuando, al final, Claude fue a llamar a la puerta del dormitorio del teniente, que dormía como un tronco, este, furioso por aquel desorden, llevó a todos a realizar una carrera nocturna al borde del mar.

El teniente estaba todavía en muy buena forma, y a veces, en algunos casos, ordenaba como castigo ejercicios colectivos que dirigía él mismo para dar ejemplo. Uno de los más duros fue consecuencia de una tarde de viento durante la cual, cuando pensaba que había enviado a sus reclutas a un ejercicio de radio en común con otras secciones, sorprendió a Key en un dormitorio de la casa con una noruega sobre las rodillas.

Las tardes de descanso reinaba en la pequeña casa de campo un ambiente apacible y tranquilo. Algunos leían libros sacados de la biblioteca, otros se adormecían en los viejos sillones de la sala, jugaban a las cartas o fumaban por la ventana mientras hablaban con las noruegas. Casi todos los días y sin que se supiese cómo, el teniente Peter conseguía algún diario local que los aspirantes estaban autorizados a leer después de que él lo hubiese hojeado. Se enteraban entonces de las novedades del frente, el avance de los alemanes en Rusia y, muchas veces, Denis, imitando a los locutores de la BBC, leía en voz alta y todos escuchaban, impasibles, como ante un aparato de radio que solo tenía de humano la obediencia plácida y divertida a las conminaciones de su auditorio: «¡más fuerte!», «¡repite!», «¡más despacio!». Y si alguien no comprendía —generalmente Gordo, que no hablaba una palabra de inglés—, el lector paciente realizaba una traducción de lo que pensaba eran los elementos esenciales del artículo. Antes de empezar, Denis llamaba siempre a sus compañeros de la misma forma: «Venid, voy a contaros la tristeza de la guerra». Y los aspirantes se reunían alrededor de un sillón para escucharle, a menudo con inquietud, porque los alemanes no dejaban de progresar ni el conflicto de extenderse por el mundo: el 7 de diciembre, los japoneses bombardearon la base de Pearl Harbor, en la isla de Oahu, en el archipiélago de Hawái; al día siguiente, declaraban la guerra a Gran Bretaña; el 10 de diciembre, la armada imperial hundía dos acorazados de la Royal Navy, el *Repulse* y el *Prince of Wales*, frente a las costas de Singapur. Los japoneses eran los nuevos enemigos y, entre artículo y artículo, todos se preguntaban si el SOE crearía una sección japonesa.

Pasaban los días. Los aspirantes disponían solo de cinco semanas para aprender los métodos de acción y conocer los procedimientos y las armas. Se familiarizaron con el asombroso material de guerra del que disponía el SOE, puesto a punto por sus laboratorios experimentales dispersos por las ciudades y los pueblos ingleses. Había una amalgama de invenciones más o menos sofisticadas: radios, armas, vehículos o trampas, según las necesidades. Les enseñaron brújulas

que tenían la perfecta apariencia de un botón de abrigo; esti-
lográficas que escondían una hoja de cuchillo o capaces de
disparar balas como una pistola; minúsculas sierras de metal,
ocultas a veces en la carcasa de un reloj de pulsera y que permitían cortar los barrotes de una celda; clavos revienta-neu-
máticos, pequeños pero terribles, útiles para las emboscadas
o para inmovilizar los vehículos de posibles perseguidores;
trampas con forma de cajas de fruta hábilmente pintadas que
contenían granadas, o troncos moldeados en yeso que escondían metralletas Sten.

También se les inició en los rudimentos de la navega-
ción marítima; aprendieron a llevar un barco, a hacer nudos
sólidos, a echar al agua y sacar a flote rápidamente pequeñas
lanchas que les permitirían llegar a tierra desde las cañoneras que utilizaba el SOE. Más tarde practicaron incursiones
y operaciones nocturnas que tuvieron que preparar y llevar a
cabo sin haber pegado ojo, cansados hasta la extenuación.
Después de unos días a ese ritmo, se produjeron las primeras
bajas: Coliflor, enfermo de fatiga, fue el primero en renunciar. Justo después llegó el descarte de Ciruelo, el tartamudo.
Antes de partir, escoltado por el teniente Peter, se despidió
con una palmada de todos sus compañeros, y balbuceó que
no los olvidaría nunca. Todos sabían que la selección era inevitable, y hasta saludable; no aguantar aquí sería morir en
Francia. Pero por primera vez esas partidas les afectaron profundamente. Pues poco a poco habían creado vínculos entre
ellos.

En Escocia, el frío era sin duda el mayor enemigo:
cuanto más avanzaba diciembre, más frío hacía. Frío al levantarse, frío mientras peleaban y frío disparando. Frío fuera y frío
dentro. Frío comiendo, riendo, durmiendo, partiendo en medio de la noche para una incursión de entrenamiento, frío
cuando las deterioradas estufas de los dormitorios tosían, dejando escapar un denso humo que les provocaba dolor de ca-

beza. Para combatirlo, al salir de la cama tras una noche de helada, los aspirantes establecieron un turno en los dormitorios para que cada mañana, antes del alba, uno de ellos se levantase y atizase el fuego antes de que tocaran diana. Y cuando, alguna vez, el encargado de la calefacción se quedaba dormido, se veía inmerso en una lluvia de insultos que podía durar hasta la noche siguiente.

Al final de una tarde, a mediados de diciembre, tuvieron un inesperado momento de respiro. Después de las prácticas de tiro, como tenían tiempo libre, bajaron todos juntos hasta la desembocadura de un río cercano para pescar salmones. El sol del oeste, detrás de las colinas, devolvía al cielo una luz rosada. Se introdujeron en el agua helada, mojando sus uniformes hasta los muslos y, apoyados en las rocas, bromeando y armando jaleo, intentaron torpemente agarrar alguno de los peces que quedaban atrapados en los remolinos. Consiguieron capturar cuatro enormes salmones, monstruos escamados de boca retorcida que Frank mató golpeándolos contra un tronco. Por la noche los asaron en la chimenea de la casa. Aimé hizo de improvisado cocinero y colocó gruesas patatas en las brasas. Slaz, acompañado de Faron y Frank, organizó una incursión a la cocina de los polacos, ausentes de su casa, para robar alcohol. Laura propuso invitar a las noruegas, lo que hizo que Gordo se pusiera hecho un manojo de nervios.

Aquella noche, en su propia cocina, sentados en torno a la inmensa mesa de madera, convirtieron la guerra en un bonito momento, al abrigo del mundo, perdidos en la Escocia salvaje, comiendo, riendo y bromeando, hablando alto, mirando a las noruegas. Estaban algo bebidos. David, el intérprete, y el teniente Peter se unieron a ellos; Peter contó cosas de la India, hasta muy tarde, ya de madrugada, mientras que David fue acaparado por Gordo, sentado entre dos noruegas, para traducir su cháchara.

Al día siguiente, cuando volvieron a empezar los entrenamientos y se borró la sensación de haber recuperado una vida normal, Palo sintió un ataque de soledad y se sumergió en sus pensamientos; pensamientos sobre su padre, malos pensamientos de olvido y tristeza. Por la noche, ya en la casa, en lugar de ir a cenar con sus compañeros, se quedó solo en su habitación para estrechar contra él la bolsa que le había preparado su padre. Inspiró las páginas de los libros y la tela de la ropa, se impregnó de olores, acarició la cicatriz sobre su corazón y abrazó aquella bolsa como hubiese deseado que su padre lo abrazase. Y se echó a llorar. Cogió un papel y comenzó a escribir una carta a su padre, una carta que no recibiría nunca. Inmerso en sus propias palabras, no oyó a Key entrar en la habitación.

—¿A quién escribes?

Palo se sobresaltó.

—A nadie.

—Está claro que estás escribiendo una carta. Está prohibido escribir cartas.

—Está prohibido enviar cartas, no escribirlas.

—Y entonces, ¿a quién escribes?

Palo dudó un momento antes de responder, pero Key tenía un tono de sospecha y él no quería que lo tomasen por un traidor.

—A mi padre.

Key se quedó paralizado y palideció.

—¿Le echas de menos?

—Sí.

—También yo echo de menos a mi padre —murmuró Key—. Le robé sus gafas antes de venir aquí. A veces me las pongo y pienso en él.

—Yo me traje sus libros —se sinceró Palo.

Key se sentó en la cama y suspiró.

—Me fui como quien se va de viaje. Pero ya no lo veré nunca más, ¿verdad?

Cómo le abrumaban los remordimientos. Había robado las gafas de su padre para engañar a su desesperación.

—¿Cómo podemos sobrevivir lejos de nuestros padres? —preguntó Palo.

—Me lo pregunto cada día.

Key apagó la luz. Desde fuera, solo el espectro claro de la vaporosa llovizna iluminaba la habitación.

—No se te ocurra volver a encender la luz —ordenó Key.

—¿Por qué?

—Para que podamos llorar en la oscuridad.

—Lloremos entonces.

—Lloremos a nuestros padres.

Silencio.

—Creo que Rana es huérfano, lloremos también por él.

—Sobre todo por él.

Y no hubo más que un largo murmullo, una queja apagada: Palo, Key y los demás, hasta Rana, el huérfano, eran los hijos malditos, los hombres más solos del mundo. Se habían marchado a la guerra y habían besado apresuradamente a sus padres. Se había formado un vacío en lo más profundo de su alma. Y en la noche inglesa, en la oscuridad de una pequeña habitación de militares con olor a moho, Palo y Key se arrepentían. Juntos. Amargamente. Pues quizás habían vivido ya los últimos días de sus padres.

9.

Y aprendieron a preparar atentados.

La enseñanza del sabotaje con explosivos constituía una parte importante del programa escocés. Pasaron muchas horas familiarizándose con el potentísimo explosivo a base de hexógeno, argamasa y plastificante, desarrollado por el real arsenal de Woolwich, al que los americanos habían bautizado como *plástico* tras recibir del SOE una muestra inicialmente destinada a Francia cuyo embalaje llevaba etiquetado, en francés, *explosif plastique*. El plástico era el explosivo más utilizado por el SOE, que lo apreciaba sobre todo por su gran estabilidad: resistía los choques violentos, temperaturas muy altas e incluso podía quemarse. De ese modo, era ideal para las condiciones de transporte, a veces caóticas, de los agentes en misión. Se asemejaba en su aspecto a la mantequilla, maleable hasta el punto de poder adoptar cualquier forma, y su olor recordaba al de las almendras. La primera vez que los aspirantes habían amasado algunos trozos, Gordo, plantando su nariz encima, había inspirado profundamente y había declarado: «¡Me lo comería!».

Una vez que tuvieron la base teórica necesaria, hicieron estallar troncos de árboles, rocas e incluso pequeñas construcciones, utilizando bombas que habían preparado ellos mismos, provistas de un temporizador o de un sistema de detonación manual que podían accionar a distancia mediante un cable. En este último ejercicio, quien se reveló la mejor artificiera del grupo, rápida y ágil, no fue otra que Laura, cuyas aptitudes el teniente Peter destacó varias veces. Sus compañeros la observaban preparar la carga, concentrada, el ceño fruncido y los labios apretados. Colocaba el explosivo en una roca y después se llevaba consigo, desplegándolo con celeridad, el cable que accionaría el detonador, mientras el resto de los miembros del grupo la miraban embelesados a considerable distancia. Atentaba con elegancia. Recorría los últimos metros más rápidamente aún, hasta llegar a la loma tras la que se refugiaban todos, cuerpo a tierra, y rodaba hacia ellos. Solía apostarse contra Gordo, porque era un buen apoyo —luego Gordo se quedaba embobado el resto del día— y miraba al instructor, que aprobaba, sonriendo, con un sobrio movimiento de cabeza. Laura desencadenaba entonces una formidable explosión que doblaba los árboles y asustaba a los pájaros, que levantaban el vuelo en una nube cacofónica. Solo en ese momento su rostro se relajaba.

Más tarde recibieron lecciones sobre cómo sabotear trenes, lo que permitía entorpecer los movimientos de las tropas alemanas a través de Francia. La compañía ferroviaria West Highland Line, a petición del gobierno británico, había instalado raíles y un tren entero en Arisaig House, para que los agentes del SOE pudiesen formarse en condiciones reales. Los aspirantes aprendieron a torcer vías, a hacer descarrilar vagones, a colocar cargas explosivas en los raíles, bajo un puente, sobre el tren, de día, de noche; podían elegir entre accionar ellos mismos la carga al paso del convoy desde las inmediaciones del lugar del atentado, o emplear, para inutilizar vías o depósitos, una de las mejores creaciones de los laboratorios experimentales: *The Clam,* una bomba lista para su uso, que incluía un imán que permitía adherirla a los raíles y cuyo reloj provocaba la explosión treinta minutos después de ser armada. Tenían a su disposición una variada batería de objetos trampa, como bombas de bicicleta que explotaban al ser utilizadas o cigarrillos llenos de explosivo, desarrollados principalmente por la estación experimental XV, The Thatched Barn, situada en Hertfordshire, aunque su eficacia dejaba a veces que desear. En el tren de prácticas, los aspirantes también siguieron un curso rudimentario de conducción de locomotoras.

Entre tanto, iban transcurriendo los días de diciembre, atormentados y violentos. Estaba cada vez más oscuro, como si, de pronto, la noche se hubiese hecho continua. Los aspirantes siguieron entrenándose, y sus progresos se hicieron fulgurantes: había que verlos, con sus granadas y sus explosivos; había que verlos en los recorridos de obstáculos; había que verlos reparando las deficiencias de sus ametralladoras Sten. Había que ver a Claude pidiendo perdón a Dios mientras cambiaba los cargadores; a Rana que, para darse valor en ciénagas de barro glacial, gritaba toda suerte de palabrotas; a Faron, colosal, que podía batir desarmado a cualquiera, si no decidía alojarle una bala justo entre los ojos; a Frank, seco y vivo, rápido como la tormenta. Había que ver a Stanislas, a Laura, a Jos, a Denis, los extranjeros; a Aimé, a Gordo y a Key, siempre dispuestos a gastar bromas, incluso en pleno ejercicio de comando. ¿Cuántos de entre ellos, al dejar Francia, hubiesen podido imaginar que se sentirían tan pronto aptos para la guerra? Porque hay que decirlo: se sentían fuertes y capaces, terriblemente capaces, de acabar con regimientos enteros, y hasta les parecía que podían vencer a los alemanes. Qué insensatez. Ayer eran todavía los hijos de Francia, magullados y ateridos, y hoy eran un pueblo nuevo, un pueblo de combatientes, cuyo futuro estaba en sus propias manos. Es cierto que habían dejado atrás lo que más querían, pero ya no sufrían, sino que harían sufrir. Además, a su alrededor, la guerra adoptaba una amplitud desmesurada, desencadenada e indomable: en Europa, la Wehrmacht estaba a las puertas de Moscú y, en el Pacífico, Hong Kong era el campo de una violenta batalla desencadenada por los japoneses. El 20 de diciembre, Denis leyó a sus compañeros un artículo que contaba cómo los ingleses, ayudados por los canadienses, los indios y fuerzas voluntarias para la defensa de Victoria-Hong Kong, resistían heroicamente desde hacía varios días al asalto de las fuerzas niponas.

Cuando llegó el 25 de diciembre, llevaban más de tres semanas en Escocia. Slaz el Cerdo, exhausto y enfermo de cansancio, quedó descartado: ya solo quedaban doce aspirantes en el seno del grupo. El agotamiento había minado poco a poco su moral; tenían los rostros demacrados, hastiados, preocupados: a medida que pasaban los días de entrenamiento, la guerra se acercaba inexorablemente. A partir de entonces, cuando Palo pensaba en Francia, le invadía a la vez un sentimiento de confianza y de miedo; sabía de lo que era capaz su grupo, habían aprendido a matar con las manos, a poner bombas y a volar por los aires edificios, trenes, convoyes de soldados. Pero cuanto más miraba a sus compañeros, más se perdía en sus rostros, dulces, demasiado dulces a pesar de las costras de los combates, y no podía evitar pensar que la mayoría de ellos moriría sobre el terreno, aunque solo fuese para dar la razón al doctor Calland. Y Palo no podía concebir que Gordo, encaprichado con las chicas, Claude el piadoso, Rana el débil, Stanislas y su ajedrez, Key el encantador, Laura la maravillosa inglesa y todos los demás no tuvieran quizás otro futuro que el horizonte de esa guerra. Ese pensamiento bastaba para dejarlo descorazonado: estaban dispuestos a sacrificar sus vidas ante las balas o ante la tortura, para que los Hombres siguiesen siendo Hombres, y ya no sabía si era un acto de amor altruista o la estupidez más grande que se les hubiera pasado por la cabeza; ¿sabían siquiera adónde iban?

La Navidad acentuó su angustia.

En la sala, Gordo recitaba menús imaginarios:

—«Asado de jabato en salsa de grosellas, perdiz rellena, quesos y pasteles enormes de postre».

Pero nadie quería escucharle.

—Nos importan un bledo tus menús —le regañó Frank.

—Podríamos ir a pescar —insistió Gordo—. Entonces sería: rodajas de salmón y salsa al vino.

—Es de noche, hace frío. ¡Déjalo ya, joder!

Gordo se alejó del resto para recitar sus menús en soledad. Si nadie quería comer, él comería en su imaginación, y comería bien. Se introdujo en su dormitorio y, registrando su cama, sacó un trocito de plástico que había robado. Lo olisqueó, le gustaba ese olor a almendras; pensó en su asado de jabato, volvió a oler y, salivando, lamió el explosivo.

Aimé, Denis, Jos y Laura jugaban a las cartas.

—Joder, joder —repetía Aimé mientras tiraba sus ases.

—¿Por qué dices *joder* si tienes ases? —preguntó Jos.

—Digo *joder* cuando me da la gana. ¿Es que aquí no se puede hacer nada? ¡Ni celebrar la Navidad, ni decir *joder*, nada de nada!

En los rincones, los solitarios miraban al vacío pasándose la última botella de alcohol que habían robado a los polacos. Rana y Stanislas jugaban al ajedrez y Rana dejaba ganar a Stanislas.

Key, sentado en una habitación contigua, vigilaba discretamente la sala y las conversaciones. Aunque no era el mayor del grupo, era el más carismático y se le consideraba tácitamente el jefe. Si él decía que había que cerrar la boca, los aspirantes la cerraban.

—Los otros están mal —susurró Key a Palo, instalado junto a él como de costumbre.

Ambos se apreciaban mucho.

—Podríamos ir a buscar a las noruegas —propuso Palo.

Key hizo una mueca.

—No estoy seguro. No creo que ayude mucho. Se van a ver obligados a hacer el imbécil. Ya los conoces...

Palo esbozó una sonrisa.

—Sobre todo Gordo...

Key también sonrió.

—De hecho, ¿dónde anda? —preguntó.

—Arriba —respondió Palo—. Está cabreado. Por culpa de sus menús de Navidad. ¿Sabías que come plástico? Dice que es como chocolate.

Key miró al cielo, y los dos compañeros resoplaron.

A medianoche, Claude hizo una procesión solitaria por la casa, sosteniendo el gran crucifijo que había traído en su equipaje. Cantó una canción de esperanza y desfiló entre aquellos infelices. «¡Feliz Navidad!», exclamó. Cuando pasó al lado de Faron, este le arrancó el crucifijo y lo partió en dos, gritando: «¡Muerte a Dios!». Claude permaneció impasible y recogió los dos trozos sagrados. Key estaba a punto de saltar sobre Faron, pero Claude le detuvo.

—Te perdono, Faron. Sé que eres un hombre de corazón y un buen cristiano. Si no, no estarías aquí.

Faron hervía de rabia.

—¡Eres un debilucho, Claude! ¡Sois todos unos débiles! ¡No aguantaríais ni dos días en misión! ¡Ni dos días!

Todo el mundo hizo como que no le escuchaba, la calma volvió a la casa y poco después fueron a acostarse. Esperaban que Faron estuviera equivocado. Algo más tarde, Stanislas entró en la habitación de Key, Palo, Gordo y Claude, y pidió al cura, que llevaba en su maleta todo tipo de medicamentos, que le diese un somnífero.

—Esta noche me gustaría dormir como un niño —dijo.

Claude miró a Key, que asintió con un sobrio movimiento de cabeza. Le dio una pastilla y el piloto se fue lleno de gratitud.

—Pobre Stanislas —dijo Claude, agitando las dos mitades del crucifijo alrededor de la cama como si tratara de conjurar la mala suerte.

—Pobres de nosotros —respondió Palo, tumbado junto a él.

Hong Kong, ese mismo día de Navidad, cayó en manos de los japoneses tras espantosos combates. Los soldados ingleses y los refuerzos canadienses —dos mil hombres habían sido enviados al frente— fueron salvajemente masacrados.

El 29 de diciembre, todos habían olvidado la crisis de ansiedad navideña. Al principio de la tarde, los doce aspirantes estaban descansando en la sala, apiñados alrededor de la estufa en los sillones y sobre las espesas alfombras, más cómodas que las frías camas manchadas de moho. El teniente Peter los había enviado a descansar, pues les esperaban ejercicios nocturnos. Dormían ruidosamente, solo Palo estaba despierto, pero como Laura se había dormido apoyada en él, no se atrevía a moverse. En la calma de la casa, oyó de pronto unos pasos apagados: era Rana, que parecía dispuesto a salir fuera, enfundado en su guerrera. Se había quitado las botas para que el parqué no crujiera.

—¿Adónde vas? —le preguntó Palo en voz baja.

—He visto flores.

El chico le miró fijamente, sin comprender bien.

—Hay flores que han atravesado el hielo —repitió Rana—. ¡Flores!

Los ronquidos fueron la única respuesta: a nadie le importaban las flores, incluso si habían germinado en la nieve.

—¿Quieres venir? —propuso Rana.

Palo sonrió, divertido.

—No, gracias.

No quería dejar a Laura.

—Hasta luego entonces.

—Hasta luego, Rana... No vuelvas muy tarde. Tenemos entrenamiento esta noche.

—No muy tarde. Entendido.

Rana se fue a soñar solo al bosque cercano, con sus flores. Siguió el sendero en dirección a Arisaig; le gustaba la vista desde el acantilado. Se desvió hacia el bosque con el corazón alegre. Sus flores ya no estaban muy lejos. Pero a la vuelta de un montón de troncos muertos, se encontró con un grupo de cinco polacos de la Sección MP, borrachos de vodka. Los polacos se habían enterado de la incursión de los franceses en su casa y del robo de botellas de alcohol, y se la tenían jurada. Rana fue quien pagó el pato; le dieron tortazos, lo tiraron al barro, y después le obligaron a beber largos tragos de vodka que le quemaron el estómago. Rana, atemorizado, humillado, bebió con la esperanza de que después le dejaran tranquilo. Pensaba en Faron: que esperasen a ver lo que les haría Faron cuando se enterase.

Pero los polacos querían que bebiera más.

—*Nasdarovnia* —gritaban a coro, pegándole la botella a los labios.

—Pero ¿qué os he hecho? —gemía Rana en francés, escupiendo la mitad del alcohol que tenía en la boca.

Los polacos, que no entendían nada, solo respondieron con insultos. Y como eso no bastaba, empezaron a pegarle, a darle patadas y bastonazos, todos juntos, cantando. Mientras le golpeaban, Rana se puso a gritar tan fuerte que sus alaridos alertaron a los militares de Arisaig House, que se lanzaron a registrar el bosque armados. Cuando encontraron al infeliz, estaba ensangrentado y sin conocimiento, y lo llevaron a la enfermería.

Sus compañeros lo velaron hasta el final de la tarde, y después a la vuelta de sus ejercicios nocturnos. Palo, Laura, Key y Aimé fueron de los últimos en quedarse cerca de él. Rana había recuperado el sentido, pero seguía con los ojos cerrados.

—Me duele —repetía.

—Lo sé —respondió Laura.

—No... Me duele aquí.

Señalaba su corazón.

—Di al teniente que ya no puedo continuar.

—Claro que podrás. Has hecho ya mucho —le consoló Key.

—No puedo continuar. No puedo más. Nunca sabré combatir.

Rana ya no creía en sí mismo, había perdido su propia guerra. Sobre las dos de la mañana, se durmió por fin y los últimos compañeros volvieron a la casa para hacer lo mismo.

Con las primeras luces del alba, Rana se despertó. Al verse solo, salió de su cama y se deslizó fuera de la enfermería.

Entró a escondidas en la galería de tiro y, forzando uno de los armarios de hierro, robó un Colt 38. Después deambuló a través de las capas de bruma lluviosa, encontró sus preciosas flores y las recogió. Caminó hasta la casa de la Sección F. Y apoyó la pistola contra su torso.

El teniente Peter, David y los aspirantes se despertaron de golpe por la deflagración. Saltaron de la cama y corrieron fuera, medio desnudos. Frente a la casa, en el barro, yacía Rana entre sus flores, aplastado por su propia vida. El teniente Peter y David se inclinaron sobre él, aterrados. Rana había hundido el arma contra su corazón, su corazón que tanto daño le hacía siempre.

Palo, desencajado, se precipitó a su vez sobre el cuerpo y posó la mano sobre los ojos de Rana para cerrarlos. Creyó percibir un aliento débil.

—¡Está vivo! —gritó al teniente para que llamase a un médico.

Pero Peter negó con la cabeza, lívido: Rana no estaba vivo, simplemente aún no estaba muerto. No se podía hacer nada por él. Palo le abrazó entonces para que se sintiese menos solo en sus últimos instantes, y Rana tuvo todavía fuerzas para llorar un poco, ínfimas lágrimas cálidas que rodaron sobre sus mejillas cubiertas de barro y de sangre. Palo le consoló, y después André Rana expiró.

Los aspirantes permanecieron inmóviles, tiritando, anonadados, con el alma desgarrada. Laura se derrumbó sobre Palo.

—Abrázame —sollozó.

Él la abrazó.

—Tienes que abrazarme más fuerte, tengo la impresión de que yo también voy a morir.

La abrazó aún más fuerte.

El viento del alba redobló su violencia y el pelo mal cortado de Rana se le pegó a la cara. Parecía tan tranquilo ahora. Más tarde, algunos oficiales de la policía militar de la base vecina de la Royal Navy se llevaron el cuerpo, y aquella fue la última vez que oyeron hablar de Rana, el triste héroe de guerra.

Sus camaradas de vida y combate honraron su memoria al atardecer, en lo alto de Arisaig House, allí donde el acantilado caía a plomo sobre el mar. Llegaron en una larga procesión. Laura llevaba flores que había recogido; Aimé, una camisa de Rana; y Faron, algunas cosas que había encontrado en su taquilla del dormitorio. Claude sostenía los dos trozos de crucifijo; Stanislas, su juego de ajedrez. Sobre la cima, bañados por el crepúsculo naranja y dominando el horizonte del mundo, todos permanecieron silenciosos, paralizados por el dolor.

—Callemos, pero callémonos bien —ordenó Frank, el sólido.

Después, en la dulce homilía de la resaca, lanzaron a las olas, cada uno por turno, los objetos que les recordaban a Rana.

Aimé tiró su camisa.

Laura tiró sus flores.

Key tiró su reloj de pulsera, que no se ponía nunca por temor a estropearlo.

Palo tiró sus gafas.

Frank tiró sus cigarrillos.

Faron tiró un viejo libro abombado.

Gordo tiró fotografías arrugadas.

Denis tiró su pañuelo bordado.

Claude tiró sus estampitas.

Jos tiró su espejito.

Stanislas tiró su juego de ajedrez.

Algo apartados, el teniente Peter y el intérprete David lloraban. Todos lloraban. Escocia entera lloraba.

La llovizna empezó a caer; las gaviotas comenzaron de nuevo a chillar. Lentamente, las cosas de Rana desaparecieron en el agua. Y pudieron ver todavía la onda violeta de sus flores, antes de que una última ola las tragase.

10.

Londres, madrugada del 9 de enero. Estaban de vuelta en la capital. El grupo ya solo contaba con once aspirantes: Stanislas, Aimé, Frank, Key, Faron, Gordo, Claude, Laura, Denis, Jos y Palo. Tras cinco semanas en Lochailort, habían finalizado su escuela de resistencia. Pero, con el dolor del duelo de Rana, su éxito se reducía a un poso amargo.

Era de noche, Inglaterra aún dormía. La estación Victoria estaba desierta y congelada. Los pocos pasajeros caminaban con prisa, el cuello levantado y el rostro azotado por el viento. En el exterior, el hielo cubría las aceras, y los coches avanzaban con prudencia por los bulevares. Un aire puro y poderoso barría la ciudad. El cielo estaba despejado.

Los aspirantes habían completado poco más de la mitad de su formación: les quedaban tres semanas de entrenamiento paracaidista, y después cuatro semanas de formación en técnicas de seguridad en las misiones. Ahora gozaban de una semana de permiso, y querían disfrutar de todo lo que habían echado de menos durante los dos primeros periodos de entrenamiento: cabarets, buenos restaurantes y habitaciones de hotel limpias. Gordo hablaba de irse de putas, Claude buscaba una iglesia.

Cuando el grupo se dispersó tras algunos abrazos y las recomendaciones del teniente Peter, Palo se encontró solo con Laura. Se habían esperado.

—¿Qué tienes pensado hacer? —preguntó ella.

—No estoy seguro...

No tenía familia, ni ningún deseo en particular. Pasearon un momento por Oxford Street: las tiendas se despertaban, los escaparates se iluminaban. Al llegar a Brompton Road, cerca de Piccadilly, pidieron un desayuno en un cálido restaurante contiguo a unos grandes almacenes. Sentados sobre unos inmensos sillones, contemplaron a través del gran ventanal la ciudad de Londres, que brillaba con miles de luces en el envoltorio todavía oscuro de la mañana. Palo pensó que era una ciudad magnífica.

Laura se disponía a pasar su permiso en Chelsea, en casa de sus padres, que creían que se había alistado en el FANY, en una base en Southampton. El First Aid Nursing Yeomanry era una unidad compuesta en exclusiva por mujeres, todas voluntarias, que servían como enfermeras, auxiliares de logística del ejército británico o hasta conductoras para el Auxiliary Transport Service. Algunas compañías estaban destinadas incluso en el continente, especialmente en Polonia.

—Podrías venir conmigo —propuso a Palo.

—No querría molestar.

—La casa es grande, y nosotros tenemos personal.

Palo esbozó una sonrisa: *ellos* tenían personal. Esa puntualización, después de lo que habían sufrido, le divirtió.

—¿Y cómo se supone que nos hemos conocido?

—No tienes más que decir que trabajamos en la misma base. En Southampton. Eres un voluntario francés.

Él asintió con la cabeza. Casi convencido.

—Y ¿qué hacemos allí?

—Trabajos generales, eso bastará para todas las respuestas. O si no, digamos que en las oficinas. Sí, estamos en las oficinas, es más sencillo.

—¿Y nuestras marcas?

Laura se pasó las manos por las mejillas. Tenían, los dos, de hecho los once aspirantes, hematomas, arañazos y pequeñas cicatrices que habían acumulado durante los entrenamientos, en las manos, en los brazos, en la cara, en todo el cuerpo. Laura adoptó un aire malicioso.

—Nos empolvaremos la cara, como las señoras ancianas. Y si nos hacen alguna pregunta, diremos que hemos tenido un accidente de coche.

A Laura sus ideas le parecían formidables, y Palo le sonrió. Pasó furtivamente la mano por la suya. Sí, la quería, estaba seguro. Y sabía que él no la dejaba indiferente; lo había sabido cuando ella le pidió que la abrazase, tras la muerte de Rana. Nunca se había sentido tan hombre como cuando la había estrechado entre sus brazos.

Pasaron por el departamento de cosméticos de los grandes almacenes para comprar maquillaje, y se pusieron un poco sobre las cicatrices de sus caras. Después tomaron el autobús en dirección a Chelsea.

Era un palacete demasiado grande para sus padres solos, un bonito edificio cuadrado, de ladrillo rojo, cuyas fachadas estaban adornadas con faroles de hierro y cubiertas de enredadera, deshojada por el invierno. Tenía dos pisos más la planta baja y las buhardillas, una escalera principal y una escalera de servicio. A Palo le había parecido escuchar que el padre de Laura se dedicaba a las finanzas, pero se preguntaba lo que las finanzas podían aportarle en aquella época. Quizás se dedicaba al armamento.

—No está nada mal tu casa —dijo, contemplando el edificio.

Laura se echó a reír y avanzó hasta los escalones. Llamó. Como un visitante, para dar una sorpresa.

Richard y France Doyle estaban terminando el desayuno. Eran las nueve de la mañana. Se miraron, extrañados: ¿quién podría ser tan temprano? Y por la puerta principal, además. Quizás venían a entregar algo, pero las entregas pasaban siempre por la puerta de servicio. Curiosos, se dirigieron rápidamente hasta la entrada, adelantando a la doncella, que era un poco paticorta. El padre se alisó el bigote y se colocó el nudo de la corbata antes de abrir.

—¡Laura! —exclamó la madre al descubrir a su hija al otro lado de la puerta.

Y los dos la abrazaron con fuerza.

—Estamos de permiso —explicó Laura.

—¡De permiso! —se alegró el padre—. ¿Por cuánto tiempo?

—Solo una semana.

France aguantó un gesto de disgusto.

—¿Una semana solamente? ¡Y no hemos tenido noticias tuyas!

—Lo siento, mamá.

—Telefonea al menos.

—Telefonearé.

Los Doyle llevaban dos meses sin ver a Laura; su madre la encontró más delgada.

—¡No os dan nada de comer!

—Es la guerra.

La madre suspiró.

—Tendré que resignarme a quitar las rosas para sembrar un huerto. Plantaré patatas.

Laura sonrió y besó de nuevo a sus padres, antes de presentar a Palo, que había permanecido educadamente sobre los escalones con los equipajes.

—Este es Palo. Un amigo. Un voluntario francés. No tenía adónde ir durante el permiso.

—¡Un francés! —exclamó France en francés.

Y declaró que todos los franceses del mundo entero serían bienvenidos en su casa, sobre todo los valientes.

—¿De dónde viene? —le preguntó.

—De París, señora.

—¡Ah! París... —se maravilló ella—. ¿Y qué noticias nos trae de París?

—París va bien, señora.

Ella apretó los labios. Si París fuese bien, seguro que Palo no estaría allí.

Laura y Palo conversaban con Richard; France ya no escuchaba, se contentaba con mirar, perdida en sus propios pensamientos. Percibió algunos fragmentos del mal inglés del visitante; le agradó su forma de hablar, educada, inteligente.

Y no dudó ni un segundo de que a su hija le gustaba ese chico. La conocía bien. Volvió a mirar a Palo, tenía marcas en las manos y en el cuello. Rozaduras, marcas de guerra. Ni él ni Laura estaban en Southampton. Lo sabía, instinto maternal. Pero entonces ¿dónde servían? ¿Por qué su propia hija le había mentido? Con el fin de calmar su preocupación, llamó a la doncella para que preparase las habitaciones.

Fue una bonita jornada. Laura paseó con Palo por Chelsea, y como seguía luciendo un sol radiante, cogieron el metro hasta el centro. Dieron una vuelta por Hyde Park, en medio de una multitud de paseantes, soñadores y niños. Se cruzaron por el camino con algunas ardillas que desafiaban el invierno, y patos cerca de los estanques. Comieron pasteles salados en una cafetería al borde del Támesis, luego deambularon hasta Trafalgar Square, y después, sin darse cuenta, hasta Northumberland House. Donde todo había comenzado.

De regreso en casa de los Doyle, al final de la tarde, a Palo le asignaron una bonita habitación del segundo piso; hacía mucho tiempo que no disfrutaba de la intimidad de una habitación para él solo. Se tumbó un momento en la mullida cama y después se dio un baño ardiente, para librarse de la grasa de Surrey y de Escocia; en el espejo del cuarto de baño, contempló detenidamente su cuerpo, plagado de heridas y golpes. Después, seco, afeitado, peinado, y con el torso descubierto, deambuló por la tibia habitación, hundiendo sus pies desnudos en la espesa moqueta. Y se detuvo en la ventana para contemplar el mundo. Caía la noche, y ese crepúsculo parecía confundirse con el alba de esa misma mañana, bañando las calles y las bonitas y tranquilas casas en una atmósfera azul oscuro. Miró los jardincitos barridos por el viento que se había levantado, y los grandes árboles desnudos de la avenida animados rítmicamente por las ráfagas. Sopló contra el frío cristal y, en el círculo de vaho, escribió el nombre de su padre; era enero, el mes de su cumpleaños. ¡Qué solo debía de estar su padre, qué triste y abandonado debía de sentirse! Eran una familia muy pequeña, y Palo la había roto.

Laura entró en la habitación sin hacer ruido, y él solo se dio cuenta cuando ella le puso las manos sobre las costillas marcadas de hematomas.

—¿Qué haces? —preguntó, intrigada al verle medio desnudo en la ventana.

—Estaba pensando.

—Sabes lo que diría Gordo, ¿eh?

Palo asintió con la cabeza, divertido, y exclamaron juntos, imitando el tono entrecortado y melancólico de su compañero: «No pienses en cosas malas...». Rieron.

Laura había traído un pequeño bote de maquillaje y aplicó algunos toques sobre la cara de Palo, para seguir con su estratagema, que no engañaba a nadie. Él la dejó hacer, feliz de que le tocara el rostro. Ella se había puesto muy elegante, con un toque de maquillaje, una falda verde manzana y perlas de nácar en las orejas. Era tan bella...

—¿Qué te has hecho? —preguntó ella al ver la larga cicatriz que marcaba su pecho, en el lugar del corazón.

—Nada.

Puso su mano sobre la cicatriz. Estaba convencida de querer a ese chico, pero nunca se atrevería a confesárselo. Era verdad que habían pasado mucho tiempo juntos, durante el curso en Escocia, pero siempre parecía tan serio, tan preocupado por la marcha del mundo, que seguro que no se había dado cuenta de cómo le miraba. Recorrió la cicatriz con la yema del dedo.

—No has podido hacerte algo así durante los entrenamientos.

—Es anterior.

Laura no insistió.

—Ponte una camisa, la cena está servida.

Salió de la habitación regalando una sonrisa a su francés.

Palo vivió en Londres una semana maravillosa. Laura le enseñó la ciudad. Aunque hubiese pasado varias semanas allí durante su reclutamiento, no la conocía. Laura le enseñó todas las heridas del Blitz y los barrios en ruinas; los bombardeos habían causado muchos destrozos, hasta Buckingham Palace se había visto afectado, y cuando la Luftwaffe machacaba Londres, los ingleses se habían visto obligados a esconderse en el metro en algunas ocasiones. Es lo que había hecho que Laura se decidiera a ingresar en el SOE. Dejando de lado la guerra y sus estigmas, fueron al cine, al teatro, a los museos. Fueron al zoo real; tiraron pan seco a las grandes jirafas y saludaron a los viejos leones, señores miserables en sus jaulas. Una tarde se cruzaron por casualidad en una calle con dos agentes austriacos, a los que habían visto en Arisaig House, pero fingieron no conocerse. A veces Palo se preguntaba qué había sido de sus amigos en París; seguramente estaban estudiando, preparándose para ser profesor, médico, ingeniero, agente de seguros, abogado. ¿Quién de ellos podría imaginarse lo que estaba haciendo?

La víspera de la partida, descansaba en su habitación, solo, tumbado en la cama. France Doyle llamó a la puerta y entró, con una bandeja en la mano sobre la que traía una tetera y dos tazas. Palo se levantó educadamente.

—Así que os vais mañana, ¿no? —suspiró France.

Su voz tenía la misma entonación que la de Laura. Se sentó sobre la cama, al lado de Palo. Con la bandeja sobre las rodillas, llenó las tazas en silencio. Le tendió una.

—¿Qué está pasando de verdad?

—¿Disculpe?

—Sabes bien de qué hablo —dijo mirando fijamente al joven—. No estáis destinados en Southampton.

—Sí, señora.

—¿En qué base?

Palo, sorprendido por la pregunta, permaneció mudo de entrada. No estaba preparado para que le interrogasen sin Laura; si ella hubiese estado allí, habría sabido qué decir. Intentó arreglarlo, pero la duda había sido demasiado evidente; inventar un nombre ya no serviría de nada.

—No tiene importancia, señora. A nuestros superiores no les gusta que demos información sobre la base.

—Sé que no estáis en Southampton.

Un largo silencio invadió la habitación. No un silencio incómodo, sino un silencio de confianza.

—¿Qué sabe exactamente?

—Nada. Pero he visto las marcas de vuestros cuerpos. Siento que Laura ha cambiado. No para mal, al contrario... Sé que no está en el FANY, transportando cajas de coles. Transportar verduras no te cambia así en dos meses.

De nuevo silencio. France continuó:

—Tengo tanto miedo, Palo. Por ella, por vosotros. Debo saberlo.

—No se va a quedar más tranquila.

—No lo dudo. Pero al menos, sabré por qué me inquieto.

Palo la miró. Vio en ella a su padre. Si hubiese sido su padre, y él hubiese sido Laura, él habría querido que ella se lo dijera. Le resultaba insoportable que su padre no supiera nada. Como si ya no existiera.

—Júreme que no revelará nada.

—Lo juro.

—Júrelo más. Júrelo por su alma.

—Lo juro, hijo.

Le había llamado *hijo*. De pronto, se sentía menos solo. Se levantó, comprobó que la puerta estaba bien cerrada, volvió a sentarse cerca de France y murmuró:

—Hemos sido reclutados por los servicios secretos.

La madre se tapó la boca con la mano.

—¡Pero sois tan jóvenes!

—Es la guerra, señora. Y no puede hacer nada. No puede detener a Laura. No diga nada, finja que no sabe nada. Si cree en Dios, rece. Si no cree, rece también. Quédese tranquila, no nos pasará nada.

—Cuida de ella.

—Lo haré.

—Júralo también.

—Lo juro.

—Es tan frágil...

—Menos de lo que usted cree.

Sonrió para tranquilizarla. Se quedaron un buen rato juntos, en silencio.

Al día siguiente, Palo y Laura dejaron la casa de Chelsea después de comer. La madre cumplió su promesa. En el momento de despedirse, deslizó discretamente algunas libras esterlinas en el bolsillo del abrigo de Palo.

—Cómprale chocolate —murmuró—. Le gusta tanto el chocolate...

Él asintió, esbozó una última sonrisa. Y se marcharon.

11.

El padre seguía de cerca el curso de la guerra. Tenía tanto miedo. Cada vez que oía hablar de muertos, pensaba en su hijo. En la radio, los boletines informativos le sobresaltaban. Estudiaba después el mapa de Europa y se preguntaba dónde se encontraría su hijo. ¿Y con quién? ¿Y en nombre de quién luchaba? ¿Por qué debían los hijos hacer la guerra? A menudo se arrepentía de no haber partido en su lugar. Tendrían que haberse cambiado los papeles: Paul-Émile se habría quedado en París, bien seguro, y él habría partido al frente. No sabía ni dónde ni cómo, pero lo habría hecho si aquello hubiese podido retener a su hijo.

A los que le habían preguntado, les había contestado simplemente: «Paul-Émile se ha marchado». Sin añadir nada más. A los amigos de su hijo que habían venido a buscarle, a la portera a la que le extrañaba no haberse cruzado con Paul-Émile, siempre la misma cantinela: «No está, se ha marchado». Y cerraba la puerta o continuaba su camino para concluir de una vez por todas la conversación.

A menudo se arrepentía de no haberlo encerrado en un cuarto. Lo habría encerrado durante toda la guerra. Con llave, para que no se fuera nunca. Pero como le había dejado partir, ya no cerraba la puerta del piso, para estar bien seguro de que podía volver. Todas las mañanas, al partir al trabajo, verificaba concienzudamente que no había cerrado con llave. A veces volvía sobre sus pasos para comprobarlo de nuevo. *Nunca se es lo bastante prudente,* pensaba.

El padre era un «funcionario sin importancia»; trabajaba en el registro, sellando documentos. Esperaba que su hijo se convirtiera en un gran hombre, porque él mismo se encontraba poco interesante. Cuando su jefe le devolvía documentos para que los corrigiera, con algunas anotaciones despectivas al margen, el padre exclamaba: «¡Miserable!», sin saber exactamente si se dirigía a su jefe o a él mismo. Sí, su hijo sería alguien importante. Jefe de gabinete, o ministro. Cuanto más tiempo pasaba, más orgulloso estaba de él.

Durante la pausa del mediodía, se precipitaba hasta el metro, volvía a su casa y se lanzaba sobre el correo, porque su hijo había prometido escribirle. Esperaba sus cartas con desesperación, pero no llegaban nunca. ¿Por qué no le escribía? Le preocupaba no tener noticias, rezaba por que no le hubiese pasado nada. Enflaquecido, miraba de nuevo en el buzón para asegurarse de que no se había dejado nada, y después levantaba la mirada con tristeza hacia el cielo de enero. Pronto sería su cumpleaños, y su hijo seguramente daría señales de vida. Su hijo no había olvidado nunca su cumpleaños; encontraría un medio de ponerse en contacto con él.

12.

Por una carretera desierta de Cheshire, en la oscuridad del toque de queda, Gordo caminaba, solemne, con su peine en la mano. Sin aliento, se detuvo un instante y se atusó el pelo revuelto. A pesar del frío glacial de enero, su ropa, demasiado estrecha, estaba completamente sudada: no debería haber corrido tanto. Se secó la cara con el dorso de la manga, respiró hondo para infundirse valor, y recorrió los últimos metros que le separaban del pub. Miró su reloj, eran las once y media. Disponía de dos horas largas. Dos horas de exquisita felicidad. Por las noches, cuando todos dormían, se fugaba.

Al final de su permiso, los once aspirantes de la Sección F se habían presentado en la base aérea de Ringway, cerca de Manchester, donde tenía lugar la tercera etapa de su formación en el SOE. Debían permanecer allí hasta principios de febrero. Todos los aspirantes del Servicio pasaban por Ringway, uno de los principales centros de entrenamiento de paracaidistas de la Royal Air Force, ya que el lanzamiento en paracaídas era el medio más eficaz para transportar agentes desde Gran Bretaña hasta los países ocupados.
Habían llegado allí diez días antes. Su formación, condicionada por la urgencia de la situación europea, ya había dejado que desear —unos pocos meses de entrenamiento acelerado entre ciencia militar e improvisación—, pero la duda se había convertido en algo más el primer día en Ringway, cuando los habían obsequiado con una demostración calamitosa del método de lanzamiento que el SOE había puesto a punto.

Gracias a un ingenioso sistema de cables, el paracaidista no tenía absolutamente nada más que hacer que dejarse caer desde un agujero en el suelo del avión; una correa atada al paracaídas y enganchada al avión desplegaría de manera automática la tela a la altitud correcta, y al agente no le quedaría más que aterrizar como le habían enseñado en los entrenamientos. De esta forma, los aspirantes, alineados en una explanada de la base, habían observado con atención a un bombardero lanzar en vuelo rasante sacos de tierra mediante el susodicho sistema. Pero, aunque uno de los paracaídas se había desplegado por encima del primer saco unas decenas de metros después de su lanzamiento, el segundo y el tercero se habían estampado contra el suelo con un ruido sordo sin que nada hubiera pasado. El cuarto saco había planeado bajo un bonito paracaídas blanco; el quinto se había estrellado de nuevo. En semicírculo, los aspirantes habían contemplado el espectáculo, horrorizados, imaginando sus futuros cadáveres cayendo del cielo.

—¡Dios mío! —había gemido Claude, los ojos como platos.

—¡Hostias! —había dicho Aimé a su lado.

—¡Joder! —había exclamado Key.

—Es una broma, ¿verdad? —había preguntado Faron al teniente Peter.

Pero el teniente había sacudido la cabeza sin dejarse desanimar, y David, pálido también, había traducido: «Funcionará, funcionará, ya lo verán». En el avión, la tripulación tampoco se había rendido, y seguía lanzando sacos. Se abrió un paracaídas, luego otro, señal alentadora, y el teniente se mostró contento. Pero su alegría duró poco: el saco siguiente se estrelló lamentablemente en la hierba húmeda, produciendo dolor de estómago a los aspirantes.

A pesar de este episodio, se habían entrenado con exigencia, como siempre, corriendo por las pistas y los hangares. Es cierto que la escuela de Ringway no formaba expertos paracaidistas, de ahí el sistema de apertura automática. Pero debían estar listos para saltar en condiciones difíciles, a baja altitud y de noche. Lo más importante era aterrizar bien, con las piernas dobladas y juntas y los brazos extendidos a lo largo del cuerpo, y dar al tocar tierra una voltereta sencilla, pero que no admitía lugar a error, bajo pena de romperse los huesos. Habían ensayado primero en el suelo, después a pequeña altura, sobre una silla, un taburete y, por último, una escalera. Desde la escalera, Claude gritaba cada vez que se lanzaba. Entre los ejercicios de salto, había también ejercicios físicos para no perder la buena forma adquirida durante la instrucción en Escocia, aprendizaje sobre material aeronáutico y, por encima de todo, sobre aviones: los bombarderos Whitley, que los lanzarían sobre Francia, y los Westland Lysander, pequeños aviones de cuatro plazas, sin armamento pero capaces de aterrizar y despegar en distancias muy cortas, y que irían a recuperarlos sobre el terreno al final de la misión, delante de las narices de los alemanes. Durante la visita a los aparatos en el suelo, los aspirantes, felices como niños, se habían sentado en las cabinas para jugar con los instrumentos de a bordo. Stanislas había intentado sin éxito iniciar a sus compañeros en el manejo de los mandos, pero todos se habían limitado a pulsar, al azar, cualquier botón, mientras Gordo y Frank se desgañitaban en los auriculares. El instructor, impotente y disgustado, se había quedado sobre la pista, sin poder hacer otra cosa que constatar la desbandada. A su lado, Claude, inquieto, había preguntado si no existía el riesgo de que uno de sus compañeros, con la excitación, largara una bomba de varias toneladas al mismo suelo.

El SOE se negaba a alojar a sus reclutas en Ringway, donde se entrenaban también soldados del ejército británico, comandos paracaidistas y tropas aerotransportadas. Tanta promiscuidad, incluso con militares, se consideraba peligrosa para los futuros agentes secretos. Así pues, alojaban a las diferentes secciones en Dunham Lodge, en Cheshire, y los aspirantes hacían el trayecto diario hasta la base en camioneta. De ese modo localizaron un pub, de camino a Ringway, y como al final de la primera semana les habían concedido un permiso de unas horas, habían ido todos allí. Nada más entrar en el establecimiento, se habían dispersado entre las dianas y las mesas de billar, pero Gordo se había quedado plantado sobre el pegajoso suelo, subyugado; acababa de ver, justo detrás de la barra, a la que le parecía la mujer más extraordinaria del mundo. Se había pasado largos minutos contemplándola, y se había visto invadido por una felicidad repentina e inexplicable: la amaba. Sin haberla visto más que unos instantes, la amaba. Entonces, tímidamente, se había instalado en la barra y había vuelto a admirarla, esa morena pequeña que distribuía pintas de cerveza con una gracia infinita. Adivinaba, bajo su estrecha blusa, su cintura de avispa y su cuerpo fino; hubiese querido estrecharla contra él y, de manera inconsciente, sobre su taburete, se había abrazado a sí mismo, conteniendo la respiración durante un buen rato. Después se había puesto a pedir cervezas, un montón de cervezas, balbuceando en su pésimo inglés, solo para que le prestase atención, y se había bebido cada jarra de un trago, para volver a pedir otra de inmediato. A ese ritmo, no necesitó mucho tiempo para estar completamente borracho, y su vejiga a punto de estallar. Había convocado a Key, Palo y Aimé a un gabinete de crisis en los servicios del pub.

—¡Pero, joder! ¿Has visto en qué estado estás, Gordo? —se había enfadado primero Key—. Si el teniente te viera así, ¡se acabaron los permisos!

Pero después no había podido evitar echarse a reír ante el espectáculo de Gordo borracho. Los ojos semicerrados como los de un miope sin gafas, mirando de arriba abajo a sus compañeros, vacilando ligeramente, apoyándose en las sucias paredes de los servicios, buscando equilibrio porque la cabeza le daba vueltas; se le trababa la lengua y agitaba las manos para explicarse mejor, pero era todo su inmenso cuerpo el que se movía. Balanceaba la cabeza adelante y atrás, desplegando su enorme mentón, agitando su pelo demasiado graso, con aspecto cómico, hablando excesivamente alto y con un tono a la vez serio y monocorde.

—Estoy enfermo, compañeros —había declarado al fin.

—Sí, eso es evidente —había respondido Aimé.

—No... Enfermo de amor. Es por la chica del bar —silabeó—. La-chi-ca-del-bar.

—¿Qué pasa con la chica del bar?

—La amo.

—¿Cómo que la amas?

—La amo de amor.

Se habían reído. Hasta Palo, que sin embargo conocía el amor repentino. Se habían reído porque Gordo no sabía amar; hablaba de chicas, de putas, de lo que conocía. Pero de amor, no sabía nada.

—Has bebido demasiado, Gordo —le había dicho Aimé dándole una palmada en la espalda—. No se puede amar a alguien que no se conoce. Hasta a la gente que conocemos bien, a veces nos cuesta amarla.

Se habían llevado a Gordo a Dunham Lodge, para que se le pasara la borrachera. Pero al día siguiente, sobrio, Gordo no había olvidado nada de su amor; y mientras los aspirantes efectuaban su primer salto desde un bombardero Whitley, y todos se retorcían de miedo, pensando en los sacos de tierra, él solo había pensado en ella. Envuelto en su uniforme verde, casco en la cabeza y gafas en los ojos, el gigante, planeando por encima de Inglaterra, tenía el alma completamente patas arriba.

Después de ese primer salto, Gordo había decidido tomar las riendas de su vida. Llevaba ya tres noches huyendo de Dunham Lodge en el mayor de los secretos, violando las leyes militares, para estar cerca de su amada. Abandonaba el dormitorio de puntillas; si algún compañero se preocupaba al verle levantarse, pretextaba dolor de estómago y algunos malos aires que soltar en el pasillo, y el compañero, somnoliento, lleno de gratitud, se dormía inmediatamente. Y entonces

Gordo huía, en la oscuridad del toque de queda, y marchaba por la pequeña carretera desierta que llevaba hasta el pub, corriendo hacia su destino con el corazón latiendo a toda velocidad. Corría como un desesperado, y luego caminaba secándose la frente porque no quería que ella le viese sudar, y luego volvía a correr, porque no quería malgastar un segundo más sin verla.

En cuanto entraba en el pub, su corazón estallaba de nervios y de amor. Se hacía el despistado y luego buscaba a su amada con la mirada entre el gentío anónimo. Cuando por fin la veía, su corazón estallaba de felicidad. Se instalaba en la barra, y esperaba a que viniese a servirle.

Preparaba frases, pero no se atrevía a hablar, porque ella le intimidaba y porque su inglés era incomprensible. Entonces pedía sin cesar, solo por tener la ilusión de un intercambio, y se dejaba toda la paga. No quería saber nada de ella porque, mientras no supiese nada, seguiría siendo la mujer más extraordinaria del mundo. Podía imaginarse cualquier cosa de ella: su dulzura, su bondad, sus pasiones. Era exquisita, encantadora, divertida, deliciosa, sin el menor defecto, absolutamente perfecta. Tenían de hecho los mismos gustos, las mismas ambiciones; era la mujer de sus sueños. Sí, mientras no se conociesen, podía imaginarse lo que fuera: que a ella le parecía guapo, espiritual, valiente y lleno de talento. Que le esperaba todas las noches y si se retrasaba un poco, se desesperaba por no verle llegar.

Así, Gordo, a fuerza de soledad, se había convencido de que las historias de amor más hermosas eran las que se inventaba, porque los amantes de su imaginación no se decepcionaban nunca el uno al otro. Y podía soñar que alguien le amaba.

Al final de la tarde, cuando los aspirantes disponían de un poco de tiempo libre, Laura y Palo se encontraban en secreto en un minúsculo salón adyacente a la sala. Palo traía la novela que habían empezado en Lochailort y que seguían sin terminar; él leía muy despacio a propósito. En la habitación solo había un gran sofá, y él se sentaba primero, y después Laura se instalaba apoyada en él. Se soltaba el pelo rubio, y él respiraba su perfume cerrando los ojos. Si ella le sorprendía, le besaba en la mejilla; no un beso furtivo, un beso. Él se quedaba pasmado y a ella le divertía su efecto. «Vamos, ahora lee», decía, fingiendo impaciencia. Y Palo obedecía. A veces, llegaba a traerle un poco de chocolate, comprado a precio de oro con el dinero de France Doyle a un aspirante holandés. Creían que estaban completamente a solas en la salita. No se habían fijado en el par de ojos que los espiaban por el resquicio de la puerta. Gordo los observaba, emocionado. Al verlos, pensaba en su amada, y la imaginaba apoyada en él, abrazándole. Sí, un día se abrazarían, se abrazarían para no soltarse jamás.

Gordo solo pensaba en el amor. Consideraba que el amor podía salvar a los Hombres. Una noche, tras haber estado admirando a Palo y Laura desde su escondite, se unió a sus compañeros en los dormitorios donde solían mantener interminables conversaciones. Efectivamente encontró a Stanislas, Denis, Aimé, Faron, Key, Claude, Frank y Jos, tendidos sobre las camas, las manos detrás de la cabeza, en plena discusión.

—¿De qué habláis? —preguntó al entrar.

—Hablamos de chicas —respondió Frank.

Gordo esbozó una sonrisa. Sin saberlo, sus compañeros hablaban de amor, y el amor los salvaría.

—Me pregunto si volveremos a ver a las noruegas —declaró—. A mí me gustaban.

—Las noruegas... —suspiró alegremente Key—. Qué habríamos hecho en Lochailort si no hubiesen estado allí.

—Lo mismo —respondió Denis—. Correr y correr.

Los más jóvenes —Gordo, Key, Faron y Claude— sabían que no era verdad: a veces se habían arreglado simplemente por la posibilidad de cruzarse con ellas y no dar una imagen lamentable.

—¡Ay, mis niños! —exclamó Aimé—. Sois todos auténticos niños. Un día os casaréis, y se acabará lo de ligar. Espero que me invitéis a vuestras bodas...

—Claro —dijo Key—. Todos estaréis invitados.

Denis sonrió.

—¿Tú estás casado? —le preguntó Aimé.

—Mujer y dos niños que me esperan a salvo en Canadá.

—Los echas de menos, ¿verdad?

—Claro que los echo de menos. ¡Dios! Se trata de mi familia... Maldita sea, claro que sí.

—¿Cuántos años tienen?

—Doce y quince. Me recordáis un poco a ellos —dijo dirigiéndose a los más jóvenes—. Pronto serán también unos hombrecitos.

—¿Y tú, Stan, no estás casado? —dijo Key.

—No estoy casado.

Hubo un silencio triste. Key relanzó la conversación:

—En todo caso, no es aquí donde vamos a encontrar mujer alguna.

—Siempre nos quedará Laura —sugirió Faron.

—Laura está con Palo —replicó Aimé.

—De hecho, ¿dónde están? —preguntó Stanislas.

Hubo una carcajada general. Gordo no habló de su escondite. No quería que fuesen a molestarles. Los demás no comprendían nada del amor verdadero.

—Quizás estén follando —bromeó Faron—. ¡Qué suerte tiene Palo! Hace mucho tiempo que no echo un polvo.

—Follar es una buena prioridad —decretó Key, y algunos aprobaron.

—Follar no es nada —exclamó Gordo—. Hace falta más...

—¿Qué? —se burló Faron.

—Durante el permiso, estuve de putas en el Soho. Puta por la mañana, puta por la tarde, puta por la noche. Nada más que putas, todo el día. Y después le eché el ojo a una, una chica de Liverpool que hacía la calle en White-field Street. Figuraos que desde entonces no nos dejamos, varios días en la cama, casi como enamorados, y cuando le dije que tenía que marcharme, me estrechó entre sus brazos. Gratuitamente. ¿Acaso no es amor eso?

Se incorporó sobre su cama y contempló a sus compañeros.

—¿Acaso no es amor, eh? —repitió—. ¿No es amor, joder?

—Sí, Gordo —respondió Key—. Seguro que te ama.

—Así que ya veis, follar no es nada si no te abrazan después. ¡Hay que follar con amor!

Hubo un silencio, y todos se dieron cuenta de que Claude hacía rato que no abría la boca.

—¿Estás bien, Claude? —preguntó Aimé.

—Estoy bien.

Y Gordo hizo la pregunta que todos esperaban:

—Ñoño, si fueses cura, ¿ya no follarías?

—No.

—¿Nunca más?

—Nunca más.

—¿Ni siquiera con putas?

—Ni con putas, ni con nadie.

Gordo sacudió la cabeza.

—¿Y por qué no se puede follar cuando se es cura?

—Porque Dios no quiere.

—Pues bien, ¡está claro que nunca ha tenido los huevos llenos!

Claude palideció, los demás se echaron a reír.

—Eres gilipollas, Gordo —dijo Key—. Eres gilipollas, pero me haces gracia.

—No soy gilipollas, solo pregunto. Joder, tengo derecho a preguntar por qué los curas no follan. Todo el mundo folla. Entonces, ¿por qué los ñoños no pueden echar una canita al aire? ¿Eso qué quiere decir? ¿Que nadie quiere follar con Claude? Claude no es feo, tiene derecho a follar como todo el mundo. E incluso si fuera el más feo entre los feos, el rey de los feos, tendría derecho a irse de putas, de putitas cariñosas que se ocuparían bien de él. Yo te llevaría de putas, Ñoño, si quisieses.

—No, gracias, Gordo.

Volvieron a reír. Algunos empezaban a dormirse, se estaba haciendo tarde, y se prepararon para acostarse. Palo y Laura se unieron discretamente a sus compañeros. Gordo se dio una vuelta por todas las habitaciones para dar las buenas noches. Lo hacía todos los días, para asegurarse de que todos estaban en su dormitorio y no le iban a sorprender en plena evasión. Cuando volvió a su habitación, Key dormía, Palo parecía amodorrado y Claude tuvo apenas fuerzas para pulsar el interruptor al lado de su cama y apagar la luz. En la oscuridad, Gordo sonrió. No tardarían en dormirse profundamente. Pronto se levantaría.

Al final de su segunda semana, los aspirantes tenían que llevar a cabo una serie de saltos que les daban pánico. El tercer nivel era el más aterrador y el más peligroso de la formación del SOE: los paracaidistas se entrenaban para saltos arriesgados, a baja altitud, porque para sobrevolar los países ocupados sin ser detectados por los radares enemigos, los bombarderos de la RAF volaban a unos doscientos metros de altura. El salto duraba apenas unos segundos, veinte como mucho. El procedimiento estaba perfectamente pautado: desde la cabina, el piloto y el meteorólogo de a bordo tenían la responsabilidad de decidir el momento del salto en función de la altitud y la situación geográfica, y de dar la orden a la cabina, donde un jefe de salto, encargado de dirigir el lanzamiento de paracaidistas y del material, lo organizaba todo. Una luz roja se encendía cuando el avión sobrevolaba la zona de lanzamiento; el jefe de salto colocaba uno por uno a los agentes encima de una trampilla abierta en el suelo del avión y después, con una palmada en el hombro, daba la señal de saltar. Entonces había que dejarse caer al vacío, el cable metálico se tensaba y el paracaídas se abría solo, manteniendo el cuerpo en el aire unos instantes. La sacudida de la apertura del paracaídas les indicaba que debían prepararse para tocar el suelo en pocos segundos. Plegaban rápidamente las piernas y aterrizaban como les habían enseñado, lo que, en el mejor de los casos, equivalía a caer desde tres o cuatro metros.

El final de la segunda semana de entrenamiento en Ringway marcó el final del mes de enero. Y llegó el cumpleaños del padre. Palo pensó en él todo el día, sentía no poder dar señales de vida; ni carta, ni teléfono, nada. Su padre se iba a creer que le había olvidado. Estaba triste. Por la noche, le asaltaban los remordimientos de tal manera que no consiguió conciliar el sueño a pesar del cansancio. Hacía más de una hora que todos sus compañeros roncaban y seguía dándole vueltas, mirando fijamente al techo desde su estrecho camastro. Tenía tantas ganas de abrazar a su padre... «Feliz cumpleaños —le habría dicho—, padre maravilloso. Mira en lo que me he convertido gracias a tu magnífica educación». Le haría unos buenos regalos, un libro raro encontrado en un librero al borde del Sena, una pequeña acuarela pintada por él mismo, una fotografía en un bonito marco para su desabrido despacho. Con la paga del ejército británico, podría incluso regalarle una bonita chaqueta de *tweed* inglés que le sentaría como un guante. Tenía un montón de ideas. A partir de ese día, ahorraría para colmar a su padre de regalos cuando se volviesen a encontrar. Soñaba con el viaje que harían juntos, el transatlántico hasta Nueva York, primera clase, claro, podría permitírselo. O, mejor aún, irían en avión, y en nada de tiempo conocerían horizontes nuevos; cuando lloviera en París se marcharían al sur, a explorar Grecia o Turquía, y se bañarían en el mar. Su padre le consideraría el más formidable de los hijos, y le diría: «Hijo, qué suerte tengo de tenerte», y él respondería: «Todo lo que soy, te lo debo a ti». Y también le presentaría a Laura. Quizás ella se trasladase a vivir a París. Fuera como fuese, los domingos comerían en los mejores restaurantes, el padre se pondría su elegante chaqueta inglesa; Laura, sus pendientes de nácar, y todo el mundo, camarero, *maître,* sumiller, clientes, aparcacoches, los miraría con admiración. Al final de la comida, con las manos juntas sobre la mesa, el padre, conquistado por Laura, rezaría en secreto por una boda y por unos nietos. Y sería la vida más hermosa que nadie hubiese podido imaginar. Sí, Palo quería casarse con Laura porque, cuanto más la conocía, más se convencía de que era la única mujer a la que podría amar de verdad en toda su existencia.

Inmóvil en su cama, escuchaba los ronquidos, esos gruñidos desconocidos hacía apenas unos meses y que, en ese momento, eran murmullos tranquilizadores. Y soñaba que formarían una hermosa familia, él, su padre y Laura. Fue entonces cuando vio en la oscuridad la enorme silueta de Gordo, que se levantaba de su cama, y caminaba de puntillas para salir de la habitación.

13.

Discretamente, Palo siguió a Gordo en silencio, a través de los largos pasillos de Dunham Lodge, sombra entre las sombras. Al salir de la habitación, había observado con estupor que Gordo se había puesto el abrigo. No se atrevió a mostrarse, dividido entre las dudas y el miedo. ¿Gordo era un traidor? No, Gordo no, no ese hombre tan amable. Quizás iba a otro piso, donde los yugoslavos, a robar comida. Pero ¿por qué llevaba abrigo? Cuando Gordo, agachado y sigiloso, atravesó la puerta de entrada del Lodge y desapareció en la oscuridad, Palo se quedó de piedra. ¿Debía dar la alarma? Decidió seguirle, y salir a su vez. No estaba vestido para enfrentarse al frío de la noche, pero la adrenalina le impidió darse cuenta. Gordo avanzaba deprisa, sobre la carretera desierta y oscura, como si conociese el camino. Avanzaba a buen paso, se puso incluso a correr, y de pronto se detuvo en seco. Palo se lanzó detrás de un matorral, pensando que había sido descubierto, pero Gordo no se volvió; buscó en los bolsillos y sacó un pequeño objeto ovalado. ¿Una emisora de radio? Palo contuvo la respiración: si Gordo el traidor le descubría ahora, seguramente lo mataría. Pero Gordo no tenía una radio en la mano. Era un peine. Entonces Palo observó, estupefacto, a Gordo peinándose, en una pequeña carretera, en medio de la noche. No comprendía nada.

Gordo dejó escapar un grito casi femenino y soltó su peine sobre un charco de barro; ni siquiera se atrevía a volverse para ver quién había gritado su nombre. No era el teniente Peter, habría reconocido el acento. Aunque el teniente le llamaba Gordo también, en sus labios sonaba más bien como «Gwoudo». Quizás era David, el intérprete. Sí, era David. Lo iban a mandar directo a la prisión militar, a un consejo de guerra, y tal vez lo sentenciaran a muerte. ¿Cómo explicar a los oficiales del SOE que desertaba de Dunham Lodge todas las noches para encontrarse con una mujer? Lo fusilarían, públicamente quizás, para dar ejemplo. Su cuerpo entero se puso a temblar, su corazón dejó de latir, y las lágrimas brotaron en sus ojos.

—Pero Gordo, joder, ¿qué demonios haces?

El corazón de Gordo se volvió a poner en marcha. Era Palo. Su adorado Palo. Ay, Palo, ¡cómo le quería! Sí, le quería más que a nada esa noche. Ay, Palo, valeroso combatiente, fiel amigo, y qué apuesto, qué carisma, qué todo. ¡Qué chico más asombroso!

Se oyó de nuevo la voz de Palo.

—¡Pero Gordo! ¡Qué es lo que pasa, por Dios!

Gordo respiró profundamente.

—¿Palo? ¿Eres tú, Palo? Uf, Palo.

—¡Claro que soy yo! ¿Quién quieres que sea?

Entonces el enorme compañero corrió hacia Palo y lo abrazó con todas sus fuerzas. Se sentía feliz de poder compartir su secreto.

—¡Buah! ¡Estás sudando, Gordo!

—Eso es porque he corrido.

—Pero ¿por qué corres? ¿Sabes lo que te puede pasar si te cogen?

—No te preocupes, lo hago siempre.

Palo no podía creérselo.

—Voy a verla —explicó Gordo.

—¿Ver a quién?

—A la chica con la que me voy a casar después de la guerra.

—¿Quién?

—La camarera del pub.

—¿El pub donde estuvimos?

—Sí.

Palo se quedó de piedra: Gordo se había enamorado de veras. Por supuesto, lo había dicho en los servicios, pero nadie le había creído, él mismo no había pensado que fueran más que delirios de borracho.

—¿Y vas a verla? —preguntó, incrédulo.

—Sí. Todas las noches. Salvo cuando tenemos que hacer saltos nocturnos. ¡Qué asco de saltos nocturnos! Nos pasamos el día haciendo eso y, plas, por la noche volvemos a las andadas. ¿Cómo me has visto marcharme?

—Gordo, pesas más de cien kilos. ¿Cómo quieres que no te vea?

—Mierda, mierda. Tendré que ir con más cuidado la próxima vez.

—El curso se termina dentro de una semana.

—Lo sé. Por eso quiero enterarme al menos de cómo se llama... Para encontrarla después de la guerra, ¿lo entiendes?

Claro que Palo lo entendía. Mejor que nadie.

Empezó a caer la llovizna habitual, y le invadió de repente una desagradable sensación de frío. Gordo se dio cuenta.

—Coge mi abrigo, estás tiritando.

—Gracias.

Palo se puso el abrigo y olisqueó el cuello: olía a perfume.

—¿Te echas perfume?

Gordo sonrió, casi incómodo.

—Lo he robado, pero no lo digas, ¿eh?

—Claro que no, pero ¿quién se pone perfume?

—No te lo vas a creer.

—¿Quién?

—Faron.

—¿Faron se perfuma?

—¡Una auténtica señorita! ¡Una señorita! No me extrañaría que acabase en ciertos cabarets de Londres, no sé si me entiendes.

Palo se echó a reír. Y a Gordo le pareció que sus chistes sobre Faron en plan puta divertían de verdad a todo el mundo. Lamentó que su camarera no conociese a Faron, habría sido una buena forma de entablar conversación.

Esa noche, Palo y Gordo fueron juntos al pub. Se sentaron en una mesa y Palo observó cómo amaba Gordo. Contempló el brillo de sus ojos cuando ella vino a tomarles nota, sus balbuceos, y después su sonrisa porque ella le había prestado atención.

—¿Habláis algo? —preguntó Palo.

—Nunca, compañero. Nunca. Nada de eso.

—¿Por qué?

—Así puedo hacerme a la idea de que me ama.

—Quizás sea así.

—No estoy loco, Palo. Mírala bien, mírame a mí. Los tipos como yo nacen para estar solos.

—No digas esas gilipolleces, joder.

—No te preocupes por mí. Pero es por eso por lo que quiero vivir en la ilusión.

—¿La ilusión?

—La ilusión del sueño, sí. El sueño mantiene en vida a cualquiera. Los que sueñan no mueren, porque nunca se desesperan. Soñar es tener esperanzas. Rana ha muerto porque ya no tenía ningún sueño.

—No digas eso, que descanse en paz.

—Que descanse en paz si quieres, pero es la verdad. El día en que dejas de soñar, es que o eres el más feliz de los hombres, o estás listo para meterte una bala en la boca. ¿Qué te has creído? ¿Que me parece divertido morir como un perro luchando junto a los Rosbifs?

—Luchamos por la libertad.

—¡Ya está! ¡Pim, pam! ¡La libertad! ¡Pero si la libertad es un sueño, compañero! ¡Otro sueño más! ¡Nunca seremos libres de verdad!

—Entonces, ¿por qué estás aquí?

—Para serte sincero, no lo sé. Pero sé que vivo porque sueño todos los días, sueño con mi camarera, y con que estamos bien juntos. Con venir a verla durante los permisos, escribirnos cartitas de amor. Y que cuando la guerra termine, nos casaremos. Y seré tan feliz.

Palo lo miró fijamente, enternecido. Ignoraba qué pasaría con todos ellos, pero sabía, cautivado, que Gordo el gordo viviría. Porque nunca había visto a alguien sentir tanto amor.

Palo prometió proteger con esmero el secreto de Gordo durante las noches que siguieron, fingiendo no darse cuenta de que su compañero se fugaba. Pero los entrenamientos de Ringway llegaban a su fin: era el curso más breve de la formación, para evitar un riesgo demasiado grande de accidentes, estadísticamente inevitables. No quedaban más que dos días y dos noches cuando Palo preguntó a Gordo si había podido hablar con su camarera.

—No, todavía no —respondió el gigante.

—Te quedan dos días.

—Lo sé, se lo diré esta noche. Esta noche es la gran noche...

Pero aquella noche los aspirantes tuvieron que quedarse en la base para asistir a una clase sobre los contenedores que serían lanzados en paracaídas con ellos. Volvieron a Dunham Lodge demasiado tarde para que Gordo tuviese ocasión de fugarse.

Al día siguiente, para desesperación de Gordo, se vieron obligados a permanecer de nuevo en Ringway para un último salto en condiciones nocturnas. Efectuaron el ejercicio con el corazón en un puño: sabían que pronto harían ese salto en condiciones reales, sobre Francia. Solo a Gordo le daba completamente igual: de nuevo regresarían demasiado tarde, tampoco podría fugarse esa noche. No la volvería a ver. Y, embutido en su traje de salto, atravesando el cielo, gritaba: «¡Mierda de salto! ¡Mierda de escuela! ¡Panda de gilipollas!». De regreso a Dunham Lodge, Gordo, infeliz y desesperado, subió directo a los dormitorios para acostarse. Todo había acabado. No se dio cuenta de que Palo había reunido al resto de los aspirantes. Les desveló las fugas amorosas de Gordo, y todos estuvieron de acuerdo en que sería una tragedia si no hablaba con su camarera al menos una vez antes de marcharse. Y decidieron que en cuanto el teniente Peter se hubiese acostado, irían todos al pub.

14.

Las once siluetas reptaban a través de la noche. Habían llenado las camas de cojines para que ocuparan su lugar. Estaban justo delante de Dunham Lodge.

—Vamos a coger un coche —susurró Faron.

Key asintió, Aimé rio en silencio y Claude, pálido, se persignó: ¿por qué diablos se había dejado arrastrar en esa aventura?

Sin hacer ruido, muy excitados por su pequeña deserción, se apilaron a bordo de un vehículo militar. Faron se puso al volante; las llaves estaban como siempre detrás del parasol. Arrancó rápidamente antes de que nadie se diese cuenta, y desaparecieron por la pequeña carretera desierta que Gordo conocía de memoria.

En cuanto se alejaron de Dunham Lodge, un alegre jaleo invadió el habitáculo.

—¡Esto que estáis haciendo es formidable! —gritó Gordo, lleno de amor por sus compañeros.

—Lo formidable es que hayas conocido a esa chica —respondió Jos.

—Lo que sería formidable ¡es que no nos llevásemos una bronca! —gimió Claude, que tenía un nudo en el estómago.

Gordo guio a Faron, y llegaron enseguida. Aparcaron delante del pub. Gordo tenía el corazón en un puño. Los demás, encantados con la excursión, lamentaban no haber tomado la iniciativa antes. Entraron en grupo, como una fanfarria feliz, y se instalaron en torno a una mesa mientras Gordo se apostaba en la barra, sintiendo diez miradas clavadas a su espalda. Cuando se volvía, le hacían pequeñas señales de ánimo.

Al escrutar la sala, al principio Gordo no vio a su amada. Se esforzó en no desvelar ni un ápice de la inquietud que le atormentaba: ¿y si no venía esa noche?

Desde su mesa, los demás observaban con atención.

—¿Dónde está? —preguntó Frank, impaciente.

—No la veo —respondió Palo.

—¿Y Gordo hace esto todas las noches? —interrogó Aimé, todavía algo extrañado con aquella historia.

—Todas.

—Y pensar que no nos hemos dado cuenta de nada...

Permanecieron en silencio, atentos. Seguía sin aparecer.

Acodado sobre la barra, Gordo, para infundirse valor, pidió una cerveza, luego otra, y una tercera. No sucedía nada, ella no estaba allí. Al final, Aimé se acercó como embajador de la inquieta delegación.

—¿Y bien? ¿Dónde está tu chica? —preguntó.

Gordo se encogió de hombros; no lo sabía. Giró la cabeza en todas las direcciones con la esperanza de vislumbrarla entre la bruma de los cigarrillos, pero fue en vano. Sintió que las gotas de sudor empezaban a salpicarle la frente, se las secó rápidamente con el dorso de la manga y apretó los puños. No debía desesperarse.

Un cuarto de hora más tarde, Key y Stanislas fueron a sentarse junto a él para ayudarle a esperar, y luego le propusieron buscarla entre los muchos clientes.

—Dinos cómo es, te la vamos a encontrar.

—No está, no está aquí —gimió Gordo.

Su rostro se descomponía.

Media hora después, le tocó a Claude acercarse a levantarle la moral.

—Date prisa en encontrarla, Gordo, si no volvemos pronto, nos van a pillar.

Pasada una hora, como la chica seguía sin aparecer, los compañeros se dispersaron, hartos: algunos se quedaron en la mesa para jugar a las cartas, otros se dirigieron a los billares y a la diana de dardos. Palo se acercó a Gordo, preocupado.

—No lo entiendo, Palo. No está. ¡Siempre está!

Pasó otra hora, y luego otra más. Había que rendirse a la evidencia: no aparecería. Gordo se agarró a la barra, aferrado aún a su esperanza, pero al ver cómo se acercaban Key, Frank, Stanislas y Aimé, se dejó invadir por una terrible tristeza: había llegado el momento de volver al Lodge.

—Todavía no —suplicó—. Ahora no.

—Debemos irnos, Gordo —dijo Key—, lo siento.

—Si nos vamos, no la volveré a ver nunca más.

—Volverás. Durante los permisos. Volveremos todos si es necesario. Pero ya no va a venir. Esta noche no.

Gordo sintió que su corazón se encogía, se arrugaba, se secaba.

—Tenemos que irnos, Gordo. Si el teniente nos pilla...

—Lo sé. Gracias por lo que habéis hecho.

Laura asistía a la escena, apartada; tenía el corazón desgarrado. Fue a sentarse al lado del gigante para reconfortarle. Él dejó caer su gruesa cabeza sobre su hombro menudo, ella pasó la mano por su pelo sudoroso.

—Todo esto para nada... —suspiró Gordo—. Ni siquiera sé su nombre, no la encontraré nunca.

Entonces, los ojos de Laura empezaron a brillar.

—¡Nada nos impide saber su nombre!

Se levantó inmediatamente. Tuvo que atravesar un grupo de hombres borrachos, y después casi trepar a la barra para que el camarero, ocupado limpiando vasos, le prestase atención.

—Busco a Becky —preguntó.

Acababa de inventarse un nombre.

—¿A quién?

Para entenderse en aquel griterío, el empleado tuvo que ponerse una mano en la oreja.

—Es una chica que trabaja aquí —articuló Laura con esfuerzo.

—La única chica que trabaja aquí se llama Melinda. ¿Está buscando a Melinda?

—¡Sí, Melinda! ¿Está aquí?

—No. Está enferma. ¿Por qué la busca?

Laura balbuceó una explicación que el hombre no comprendió y él prosiguió su limpieza sin hacer más preguntas.

Los aspirantes habían observado la escena pero no habían podido escuchar la conversación. Laura se acercó a ellos, sonriente.

—Melinda —murmuró al oído de Gordo—. Se llama Melinda.

De pronto, el gigante se iluminó de felicidad.

—¿Y ha dicho algo más?

Laura dudó un instante. Gordo parecía tan feliz que no pudo evitar mentirle.

—Ha dicho que había hablado de ti.

Gordo estaba en las nubes.

—¿De mí? ¡De mí!

Laura se mordió el labio: no debería haberle dicho nada.

—Bueno... Se había dado cuenta de que venías.

—¡Estaba seguro! —gritó Gordo, que ya no la escuchaba.

Y, loco de felicidad, abrazó a Laura, después a Aimé, y a Palo, y a Key y a los demás, incluso a Faron.

Se marcharon alegremente, apilados de nuevo en la camioneta. Sobre la banqueta, Gordo se extasiaba de amor y felicidad.

—Estaba seguro —repetía—. Sabéis, a veces nuestras miradas se cruzaban y era... especial. En fin, ya me entendéis. Había alquimia.

—Química —corrigió Aimé.

—Eso, química, ¡una química del demonio!

Al volante, Faron observaba a Gordo por el retrovisor y sonreía. Estaba seguro de que Laura había mentido, y le parecía un gran favor. Pensando en lo que quizás podría esperarles en Francia, mentir para regalar un puñado de felicidad no era mentir de verdad.

Un centenar de metros antes de Dunham Lodge, Faron apagó el motor y los aspirantes empujaron el vehículo en silencio. Después, siguiendo las indicaciones de Key, penetraron en la casa sigilosamente para volver a sus dormitorios. Cuando estaban atravesando la sala, se encendió la luz. Ante ellos, con el dedo en el interruptor, se alzaba el teniente Peter.

Cabizbajos, se aguantaron las sonrisas. El teniente Peter gritaba, y David, sacado de la cama para la ocasión, traducía la mitad.

—El teniente dice que no está contento —anunció entre dos explosiones de gritos de rabia, en bata y con los ojos aún medio cerrados.

—De hecho, nos está insultando —corrigió Stanislas.

—Eso es lo que pensaba —susurró Aimé.

El teniente continuaba desgañitándose, saltando sobre sí mismo y azotando el aire con sus brazos largos y delgados.

Key explicó entonces en inglés que se habían marchado en busca de la amada de Gordo, y que era un caso de fuerza mayor.

La explicación no tuvo efecto, por así decirlo, en la cólera de Peter.

—¡Pero no se dan cuenta! ¡Y si les hubiese pasado algo, fuera, durante el toque de queda! ¡Soy responsable de ustedes!

David tradujo en un mal francés.

—No había peligro —respondió ingenuamente Claude—, habíamos cogido un coche.

Al traducirlo, el rostro de Peter se puso púrpura.

—¿Un coche? ¡Un coche! ¡Han cogido un coche! ¿Qué coche?

Por una ventana, Claude señaló el objeto del delito.

—¡Todo el mundo fuera! —vociferó el teniente.

Los aspirantes le siguieron en fila india. En el frío mordiente de la noche, Peter se instaló al volante del coche y David, tiritando y suspirando en pijama, se sentó a su lado.

—¡Han tenido suerte, podría enviarlos a todos a prisión! ¡Ahora, llévenme! ¡Llévenme lejos! ¡Yo también tengo ganas de salir y de divertirme!

Y los once, agolpados contra el maletero y los guardabarros, empezaron a empujar la camioneta militar.

—¡Más deprisa! —gritó el teniente, que había bajado la ventanilla—. ¡Quiero sentir el viento en el pelo!

Ocultos en la oscuridad, los aspirantes sonrieron. Había sido una fuga memorable. Lo volverían a hacer.

Peter también sonreía. Habían robado un coche, y todo para ir a ver a la enamorada de Gordo. *Son formidables*, pensaba. Y buscando las pocas palabras de francés que había aprendido al lado de sus aspirantes, gritó en la noche inglesa con tono autoritario:

—¡Banda de gilipollas! ¡Banda de gilipollas!

Y seguía sonriendo. Eran las personas más formidables que había conocido nunca.

15.

En la Rue du Bac, el padre se moría de soledad.

Pronto haría seis meses que su hijo se había marchado y no tenía la menor noticia; hasta había olvidado su cumpleaños.

Se consumía de angustia y preocupación. *No debería haber ni guerra, ni hijos,* pensaba. Los días más tristes, llegaba a decirse que era mejor dejar de vivir. Y para no ceder a la tentación del vacío, se ponía el abrigo, su viejo sombrero de fieltro, y se marchaba a cruzar la ciudad. Se preguntaba qué itinerario habría seguido su hijo para abandonar París; casi siempre se dirigía hacia el Sena. Sobre los puentes, sollozaba.

En la Rue du Bac, el padre se moría de soledad. Los domingos, para no sucumbir, iba a sentarse en los bancos de las plazas, durante todo el día. Miraba a los niños jugar. Y se preguntaba qué serían de mayores.

Todas las mañanas iba a misa en una pequeña iglesia del distrito sexto. Rezaba con todo su fervor. *Si Dios existe, nunca se está solo de verdad,* pensaba. Todas las noches se arrodillaba en el salón, y volvía a rezar, para que su hijo estuviese bien y volviera. Los hijos nunca deben morir.

En la Rue du Bac, el padre se moría de soledad.

16.

La familia Montagu, perteneciente a la aristocracia británica, llevaba cuatro siglos viviendo en una inmensa propiedad al borde de Beaulieu, una ciudad de Hampshire, en el extremo sur de Inglaterra. En aquellas tierras se encontraba la cuarta y última escuela de formación del SOE, la escuela terminal —*finishing school*—, instalada en un conjunto de casitas que pasaban desapercibidas en la inmensidad del lugar. Lord Montagu había puesto su propiedad a disposición del SOE a espaldas de todo Beaulieu e incluso de su propia familia, que sin embargo vivía en una magnífica mansión en el corazón del dominio. Nadie imaginaba que en esas casitas, cuyos ocupantes se habían marchado al principio de la guerra, bien porque los hombres habían sido movilizados o porque se habían trasladado al Norte para estar más seguros, los servicios secretos británicos formaban en técnicas de guerra clandestina a voluntarios venidos de toda Europa.

Estaban a mediados de febrero. La lluvia torrencial y gélida del invierno dejaba paso lentamente a la ligera llovizna de la primavera. Pronto los días se harían más largos y más claros, el barro se secaría y, a pesar de que el frío perduraría un poco, los primeros brotes de azafrán salpicarían la costra helada del suelo. Stanislas, Denis, Aimé, Frank, Key, Faron, Gordo, Jos, Laura, Palo y Claude, los once aspirantes de la Sección F, los once supervivientes de la selección, vivían allí su último aprendizaje, juntos, durante cuatro semanas; la escuela de Beaulieu era la última etapa antes de obtener el título de agente del SOE. En Wanborough habían endurecido sus cuerpos; en Lochailort se habían enfrentado al arte de la guerra; en Ringway habían descubierto el salto en paracaídas. En Beaulieu aprenderían a moverse por Francia en el mayor de los secretos, es decir, a permanecer anónimos entre los anónimos y a no traicionarse, aunque fuera por un gesto anodino pero inusual que pudiese despertar sospechas. Se instalarían en una de las once casas de la escuela; la propiedad estaba repleta de aspirantes de todas las nacionalidades, lo que les recordaba a Arisaig House.

La formación en Beaulieu se dividía en departamentos encargados de instruir a los aspirantes en el arte de los servicios secretos: la vida en clandestinidad, la seguridad personal, la comunicación sobre el terreno, el mantenimiento y la gestión de una tapadera, e incluso cómo actuar bajo vigilancia policial o cómo librarse de un seguimiento. Los cursos los impartían especialistas en cada materia y, además de los instructores del ejército británico, se incluían en el claustro de profesores criminales, actores, médicos, ingenieros; ninguna experiencia era despreciable para formar futuros agentes.

De ese modo, los aspirantes siguieron un curso de allanamiento impartido por un curtido ladrón, que les enseñó a penetrar en las casas, a reventar una caja fuerte, a forzar una cerradura o a copiar una llave, operación sencilla que consistía en utilizar una caja de cerillas llena de plastilina para hacer un molde de la llave original.

Un actor les inició en el arte de disfrazarse y cambiar rápidamente de apariencia. Era una enseñanza sutil, no se trataba de que se pusieran barbas postizas o pelucas, sino más bien de realizar pequeños cambios: llevar gafas, cambiar de peinado o modificar su aspecto aunque fuese dibujándose una falsa cicatriz en la cara con colodión, un producto parecido a la cera y que se secaba en un visto y no visto.

Un instructor del ejército se encargó de formarles en técnicas rápidas de asesinato, para que pudieran eliminar a un eventual perseguidor o a un blanco con total discreción. Así aprendieron el estrangulamiento, el uso del puñal o de pequeñas pistolas con silenciador en algunos casos.

Un médico abordó algunas nociones de cirugía plástica: el SOE disponía de cirujanos capaces de modificar el aspecto físico de agentes en peligro cuya tapadera estuviese comprometida.

Un oficial del Servicio les enseñó los secretos de la comunicación cifrada. Aunque los contactos con Londres se efectuaban mediante operadores de radio y sus mensajes eran cifrados, los agentes debían comunicarse sobre el terreno con otros agentes o con las redes de resistencia. Como el correo estaba vigilado, los teléfonos también, y el envío de telegramas era imposible sin revelar la identidad, había que utilizar la astucia. Así pues, los aspirantes aprendieron el cifrado, los códigos disimulados en el texto de las cartas o las postales, la tinta invisible, los sistemas de buzones, y el camuflaje de documentos miniaturizados en una pipa, en un botón de abrigo, o insertados en cigarrillos mediante una aguja, y que se podían fumar tranquilamente en caso de arresto. Después le llegó el turno al S-Phone, un emisor-receptor de onda corta que permitía a un avión o a un barco comunicarse en un radio de varias decenas de kilómetros con un agente en tierra, equipado con un receptor que cabía en una maleta. Las conversaciones eran tan claras como las de una llamada telefónica local, y el S-Phone también podía servir tanto para guiar a un bombardero hacia una zona de lanzamiento como para que un agente sobre el terreno se comunicara con el Estado Mayor en Londres, porque el avión hacía las veces de repetidor de la señal. Sin embargo, los ensayos con el S-Phone por parte de los aspirantes no fueron muy prometedores pues, aparte de los cuatro anglófonos, ninguno de ellos hablaba suficientemente bien inglés como para entenderse con un piloto. Y durante un ejercicio de simulación de guiado de un avión, el pobre Aimé balbuceó un revoltijo que le valió una reprimenda del instructor.

Se abordaron asimismo dos puntos que los futuros agentes deberían a su vez enseñar más tarde a las redes locales de resistencia: cómo recibir a los Lysander desde tierra, y cómo delimitar las zonas de lanzamiento de paracaidistas y material. Para esta última misión, había que encender en el suelo tres puntos luminosos. La tripulación del bombardero no tendría más que realizar un vuelo rasante sobre la región donde estaba previsto el lanzamiento, lo que ya constituía una actividad peligrosa. Cuando el piloto, o el copiloto, veía el triángulo dibujado en el suelo, al que se le añadía una señal luminosa de seguridad —una letra del alfabeto repetida en morse, que constituía el código de reconocimiento previamente establecido—, avisaba al jefe de salto encendiendo la luz roja, para anunciar que sobrevolaban la zona de lanzamiento. En caso de duda, el piloto podía también comunicarse mediante un S-Phone con el agente en tierra, si este poseía uno.

Para recibir a los Lysander, era necesario encontrar terrenos adecuados, prados o campos, que sirvieran de pista improvisada. El cuartel general del SOE utilizaba para las operaciones aéreas los mismos mapas de carreteras que empleaban los agentes en misión, para poder establecer, mediante comunicación por radio, un lugar preciso de aterrizaje; también era primordial indicar puntos de referencia sobre el terreno —puentes, colinas, riveras— que permitieran a los pilotos, volando de noche, a la vista y a baja altitud, guiarse fácilmente. También debían, en los minutos precedentes al aterrizaje, balizar la pista improvisada distribuyendo luces en forma de «L» según la dirección del viento, y emitir, como en el caso de los lanzamientos, un código de reconocimiento en morse. El piloto podría entonces posarse durante solo unos minutos, el tiempo de embarcar o desembarcar a sus pasajeros, con el motor en marcha, y despegar de inmediato.

Un perfume de nostalgia flotaba en las jornadas en Beaulieu, pues los aspirantes vivían allí sus últimos días juntos: la guerra estaba más cerca que nunca, y su separación también. Al principio, en Wanborough, no se habían caído bien; se habían tenido miedo, se habían burlado los unos de los otros, y a veces se habían dado buenas palizas en los entrenamientos. Pero ahora que estaban a punto de separarse, se daban cuenta de lo mucho que se apreciaban. A menudo, por la noche, jugaban todos a las cartas: no jugaban por jugar, jugaban para estar juntos, para olvidar su angustia. Para recordarse lo bien que lo habían pasado, juntos, a pesar de la dureza de los entrenamientos. Y cuando atravesaran el cielo de Francia, en los pocos segundos de intervalo entre el final de la euforia del salto y el principio del miedo, se darían cuenta de lo desamparados que estaban, completamente solos, y de cuánto se iban a echar de menos los unos a los otros.

Una noche, tras una partida de cartas, Gordo y Palo se marcharon a caminar por las tierras de los Montagu. Hacía varias horas que había anochecido, pero la oscuridad era ligera; la luna llena iluminaba la inmensa pradera, y el musgo que invadía los troncos de los pinos perfumaba el aire con un olor precoz a primavera. Percibieron de lejos la silueta de un zorro.

—¡Un Georges! —exclamó Gordo, emocionado.

Palo saludó al zorro.

—Sabes, Palo, pienso todo el rato en Melinda.

Él asintió con la cabeza.

—¿Crees que la volveré a ver?

—Seguramente, Gordo.

Palo sabía que Laura le había mentido.

—Te lo digo porque sé que tú también piensas en Laura. ¿Todo el rato?

—Todo el rato.

—¿Qué vais a hacer? Quiero decir, después, cuando nos separemos.

—Lo ignoro.

—No, porque, entiéndeme, son cosas serias las que estamos viviendo. Tú y Laura, y yo con Melinda. Ella *se fijó en mí*. En mí. ¡No es moco de pollo!

—De pavo.

—Eso. Es algo serio. En cuanto tenga un permiso, saldré corriendo a verla. Bueno, ya sabes lo que es que tu corazón lata de amor por una mujer.

Palo volvió a asentir. Y pensó que echaría mucho de menos a Gordo, y Gordo pensó que echaría mucho de menos a Palo; nunca había conocido a alguien tan fiel y leal.

—Eres como un hermano, Palo —dijo Gordo.

—Y tú igual.

Hablaron de después de la guerra.

—Me casaré con Melinda. Abriremos un albergue. Mira, he dibujado los planos.

Sacó de su bolsillo un trozo de papel cuidadosamente doblado y se lo tendió a Palo, que lo giró para verlo mejor a la luz de la luna. Silbó de admiración; no entendía nada del plano, pero se veía que el dibujo había sido ejecutado con rara devoción.

—¡Hala! Qué sitio más bonito.

Gordo le detalló el croquis, pero sus explicaciones no ayudaron en nada. Después levantó la cabeza, inquieto, y dijo a bote pronto:

—Hay una pregunta que se hace todo el mundo: tú y Laura ¿folláis?

—No —respondió Palo, un poco molesto.

Se inclinó hacia el oído de su obeso compañero y susurró:

—Es que... no sé follar.

Gordo le sonrió.

—No te preocupes, harás un buen trabajo.

Y aplastó el hombro del chico con su brazote.

Palo contempló las estrellas tintineantes, en el cielo despejado. Si su padre mirase el mismo cielo en ese mismo momento, vería Beaulieu, vería a sus compañeros, vería cómo su hijo estaba bien acompañado. «Te quiero, papá», murmuró al viento y a las estrellas.

17.

En Beaulieu, además de la enseñanza general, se guiaba a los aspirantes hacia una formación particular, según las aptitudes destacadas por el oficial que les había seguido en su evolución. Frank, Faron, Key y Palo se especializaron en sabotaje industrial; Stanislas y Claude, en allanamiento; Aimé, en reconocimiento de fuerzas enemigas; y Gordo, en propaganda blanca y propaganda negra. En cuanto a Jos, Denis y Laura, el teniente Peter decidió que se convertirían en operadores de radio; *pianistas,* en la jerga del Servicio. La comunicación desde el terreno era una mecánica compleja de emisiones de radio cifradas, que se realizaban a través de redes clandestinas instaladas en los países ocupados, que permitían un contacto directo con Londres y, así, la transmisión de datos o consignas. Solo algunos agentes recibían formación específica en esta tarea.

Separados según sus futuras asignaciones, los once aspirantes se vieron cada vez menos, y solo se juntaban en los ratos libres.

Al final de una tarde, de vuelta a la casa de la Sección F, descubrieron a Gordo y a Claude tumbados en el dormitorio. Borrachos. Una hora antes, los dos infelices se habían encontrado, por casualidad, solos en la casa, y Gordo había sacado una pequeña petaca de whisky.

—¿De dónde has sacado eso? —había preguntado Claude.

—Se lo he robado a los holandeses —dijo Gordo ofreciéndosela.

—Pero yo no bebo...

—Solo un traguito, Ñoño. Hazlo por mí. Porque pronto dejaremos de vernos.

—Yo no bebo nunca.

—Seguro que bebes vino de misa, al menos. Así que piensa que es tu vino de misa.

Claude se había dejado convencer. Y bebieron. Un trago, después otro, y un tercero. Achispados, se habían contado algunos chistes, y luego habían vuelto a empinar el codo. Habían subido al dormitorio, lanzando grandes gritos, y Gordo se había puesto el camisón de Stanislas.

—¡Soy Faron, soy una mujer! ¡Una mujercita! ¡Me gusta disfrazarme!

Saltó entre las camas, Claude se reía. Después se había recompuesto, porque hacer burla estaba mal.

—No te burles de Faron —le dijo—. No está bien.

—Faron es gilipollas.

—No, Gordo. Ya no somos los mismos.

Gordo se había quitado el camisón. Hubo un largo silencio. Y los dos amigos, completamente ebrios, se habían mirado con angustia, invadidos de repente por una inmensa tristeza que el alcohol había vuelto patética.

—¡Te voy a echar de menos, Ñoño! —gimió el gigante.

—¡Yo también a ti, Gordo! —sollozó el cura.

Se abrazaron y se terminaron la petaca, y cuando los otros los descubrieron, estaban durmiendo en el suelo. La situación divirtió primero a todo el mundo. Hasta que el teniente Peter entró en la casa y gritó, desde la planta baja:

—¡Ejercicio! ¡Ejercicio!

Los instructores de Beaulieu habían convencido a Londres de que enviase un avión para un ejercicio de señalización de una zona de lanzamiento. El teniente Peter había designado a Claude y a Gordo de la Sección F para participar en la simulación.

Denis y Key bajaron rápidamente para disimular.

—¿Ejercicio? —preguntó Key, presa del pánico, porque se consideraba responsable de todos los miembros del grupo.

—Tú no —respondió el teniente—. Claude y Gordo.

—¿Solo ellos?

—Afirmativo. Que se presenten ante mí en el edificio de la Comandancia General, dentro de diez minutos.

Key se atragantó: si era un entrenamiento con armas de fuego o con cuchillo, los dos borrachos asesinarían sin duda a alguien, si antes no se mataban entre ellos.

—¿No podríamos ir mejor Denis y yo? —sugirió.

El teniente le miró con recelo. Nadie discutía las órdenes. Y mucho menos Key.

—¿Qué me estás contando, Key?

—Nada, señor. Voy a avisarles. ¿De qué es el ejercicio?

—De guía aérea.

Key se sintió algo aliviado. En el peor de los casos, no habría más que un accidente de bombardero.

—Voy a decírselo, teniente —repitió Key para que Peter se fuera.

Faron y Frank los habían despertado a base de sopapos y agua helada, Palo y Aimé les habían obligado a cambiarse y a lavarse los dientes, Laura les había rociado perfume para ocultar el olor a alcohol y, durante ese tiempo, Denis y Jos habían montado guardia en la sala para detener un eventual regreso por sorpresa del teniente.

Así fue como al final del día, en la penumbra de la noche inminente, los aspirantes observaron con prismáticos a Claude y Gordo que tomaban parte, ebrios pero aplicados, en el ejercicio de guía con los aspirantes holandeses y austriacos. Nadie se había dado cuenta de su lamentable estado.

—¿Qué van a hacer con ellos? —suspiró Key.

—Están impresentables —añadió Stanislas.

Se rieron.

En ese mismo instante, un bombardero Whitley de la RAF sobrevolaba Beaulieu, y en la cabina el piloto insultaba a los inútiles aspirantes. En tierra, Gordo agitaba una linterna en la penumbra, equivocándose con la letra que componía en morse para el avión. A algunas decenas de metros de él,

Claude, encargado de comunicarse con la tripulación por medio de un S-Phone, aguantaba los improperios del piloto, que se quejaba de que el código de confirmación no era válido. Y Claude, agobiado, repetía: *«Sorry, sorry, we are français. I repeat, we are français»*.

La tercera semana de febrero, los aspirantes recibieron instrucción sobre la seguridad durante las operaciones. Se les enseñó cómo abordar a un contacto sobre el terreno, organizar enlaces, encontrar un refugio o una casa franca, y después también fueron aleccionados sobre los métodos de la policía local y del contraespionaje alemán; aprendieron cómo librarse de una persecución, qué hacer en caso de arresto, y qué comportamiento adoptar durante un interrogatorio. Uno de los peores ejercicios que debieron soportar fue una auténtica confrontación con carceleros en uniforme de las SS, que los llevaron a un atroz cuarto oscuro y los torturaron durante todo un día, sin ahorrarles golpes para ponerlos a prueba. Una de las cosas más importantes para la supervivencia de los agentes era el mantenimiento de la tapadera preparada por el SOE, con ayuda de documentación falsa. Deberían tener cuidado con todo, en especial con los detalles, porque no se necesitaba gran cosa para despertar sospechas y ser desenmascarado, como no saber cómo funcionaba el racionamiento en Francia. Un agente se había comprometido ya al pedir simplemente un *café solo;* el café solo era el único que se servía en los cafés, porque la leche estaba racionada. Así, todos, hasta los aspirantes franceses, fueron informados de los detalles más insignificantes de la vida cotidiana en la Francia ocupada.

La guerra les pareció más cercana que nunca cuando en los primeros días de marzo, que marcaban el término de su tercera semana en Beaulieu, los once aspirantes abordaron los detalles del desarrollo de las operaciones: primero sesión informativa en Londres, y después la salida hacia un aeródromo secreto de la RAF. El lanzamiento en paracaídas tendría lugar en los dos días precedentes o siguientes a una luna llena —siempre y cuando las condiciones meteorológicas lo permitiesen—, a fin de que los pilotos pudieran volar con luz. En cuanto aterrizara en suelo ocupado, el agente debería enterrar el paracaídas y su traje de salto, para lo que se serviría de una pequeña pala atada al tobillo, convirtiéndose así en un simple ciudadano anónimo, al menos en apariencia. Y unirse al comité de acogida de resistentes, que le esperaría impaciente. Empezaría una nueva vida.

La escuela llegaba a su fin. Después de cuatro meses de formación intensiva, los aspirantes de la Sección F estaban a punto de convertirse en agentes del SOE; es cierto que se sentían aliviados de terminar, pero nostálgicos por vivir en la sala de la casa de Beaulieu sus últimos días juntos. Organizaron una velada de despedida, durante la cual se dijeron «¡Hasta pronto!». Se ofrecieron unos a otros regalos insignificantes, efectos personales, para el recuerdo, y porque era todo lo que podían regalarse. Un rosario, un espejo de bolsillo, un amuleto. Gordo repartió la petaca de los holandeses y unas bonitas piedras que había ido a recoger expresamente en el lecho del cercano río, y Faron le dio a Gordo un pequeño zorro de madera que había esculpido él mismo con su cuchillo en un trozo de pino.

Hacia las doce, cuando la mayoría fueron a acostarse, Palo tomó a Laura del brazo.

—¿Te apetece un último paseo? —murmuró.

Ella asintió, y él se la llevó al parque.

Caminaron mucho tiempo, cogidos de la mano. Era una hermosa noche. Rodearon el bosque para alargar el paseo y, en dos ocasiones, Palo, en un impulso de valor, le quitó los guantes a Laura y besó sus manos desnudas. Ella sonreía beatíficamente mientras se llamaba estúpida por sonreír así, se reprendía por no fingir al menos un poco de indiferencia, y Palo, paralizado, pensaba: *¡Ahora, bésala, imbécil!* Y ella: *¡Ahora, bésame, imbécil!*

Cuando estuvieron de vuelta en la casa, todo se hallaba silencioso y tranquilo. Los demás dormían.

—Ven conmigo —susurró Laura a Palo sin soltarle la mano.

Subieron al primer piso, hasta un dormitorio vacío. La estancia estaba agradablemente oscura; se pegaron el uno contra el otro, y ella cerró la puerta con llave.

—No hagas ruido —murmuró, recordando con un gesto de cabeza la presencia de los aspirantes que dormían en los cuartos de al lado.

Se abalanzaron el uno sobre el otro. Palo colocó sus manos en los riñones de Laura, estrechó su fina y frágil cadera, y después las deslizó por su espalda, acariciándola con suavidad. Laura acercó la cabeza a su nuca y le susurró al oído:

—Me gustaría que me amases como Gordo ama a Melinda.

Palo quiso decir algo, pero ella posó dos dedos sobre su boca.

—Sobre todo no digas nada.

Él besó los dedos sobre sus labios, ella apoyó la cabeza contra su nuca, luego su frente contra su frente, alzándose de puntillas; plantó su mirada en su mirada, y después le besó en la mejilla, dos veces, y por fin en la boca. Primero furtivamente, después más tiempo, y fueron besos profundos y apasionados, en la suavidad tibia del dormitorio. Se tumbaron en una de las camas y, esa noche, Laura convirtió a Palo en su amante.

Solo se separaron al amanecer. Se abrazaron por última vez en la oscuridad.

—Te quiero —dijo Palo.

—Lo sé, imbécil —sonrió Laura.

—¿Tú también me quieres?

Ella hizo una mueca encantadora.

—Es posible...

Se abrazó a su cuello y le besó una última vez.

—Ahora vete. Antes de que nos echemos demasiado de menos. Vete y vuelve a mí pronto.

Palo obedeció, y desapareció en su dormitorio en silencio. Había sabido decirle que la amaba y, en cambio, a su padre, nunca.

18.

Los aspirantes fueron separados. Pero sin embargo la cuarta escuela no había terminado: quedaba realizar un último ejercicio, en condiciones reales. Durante varios días, sin papeles y con solo diez chelines en el bolsillo, los futuros agentes debían llevar a cabo una auténtica operación sobre el terreno en el transcurso de la cual sería examinada la totalidad del aprendizaje en Beaulieu: localizar a un contacto, seguir a un blanco a través de una ciudad, recuperar explosivos, entrar en contacto con una supuesta red de resistencia, todo ello tratando de despistar el seguimiento de los observadores del SOE.

A Palo se le asignó un sabotaje ficticio en el canal de Manchester. Instalado en una pequeña habitación de Beaulieu que le recordaba mucho a Northumberland House, solo dispuso de dos horas para memorizar los detalles de su misión, brevemente resumidos en una carpeta de cartón; tenía cuatro horas para efectuar la operación. Se le hizo memorizar un número de teléfono en caso de urgencia. Si la policía le detenía y no podía huir o liberarse por sus propios medios, podría entrar en contacto con el SOE, que notificaría a la policía local que retenía a un agente de los servicios secretos británicos. El aspirante que utilizara ese número evitaría la prisión por terrorismo, pero firmaría el final de su carrera en el SOE.

Pasadas las dos horas, Palo sintió que su corazón se le aceleraba en el pecho. Recibió las últimas consignas de un oficial, y después acudió a verle el teniente Peter. Lo cogió de los hombros, como Calland había hecho en Londres, como su padre había hecho en París, para infundirle valor. Palo se cuadró y realizó el saludo militar, y después estrechó con fuerza la mano del buen teniente.

Había hecho autoestop. Coger el tren sin billete era arriesgarse a meterse en problemas. A bordo de un camión de mercancías que le llevaba hacia Manchester, Palo se permitió echar una cabezada. Ignoraba cuándo podría volver a dormir, había que aprovechar. Con la cabeza apoyada en la ventanilla, pensaba en sus compañeros, Aimé, Gordo, Claude, Faron, Key, Stanislas, Denis y Jos. ¿Los volvería a ver?

Pensaba en Laura.

Pensaba en su padre.

Pensaba también en Ciruelo, en Dentista, en Coliflor, en el Gran Didier y en los demás, en todos los agentes de todas las nacionalidades que había conocido en Wanborough Manor, en Lochailort, en Ringway y en Beaulieu. Pensaba en todas esas personas ordinarias que habían elegido sus destinos. Los había más o menos guapos, más o menos fuertes, algunos con gafas, pelo graso o dientes torcidos, otros bien formados y elocuentes. Los había tímidos, furiosos, solitarios, pretenciosos, nostálgicos, violentos, dulces, antipáticos, generosos, avaros, racistas, pacifistas, felices, melancólicos, pusilánimes, algunos brillantes, otros insignificantes; unos se acostaban pronto, otros eran noctámbulos, estudiantes, obreros, ingenieros, abogados, periodistas, parados, arrepentidos, dadaístas, comunistas, románticos, excéntricos, patéticos, valientes, cobardes, valerosos, padres, hijos, madres, hijas. Nada más que seres humanos ordinarios, convertidos en una multitud clandestina para ayudar a la humanidad en peligro. Todavía creían en la especie humana, los muy infelices.

Y Palo, en una carretera de tráfico denso del sur de Inglaterra, recitaba su poesía, esa poesía tantas veces salmodiada, y que pronto recitaría, sin saberlo aún, a bordo del avión que le llevaría a Francia en el mayor de los secretos. Su poesía del valor, la de la colina de los fumadores del alba.

Que se abra ante mí el camino de mis lágrimas.
Porque ahora soy el artesano de mi alma.
No temo ni a las bestias ni a los hombres,
ni al invierno, ni al frío ni a los vientos.
El día que vaya hacia los bosques de sombras, de odios y
*   miedo,*
que me perdonen mis errores, que me perdonen mis yerros.
Yo, que no soy más que un pequeño viajero,
que no soy más que las cenizas del viento, el polvo del
*   tiempo.*
Tengo miedo.
Tengo miedo.
Somos los últimos Hombres, y nuestros corazones, llenos
*   de rabia, no latirán mucho más tiempo.*

Segunda parte

19.

Estaban a mediados de diciembre: habían pasado nueve meses desde la última escuela de entrenamiento. Se había hecho pronto de noche; la jornada había sido corta, uno de esos malos días de invierno cuya oscuridad prematura y súbita hace perder la noción del tiempo. Hacía frío. El coche avanzaba lentamente, cortando la oscuridad, con los faros apagados. Se adivinaban con facilidad los campos y los prados desnudos alrededor, y al conductor no le costaba nada seguir su camino: era una noche clara de luna llena, perfecta para que los aviones pudiesen volar a ojo.

Al lado del conductor, un hombre con gorra manipulaba nervioso el seguro de su ametralladora Sten; sobre la banqueta trasera, los otros tres pasajeros habían tenido que estrecharse unos contra otros. Ahora podían sentir los latidos del corazón del que tenían al lado, y los corazones latían con fuerza. Solo Zueco parecía relajado. A su lado, Palo retorcía los dedos en el bolsillo del pantalón; cuanto más lo pensaba, más le daba la impresión de que aquel comité de recepción estaba mal organizado. No tendrían que haberse desplazado todos juntos: hubiese sido más prudente usar dos coches, o enviar una avanzadilla en bicicleta. Todos en el mismo vehículo significaba estar a merced de la primera patrulla. Y además, no iban lo bastante armados. Aparte del hombre de la metralleta, Zueco y él tenían un Colt reglamentario, y el conductor un viejo revólver. No era suficiente. Deberían haber llevado con ellos al menos a dos tiradores con Sten; podrían quizás enfrentarse a policías franceses, pero no a soldados alemanes. Zueco percibió la inquietud del joven agente y le hizo una discreta señal con la cabeza para tranquilizarle. Palo se relajó un poco: Zueco tenía experiencia, había recibido formación como responsable de los comités de recepción de aviones de la RAF.

Los británicos habían dictado estrictas directivas después de que algunos de los responsables de los comités de recepción hubiesen llevado a toda su familia a asistir a un aterrizaje o que, peor aún, los comités se hubiesen presentado con la mitad de su pueblo para ir a aplaudir la llegada de un avión inglés en un ambiente de fiesta popular. Desde entonces era obligatorio asistir a un curso de una semana en Tangmere impartido por pilotos del 161 Escuadrón de la RAF para todos los responsables, y se habían dado consignas desde Londres: ni familia, ni amigos. Solo los miembros del grupo necesarios para el aterrizaje y cada uno en un lugar concreto, a riesgo de que los indeseables fuesen abatidos por el piloto, si este no decidía dar media vuelta sin aterrizar.

Aunque parecía calmado, Zueco no se sentía seguro y se maldecía a sí mismo. Ay, ¡había sido demasiado imprudente! Era consciente de ello, todos estos detalles habían sido repasados una y otra vez durante sus diferentes formaciones. Pero sobre el terreno todo era distinto. Habían recibido el mensaje por la BBC, el avión llegaría esta noche. Primero había dudado; le faltaban dos de los hombres que normalmente se encargaban de la seguridad en el aterrizaje. Pero no tenía elección: las malas condiciones meteorológicas en el canal de la Mancha ya habían obligado a anular el vuelo dos veces. Había reemplazado a sus dos tiradores por uno solo, un tipo fiable pero poco curtido. Zueco ahora se arrepentía, sobre todo al escuchar el molesto ruido de la metralleta que manipulaba el hombre de delante: un tirador nervioso no es un buen tirador. Y su seguridad dependía mucho de él.

La camioneta se detuvo por fin al borde de la carretera, en medio de ninguna parte. Los cinco ocupantes bajaron sin hacer ruido. El conductor sacó su viejo revólver de la guantera y se lo caló en la cintura; se quedó al lado del vehículo, con los sentidos alerta, mientras Zueco repetía sus órdenes a sus otros dos subordinados, que desaparecieron en el inmenso campo en barbecho. El primero, el hombre de la metralleta, se subió a una loma, a unos doscientos metros; se tumbó en la hierba húmeda y montó su Sten, escrutando la noche detrás del visor, en busca de señales sospechosas. El segundo, que era el ayudante de Zueco, plantó tres antorchas en el suelo para balizar la pista en forma de «L», con la punta de la letra señalando la dirección del viento. Zueco, con una linterna eléctrica apagada en la mano, se aseguró de que sus directrices eran escrupulosamente respetadas y comprobó dos veces más la dirección del viento. Palo se impacientaba, inquieto. Zueco esperó unos largos minutos más, consultando su reloj, y después dio la orden de encender las antorchas. En un instante, la pradera desierta se transformó en una pista de aterrizaje, y Zueco contempló con orgullo su aeródromo secreto. Era una parcela de unos doscientos o trescientos metros de ancho y casi un kilómetro de largo, uno de los mejores sitios de la región para recibir a un avión: allí había aterrizado incluso un bombardero Hudson. Para el Westland Lysander que debía llegar esa noche, bastaría la mitad de la pista.

Como exigían las consignas de la RAF, Palo y Zueco se colocaron al final de la «L», y el asistente permaneció más alejado, a su izquierda. Esperaron. Varios minutos. Palo nunca se había sentido tan vulnerable, inmóvil en la noche; con la maleta colocada a sus pies, acariciaba con la mano derecha la empuñadura de su Colt.

El conductor, bastante apartado de la pista, tiritaba, de frío y de miedo; hacía mucho tiempo que su revólver no le tranquilizaba. No le gustaba quedarse así, solo. A distancia, hizo una seña con la mano al hombre de la metralleta, pero este no respondió. Su angustia aumentó.

Pasaron otros diez minutos, de una lentitud insoportable. Zueco, que hasta entonces había contenido el nerviosismo, miraba sin cesar detrás de su hombro, en dirección a la metralleta y al chófer. Temía que no fuesen capaces de reaccionar en caso de que surgieran problemas. ¿Por qué no había retrasado el vuelo? El miedo invadía a todos, y aumentó cuando los pájaros que piaban en los arbustos desnudos se quedaron de repente en silencio. No era buena señal.

El avión seguía sin llegar. Desde la loma, el hombre de la metralleta gritó a Zueco que ya no vendría y que deberían marcharse antes de que los alemanes les cayesen encima. Zueco le mandó callar de forma cortante. Estaba a punto de renunciar, los iban a atrapar.

Y por fin, desgarrando la tranquilidad de la noche, un zumbido ligero. Detrás de los árboles, apareció la silueta de un Westland Lysander de la RAF que rozaba las copas de los árboles. Zueco, alumbrando con su linterna, compuso en morse el código de reconocimiento. El pequeño avión describió un círculo en el cielo para situarse en la dirección del viento y se posó sin dificultad en la improvisada pista. Era el momento más crítico: el ruido podía haber llamado la atención de una patrulla, había que ser rápidos. El Lysander avanzó hasta la altura de Palo y Zueco; efectuó media vuelta por la derecha para situarse esta vez contra el viento, con la pista ante él y los motores encendidos, listo para despegar. La puerta de la cabina se abrió y salió un hombre. Zueco le recibió con deferencia. El recién llegado era alguien importante. Sin perder tiempo, Palo lanzó su maleta en el habitáculo y estrechó la mano de Zueco.

—Gracias por todo.

—Buena suerte.

—Buena suerte para todos vosotros.

Palo sacó su Colt y se lo tendió a Zueco.

—Toma, quizás te sea útil.

—¿No lo necesitarás?

Palo tuvo la audacia de sonreír.

—Ya me darán otro.

Se metió en la minúscula cabina y cerró la puerta. Sin esperar más, el piloto empezó a rodar sobre la pista; había

permanecido en el suelo apenas tres minutos. El avión acele-
ró, no necesitó más de cuatrocientos metros para despegar.
Desde la carlinga, Palo contempló la inmensidad del paisaje.
Era diciembre, y volvía a Londres. Por fin.

Salieron de la casa, invisibles en la oscuridad. Habían
pasado en ella un día y una noche. Era una bonita villa, con
un gran ventanal que daba al mar y un acceso directo a la
playa. Las cinco siluetas caminaron en silencio sobre la arena,
todas con una maleta en la mano. A la cabeza, el responsable
del comité de recepción; su maleta contenía un S-Phone. Antes de internarse en la oscuridad, había registrado a cada uno
de los agentes según salían; no podían llevar ni objetos luminosos, ni sombrero. Los objetos luminosos podían revelar la
presencia del grupo a cientos de metros a la redonda, y los
sombreros podían volar, perderse, y traicionar la perfecta co-
reografía que tenía lugar en esa playa.

La minúscula columna cruzó la lengua de arena muy
cerca del agua. En pocas horas habrían desaparecido, y la
pleamar habría borrado las huellas de sus pasos. Caminaron
hasta una gran roca con forma de obelisco, y después se aga-
zaparon en la oscuridad. El responsable sacó su S-Phone del
equipaje y lo encendió. Había que esperar. Era el momento
más duro. Esperar, mucho tiempo, en el mismo lugar. Vulne-
rables.

A treinta millas de la costa, la cañonera disminuyó su
velocidad y el capitán desconectó los motores principales para
seguir navegando solo con los auxiliares. El barco no hacía
casi ningún ruido, su estela era discreta; se dio la orden de no
hablar, ni siquiera encender un cigarrillo. La cañonera había
salido de Torquay. Los tres agentes que partían hacia Francia
y su acompañante habían llegado de Londres dos días antes;
se habían alojado en un pequeño hotel junto al mar y habían
fingido como tapadera que estaban de permiso. Hasta se les
había vestido de uniforme, para que la ilusión fuese perfecta.

Después habían embarcado en el puertecito, como si nada, en un barco ordinario y, discretamente, al caer la noche, habían sido transbordados a una de las cañoneras del SOE, junto a los contenedores con su equipaje. Su embarcación había puesto rumbo a Francia, con la antena de su S-Phone mal disimulada sobre el techo de la cabina.

El capitán se puso en contacto con la playa por medio del S-Phone: todo estaba en orden. Largaron el ancla, que se hallaba unida al barco no por una cadena sino por una cuerda al lado de la cual, armado con un hacha, se mantenía un miembro de la tripulación dispuesto a cortarla en cuanto fuera necesario. Lanzaron al agua una barca, en la que subieron los tres agentes, vestidos con capas que los protegían de salpicaduras que podían traicionarlos más tarde. Dos marineros manejaban la embarcación remando en silencio.

Sobre la playa, los cuatro agentes que abandonaban el terreno permanecían al borde del agua, febriles. Pasó media hora antes de que la barca embarrancara por fin sobre la arena, tirada los últimos metros por los marineros que habían saltado al agua; no hubo palabra alguna, los tres recién llegados se quitaron rápidamente su ropa impermeable, la arrojaron en el fondo de la barca, y se fueron con el responsable en dirección a la villa, mientras los cuatro salientes ocupaban la embarcación. De inmediato la barca partió, tragada por la noche.

Cuarenta minutos más tarde, cuando todos habían subido ya a bordo, la cañonera enfiló mar adentro. La operación había durado en total poco más de una hora. En la noche, una de las siluetas, elegante y fina, se acodó en la baranda de popa y contempló la costa francesa que se alejaba. A su lado, una enorme sombra posaba un brazo alrededor de sus hombros con infinita delicadeza.

—Volvemos a casa, Laura —dijo Gordo.

Faron daba vueltas y vueltas por el apartamento, presa del pánico. Entraba y salía de las habitaciones invadido por los nervios, alternando los vistazos por la mirilla de la puerta de entrada con los que hacía por la ventana del salón, mientras mantenía las cortinas echadas y las luces apagadas para que no le viesen. También verificó varias veces que la puerta estuviese bien cerrada, que los refuerzos que había colocado en las bisagras aguantasen. Se sentía agotado. Le estaban buscando, lo sabía, pero al menos nadie conocía su rostro. Recogió algunas cosas en el salón, acarició el metal de su adorada Browning, hizo el gesto de desenfundarla, frente al espejo, para tranquilizarse. Si le cogían, los mataría a todos. Después fue a registrar la cocina en busca de comida: cogió dos latas de conserva de la despensa, y se tumbó en el sofá para comérselas. Pronto se quedó dormido.

En el avión, ya cerca de Inglaterra, Palo volvía a pensar en los últimos meses. Los días de guerra habían sido largos. Nunca olvidaría su primer salto en paracaídas. Había sido en abril. La caída le había parecido más larga que durante los entrenamientos de Ringway; aunque en realidad seguramente había sido más corta. Era una bonita y clara noche, y la luna redonda golpeaba con destellos luminosos los pequeños estanques que percibía en el suelo. Todo estaba muy tranquilo.

Había aterrizado sobre un campo en barbecho; el olor de las flores salvajes envolvía el ambiente, y en las charcas que había visto brillar desde el cielo se oía un alegre croar. Era una magnífica noche de primavera. La temperatura era suave y una brisa ligera traía con ella los olores deliciosos de un bosque cercano. Estaba en Francia. No lejos, había adivinado las siluetas de los dos agentes que habían saltado con él; Rear, el responsable de la misión, y Doff, el operador de radio, ya se afanaban sobre el lugar de su aterrizaje. Palo soltó entonces la pala atada a su tobillo y enterró su traje, su casco y sus gafas.

Rear era un americano procedente del Campo X, el centro de formación del SOE en Ontario para América del

Norte. Tenía treinta y dos años y una larga experiencia sobre el terreno, primero como militar, y después como agente del SOE. Su padre había sido agregado consular en París; de niño, había vivido allí varios años y hablaba perfectamente francés. Era un hombre afable, más bien fuerte, con el pelo muy corto y el rostro redondo; llevaba gafas pequeñas y una perilla bien recortada. Siempre desprendía tal sensación de calma que desconcertaba a sus interlocutores: cuando Palo le conoció en Londres, había sentido miedo por él. Tras unos días preparando la misión juntos, le había cogido muchísimo cariño.

Adolf, al que llamaban Doff, tres o cuatro años más joven que Rear, tenía la doble nacionalidad austriaca y británica, y hablaba un francés perfecto; era operador de radio de la Sección F desde hacía año y medio. Atractivo, elegante, siempre encantador y con un carácter muy agradable, sufría en cambio de cierto nerviosismo que calmaba con un dudoso sentido del humor.

Los tres hombres habían volado desde la base de Tempsford, en Bedfordshire, de la que partían todos los vuelos del 138 Escuadrón de la Royal Air Force, destinado a las operaciones del SOE. Poco antes de su partida, habían conocido al coronel Buckmaster, el nuevo director de la Sección F, un inglés, antiguo director general de Ford en Francia. La noche era tranquila. «Buena suerte», había dicho Buckmaster entregando un presente a cada uno. A Palo le había correspondido una pitillera llena. Buckmaster hacía siempre un pequeño regalo a los agentes que partían en misión, para demostrarles su amistad, y también porque podría servirles de moneda de cambio. El estuche tenía cierto valor y los cigarrillos eran un producto precioso.

—No me los fumaré —había dicho Palo para demostrarle lo mucho que le había emocionado el gesto.

—Pues hará muy mal —había sonreído Buckmaster.

Tempsford era sin duda el aeródromo más secreto y más sensible de la RAF. Como última medida de seguridad, le habían dado un aspecto de vasta pradera y su edificio principal era una vieja granja, Gibraltar Farm, con pinta de viejo almacén, en la que los agentes pasaban sus últimos instantes. Nadie, ni siquiera los habitantes del pueblo cercano, tenía la menor idea de lo que se tramaba delante de sus narices. El oficial del SOE al mando de la Air Section Liaison había acompañado a Palo, Rear y Doff y les había entregado su plan de vuelo y algunas instrucciones, antes de pasar revista al material que llevaban. Y después, en sus últimos instantes sobre suelo británico, les había dado dos clases de píldoras: bencedrina, que los mantendría despiertos en caso necesario, y la píldora L, la píldora del suicidio —cianuro potásico—, para el caso de que perdieran toda esperanza.

—¡La píldora del espiche! —había exclamado Doff al recibir la suya, envuelta en un minúsculo trozo de goma.

—¿También sirve para matar? —había preguntado Palo.

—Solo para matarte a ti mismo —había respondido Rear con su tono tranquilo e indiferente—. Podría pasar que quisieses morir.

La píldora L permitía a un agente capturado y en peligro matarse en vez de sufrir las torturas en los sótanos de la Abwehr o revelar informaciones cruciales.

—¿Cuánto tiempo tarda uno en morir? —había preguntado Palo.

—Uno o dos minutos.

Mientras hablaban, Doff, en el fondo de la granja, fingía tragarse la píldora lanzando gemidos agudos y rodando por el suelo.

Después, habían embarcado.

Doff había sido el primero en saltar del Whitley sobre Francia; mientras se colocaba encima de la trampilla, había gritado al jefe de salto: «¡Soy Adolf Hitler! *Achtung* los boches! *Hitler, mein Lieber!*». Rear le había mirado, contrariado, y le había asegurado a Palo que ese era su estado normal.

Cuando se reunieron en la pradera desierta, justo después del aterrizaje, Doff llevaba su Colt 45 en la mano, para

tranquilizarse. Así que pocos segundos después había estado
a punto de cargarse al explorador del comité de recepción que
venía a su encuentro. Rear había lanzado largos insultos obs-
cenos, conminando al pianista a que dejara de hacer el tonto
con sus armas; por lo visto no era la primera vez. Después, rápidamente, unos cuantos hombres más habían surgido de entre las sombras y habían cargado en dos camionetas la doce-
na de pesados contenedores de material lanzados al mismo
tiempo que los tres pasajeros. Un coche había conducido a
Palo, Rear y Doff hasta una casa segura, mientras que el explorador se aseguraba de haber borrado bien las últimas huellas de su llegada a suelo francés.

Habían permanecido en Francia solo unos días, lo
justo para hacer una toma de contacto y enseñar a la red que
los había recibido a manejar las metralletas Sten que formaban parte del cargamento. Palo había observado con admiración cómo Rear impartía explicaciones sobre los fallos de las
Sten; había tomado ejemplo de sus posturas, de sus entonaciones. Un día sería también un agente experimentado, responsable de misiones. Después habían cruzado a Suiza por la
frontera de Basilea. Su misión principal consistía en asegurar
el buen funcionamiento de una red de evasión hacia Gran
Bretaña, que pasaba por Suiza, la zona libre y España. Se habían instalado algún tiempo en Berna, donde el SOE disponía de una antena, para enviar mediante su red las máquinas
suizas necesarias para la producción militar inglesa.

En Berna, Palo y Doff se habían alojado en un hotel
del centro. Rear estaba en otro establecimiento. Las consignas
de seguridad les obligaban a no vivir juntos y a no mostrarse
los tres en público. Palo se encontraba con Rear todas las mañanas durante un paseo al borde del Aar, y pasaba la mayor
parte del día con él. En cuanto a Doff, se dedicaba por completo a su papel de operador de radio y solo participaba indirectamente en la misión. Se reunía con Palo al final de la tarde, para cenar. Le tenía cariño. Y en su pequeña habitación de
hotel, tumbados en sus dos estrechas camas, fumando ciga-

rrillos suizos, hablaba con Palo. Hablaba de sí mismo. Una noche, le contó lo que era el miedo.

—Esto no es Francia. En Francia tenemos miedo, todo el tiempo, todos los días, todas las noches. ¿Sabes lo que es el miedo?

Palo asintió con la cabeza. Desde su aterrizaje había experimentado una especie de angustia sorda que ya no le había abandonado.

—Lo sentí cuando llegamos —dijo—. La primera noche.

—No, eso es una mierda. Te estoy hablando del miedo que te roe, que te hace dormir mal, vivir mal, comer mal y no te deja un minuto de reposo. El miedo, el auténtico miedo, el de los perseguidos, el de los odiados, el de los ofendidos, el de los ocultos, el de los exiliados, los insumisos, el miedo de los que van a morir si los descubren aunque en realidad no valgan gran cosa. El miedo a existir. Un miedo de judío.

Doff encendió un cigarrillo y ofreció uno a Palo.

—¿Alguna vez has vomitado de terror, Palo?

—No.

—Pues eso. Sabrás lo que es el miedo de verdad cuando te haga vomitar.

Hubo un silencio. Después Doff prosiguió:

—Es tu primera misión, ¿verdad?

Palo asintió con la cabeza.

—Ya verás, lo más duro no son los alemanes, ni la Abwehr, es la humanidad. Porque si solo tuviésemos que temer a los alemanes, sería fácil: a los alemanes se les ve venir de lejos, con su nariz chata, su pelo rubio y su fuerte acento. Pero no están solos, nunca lo han estado: los alemanes han despertado los demonios, han avivado las vocaciones del odio. Y en Francia el odio también es popular, el odio al otro, envilecedor, sombrío, que desborda en todo el mundo, en nuestros vecinos, nuestros amigos, nuestros parientes. Quizás hasta en nuestros padres. Debemos desconfiar de todo el mundo. Eso será lo más difícil: esos instantes de desesperación en los que tendrás la impresión de que no puedes salvar a nadie, que todo el mundo se seguirá odiando, que la mayoría morirá de muerte violenta, por lo que son, y que solo los más discretos y los mejor escondidos morirán de viejos. Ay, lo que vas a sufrir, hermano, al descubrir lo muy despreciables que son nuestros semejantes, hasta nuestros padres, repito. ¿Y sabes por qué? Porque son cobardes. Y un día lo pagaremos, lo pagaremos porque no habremos tenido el valor de levantarnos, de protestar contra los actos más abyectos. Nadie quiere gritar, nadie; gritar jode a la gente. Bueno, en realidad no sé si les jode, o les da pereza. Pero los únicos que gritan son aquellos a quienes están pegando, y es por los golpes. En cambio, nadie grita de rabia, nadie grita para armar jaleo. Siempre ha sido así, y siempre lo será: la indiferencia. La peor de las enfermedades, peor que la peste y peor que los alemanes. La peste se erradica, y los alemanes, nacidos mortales, acabarán muriendo todos. En cambio, la indiferencia no se combate, o es muy difícil. La indiferencia es la razón misma por la cual nunca podremos dormir tranquilos; un día perderemos todo, no porque seamos débiles y nos aplaste alguien más fuerte, sino porque hemos sido cobardes y no hemos hecho nada. La guerra es la guerra. La guerra te hará ser consciente de las verdades más terribles. Pero la peor de todas, la más insoportable, es que estamos solos. Y seguiremos estando solos. Los más solos entre los solos. Solos para siempre. Y habrá que vivir a pesar de todo. Sabes, durante mucho tiempo pensé que siempre habría Hombres para defendernos, *otros*. He creído en esos *otros*, en esas quimeras, los he imaginado llenos de fuerza y valor, socorriendo al pueblo oprimido, pero esos Hombres no existen. Mira el SOE, mira a esa gente, ¿era esa la idea del valor que te habías hecho? Yo no. Ni siquiera pienso que debería ir a luchar. Yo no sé luchar, nunca he sido un luchador, un cabeza loca, un valiente. Yo no soy nada, y si estoy aquí es porque no hay otro que venga en mi lugar...

—Quizás la valentía consista en eso —le interrumpió Palo.

—No es valentía, ¡es desesperación! ¡Desesperación! Así que, si me da la gana, puedo decir perfectamente que me llamo Adolf Hitler y hacer saludos nazis en las reuniones del Servicio, en Londres, solo porque me divierte. Solo porque Hitler puede acabar matándome, y a fuerza de burlarme tengo menos miedo, porque nunca, nunca, hubiese pensado que me tocaría a mí levantarme en armas. He esperado a los Hombres, ¡y nunca han aparecido!

En la oscuridad de la habitación, los dos agentes se miraron durante mucho tiempo. Todo lo que Doff acababa de decir, ya lo sabía Palo: el mayor peligro para los Hombres eran los Hombres. Y los alemanes no estaban más contaminados que los demás, simplemente habían desarrollado la enfermedad con mayor rapidez.

—A pesar de todo, prométeme que seguirás teniendo confianza —añadió Doff—. Prométemelo.

—Te lo prometo.

Pero había dudado al hacer aquella promesa.

Los tres agentes permanecieron quince días en Berna, supervisando el transporte de la maquinaria suiza hacia Gran Bretaña. Rear había aprovechado para perfeccionar la formación de Palo; era un buen agente, solo le faltaba coger experiencia. Y la inspiración de Palo era el propio Rear: sería su ejemplo para siempre. Le gustaba ese segundo de largo silencio que Rear guardaba antes de responder a una pregunta, como si se tomase tiempo para pensar en profundidad, como si cada una de sus palabras tuviese una importancia capital. Hasta en los escenarios más banales de la vida cotidiana, en el restaurante del centro donde a veces comían juntos, Rear inspiraba hondo, miraba fijo a Palo y le decía articulando cada palabra, como si el futuro de la guerra dependiese de ello: «Pásame la sal». Y Palo, impresionado, obedecía sin más.

Largo silencio. Después, Rear, con entonación de sultán, decía: «Gracias». El chico no podía imaginar ni por un segundo
que ese silencio que Rear se imponía antes de decir cualquier
palabra no era más que un síntoma de sus problemas para ex-
presarse en inglés por reflejo. Rear, que se había dado cuenta
de la impresión que producía en su joven compañero, se divertía a veces confundiéndole cuando se encontraban en su habitación del hotel, jugando con el material del SOE que había
desplegado sobre su cama —una pluma-pistola, un objeto
trampa, o el emisor principal del S-Phone que llevaba con él—
mientras Palo intentaba con todas sus fuerzas permanecer concentrado en escuchar sus explicaciones.

La estancia en Berna llegó a su fin más deprisa de lo
previsto, a raíz de una orden de Londres. Esperaban a Rear y
a Doff en el oeste de Francia para realizar un contacto importante. Como juzgaban que Palo podía continuar en solitario
la puesta en marcha de la red, le habían dado cincuenta mil
francos franceses, y le habían explicado someramente las consignas: debía entrar en la zona libre y evaluar la seguridad de
la red hacia Gran Bretaña, por la que pasaría para volver a
Londres. Sin detenerse más en los detalles de la misión, Rear
había insistido en un punto:

—Sobre todo conserva las facturas, no pierdas nada.

—¿Las facturas? —repitió Palo, sin comprender.

—Los gastos que afrontes con el dinero que te he
dado. No es ninguna broma...

Palo pensó primero que se estaba burlando de él, pero
Doff, a espaldas de Rear, le había hecho grandes gestos: Rear
estaba completamente obsesionado por esa cuestión. Palo había adoptado entonces una expresión seria.

—Tendré cuidado. ¿Qué debo conservar?

—Todo. ¡Todo! Billetes de metro, de autobús, facturas de hotel. ¿Le das diez céntimos a la señora de los lavabos?
¡Lo anotas! ¡Y si puedes, que te firme un recibo! Créeme, si
tienes miedo de los alemanes, es que todavía no conoces la
contabilidad del SOE.

Y, como enajenado, había vuelto a repetir, agitando el índice:

—Conserva todas las facturas. ¡Es *muy importante*!

Rear y Doff habían abandonado Berna la noche siguiente: estarían en Francia por la mañana. En la habitación del hotel, Doff había estado haciendo los preparativos, nervioso; mientras guardaba sus últimas cosas, canturreaba: «*Heil Hitler, mein Lieber...*». Y, de pronto, como si se hubiese vuelto loco, había cogido un pequeño puñal y se había puesto la hoja sobre su propia garganta.

—Viva la vida —declamó—. Vivir es importante.

Palo, que le observaba, asintió.

—¿Tienes alguna preciosidad? —preguntó Doff tras dejar el cuchillo.

—¿Una preciosidad?

—Sí, una chica.

—Sí.

—¿Cómo se llama?

—Laura.

—¿Es guapa?

—Mucho.

—Entonces, prométeme dos cosas: primero, no desesperarte nunca. Después, y esto es lo más importante, si muero en Francia, fóllate a Laura por mí.

Palo se rio.

—Me lo prometes, ¿verdad?

—Prometido.

—Hasta pronto, hermano. Cuida esa carita.

Se abrazaron. Y Doff se marchó.

Por la ventana, Palo observó la estrecha calle. Una callecita pavimentada. Fuera hacía buena temperatura a pesar de la hora, era una bonita noche de verano. Vio a Rear, impasible, de pie bajo una farola, con sus dos maletas en las manos, y pronto vio llegar a Doff. Los dos hombres se saludaron con una señal de cabeza y se sumergieron en la oscuridad. Doff se volvió una última vez hacia la ventana donde estaba

Palo, le sonrió y le dedicó un alegre saludo fascista. *«Heil Hitler, mein Lieber»*, murmuró él.

Palo siguió la misión solo. Dos días después que Rear y Doff, abandonó Berna para viajar a Lyon, pasando primero por Ginebra. Ginebra era una posible etapa para su red: los agentes de nacionalidad británica de la Sección F podían obtener apoyo del consulado de Gran Bretaña, haciéndose pasar por pilotos derribados y perdidos. Pero una de las razones que le habían empujado a pasar por ese extremo del lago Lemán era que su padre le había hablado de él a menudo. «Ginebra es una ciudad formidable», le había repetido. Nunca habían ido juntos. De hecho, Palo ni siquiera estaba seguro de que su padre hubiese estado allí, pero siempre le había hablado con tanta emoción que nunca se había atrevido a preguntárselo para no dejarle en ridículo. Si algún amigo evocaba un país exótico que hubiese visitado, el padre, viajero minúsculo, por miedo a quedar mal, hablaba de Ginebra una y otra vez. Repetía que, al fin y al cabo, no necesitaba ir a descubrir Egipto porque existía Ginebra, una ciudad con clase, con sus parques, sus hoteles de lujo, el Palacio de las Naciones y todo lo demás. Era al mencionar los hoteles cuando Palo sabía que su padre, pequeño funcionario soñador, fabulaba.

Él mismo no había pasado en Ginebra más que unos días: el tiempo de tener una reunión con un contacto, de hacer un poco de turismo, de besar la ciudad en nombre de su padre y, sobre todo, de comprar en un quiosco al borde del lago una serie de postales. Después viajó hasta Lyon y el sur de Francia; pasó por Niza, Nimes, y atravesó así el Midi hasta los Pirineos. Puso en contacto a los futuros intermediarios de la red y se aseguró de su fiabilidad y de la seguridad de los puntos de encuentro. Comprobó refugios y pisos para confirmar de que disponían de dos salidas y teléfono. Entregó tarjetas de racionamiento suplementarias, hizo la relación de códigos de reconocimiento que transmitir a Londres y, conforme a las consignas recibidas, redactó un informe sobre las redes locales, muchas de las cuales eran todavía embrionarias, y que a veces no contaban más que con dos o tres personas. Elaboró un inventario de lo que necesitaba cada uno, asesorado por los responsables, y se sintió importante. Se inspiró en Rear para hablar, y en Doff para actuar. Fumaba como Doff, imitando su forma lenta y ritual de encender sus cigarrillos; más que nunca, se sintió un hombre. Hasta había cometido la locura de comprarse un bonito traje, con el que se le veía orgulloso. Le gustó el respeto que inspiraba a los resistentes, que a veces tenían su edad, y otras el doble.

Volvió a Gran Bretaña a finales de julio. Antes pasó diez días en España, en un hotel que servía de refugio en la retaguardia al SOE, mientras aguardaba su vuelo de regreso. Ganduleó en la terraza, a la sombra de las palmeras, y pasó algunas buenas veladas en compañía de otros agentes en salones forrados de terciopelo. Los tránsitos por España o Portugal, que podían durar varias semanas según la frecuencia de los vuelos, constituían momentos privilegiados de relajación para los agentes.

Fue repatriado a Londres, casi demasiado rápido para su gusto; había dado el visto bueno a la red y había redactado su informe para la Sección F. Pero ni siquiera tuvo tiempo de salir del piso del SOE, al sur de la ciudad, donde había sido alojado junto a otros agentes desconocidos, pues ya estaban preparándole para su nueva misión. Apenas dos semanas después de su regreso a Inglaterra, lo habían devuelto a la zona libre junto a un operador de radio.

Permaneció dos meses en el sur de Francia, revisando las redes que había visitado anteriormente, para formarlas, recibir el material solicitado a Londres y ayudarles a manejarlo. El lanzamiento, efectuado en tres etapas, se había gestionado desde el centro de envío de la RAF en Massingham, con base en Argelia, que funcionaba particularmente mal. Había muchos errores de entrega, y el material, mal embalado, se había dañado en el aterrizaje. A través del operador de radio que le acompañaba, Palo, furioso y lleno de autoridad, había enviado a la comandancia de la Sección F de Londres un severo mensaje: «El centro de Massingham está formado por una pandilla de incapaces, la mitad del material enviado es un error, la otra mitad está inservible». Londres respondió: «Lo sentimos. Confirmamos que el centro de Massingham está formado por una pandilla de incapaces».

Hacia finales de octubre —pocos días antes de la invasión de la zona libre—, Palo y su pianista habían viajado a las regiones de Dijon y Lyon, y después hasta el centro-oeste de Francia para hacer algunos cambios en la red, antes de volver al sur, que seguía ocupado, donde Londres les había anunciado el final de su misión.

El avión se preparó para descender sobre tierras inglesas, arrancando a Palo de sus recuerdos. Hacía mal tiempo, esa lluvia fría e insistente de diciembre solo conocida en ese país. Palo sonrió; su presente estaba en Londres. Necesitaba descanso. Su pianista había vuelto a través de España, pero él había insistido en que lo recogieran en el centro de Francia. En Londres le pedirían justificación: pasar por la propia red hubiese sido menos peligroso. Aprovechó sus últimos minutos de vuelo para encontrar una mentira piadosa. Evidentemente, nadie debía saber la verdad.

20.

El padre sostenía entre las manos las postales, las manipulaba como si fuese el más valioso papel moneda. Las releía a diario.

Había dos, llegadas con dos meses de intervalo. Las
había encontrado en su buzón. La primera, en octubre, a mediodía; había vuelto del trabajo expresamente, como todos
los días, aunque casi había perdido la esperanza. Y entonces
se había topado en el fondo de la caja de hierro con un pequeño sobre blanco, sin dirección, sin sello, sin nada. De inmediato supo que era su hijo. Había desgarrado el papel precipitadamente, y había encontrado aquella magnífica vista del
lago Lemán, con el chorro de agua y las colinas de Cologny
al fondo. La había leído y releído.

Mi querido papá:
Espero que estés de maravilla.
Aquí va todo bien. Pronto te contaré más.
Un beso,
Tu hijo

Y la había vuelto a leer, en su cabeza y en voz alta, leído muy deprisa y muy despacio, leído en un suspiro y articulando exageradamente para no perderse palabras. En su piso,
había gritado, saltado de alegría, corrido por la habitación de
su hijo y se había tumbado en su cama, había abrazado las
mantas, besado los cojines. Por fin tenía noticias de su querido hijo. Había ido a buscar una foto enmarcada de Paul-
Émile y había besado el cristal más de diez veces. Así que su
hijo había renunciado a la guerra y había ido a refugiarse en

Ginebra. ¡Qué alegría, qué alivio! El padre se había dejado invadir por una sensación de felicidad tan grande que necesitaba compartirla con alguien. Pero ya no había nadie con quien hablar. Entonces había decidido decírselo a la portera y había bajado a llamar a la puerta del chiscón para anunciarle la buena noticia. La portera había tenido que salir de la bañera, y en el quicio de la puerta, él le había leído la postal en voz alta, porque ella no la leería con la suficiente entonación y estropearía las bellas palabras de su hijo, y de hecho ella podía mirar pero no tocar porque a saber qué habrían tocado sus grasientas manos.

—¡Bien seguro en Suiza! —había exclamado el padre tras la declamación—. ¿Qué cree usted que está haciendo?

—No lo sé —había respondido la portera, indiferente, que sobre todo quería librarse de aquel pesado.

—¡Pero diga algo, mujer! ¿Qué puede estar haciendo en Ginebra?

—Conozco a alguien que conocía a alguien que vivía en Suiza y trabajaba en un banco —había dicho la portera.

—¡Un banco! —había gritado el padre golpeándose la frente—. ¡Pero claro! ¡Seguramente tiene un puesto importante en un banco! Cómo se nota que los suizos son buena gente: no tienen tiempo que perder con la guerra.

Y durante las semanas posteriores, se había imaginado a su hijo causando sensación en un despacho de lujo de un gran banco.

Acababa de llegar la segunda postal. Era una vista de la Place Neuve.

Mi querido papá:
Pienso mucho en ti. Todo va bien.
Muchos besos,
Tu hijo

Estaba dentro de un sobre idéntico al anterior, sin dirección ni sello. No se había fijado en ese detalle la primera vez, pero ahora se preguntaba cómo le llegaban esos envíos. ¿Paul-Émile estaba en París? No, habría venido directamente a verle. Y nunca se había olvidado de no cerrar la puerta con llave, imposible que no se hubiesen visto. No, estaba seguro: su hijo no estaba en París, sino en Ginebra. Pero, entonces, ¿quién había dejado esas dos tarjetas en su buzón, si no era su hijo? No lo sabía.

Las releía a diario. Según un ritual bien establecido. Era el mejor momento de su jornada y quería tomarse su tiempo, aprovechar cada segundo de lectura; debía estar en las mejores condiciones de concentración. Leía por la noche, después de la cena. Encendía las luces del salón, hacía sonar el silbato del tren eléctrico que no había guardado y se preparaba una taza de achicoria. Se instalaba en su sillón, abría el grueso libro donde había escondido sus dos tesoros, y después los miraba durante mucho tiempo. Los besaba. Los amaba. Las postales le parecían cada vez más hermosas. Se sentía casi allí también, caminando sobre los adoquines de los bulevares e inspirando el olor del lago. Leía siempre dos veces cada postal, antes de analizar los textos. Primero Paul-Émile había escrito: «Te contaré más». Después solo un lacónico «Todo va bien». ¿Había sucedido algún acontecimiento grave entre los dos envíos? ¿Y quién había dejado los sobres en su buzón? ¿Debía partir a Ginebra a reunirse con su hijo? Pero ¿cómo haría para encontrarle? Y si, durante ese tiempo, Paul-Émile viajara a París, se cruzarían, incluso aunque dejara la puerta abierta. No, debía esperar las próximas noticias, sin impacientarse. Su hijo estaba sano y salvo. Y había renunciado a la guerra. Eso era lo más importante. Sobre todo, no desesperar.

21.

Claude salió de la boca de metro, en la estación de Hide Park Corner. Contemplando el bullicio de la calle, aspiró el aire frío de Londres con deleite y extendió las manos para atrapar algunas gotas de llovizna. Había echado de menos hasta la lluvia. Se volvió y se aseguró de que Gordo, que podía a duras penas con el montón de regalos que llevaba encima, subía detrás de él las escaleras que conducían al exterior.

—¿Sabes dónde es, Ñoño? —preguntó Gordo.

Claude observó la calle y se decidió por una dirección fiándose de los números de los portales. Recorrieron Knightsbridge Road y sus casas de ladrillo rojo; era un bonito barrio, y en el crepúsculo, miraron a través de las ventanas, que los árboles desnudos habían dejado de ocultar, espiando los cómodos interiores, las altas librerías, las mesas dispuestas para la fiesta. Claude comprobó la dirección en un trozo de papel y encontró rápidamente el edificio, una ancha construcción de estilo victoriano, dividida en tres casas estrechas pero altas. Allí era. Su corazón se aceleró. Mientras esperaba a Gordo, que avanzaba con más lentitud, se miró en el cristal de un coche, inspiró hondo y se ajustó el chaleco. Había cambiado: le había crecido el pelo y una fina y oscura barba cubría sus mejillas. Hacía tanto tiempo que no se habían visto... Casi un año.

Gordo llegó por fin.

—¿Estarán todos? —se preguntó.

Claude suspiró con bondad.

—Ya me lo has preguntado. Stanislas me dijo que Faron y Denis no habían vuelto todavía.

—¿Y estás seguro de que los demás estarán?

—Sí.

—¿Y están bien?

—Sí, están bien.

—¿Los pequeños boches no les han hecho daño?

—Están bien.

Gordo lanzó un ruidoso suspiro de alivio. Había repetido exactamente la misma cantinela tres veces en el metro.

Franquearon la verja de hierro forjado; Claude se arregló una última vez ante la puerta. Y llamó.

Habían pasado casi diez meses desde el final de la formación del SOE. Era Navidad, y en pocos días empezaría 1943. De los once aspirantes que habían conseguido llegar hasta la última escuela de Beaulieu, nueve de ellos se habían convertido en agentes de la Sección F: Stanislas, Aimé, Denis, Key, Faron, Gordo, Laura, Claude y Palo. Frank y Jos habían fracasado en el ejercicio final.

Fue Aimé el que abrió la puerta, entusiasmado de volver a ver a sus compañeros y encontrarse con el cura convertido en hombre y a su enorme acompañante, que no había cambiado nada.

—¡Joder! ¡Ñoño y Gordo!

Abrazó a Claude y le dio unas buenas palmadas en los hombros a Gordo, porque los regalos impedían que los dos se estrecharan.

El grupo no había podido reunirse desde Beaulieu. Algunos se habían cruzado brevemente entre dos misiones, en los despachos de la Sección F en Londres, pero era la primera vez que estaban casi todos juntos, para celebrar la Navidad en el piso de Stanislas, esa Navidad que no habían podido celebrar un año antes, cuando estaban en pleno entrenamiento en la soledad de Escocia.

Key llegó corriendo a su vez, atravesando el recibidor con copas llenas de champán.

—¡Feliz Navidad! —gritó a los recién llegados.

—¡Feliz Navidad para ti también, mi querido Kiki! —respondió Gordo, contento.

Tras él apareció Stanislas, con una bandeja de pasteles en las manos. Había adelgazado. Gordo tiró sus regalos al suelo y todos se abrazaron. Rieron. Seguían siendo los mismos pero habían cambiado tanto... Y mientras Claude y Gordo se quitaban sus largos abrigos de invierno, se observaban entre ellos. Se habían dejado siendo aspirantes, ahora eran agentes del SOE, incorporados con el grado de teniente en el seno de la Sección F. Después de Beaulieu, a algunos los habían enviado directamente al terreno, otros habían seguido todavía en otra escuela de especialización, pero para entonces ya habían efectuado todos al menos una operación en Francia. Con mayor o menor éxito, porque el año que acababa había sido malo para el SOE, marcado por los fracasos y, como muchos agentes de la Sección F, ellos habían sido repatriados a Londres para que la Comandancia General del SOE hiciese balance de la situación. Alemania dominaba la guerra.

En el piso, sonó de nuevo el timbre. Gordo, que insistía en abrir, volcó una mesa baja por su precipitación. Eran Laura y Palo. Ya estaban casi todos reunidos, tras varios meses de guerra. Key había planificado atentados que no habían tenido lugar, en la región de Nantes, donde convergían numerosos soldados de la Wehrmacht. Claude, que hacía de enlace con las redes, había vivido la desilusión de los Hombres, esa que Doff le había contado a Palo. Aimé había descubierto los difíciles antagonismos con las fuerzas francesas libres, que desconfiaban de los ingleses y sobre todo de la Sección F, que no era gaullista. Laura, en misión en Normandía, había estado a punto de ser capturada por la Gestapo después de que uno de sus principales contactos fuese arrestado y la red fuera desmantelada parcialmente por los alemanes. Pero ¿quién podía reprochar a alguien que hablara bajo tortura? Stanislas había resultado herido durante su primer salto en paracaídas, en mayo, y, a su regreso a Londres, había sido destinado al cuartel general del SOE. En cuanto a Faron y Denis, todavía estaban sobre el terreno: Denis como pianista en la región de Tours, y Faron en misión en París.

En el piso se sucedieron los gritos del reencuentro, y todos se pellizcaron las mejillas como para asegurarse de que seguían indemnes. Después, en la inmensa cocina, tuvo lugar la ruidosa preparación de la comida. Era una costumbre que conservaba Stanislas desde antes de la guerra: marcharse el fin de semana al campo con amigos, beber, practicar tiro al pichón y cocinar juntos para estrechar lazos. Pero sus compañeros de guerra, que nunca habían conocido la educación de Eton, eran unos pinches lamentables. A Claude y Palo, tras haber organizado una batalla de utensilios y haber roto un robot de cocina, los mandaron a preparar la mesa y a poner la cubertería de plata y la cristalería. A Key, que había quemado la salsa, le obligaron a sentarse y observar, simplemente. Y mientras los pocos que trabajaban, en medio de un barullo infantil, terminaban de preparar el menú, con Stanislas dirigiendo, Aimé con el pavo y Laura con el vino, Gordo, escondido tras la puerta de un armario y con la cabeza en el frigorífico, probaba la crema de los pasteles que había entregado ese mismo día un pastelero de renombre. Una vez probado, rellenaba el agujero que dejaba en cada pastel extendiendo la crema restante con el dorso de una cuchara, y pasaba al siguiente.

Por fin se sentaron a cenar en el comedor, una hermosa habitación tapizada que daba a un patio interior.

Cenaron elegantes, felices, recordando Wanborough Manor, Lochailort, Ringway, Beaulieu. Hablaron de su fuga, y del ejercicio de guía aérea de Gordo y Claude borrachos. Enriquecían los relatos, la nostalgia les hacía exagerar los detalles.

Cenaron durante horas. Comieron como si hiciera meses que no hubiesen probado bocado, quizás años. Dieron cuenta del pavo, las verduras, las patatas, el cheddar demasiado hecho, los pasteles ya estrenados; y como algunos no tuvieron suficiente, fueron a saquear la despensa ante la mirada aprobadora de Stanislas. Se lo comieron todo: morcilla, salchichas, frutas, conservas, verduras y dulces. Cuando dieron las tres de la mañana se prepararon unos huevos fritos, que acompañaron con unas galletas de azúcar. Iban de la mesa de ébano a los sofás del salón, donde se instalaban para recuperarse un poco, con el botón del pantalón discretamente abierto y un vaso de alcohol fuerte en la mano para ayudar a la digestión; después volvían a comer, enardecidos por los gritos de Aimé que, instalado frente a los fuegos, terminaba alguna improvisación.

Al alba, Gordo distribuyó sus regalos, regalos horribles, como en Beaulieu, pero llenos de amor. Así, a Key, que recibió un par de calcetines, le espetó Gordo: «¡Son calcetines de Burdeos! ¡Nada de bagatelas!». Key era originario de Burdeos y, en su cabeza, bendijo a Alain Gordo, el hombre más bueno del mundo. En cuanto a Laura, recibió un colgante dorado, de mal gusto pero escogido con infinito esmero. Emocionada, avergonzada por haber venido con las manos vacías, abrazó a Gordo para darle las gracias.

—No aprietes mucho —sonrió el buen gigante—, he comido demasiado.

Ella le miró a los ojos y posó sus bonitas manos sobre los enormes hombros de él.

—Creo que has adelgazado.

—¿En serio? Ay, si supieras lo que me arrepiento de haber comido tanto esta noche. Porque en Francia he hecho un poco de régimen. Para estar menos..., menos como yo, sí. No es fácil ser como se es, mi querida Laura, ya lo sabes, ¿no?

—Lo sé.

—Pues bien, pensé, puestos a sufrir del estómago por miedo a los boches, qué más da sufrir también por no comer lo suficiente. Así he adelgazado un poco... Es por Melinda.

—¿Sigues pensando en ella?

—Todo el rato. Es lo que pasa cuando uno está enamorado de verdad, que no se lo quita uno de la cabeza. Así que quiero estar guapo cuando vaya a verla.

Laura posó un dedo a la altura de su corazón.

—Ya eres muy guapo ahí dentro —le susurró—. Sin duda eres el mejor hombre del mundo.

Gordo enrojeció. Y sonrió.

—Preferiría ser el hombre más guapo del mundo.

Laura le besó en la mejilla para demostrarle toda su ternura. Dejó allí sus labios un buen rato, para que el gigante obeso sintiese lo mucho que le quería. Gordo había hecho régimen. Dios sabe lo que había vivido esos últimos meses: angustia, dificultades, frío, cansancio, miedo. El miedo. Y había hecho régimen. Menudo régimen.

El amanecer los sorprendió tumbados en el salón, somnolientos, plácidos. Se atrevieron a comentar sus misiones, un poco, pero solo se contaron las anécdotas. Aimé había conseguido embaucar a un policía francés a punto de arrestarle; Laura y Gordo se habían encontrado por pura casualidad en la misma villa del SOE cuando se disponían a volver a Gran Bretaña en barco; Stanislas había estado a punto de comerse un trozo de explosivo plástico en la oscuridad —Gordo replicó que el plástico no era tan malo como podía pensarse—; Key se había visto sin querer en el mismo hotel que otro agente al que estaba buscando como loco para establecer contacto. No hablaron de nada más, como para protegerse de la obsesión de lo que habían podido vivir en Francia. Las misiones habían sido difíciles, habían sufrido pérdidas. Stanislas lo sabía mejor que nadie, ahora que trabajaba en el cuartel general de la Sección F. Recientemente, dos agentes habían sido recibidos al aterrizar no por la Resistencia, sino por la Gestapo. Ese año habían llevado a cabo pocos sabotajes, había pocos éxitos que celebrar. El futuro de la guerra no era esperanzador y Stanislas estaba un poco más preocupado que el resto. Preocupado por el futuro de Europa, preocupado por sus compañeros, porque sabía que pronto volverían a Francia. Sabía lo que había pasado con algunos miembros del grupo, en Francia. Era el único que sabía lo que le había ocurrido a Gordo.

22.

Faron había pasado una semana oculto en el piso
franco. Ahora le parecía que todo el peligro había quedado
atrás, pero no podía continuar su misión. Al menos no inmediatamente, sería demasiado arriesgado. Debía volver a Londres, informar y pedir nuevas consignas. Le habían seguido,
justo antes de Navidad. Quizás la Abwehr. El incidente se
había producido después de que intentase espiar el hotel Lutetia, en el que los servicios de seguridad alemanes habían
instalado su cuartel general para Francia. Se había esforzado por
parecer un simple peatón de paseo por el Boulevard Raspail,
había lanzado algunas miradas discretas al detenerse ante
una tienda y después había seguido su camino, inocentemente.
Pero, media hora más tarde, cerca de la Ópera, había notado
una presencia a su espalda. Le había invadido el pánico; tendría que haberse dado cuenta, le habían enseñado a prestar
atención a las señales. Su distracción podría ser su perdición.
Había respirado hondo para calmarse. Era fundamental no
mostrar su nerviosismo, no correr, limitarse a aplicar los métodos. Había cambiado de acera, se había metido por una
calle al azar, había acelerado discretamente el paso y, en el reflejo de un escaparate, había comprobado que el hombre continuaba siguiéndole. Estaba cada vez más confuso, los protocolos de Beaulieu parecían de golpe poco claros: ¿qué debía
hacer si le detenían? ¿Debía tomar la iniciativa, entrar en el
vestíbulo de un edificio desierto y matar al perseguidor con
el pequeño cuchillo de comando que llevaba siempre disimu-
lado en la manga? En uno de los botones de su chaqueta estaba su píldora L. Y, por primera vez, había pensado en ella.
Si le cogían, se mataría.

Al final había podido contener su terrible angustia, que hacía que le latiera el corazón con fuerza y le doliera la cabeza. Al recuperar la calma, se había dirigido al Boulevard Haussmann; había caminado deprisa, distanciando a la silueta que le seguía, y se había mezclado entre el gentío de un gran almacén, para después salir por una puerta de servicio y saltar dentro de un autobús que le había conducido al otro lado de la ciudad. Inquieto, en plena crisis de paranoia, había entrado en un edificio cualquiera y había pasado la noche escondido, en un desván, como un vagabundo, sin poder pegar ojo, con el cuchillo en la mano. Desde entonces no salía sin su Browning. Había llegado a su piso a primera hora del día siguiente, al final del toque de queda, hambriento, agotado, y no se había movido durante siete días completos.

Estaba ordenando los diferentes documentos que había recopilado durante sus meses en París. Disimuló los más importantes en un escondite de su maleta y quemó el resto en una papelera metálica, después de fotografiarlos. Lo habían enviado a París para establecer una lista de blancos potenciales de sabotaje o bombardeo: fábricas, centros de reparación de locomotoras o lugares estratégicos. El Lutetia constituía a su parecer un blanco de primer orden, pero particularmente difícil de alcanzar. Si conseguía planificar un atentado, sería un gran golpe. Para la guerra y para su propia gloria. Después le asignarían misiones especiales, que solo manejaba el Estado Mayor del SOE, el nivel más alto de secreto dentro del secreto. Aspiraba a ello. Era muy consciente de sus aptitudes como agente, muy superiores a la media. Los tipos pequeños como Claude y los gordos como Gordo, o el viejo Stanislas, le daban casi pena, eran insignificantes a su lado. Su mayor orgullo era haber instalado un piso franco en pleno París, salón y dos dormitorios en la tercera planta de un edificio tranquilo, con dos salidas: la puerta de entrada, por supuesto, pero también el balcón del dormitorio, que permitía acceder directamente a una ventana de la escalera del edificio vecino. En caso de peligro, podría huir hasta el bulevar pasando por

el recibidor del inmueble de al lado; todos los días se felicitaba por ello. Consideraba ese piso como un lugar de máxima
seguridad, sobre todo porque nadie conocía su existencia, ni
siquiera en Londres. Y el secreto era una de las reglas elemen-
tales de seguridad: cuanta menos gente estuviera al tanto,
menos riesgo había de comprometerse, voluntariamente o
no. La Resistencia estaba repleta de patéticos parlanchines,
valientes patriotas, sin duda, pero capaces de contar de todo
para impresionar a una mujer. En cuanto a los más callados,
a los más secretos combatientes, no tenía claro que pudieran
resistir la tortura. Él mismo se había visto en apuros para resistir los ejercicios en Beaulieu y los instructores en uniforme
de las SS. Sí, ahora lo tenía claro: si le cogían, se mataría.

Nadie aparte de él conocía la localización del piso
franco. Claro que lo revelaría a los jefes de la Sección F una vez
en Londres, ya que podría servir de lugar de retirada para
agentes en peligro. Pero había evitado cuidadosamente dar la
menor información a sus contactos en París, ni siquiera a
Marc, su operador de radio, instalado en un piso del distrito
once cuya seguridad dejaba que desear; ni a Gaillot, su principal interlocutor, responsable de una red de la Resistencia, y
que de hecho había pasado también por una formación del
SOE. A Faron le gustaba Gaillot; era un hombre de unos
cuarenta años, eficaz y discreto, un poco como él, que no hacía preguntas inútiles, y cuyos conocimientos en materia de
explosivos eran impresionantes. Lo llamaría a él para el atentado del Lutetia.

Por la tarde, Faron se atrevió por fin a abandonar el
piso. Se dirigió al de Marc, su pianista, para pedir instrucciones a Londres.

Se llamaba Marie, tenía veinticinco años. Faron la conoció al final de una mañana de niebla, cerca de una librería
al lado de la estación Lyon-Perrache. El SOE había enviado al
coloso al encuentro de una red que ayudaba a salir de Fran-

cia con destino a Gran Bretaña; un intermediario le esperaría en Lyon y lo llevaría a un pueblo desde el que operaba el comité de bienvenida de la red. Allí, un Lysander acudiría a recogerlo. Marie era la intermediaria. Ella recogía a los agentes en Lyon y los llevaba al campo, a un albergue utilizado como refugio de la red. Después, al día siguiente o varios días más tarde, según la situación, ella los llevaba al pueblo, donde se quedaban alojados hasta la noche de la partida.

Era guapa, bien proporcionada, viva, coqueta, fresca y de mirada inteligente. A Faron le gustó inmediatamente; llevaba mucho tiempo sin tratar con una mujer. Circularon primero en autobús y, discretamente, Faron se alisó la camisa para que se ajustase al cuerpo y revelase sus músculos. Continuaron luego en bicicleta, y en las subidas se esforzó en impresionarla con su rápida pedalada. Llegaron al albergue por la tarde, y apenas Faron tomó posesión de su cuarto, se metió en la ducha, se afeitó y se perfumó. Recordó entonces el efecto que había tenido la sección noruega sobre él y sus compañeros, en pleno entrenamiento escocés. Limpio y arreglado, Faron esperó sentado sobre la cama a que Marie viniese a su encuentro. Y siguió esperando.

Cuando ella llamó a la puerta de la habitación, sobre las nueve de la noche, Faron llevaba cuatro horas esperándola. Había tenido tiempo de hacer y deshacer la maleta, se había cambiado dos veces de camisa, había comprobado siete veces el mecanismo de su Browning, leído un libro de principio a fin, contado los dibujos de las cortinas, atado bien sus zapatos, dado cuerda al reloj, peinado y engominado nueve veces el pelo —que se había dejado crecer en Francia, porque su cráneo afeitado le hacía fácilmente identificable—, ajustado y desajustado el cinturón, comprobado sus dientes y su aliento tres veces, limado sus uñas y procedido a tres controles anticaspa, cepillándose el cuello de la chaqueta cada vez que sacudía demasiado la cabeza, para después comprobar en su espejo de bolsillo que ninguna partícula blanca reposaba desagradablemente sobre sus hombros. Al final se había dormido, recostado a medias sobre la cama, y los golpes en la puerta le habían sobresaltado. Marie. Se secó el hilo de baba que había brotado en sus labios y había dejado un charquito viscoso en la almohada, y se precipitó a abrir la puerta.

Marie, en el umbral, percibió la precipitación. Ese Faron le daba asco. Era feo, pagado de sí mismo, no tenía ninguna gana de ir a su habitación pero, como hacía horas que no le veía, quería asegurarse de que todo iba bien.

El coloso abrió la puerta y sonrió, presumido y meloso. Había debido de quedarse dormido después de peinarse, porque la gomina se había endurecido en la parte trasera de su pelo formando una especie de costra seca y rectangular. Marie tuvo que pellizcarse un brazo para reprimir la risa.

—¿Va todo bien?

—Sí.

Él había alargado mucho la *i* y Marie tenía la impresión de estar hablando con un retrasado.

—¿Has comido bien?

—No.

Entonces comprendió que estaba coqueteando.

—¿*No* qué? ¿Has comido mal?

—No, no he comido —dijo Faron con una sonrisa lánguida.

—¿Y por qué no has comido?

Empezaba a sentirse muy molesta.

—No sabía que debía ir a comer.

—¡Pero si te había dicho que fueras a comer a la cocina!

Faron no había escuchado nada; sí, seguramente ella le había dado varias consignas, la ducha, la discreción y todo lo demás, pero él se había perdido en sus pensamientos de amor y no había grabado una sola de sus palabras.

—Bueno. ¿Tienes hambre?

—Sí.

—Entonces baja a la cocina, es la puerta del fondo antes del comedor. No olvides lavar la vajilla cuando hayas terminado.

Él enarboló de nuevo su dulzona sonrisa.

—¿Cenamos juntos?

—Ni hablar.

Marie giró sobre sus talones, invadida por la aversión física que le inspiraba aquel hombre, sin saber siquiera por qué. Quizás fuese a causa de la antipatía que emanaba, de su aspecto falso. Es cierto que era impresionante, poderoso, el torso musculoso, los bíceps gruesos. Pero su horrible pelo grasiento, mal cortado, que crecía demasiado recto, como si se hubiese afeitado el cráneo durante mucho tiempo, su nariz excesivamente grande, sus largos brazos caídos y sus maneras de cerdo la asqueaban. Y su forma de hablar, tan desagradable, tan brusca. Y sus entonaciones demasiado fuertes. Pensaba a menudo en aquel otro agente con el que se había encontrado dos veces, en octubre y diciembre, de extraño nombre: Palo. Nunca olvidaría aquel nombre; era lo contrario que ese Faron, más joven, de unos veinticinco años, como ella. Guapo, bien proporcionado, inteligente y de ojos alegres. Tenía un modo elegante de fumar. Faron chupaba los cigarrillos de forma repugnante. Palo no, primero empezaba ofreciendo uno, después cogía uno de su pitillera, una bonita pitillera metálica, y sostenía el cigarrillo en la mano mientras seguía la conversación. Hablaba bien, ayudándose de las manos y haciendo girar el cigarrillo. Después lo ponía en la comisura de los labios, justo antes de terminar una frase, y lo encendía con gesto elegante, los ojos entornados, la cabeza un tanto inclinada hacia abajo, aspirando una larga bocanada y expulsando poco a poco el humo blanco, lejos de ella para no molestarla. Las dos veces lo había encontrado muy impresionante. Tranquilo, relajado, bromeando alegremente, como si no temiera nada de la vida. Ella, que en ocasiones tenía tanto miedo, miedo por ella y miedo por el futuro, miedo a que nunca sucediese nada bueno, había encontrado confianza con su sola presencia. Cuando le había visto fumar, había sentido ganas de estrecharse contra él. Cuando Faron fumaba, le daban ganas de vomitar.

Faron bajó a la cocina después de haberse arreglado de nuevo. No quería volver a Inglaterra sin haber probado antes a la francesita. Cogería vino de la cocina, llamaría a la puerta de su habitación, la invitaría a beber, beber ayudaba siempre, y cuando sintiera que el asunto iba por buen camino, jugaría su mejor baza: el cigarrillo. Había perfeccionado una forma muy personal de fumar, elegante y masculina, que las mujeres encontraban irresistible.

La cocina estaba completamente a oscuras. Se preparó un plato con pollo y pan. Descorchó una botella de vino, para Marie. Esperó un momento, de pie, sin comer. Como ella no venía, comió unos bocados de pollo: tenía hambre. De pronto, se rio solo, de buen humor ante la perspectiva del polvo cercano. Marie seguía sin llegar. Media hora después, cogió su plato y subió a su habitación. Escupió en el suelo para conjurar la suerte: si Marie entraba en su cuarto, era suya.

Ella llamó a la puerta quince minutos más tarde. Había ido a regañadientes: se marcharían al día siguiente y debía darle las consignas.

Él abrió la puerta, triunfal, y la hizo pasar, pero ella no se adentró más que un paso en la habitación, lo justo para cerrar la puerta y que no los oyeran.

—Buenas noches —dijo Faron amablemente.

Encendió un cigarrillo con indiferencia, el truco del cigarrillo funcionaba siempre. Ella recibió el humo en plena cara y tosió.

—Listo mañana a las seis de la mañana.

—A las seis. Bien.

—Entonces, buenas noches.

—¿Eso es todo?

—¿Como que si *eso es todo*?

—Pensaba que tú y yo podríamos...

Ella esbozó una mueca de asco.

—Ni lo sueñes. Buenas noches.

—¡Espera! —exclamó Faron disgustado.

—¡Buenas noches! —repitió Marie agarrando el pomo de la puerta.

Él intentó fumar más fuerte. Fumar, su última esperanza de seducirla. En lugar de exhalar, escupió.

—¡Espera! ¿Quieres fumar conmigo?

—¡Buenas noches!

—¡Espera! —dijo él rápidamente—. Tengo esto para ti... En caso de peligro.

Ella se detuvo en seco y se giró. Faron se precipitó hacia su maleta y sacó del doble fondo un pequeño revólver guardado en un estuche de piel. Su revólver de emergencia.

—Es para ti —murmuró—. Podrías necesitarlo.

En su habitación, Marie se ajustó la funda de piel al muslo, la ató e introdujo el revólver. Se bajó la falda. Se miró en el espejo: no se veía nada. Los ojos fijos en su reflejo, se levantó la falda y volvió a contemplar el arma. Faron se había quedado a dos velas, pero la verdad era que esos agentes ingleses le gustaban. Gracias a ellos, se sentía parte activa del esfuerzo de guerra. Palo, en sus dos visitas, le había dado un sobre para que lo dejase en un buzón en París. Mensajes codificados para un alto responsable de los servicios británicos de información, le había dicho. Ella se había estremecido, a partir de entonces hacía de correo para los servicios secretos. Haría la entrega al día siguiente, en París. En la Rue du Bac.

23.

Disponían de algunas semanas de permiso en Londres, y desde su reencuentro, en Nochebuena, no se habían separado. Los primeros días de enero envolvían Inglaterra. Tras la serie de fracasos encajados a lo largo de los meses anteriores por la Sección F, el Estado Mayor del SOE quería revisar sus objetivos para el nuevo año. Estaban libres por lo menos hasta febrero.

Palo, Key, Gordo, Claude y Aimé, hartos de los pisos de tránsito del SOE, decidieron buscar una casa para ellos. Tener una dirección significaba dejar de ser fantasmas. Al haber alcanzado en el Servicio el grado de oficiales, ganaban un salario del ejército británico que les permitía vivir cómodamente. Aimé se enamoró de una pequeña buhardilla en el barrio de Mayfair. Palo, Key, Gordo y Claude decidieron mudarse juntos a un gran piso amueblado del barrio de Bloomsbury, no lejos del British Museum.

Stanislas vivía en su piso de Knightsbridge, y Laura había vuelto a casa de sus padres en Chelsea, con la excusa de que su unidad del FANY estaba de permiso. Al final de su formación en el SOE, había podido pasar unos días junto a su familia; para no mentir del todo, había dicho que estaba destinada en una unidad que pronto enviarían a Europa. El Servicio permitía dar ese tipo de explicaciones: los agentes eran oficialmente soldados del ejército británico, de pleno derecho, y los miembros británicos del SOE, cuando partían a una misión, decían a sus familias que se iban a la guerra como cualquier otro movilizado; nadie se imaginaba que iban a lanzarlos en paracaídas detrás de las líneas enemigas, en el corazón de un país ocupado, para combatir a los alemanes desde el interior. De hecho, en el seno de la Sección F, el coronel Buckmaster se preocupaba personalmente de tranquilizar a las familias de los agentes en misión cuando era posible, escribiéndoles cartas tipo con evasivas, que decían más o menos: *Señora, Señor, no debe inquietarse. Las noticias son buenas.*

Laura se pasaba el día con sus compañeros, y las noches con Palo; volvía a Chelsea al amanecer, justo antes de que se levantase Suzy, la doncella. Cansada, dejaba su vestido tirado en una silla y se metía en la cama. Y suspiraba de alegría, feliz. Había vuelto a encontrar a Palo. Es cierto que ya le amaba antes; recordaba muy bien cuando se habían conocido en Wanborough, y sobre todo el día que se había peleado con Faron. Los aspirantes llevaban entrenándose juntos solo dos o tres semanas, y todos odiaban ya a Faron, tan impresionante pero siempre tan sucio y malvado. En la sala, cuando el coloso le había dado una paliza, Palo tenía en la mirada un destello brillante, como si la fuerza física de Faron no pudiese vencer a su fuerza moral. Luego había destacado a menudo durante los entrenamientos y, a pesar de su corta edad, siempre le hacían caso. Se había ganado cierta reputación en el Servicio. Decididamente, le gustaba todo de él. Tras su primera noche en Beaulieu, había pensado que debía hacerse la difícil. Él le había dicho palabras de amor, y ella se había limitado a bromear. No se habían cruzado después, y los meses de separación habían sido insoportables; ¿y si no lo volvía a ver? Se arrepentía tanto, había pensado tanto en ello... Había tenido que esperar casi diez meses, diez malditos meses, hasta que volvieron a verse un poco antes de Navidad, aquí, en Londres, en las oficinas de la Sección F. ¡Qué felicidad encontrarse de nuevo! Allí estaba, entero. Soberbio. Se habían abrazado en una sala vacía, mucho tiempo, cubriéndose de besos, y durante dos días habían permanecido encerrados en una habitación del Langham, el hotel más lujoso de Regent Street. Así era como se había dado cuenta de cuánto le amaba: como nunca había amado, y como nunca volvería a amar. Pero la primera noche, tendida en la inmensa cama mientras él dormía a su lado, la había invadido la duda: ¿y si él ya no la quería? Después de todo, ella había sido la única chica que había podido frecuentar durante los meses de formación del SOE; quizás la había amado tan solo por las circunstancias, seguramente había conocido a otras chicas, en Londres, y sobre el terreno. El peligro de las misiones le había empujado sin duda a buscar consuelo femenino, y además no se habían prometido nada. Ay, ¡por qué no se habrían jurado fidelidad antes de partir esa noche en Beaulieu! Él le había dicho que la amaba, ella había sentido ganas de responderle que le amaba más aún, pero se había contenido. Cómo lo sentía ahora. Sí, sin duda había conocido a chicas guapas que le ofrecían más ternura que ella. ¿Quizás ahora se sentía forzado a estar allí? Eso es, se sentía forzado, ya no la quería. Él volvería a Francia con sus conquistas, y ella se moriría de pena y de soledad.

Al final, se durmió. Despertó con un sobresalto. Él no estaba en la cama. Permanecía de pie, inmóvil, en una esquina de la habitación; angustiado por la marcha del mundo, miraba por la ventana, con la mano derecha apoyada en su pecho como solía, a la altura del corazón, como si quisiera esconder su cicatriz.

Laura se levantó y le abrazó.

—¿Por qué no duermes? —preguntó con dulzura.

—Mi cicatriz...

¿Su cicatriz? ¡Estaba herido! Entró precipitadamente en el cuarto de baño, en busca de vendas y desinfectante; como no los encontró, quiso coger el teléfono para alertar a botones y conserjes, pero cuando apareció en la habitación, él sonrió, divertido.

—Era una metáfora... Estoy bien.

¡Claro, qué tonta había sido! La mayor de las tontas, allí, de pie en la habitación. No era otra cosa que una estúpida amante servil y quejica.

Conmovido, él la había abrazado para darle consuelo.

—¿Me dirás cómo te hiciste esa cicatriz?

—Algún día, sí.

Ella hizo una mueca; no le gustaba amar tanto.

—Pero ¿cuándo me lo dirás? ¿Ya no me quieres? Has conocido a alguien, ¿verdad? Si es así, dímelo, sufriré menos sabiéndolo...

Palo puso un dedo en sus labios. Y murmuró:

—Te contaré lo de mi cicatriz, te lo contaré todo. Te lo contaré cuando nos casemos.

La besó en el cuello, ella dibujó una sonrisa resplandeciente y se abrazó a él con más fuerza, cerrando los ojos.

—Entonces, ¿te casarás conmigo?

—Claro. Después de la guerra. O antes, si la guerra dura demasiado tiempo.

Ella rio. Sí, se casarían. En cuanto la guerra terminase. Y si la guerra no terminaba nunca, se marcharían lejos, se irían a América, al abrigo del mundo, y tendrían la vida que merecían. La más hermosa que se pudiese imaginar.

Las vacaciones en Londres tenían olor español. Los agentes de permiso estaban a salvo de Europa en un universo protegido que contrastaba con lo que habían dejado atrás en Francia. En el seno del grupo, cada uno se ocupó de sus propios asuntos. Lo más importante era no pensar demasiado en la próxima partida hacia el continente; la despreocupación sentaba bien.

Por la mañana iban a correr a Hyde Park, para mantener la forma. Después se pasaban el día vagando juntos, por las tiendas y los cafés. En los momentos de ocio, se presentaban en pequeñas delegaciones discretas en Portman Square, donde Stanislas tenía su oficina. Iban a visitarle, aunque no estuviese autorizado. Se instalaban en su oficina y mataban el tiempo hablando por hablar y bebiendo té, convencidos de estar tratando cosas importantes. En realidad, el cuartel general del SOE no estaba allí, sino en los números 53 y 54 de

Baker Street, una dirección desconocida para la mayoría de los agentes que estaban en el terreno; de esa manera, en caso de captura, no podrían revelar nunca la localización precisa del centro neurálgico del Servicio. Portman Square, de hecho, solo era una antena de la Sección F —existían varias— para escapar a la vigilancia de los taxistas y agentes alemanes infiltrados en la capital, que estaban convencidos de que Portman Square era el cuartel general de un centro clandestino francés, pero no sabían muy bien a qué se dedicaba.

Por la noche cenaban fuera, y a menudo acababan la velada en Mayfair, amontonados en casa de Aimé, jugando a las cartas. Si llovía mucho, iban al cine, aun cuando el nivel general de su inglés no les permitía comprender por completo la película. El aprendizaje del inglés se había convertido en la primera obsesión de Gordo: saber inglés y encontrarse con Melinda, la camarera de Ringway. Se pasaba los días en la cocina de su piso en Bloomsbury, inmerso en un grueso libro de gramática mientras comía pastas de té, estudiando las lecciones y, cuando estaba solo, practicaba en voz alta: *«I am Alain, I love you»*. Era su frase preferida.

Palo, con su grado de teniente, su apartamento y su cuenta en un banco inglés en la que depositaba cada mes su salario del gobierno, sentía que se estaba convirtiendo en alguien. De adolescente, había fantaseado con frecuencia sobre cuáles serían sus primeros pasos en la vida sin su padre. Pero no podía imaginarse lo que estaba viviendo ahora; ni la guerra, ni el SOE, ni las escuelas, ni las misiones, ni el apartamento en Bloomsbury. Había pensado en París, se imaginaba viviendo en un piso pequeño cerca de la Rue du Bac, para que su padre pudiese llegar sin esfuerzo. Y este habría acogido con satisfacción la independencia de su hijo. Palo se preguntaba qué diría su padre si pudiese verle en ese instante; el hijo francés convertido en teniente británico. Había cambiado, física y mentalmente, en el transcurso de los meses en los centros de formación del SOE, claro, pero sobre todo durante sus dos misiones. Wanborough, Lochailort, Ringway, Beaulieu no habían sido al final más que una larga maceración: agentes con agentes, militares con militares. Pero sobre el terreno era distinto: el día a día era un país ocupado, y resistentes en su mayoría peor formados que él; su estatus imponía deferencia. Después de Berna, una vez se quedó solo, sus contactos de la Resistencia le habían empezado a mirar con inmenso respeto, y se había sentido importante, indispensable. Como nunca. Cuando aconsejaba a los responsables, asistía a un entrenamiento clandestino o explicaba el uso de las Sten, oía los murmullos que provocaba su presencia: era un agente inglés. En una ocasión le pidieron que se dirigiera a un pequeño grupo de resistentes bonachones y mal organizados, para animarles. Qué bien había hablado; había fingido improvisar, pero se había pasado las horas previas repitiéndose las palabras en la cabeza. Y había alentado a las tropas, él, el misterioso, el invencible, la mano de Londres y la mano en la sombra. Ah, esos modestos soldados, jóvenes, viejos, apiñados frente a él, escuchándole, emocionados. Les había dejado entrever que portaba un arma en su cinturón. Qué bien había sabido infundirles valor, cómo se había creído el mejor de todos. Más tarde, de vuelta en la habitación del hotel, su orgullo había sido castigado con un nudo en el vientre, la violenta angustia de ser desenmascarado, capturado, torturado, que le invadía a menudo pero pocas veces de forma tan virulenta. Entonces se había sentido el menos importante de los hombres, el más insignificante y, por primera vez, había vomitado de terror.

En Francia nadie se imaginaba su edad. Tenía veintitrés años, y sin duda aparentaba cinco o incluso diez más. Su pelo había crecido, se lo peinaba hacia atrás y se había dejado crecer un bigote fino que le sentaba particularmente bien. Cuando hablaba con interlocutores importantes, como los jefes de red, adoptaba un aire de gravedad que le hacía parecer más serio y experimentado; y cuando vestía traje y corbata, le llamaban *señor*. En Niza se había comprado un traje oscuro, a cargo del SOE, pero no conservó la factura porque hubiera sido difícil justificarla. El servicio de contabilidad pedía explicaciones de cada gasto, así que en el momento de hacer cuentas, de regreso a Londres, la mejor técnica era poner cara de pena y hablar de la Gestapo cuando no era posible explicar ciertos agujeros en el presupuesto. Para estrenar su traje, había ido varias veces a tomar café y a leer el periódico al Savoy, solo por el placer de ser admirado.

Y después había llegado a Lyon, donde había conocido a Marie, una intermediaria de su red. Era una mujer muy guapa, mayor que él, una mujer para Key. Pero sintió que él, el nuevo, le había producido cierta impresión. Metido de lleno en su papel de seductor bienintencionado, incluso tenía una forma propia de fumar, aunque en realidad la había copiado de Doff, porque Doff tenía mucha clase. Así que había estado fumando a la manera de Doff, como en broma, sin maldad. De hecho, se había encontrado algo ridículo. Pero, poco a poco, todo aquello se había convertido en una estratagema para ablandar a la tal Marie, enamorada de él, a la que había utilizado descaradamente para depositar las postales de Ginebra en casa de su padre, haciéndole creer que se trataba de documentos secretos. La primera vez había sido en octubre, después en diciembre, justo antes de regresar. Sí, la había seducido, le había mentido; en otro caso, sin duda nunca hubiese aceptado. Todo aquello no había sido más que un ardid de agente inglés, porque la única mujer en la que pensaba desde hacía meses, la única mujer que contaba para él, era Laura.

La había vuelto a ver dos días después de su regreso a Londres, en un despacho de la Sección F. Se habían quedado a solas, qué felicidad reencontrarla, abrazarla. Se habían besado largamente. Y luego ella había pronunciado, por fin, las palabras que llevaban mucho tiempo resonando en su cabeza. La respuesta a su declaración en Beaulieu. «Te quiero», había susurrado Laura a su oído.

24.

A principios de la tercera semana de enero, un Westland Lysander de la RAF aterrizó en plena noche en la pista
del 161 Escuadrón, con base en Tangmere, cerca de Chiches-
ter, en West Sussex. A bordo del avión, Faron silbaba, aliviado por haber llegado a Inglaterra. Ya pensaba que no ven-
drían a buscarle; las condiciones climáticas habían impedido
el vuelo varias veces. Bajó del aparato, estirando su inmenso
cuerpo, lleno de repentina alegría. Toda la presión de la misión se aliviaba por fin, una presión insoportable, una angustia de animal perseguido.

Volvió a Londres en coche. A primera hora del día siguiente, presentó su informe en Portman Square, donde se
encontró con Stanislas. Indicó todos los posibles blancos de
sabotaje, salvo el Lutetia. Para lo del Lutetia esperaría, no
quería que le robasen su gloria. Tampoco mencionó la existencia de su piso franco: solo hablaría de él a oficiales de alta
graduación, no le interesaba la morralla. Le informaron entonces del inicio de su permiso, y se dirigió a un piso de tránsito en el barrio de Camden, con un agente yugoslavo muy
alto como compañero. Fue Stanislas quien le llevó; Faron seguía siendo igual de desagradable, pero el veterano del grupo, por amistad, le propuso reunirse con sus antiguos compañeros aspirantes para una partida de cartas en Mayfair, esa
misma noche.

Alrededor de la mesa, en casa de Aimé, las cartas ya
no importaban: todas las miradas se dirigían hacia el repugnante corte de pelo que portaba el recién llegado.

—¿Te has dejado crecer el pelo? —preguntó al fin Laura, rompiendo el silencio de la partida.

—Ya lo ves. Era indispensable para pasar desapercibido. Soy alto, así que si encima soy calvo, es difícil no acordarse de mí... Pero debo decir que estoy muy contento con este pelo. Además, he encontrado una gomina francesa genial.

¡Se ponía gomina! Nadie se atrevía a mirar por miedo a echarse a reír; era un nuevo Faron. Todos habían cambiado después de sus misiones, pero Faron lo había hecho para peor.

Laura se esforzó en seguir la conversación comentando algunas banalidades y Faron continuó respondiendo animado, agitando los dedos sobre sus cartas pero sin mirarlos; le agradaba la voz de Laura, tenía un timbre suave y sensual. Se había dado cuenta de que se sentía atraída por su nuevo corte de pelo. Laura le gustaba desde los primeros días en Wanborough, pero nunca se había decidido a cortejarla. Ahora era distinto, necesitaba una mujer. ¿Por qué diablos esa Marie no había querido saber nada de él? Quería una mujer de verdad, una mujer para él, que pudiese tocar cuando le pareciese. No putas, por favor, nada de putas a las que habría que pagar en cada ocasión por un poco de amor, como un mendigo, como un excluido, como un don nadie. No putas, por Dios, esa humillación no. El gran seductor encendió un cigarrillo.

Todos observaron sus formas. Acababa de prender el pitillo, y ahora chupaba la colilla de la forma más repugnante posible, ruidosamente. No pudieron aguantar serios más tiempo y se echaron todos a reír. Por primera vez, Faron comprendió que se reían de él. Sintió que su corazón se encogía.

Pasaron los días. Una tarde, paseando con Key por Oxford Street, Palo descubrió, por casualidad en un escaparate, la chaqueta de *tweed* que soñaba comprarle a su padre. Una chaqueta de traje, magnífica, gris antracita, perfectamente entallada. Y se la compró de inmediato. Había dudado un poco con la talla, pero, en el peor de los casos, podrían hacerse algunos retoques. En unos diez días, a finales de mes, sería el cumpleaños de su padre. Por segunda vez no podría felicitarle. Mientras esperaba el día del reencuentro, abrazaba la chaqueta, cuidadosamente guardada en el armario de su habitación en Bloomsbury.

El domingo siguiente, al final de la tercera semana de enero, por iniciativa de France Doyle, Laura invitó a Palo a comer en la casa de Chelsea. Traje elegante, pierna de cordero y patatas del jardín. Esa mañana, antes de partir, en la cocina de Bloomsbury y preocupado por dar buena impresión, Palo suplicó a Key que le ayudase.

—¡Dime algunos temas de conversación! —gimió.

Gordo, con ellos a la mesa, inmerso en su libro de inglés, asintió con la cabeza, declamando su gramática en voz alta:

—*Hello papy, hello grany, very nice to meet you, Peter works in town as a doctor.*

—Habla de caza —dijo Key sin pestañear—, a los ingleses les gusta la caza.

—No sé nada de caza.

—*How can I go to the central station?* —continuaba la banda sonora en segundo plano—. *Yes no maybe please good-bye welcome.*

—Habla de coches. Al padre le gustarán seguramente los coches. Tú mencionas los coches, él te hablará del suyo y tú te haces el asombrado.

—*My name is Peter and I am a doctor. And you, what is your name?*

—Pero ¿y si me hace preguntas sobre mecánica?

—Improvisa, hemos dado clases durante la formación.

—*Everyday I read the newspaper. Do you read the newspaper, Alan? Yes I do. And you, do you? Oh yes I do do. Do. Do. Do re mi fa sol la si do.*

Key, molesto, dio una patada bajo la mesa a Gordo para que detuviera su cháchara. Gordo gritó, Palo rio y Key concluyó:

—Escucha, si eres capaz de dirigir operaciones para los servicios secretos del país, sabrás sobrevivir a los padres de Laura. Simplemente piensa que son de las SS y que tienes que librarte de ellos.

La comida transcurrió de maravilla. Palo se entendía bien con los Doyle, les daba buena impresión. Era amable y educado, y luchaba por no perder el hilo de su inglés. France observaba a la pareja de enamorados que Palo formaba con su hija, sentada a su izquierda. Eran discretos, pero las señales no engañaban. Y ella llevaba tiempo convencida. Así que era por él por quien su hija, cada día, se arreglaba con tanto esmero. Sí, France escuchaba a través de la puerta del cuarto de baño, a escondidas, a su hija ponerse guapa para salir. Se sentía aliviada: el anterior enero, cuando Palo le había revelado el secreto, había sentido tanto miedo por Laura que había estado varias noches seguidas sin dormir. Estos últimos meses solo había visto de pasada a su hija, que había partido a Europa en dos ocasiones, durante largos periodos, supuestamente con el FANY. Había tenido ganas de decirle que estaba al corriente, que sabía todo lo de los servicios secretos británicos, que estaba inquieta pero orgullosa, pero no había dicho nada, era demasiado difícil. Durante las ausencias de Laura, ella y Richard habían recibido cartas del ejército: «Todo va bien, no se preocupen», decían. ¿Cómo no preocuparse?, meditaba France, pensando en su hija que mentía por una gran causa. Pero, al fin y al cabo, ¿qué gran causa era? La de la humanidad, la de nadie. Laura había vuelto en verano; sombría, cansada, enferma, con una cara terrible. «El FANY, el frente, la guerra», se había justificado Laura. El FANY. Mentía. Una noche, mientras su hija dormía profundamente, France Doyle la había contemplado durante el sueño, sentada al lado de su cama, compartiendo ese terrible secreto: su hija mentía. Se había sentido sola y aterrada, y al marcharse Laura de nuevo, había empezado a esconderse con frecuencia en un ropero del segundo piso para sollozar. Y cuando se le acababan las lágrimas, permanecía un rato más en el inmenso ropero, hasta que sus ojos se secaban por completo; el servicio no debía saber nada, y Richard menos aún. Después Laura había vuelto, hacía un mes, a mediados de diciembre. Otro permiso, esta vez más largo, y a France le había parecido que tenía mejor cara: canturreaba a menudo, y siempre se ponía guapa. Estaba enamorada. Qué felicidad verla salir con sus bonitos vestidos, feliz. Se podía ser feliz y hacer la guerra.

Ese domingo, después de comer, France Doyle entró en el ropero donde, meses antes, había llorado regularmente por el destino de su hija. Se arrodilló, con las manos unidas y los ojos cerrados, invadida de fervor, y agradeció al Señor haber colocado en el camino de su hija a ese chico brillante y audaz que era Palo. Que la guerra los libre, a ellos, los valientes. Que el Todopoderoso los proteja, a los dos hijos. Que esa guerra no sea más que el punto de partida de su encuentro y que el Señor se lleve su propia vida a cambio de la eterna felicidad de su hija. Sí, si todo salía bien, iría a ayudar a los pobres, reconstruiría los tejados de las iglesias, financiaría órganos y encendería centenares de cirios. Cumpliría los votos más inimaginables, si el Cielo era clemente con ellos.

Pero en lo que no había reparado France Doyle era en que ni Palo ni Laura se daban cuenta de cuánto se amaban el uno al otro. Por ejemplo, podían conversar durante horas, inagotables, apasionados, insaciables amantes, como si, en cada ocasión, llevasen años sin verse. Palo le parecía a Laura un ser brillante, pero él no era consciente de ello y, temiendo que ella acabase cansándose, multiplicaba las estrategias para impresionarla; hojeaba libros y periódicos para hacer sus conversaciones más interesantes y, en muchas ocasiones, si pensaba que no sabía lo suficiente, se culpaba hasta el día siguiente. Cuando salían a cenar juntos a algún restaurante, ella se preparaba durante horas para llegar resplandeciente, con bonitos vestidos de noche y zapatos a juego. Él se quedaba fascinado, pero ella no se daba cuenta de nada. Le parecía que se había arreglado en exceso y se llamaba idiota a sí misma por haberse pasado la tarde en el cuarto de baño de Chelsea emperifollándose, cuidándose, peinándose, maquillándose, probándose ropa, cambiándose y volviéndose a cambiar; por haber vaciado su armario, haber tirado todo por el suelo mientras echaba pestes porque nada le quedaba bien, porque era la más fea del mundo. Así era como, envueltos en todas estas comedias, Laura y Palo no habían vuelto a decirse lo mucho que se amaban. Y no veían, ni siquiera en el corazón de la noche, abrazados en la habitación de Palo, lo que los demás a su alrededor llevaban viendo hacía mucho tiempo.

Al final de la semana siguiente, enero tocó a su fin y llegó el cumpleaños del padre. Ese día, Palo no se afeitó; era un día triste. A primera hora de la mañana, sacó del armario la chaqueta de *tweed* que había comprado para la ocasión, y con ella puesta, deambuló por la ciudad. La llevó por lugares que le gustaba frecuentar y se imaginó un día con su padre, de visita en Londres.

—Es magnífica —le dijo su padre—. ¡Llevas una buena vida!

—Lo intento —respondió modestamente el hijo.

—¡No lo intentas, lo consigues! ¡Mírate! ¡Eres teniente del ejército británico! Piso, salario y héroe de guerra... Cuando te marchaste no eras más que un niño y ahora te has convertido en alguien excepcional. El día de tu marcha te hice la bolsa, ¿recuerdas?

—Lo recordaré siempre.

—Te puse buena ropa. Y también salchichón.

—Y libros... Me pusiste libros.

El padre sonrió.

—¿Te gustaron? Eran para ayudarte a aguantar.

—He aguantado gracias a ti. Papá, todos los días pienso en ti.

—Yo también, hijo. Todos los días pienso en ti.

—Siento haberme marchado...

—No lo sientas. Te marchaste porque era necesario. ¿Quién sabe qué me habría pasado si no hubieses estado haciendo la guerra?

—Quién sabe en qué nos habríamos convertido si me hubiese quedado junto a ti.

—No te habrías hecho un hombre libre. No te habrías hecho tú mismo. Esta libertad, hijo mío, está inscrita dentro de ti. Esta libertad es tu destino. Me siento orgulloso.

—A veces no me gusta mi destino. El destino no debería separar a la gente que se quiere.

—No es el destino el que separa a la gente. Es la guerra.

—Pero ¿la guerra forma parte de nuestro destino?

—Esa es la gran pregunta...

Caminaron; fueron hasta la casa de los Doyle, en Chelsea, luego comieron donde Laura había llevado a Palo durante su primer permiso, después de Lochailort. Terminada la comida, el hijo regaló la chaqueta a su padre.

—¡Feliz cumpleaños! —exclamó.

—¡Mi cumpleaños! ¡No lo has olvidado!

—¡Nunca lo he olvidado! ¡Nunca lo olvidaré!

El padre se probó la chaqueta: le quedaba perfectamente, las mangas caían bien.

—¡Gracias, Paul-Émile! ¡Es soberbia! Me la pondré todos los días.

El hijo sonrió, feliz de que su padre fuera feliz. Tomaron café, y volvieron a pasear por Londres. Pero, de repente, el padre se detuvo en la acera.

—¿Qué haces, papá?

—Ahora debo volver.

—¡No te vayas!

—Debo hacerlo.

—¡No te vayas, sin ti tengo miedo!

—Vamos, ahora eres un soldado. No debes tener miedo.

—Tengo miedo de la soledad.

—Debo marcharme.

—Lloraré, papá.

—Yo también lloraré, hijo mío.

Cuando Palo recuperó el sentido, lloraba, sentado en un banco en un barrio al sur de la ciudad que no conocía. Tiritaba. La chaqueta de *tweed* había desaparecido.

25.

No habían llegado más postales. La de diciembre había sido la última. Ninguna noticia desde entonces. Habían pasado dos meses, y ni la menor señal. Había llegado febrero de nuevo y su hijo había vuelto a olvidar su cumpleaños. Era el segundo año seguido.

El padre estaba tan triste: ¿por qué Paul-Émile no le había enviado una postal por su cumpleaños? Una hermosa vista de Ginebra, aunque fuese sin texto, solo la postal. Hubiese bastado para aplacar esa sensación de soledad y de angustia. Sin duda a su hijo le faltaba tiempo; el banco le daba mucho trabajo, seguramente estaba inmerso en un mar de responsabilidades. Su hijo era alguien importante, y quizás tenía ya firma. Y además, estaba la guerra. Salvo en Suiza. Pero los suizos eran gente muy ocupada, y su hijo, desbordado, no había visto pasar las semanas.

Sin embargo, el padre no conseguía quedarse tranquilo. ¿Acaso hasta el mayor de los banqueros no tenía una pizca de tiempo para enviarle una postal por su cumpleaños a su padre?

Releía sin cesar sus dos tesoros. Nada indicaba que su hijo estuviese enfadado con él. Entonces, ¿por qué no había más cartas? Cada día de espera le marchitaba un poco más. ¿Por qué su hijo había dejado de quererle?

26.

Una noche a principios de febrero, estaban todos en casa de Stanislas. Key, Laura, Claude y Faron jugaban a las cartas en el comedor. Aimé vagaba por el salón. Gordo había salido de puntillas del piso para repasar sus lecciones de inglés. Estaba en el jardincito que rodeaba el edificio, aprovechando la luz de una farola y el escondite que ofrecía un bosquecillo bien podado. El tiempo era glacial, pero allí al menos disfrutaba de cierta tranquilidad; no quería que se burlasen de él. Se entrenaba para decir sus *I love you*. Debería decidirse a ir a ver a Melinda, pero creía que aún no estaba preparado, por culpa del inglés. Entre otras cosas. También pensaba que necesitaba valor para amar, y no sabía si tenía suficiente. Detuvo sus ejercicios al oír un ruido que procedía del piso. Se escondió entre los arbustos para no ser visto. Eran Stanislas y Palo.

Dieron algunos pasos. Tenían un aire nostálgico. Gordo contuvo la respiración para escuchar.

—Pareces triste —dijo Palo.

—Un poco —respondió Stanislas.

Silencio.

—Volvemos, ¿verdad?

Stanislas asintió con la cabeza. Casi aliviado.

—¿Cómo lo sabes?

—No lo sé. Lo supongo. Todos lo suponemos.

Entre los matorrales, Gordo sintió un nudo en el corazón.

—Stan, no debes preocuparte —dijo Palo—. Ya sabíamos que esto iba a llegar...

—Entonces, ¿por qué hacemos esto? —se sublevó el viejo piloto.

—¿Hacer qué?

—¡Estar tan unidos! ¡Nunca debimos cogernos tanto cariño! No deberíamos habernos vuelto a ver después de Beaulieu… Es culpa mía… ¡Dios! Estaba tan solo en Londres, tenía tantas ganas de veros, no sabes lo que os he echado de menos. Pero ¿por qué os he reunido a todos? ¡Soy un completo egoísta! ¡Maldita sea!

—Nosotros también te echábamos de menos, Stan. Somos amigos, y a los amigos se les echa de menos. De hecho, somos más que amigos. Nos conocemos hace apenas año y medio, pero nos conocemos como nadie. Hemos vivido juntos lo que probablemente nunca viviremos con otros.

Stanislas gimió, hundido.

—Somos más que amigos: ¡somos una familia!

—Eso no es malo, Stan.

—Deberíais haber pasado vuestro permiso en un piso de tránsito, bebiendo y yendo de putas. No viviendo la verdadera vida, no haciendo como si no hubiese guerra, ¡no haciendo como si fuésemos Hombres! ¿No lo entiendes? ¡No somos Hombres!

Los dos se miraron fijamente. Una horrible llovizna empezó a caer. Stanislas se sentó en el suelo, sobre el camino empedrado que llevaba de la acera al edificio. Palo se sentó a su lado.

—No volveréis todos —dijo Stanislas—. No volveréis todos, y yo me quedaré aquí, sentado sobre mi inútil trasero. No volveréis todos. Es un milagro haber podido estar todos reunidos en diciembre… ¡Hay muertos sin parar!

—Denis, ¿verdad?

—Quizás. Lo ignoro. No tenemos noticias suyas. No volveréis todos, Palo. ¿Lo entiendes? ¿Lo entiendes? Esas caras que hemos visto esta noche, Key, Claude, Laura, tú… ¡No volveréis todos! Y entonces, ¿qué debo hacer yo? ¿No deciros nada? ¿Encerraros en un sótano? ¿Suplicaros que huyáis, que os vayáis a América y no volváis?

—No eres responsable de nosotros.

—Pero entonces, ¿quién es el responsable? La mayoría sois unos niños. Podría ser el padre de todos. ¿Cuál es vuestro futuro? ¡La muerte no es un futuro! Os vi en Wanborough, el primer día: ¡niños, erais unos niños! Me quedé espantado. ¡Niños! ¡Niños! Y después os vi crecer, convertiros en Hombres formidables. Orgullosos, valientes, llenos de coraje. Pero ¿a qué precio? El de las escuelas de guerra. Erais niños, os habéis convertido en Hombres, pero lo habéis conseguido a costa de aprender a matar.

Cerrando los puños de rabia y desesperación, abrazó a Palo. Y el chico, para reconfortarle, pasó su mano por su pelo blanco.

—Si hubiese tenido un hijo —le murmuró Stan—, si hubiese tenido un hijo, habría querido que fueses tú.

Y sollozó. Su única certidumbre era que viviría, él, que no podía ir a combatir. Viviría más años, decenas de años, viviría con la vergüenza de los que se libran, y sería testigo de la terrible marcha del mundo. Pero aunque ignoraba en qué se convertiría la humanidad, podía quedarse tranquilo, porque los había conocido: Key, Faron, Gordo, Claude, Laura, Palo; había estado a su lado, al lado de los que quizás eran los últimos de los Hombres, y no lo olvidaría nunca. Benditos sean, bendita sea la memoria de aquellos que jamás volverían. Eran sus últimos días. Días de duelo. En su casa, con los espejos cubiertos, se sentaría en el suelo, desgarraría sus camisas, y no comería. No existiría. Ya no sería nada.

—Hasta ahora nos ha ido bien —murmuró Palo—. No hay que desesperar, no hay que desesperar.

—No sabes nada.

—¿No sé nada de qué?

—De Gordo.

—¿Gordo qué?

—Durante su segunda misión, Gordo fue capturado por la Gestapo.

—¿Qué?

El corazón del chico palpitó dolorosamente.

—Torturado.

Palo gimió pensando en Gordo.

—No sabía nada.

—Nadie lo sabe. Gordo no lo cuenta.

Hubo un repentino silencio durante el que Palo suplicó al Señor que no volviese a repetir una atrocidad como aquella. Piedad, Señor, Gordo no, Gordo no, no el bueno de Gordo. Que el Señor libre a Gordo y que tome su vida, la del mal hijo, el hijo indigno, el que ha abandonado a su padre.

—¿Y qué pasó? —preguntó después Palo.

—Lo liberaron. Figúrate que ese cabrón consiguió engañarles y convencerles de que no había hecho nada malo. Lo liberaron, pidiéndole perdón y todo eso, y él aprovechó para robar documentos en los despachos de la Kommandantur.

Palo se rio.

—¡Qué cabrón!

Se sonrieron un instante. Pero luego se pusieron serios de nuevo.

—¿Y va a volver allí?

—Por el momento, la oficina de seguridad no lo aprueba.

Gordo, escondido, cerró los ojos, recordando su sufrimiento. Sí, le habían arrestado. La Gestapo. Había recibido golpes pero los había aguantado; había conseguido convencerles de que era inocente, y al final le habían puesto en libertad. De regreso en Londres, desde luego que lo había mencionado en su informe, pero no se lo había contado a ninguno de sus amigos. Salvo a Stanislas, que se había enterado en Portman Square. ¿Por qué Stanislas se lo había contado a Palo? ¡Sentía tanta vergüenza! Vergüenza de haber sido capturado, vergüenza de haber sido golpeado con saña durante horas. Y en cambio no se creía valiente; si no había dicho nada durante los interrogatorios, si no se había rendido para que cesara el horror, no había sido por valentía, sino porque, si hubiese hablado, con toda seguridad le habrían condenado a muerte. Le habrían cortado la cabeza. Eso es lo que hacían los alemanes. Y había pensado que, si moría, no volvería a ver a Melinda, y entonces nunca conocería el amor. Ninguna mujer le había dicho que le amaba. No quería morir sin conocer el amor. Hubiera sido morir sin haber vivido. Y en el aterrador sótano de la Kommandantur, había conseguido permanecer tan mudo que le habían liberado.

Cuando Palo y Stanislas volvieron a entrar en el edificio, Gordo se arrodilló detrás de su arbusto y suplicó a Dios que no le pegasen nunca más.

El miedo fue invadiendo poco a poco a los agentes conforme se acercaba la hora de su partida. Fueron convocados en Portman Square, donde recibieron las pautas de sus misiones. Pronto empezaría el ir y venir por las casas de tránsito cercanas al aeródromo de Tempsford. Y todos hacían esfuerzos para aprovechar plenamente los últimos días. Laura y Palo salían todas las noches: iban a cenar y luego a ver un espectáculo o al cine. Volvían tarde al piso de Bloomsbury, a menudo a pie, a pesar del frío de febrero, cogidos de la mano. Key y Claude ya dormían. Gordo, en la cocina, practicaba inglés. En su habitación, Laura y Palo procuraban ser amantes discretos. Con las primeras luces del alba, Laura volvía a Chelsea.

La amenaza pesaba sobre ellos: el regreso a Francia, el regreso con los padres. La amenaza de existir. Faron, nervioso, se mostraba cada vez más insoportable. Durante una de las últimas veladas, que pasaron todos juntos en el piso de Bloomsbury, se burló salvajemente de todo el mundo. Después de evitar por los pelos una bronca con Key, se marchó a la cocina para escapar a los comentarios que le dedicaban. Claude le siguió. Curiosamente, Claude era el único por quien Faron sentía respeto, casi temor. Quizás porque en el fondo, todos le consideraban como el brazo de Dios. Y en la cocina, el cura le puso las cosas claras.

—¡No puedes seguir siendo tan idiota el resto de tu vida, Faron!

El coloso de pelo grasiento intentó evitar la conversación registrando los armarios. Se llenó la boca con las pastas de Gordo.

—¿Qué quieres, Faron? ¿Que todo el mundo te deteste?

—Todo el mundo me odia ya.

—¡Porque te lo mereces!

Faron tragó lentamente antes de responder, entristecido:

—¿Lo crees de verdad?

—No... Yo... ¡No lo sé! Cuando te oigo hablar con la gente...

—¡Era una broma, joder! Hay que relajarse un poco, para eso estamos aquí. Pronto volveremos a Francia, no hay que olvidarlo.

—Hay que ser un hombre bueno, Faron, eso es lo que no hay que olvidar...

Hubo un silencio muy largo. El rostro de Faron cambió, se puso serio, y cuando volvió a hablar, su voz sonaba quebrada:

—No sé, Claude. Somos soldados, y los soldados no tienen futuro.

—Somos combatientes. Los combatientes se preocupan del futuro de los demás.

La mirada de Claude se calmó. Se sentaron a la mesa de la cocina y Claude cerró la puerta.

—¿Qué debo hacer? —preguntó Faron.

Miraba fijamente a Claude en el fondo de sus ojos hasta ver su alma. Un día le demostraría, a él y a todos, que no era para nada como ellos pensaban, que no era un cabrón.

Claude comprendió que le estaba pidiendo la absolución.

—Ve a hacer el bien. Sé un Hombre.

Faron asintió y Claude buscó en su bolsillo. Sacó una pequeña cruz.

—Ya me diste tu rosario en Beaulieu...

—Coge esto también. Llévala en el cuello, llévala en el corazón. Llévala en serio, porque no veo tu rosario.

Faron cogió el crucifijo y, cuando Claude no le miraba, lo besó con devoción.

Días más tarde, la oficina de seguridad del SOE dio su aprobación para el regreso de Gordo a Francia, y este recibió los detalles de su misión. Triste por dejar a los suyos, hizo la maleta, sin poner la camisa francesa, su preferida; se arrepentía de no haber ido a ver a Melinda. Tras los abrazos de rigor, abandonó Londres para alojarse en una casa de tránsito. En el coche, de camino a Tempsford, pensaba, deprimido, que si los alemanes le cogían, diría que era el sobrino del general De Gaulle para asegurarse de que lo mataban. ¿Para qué vivir si nadie te quiere?

Los demás fueron recibiendo también sus órdenes de partida. Se separaron sin ceremonia para hacer más verosímil su reencuentro. «Hasta pronto», se decían, riéndose del destino. Así, poco después de Gordo, todos abandonaron Londres; Claude, Aimé, Key, Palo, Laura y Faron, en ese orden. A principios de marzo de 1943, la Comandancia General había fijado sus consignas y sus objetivos para el año siguiente, y todos habían desaparecido, engullidos por las panzas de los Whitley.

Aimé confió las llaves de su mansión de Mayfair a Stanislas.

Gordo, Claude, Key y Palo dejaron una llave del piso de Bloomsbury debajo del felpudo. De todas formas no podían llevarla con ellos; era una llave de fabricación inglesa que podía traicionarlos. Los agentes no debían llevar encima nada que fuese de fabricación inglesa: ni ropa, ni joyas, ni accesorios diversos. La llave quedó pues escondida en el marco de hierro del felpudo, esperando el regreso de alguno de los inquilinos. Y, en su ausencia, el alquiler lo pagaba directamente el banco al casero.

Palo se marchó justo después de Key. Había pasado su última noche londinense en brazos de Laura. No habían dormido. Ella había llorado.

—No te preocupes —le había susurrado para consolarla—. Nos encontraremos aquí pronto, muy pronto.

—Te quiero, Palo.

—Yo también te quiero.

—Prométeme que me querrás siempre.

—Te lo prometo.

—¡Prométemelo mejor! ¡Promételo más fuerte! ¡Promételo con toda tu alma!

—Te querré. Todos los días. Todas las noches. Mañana y tarde, al amanecer y en el crepúsculo. Te querré. Toda mi vida. Siempre. Los días de guerra y los días de paz. Te querré.

Y mientras ella le cubría de besos, Palo suplicó al destino que protegiese a su amada. Maldita guerra y malditos hombres; que el destino le arrancase hasta la última gota de sangre con tal de que la librase a ella. Se ofrecía al destino por Laura como se había ofrecido al Señor por Gordo. Días más tarde, se lanzaba en paracaídas sobre Francia desde un bombardero.

Transcurrieron varias semanas. A finales de marzo, Denis el canadiense, del que no había habido noticia alguna, volvió a Londres, sano y salvo.

Pasaron los meses. Llegó la primavera, luego el verano. En la más insoportable de las soledades, Stanislas salía a vagar a menudo por los parques de Londres, entonces cubiertos de verde; las flores violetas de las grandes alamedas le hacían compañía. Desde su despacho de Portman Square, seguía los avances de sus compañeros. En un mapa de Francia, clavaba chinchetas de colores que representaban sus posiciones. Todos los días, rezaba.

27

Era un bonito verano. Agosto, calor. Las calles de París, bañadas de sol, bullían de paseantes de buen humor y con ropa ligera. En los bulevares, los árboles de ardientes hojas desprendían sus fragancias. Era un bonito verano.

Inmóvil en su ventana, en su estrecho despacho del Lutetia, Kunszer estaba molesto. Contra sí mismo. Contra sus iguales, contra sus hermanos. *Hermanos alemanes, ¿en qué os estáis convirtiendo?*, pensaba. Sostenía en la mano la nota de Berlín que había recibido esa mañana: la situación empeoraba día tras día. El SOE se había vuelto temible. ¿Cómo había podido suceder? A finales del año anterior, estaba convencido de que el Reich ganaría la guerra. En unos meses la situación se había invertido: a principios de febrero, había tenido lugar Stalingrado, después la invasión de Sicilia por los Aliados. Quizás esas victorias habían dado alas a esos malditos agentes ingleses. Porque, ahora, los soldados alemanes tenían miedo en Francia; oficiales asesinados, convoyes atacados y trenes convertidos en blancos recurrentes. Habían subestimado a los servicios secretos ingleses y a los miembros de la Resistencia; había sido necesario reforzar los protocolos de seguridad de los oficiales y escoltar hasta los convoyes más pequeños. ¿Cómo llegaban con tanta facilidad a Francia los agentes británicos? La Abwehr, a pesar de sus agentes en Inglaterra, no conseguía averiguar desde dónde partían hacia Francia los miembros del SOE; si desvelaran el misterio, ciertamente ganarían la partida. Eran todos conscientes de ello y, ahora, en las más altas esferas del ejército, querían saberlo; el mismo Hitler reclamaba respuestas. Pero la Abwehr no las tenía. El Servicio ya no disponía de medios; estaba venido a menos, roído por la competencia de la Gestapo.

Kunszer se sirvió una taza de café pero no se la bebió. La Gestapo. Odiaba a la Gestapo. Malditos sean Hitler, Himmler y su policía secreta, todos tan cegados por sus satánicas depuraciones étnicas que iban a perder la guerra. A veces, cuando se cruzaba con oficiales de la Gestapo, les llamaba *sales Boches,* en francés, muy deprisa, para que nadie le entendiese. Era su pequeña revancha. Pero pronto la Gestapo suplantaría a la Abwehr, lo sabía. Himmler odiaba a Canaris, el jefe de la Abwehr, y no perdía la ocasión de menospreciarle delante del Führer. Si Canaris caía, la Abwehr caería con él. No, no le gustaba la Gestapo, no le gustaban sus métodos ni sus oficiales, a menudo poco instruidos. No le gustaban las gentes poco instruidas. Aplastar a los británicos, reprimir la resistencia armada que atacaba a los soldados de la Wehrmacht, era su deber, pero aquellos que atacaban a la Gestapo no le importaban nada. De hecho, la Gestapo no era un blanco común. Mientras que los soldados sí. Soldados valientes, la mayoría unos niños, llenos de futuro, y que habían tenido que renunciar a sus sueños para defender la patria. Fieros patriotas. Los mejores. Y no podía tolerar que atacasen a los hijos de Alemania, todavía niños, y que no habían hecho nada para merecer su suerte.

Kunszer tenía la confianza de Canaris. Años antes, Canaris había hecho de América una de sus prioridades; había instalado una importante red de agentes y le había enviado a Washington. Había sido en 1937, y ese año no hubo un solo telegrama remitido desde una embajada de cuyo contenido no estuviera al tanto. Había vuelto a Alemania en 1939, por la guerra, mientras que la red americana había acabado mal: desmantelada en 1940 por el FBI, reconstruida en parte con agentes procedentes de la Gestapo, ignorantes poco entrenados e incapaces, y vuelta a desmantelar por los agentes federales americanos. Y esta vez para siempre. La Gestapo, decididamente, no servía para nada.

Desde la ocupación de París, le habían asignado responsabilidades. Había sido destinado al Gruppe III de la

Abwehr-París, la sección encargada del contraespionaje; el Gruppe I se encargaba de la información, y el Gruppe II de los sabotajes en territorio enemigo y de la guerra psicológica. El traslado al Lutetia se había realizado en junio de 1940. Durante los dos años siguientes, habían logrado contener a la Resistencia. Ahora habían cambiado las tornas.

Wilhelm Canaris había celebrado sus cincuenta y seis años el primer día de enero; Kunszer le había escrito una nota para la ocasión. Le gustaba Canaris, *el viejo,* como le llamaban en el Servicio, porque hacía al menos diez años que tenía todo el pelo blanco.

¿Cómo golpear al SOE? No lo sabían. Estaba desanimado. A veces, se preguntaba si ganarían la guerra. Cerró la puerta de su despacho y puso un disco en el gramófono. La música le tranquilizaba.

28.

En el campo, Faron corría. Estaba feliz. Corría por el sendero a toda velocidad; llegaría a la cabaña, a la entrada del bosque. Había dejado allí unos prismáticos. El día tocaba a su fin, pero aún había luz. Le gustaban esas tardes de verano, le gustaban esas primeras horas de la noche todavía llenas de sol y de calor. Le gustaba su vida.

Corría ahora entre las hierbas altas, oculto desde el camino por gruesos árboles frutales; llevaba su traje habitual y, escondida en la chaqueta, una Sten de culata plegable. Reía.

Alcanzó la linde del bosque que dominaba la carretera principal y el campo, y aminoró el paso para no desgarrar su traje en las ramas bajas. Solo necesitó un minuto más para llegar a la cabaña, detrás de una hilera de altos robles, una vieja cabaña de caza de madera carcomida. Echó un vistazo por la ventana rota, se aseguró de que estaba vacía y entró. Los prismáticos se hallaban sobre un estante. Se los llevó a los ojos y, por la ventana sin cristal, a través del espeso ramaje, tan alto como una persona, siguió el trazo gris de la carretera, a lo lejos, y detuvo la mirada sobre la columna de humo que se levantaba del amasijo de coches, satisfecho.

Sobre la colina, escondidos entre la hierba, encima de la pequeña carretera, habían esperado, febriles. Era una larga línea recta. Como les había advertido casi un minuto antes la corneta de un observador apostado más adelante, el convoy comenzó a asomar a lo lejos. A pesar de la tensión que le retorcía las entrañas, Faron sonrió: sus informaciones eran exactas, el suboficial y su convoy habían elegido ese camino para abandonar la región. Él había empezado el ataque lanzando su granada.

Eran siete, y se lanzaron siete granadas simultánea-
mente sobre los dos coches: el coche del suboficial y su escolta. Pésima escolta, no habían visto venir nada. Faron y sus
seis hombres se habían puesto a cubierto durante la deflagración, y después habían abierto fuego sobre los dos coches; el
primero había volcado sobre un lado, el segundo estaba intac-
to pero inmovilizado. Los habían ametrallado sin descanso,
y la metralla había atravesado los coches, que no estaban
blindados. El diluvio de las Sten duró al menos treinta segundos. Una eternidad.

Detrás de los árboles, Faron estaba satisfecho. Ah,
había sido una bonita emboscada; estaba orgulloso de su pequeña tropa, los seis mejores hombres de la red que entrenaba. Pocos meses antes no sabían hacer nada y hoy, habían
combatido como leones. Estaba orgulloso de ellos, orgulloso
de sí mismo. Habían actuado justo como se les había dicho:
las posiciones, la determinación, la comunicación. Al oír la
corneta, habían montado las Sten, quitado el seguro a las granadas, agarrando bien la espoleta. Después, cuando había
lanzado la suya, los demás le habían imitado. Formidable explosión. Y habían abierto fuego, sin dejar ninguna oportunidad a los asaltados. Él, tirador de élite, se había encargado de
abatir a los conductores, para que no pudiesen huir; una
ráfaga había bastado, ya que el primer coche estaba casi volcado por la onda expansiva de las granadas; simultáneamen-
te, cuatro tiradores habían ametrallado las carrocerías, sin
detenerse, apuntando a los hombres pero disparando a todas
partes, como había ordenado. Difícil ser precisos con las Sten,
no se podía escatimar munición. Para Faron, la apoteosis del
espectáculo era su tirador de apoyo. El tirador de apoyo era
una de sus invenciones de guerra: su papel era permanecer
dispuesto a disparar pero no hacer nada, atento a sus compañeros: si una de las Sten se encasquillaba, o mientras un compañero cambiaba el cargador, el tirador de apoyo tomaba inmediatamente el relevo, y así el fuego no se detenía nunca. El
enemigo no disponía de ningún respiro para contraatacar.

Y cuando la Sten detenida podía volver a su tarea, el tirador de apoyo recargaba su arma. Faron estaba encantado con el rendimiento; era una técnica mejorada, un método propio y, un día, lo enseñaría en Lochailort. No le importaría ser instructor. Era un gran soldado.

No recibieron resistencia alguna. Todos los alemanes habían muerto, sentados en sus asientos de cuero. Y si alguno respiraba todavía, no tardaría en desangrarse. Faron había dudado en bajar del montículo para rematar a algún superviviente ocasional, pero había renunciado. No valía la pena. Acercarse a los coches era arriesgarse a llevarse un balazo si alguno de los ocupantes, animado por la fuerza de la desesperación, había conseguido desenvainar su Luger. De hecho, Faron esperaba que al menos una de sus víctimas sobreviviera al ataque. Porque lo importante no era el número de muertos y, en ese caso preciso, resultaba incluso insignificante: algunos militares, aunque fuesen de alta graduación, no eran nada dentro de un ejército de un millón de hombres. Matar no era la finalidad en sí de esas operaciones, sino crear un contexto de terror generalizado, no para el puñado de infelices del convoy, sino para todos los soldados alemanes en suelo francés. Así que, si había un superviviente, era incluso mejor. Este relataría la sorpresa, el horror, el pánico, la impotencia, los gritos, la determinación de los asaltantes, los camaradas muertos que, un minuto antes, bromeaban alegremente, ahí, en el asiento de al lado. Y oyendo el relato del superviviente, pronunciado sobre una cama de hospital que sería su único horizonte en los próximos meses, y quizás más, todos recibirían el mensaje de Faron: la muerte, el sufrimiento, las heridas atroces, eso es lo que les esperaba a aquellos que habían osado violar a Francia. Que en ninguna parte se sintieran seguros desde ese momento.

Así, Faron había ordenado la retirada sin arriesgarse más. La operación había sido un éxito, y sus hombres ganarían moral con ello. Soldados confiados eran soldados más fuertes. Habían bajado del montículo por el flanco opuesto, y se habían marchado corriendo. «¡Nos reuniremos donde ya sabéis!», había gritado Faron a sus hombres mientras se introducían en la camioneta donde ya los aguardaba el observador de la corneta. El coloso había continuado su carrera hasta la cabaña, despreciando las reglas de seguridad. Quería observar.

Ahora sonreía sin soltar los prismáticos, deleitándose con el amasijo calcinado y ametrallado. Creyó incluso percibir un grito desesperado, y rio relajado. «Me he convertido en un Hombre, Claude. Mira esto...», dijo en voz alta. Tenía un impresionante palmarés de sabotajes en su haber. Ya había hecho saltar varios trenes. ¡Ah, qué excitación! Por supuesto, tenía miedo. Pero era un miedo formidable, un miedo relajante, no un miedo de verdad, no un miedo de cobarde. Había matado. Más de lo que creía. Había matado a hombres en trenes, en coches, en camiones. Había asesinado a oficiales alemanes, tras haber observado sus costumbres. El SOE exigía por regla general organizar un grupo de varias personas para perpetrar un asesinato, pero él había actuado solo. Había observado la rutina; la rutina era la debilidad. Un oficial de paso por unos días en una ciudad se acostumbraba, como para combatir su vida de guerrero nómada, a comer en el mismo restaurante, mañana y noche, y a horarios siempre regulares. Aquella precisión era, en su opinión, el mayor punto débil de los alemanes. Entonces él le esperaba, pacientemente, en la esquina de una calle desierta, sabiendo que el oficial, esclavo de su rutina, pronto pasaría ante él. Y le mataba en silencio. Muchas veces con el cuchillo, le gustaba el cuchillo. También había pasado por París, a pesar de no haber recibido una orden formal. Iniciativa personal. Había permanecido unos días en su piso franco, solo para acercarse una vez más al Lutetia. Pronto llegaría el Lutetia. No era imposible. Pensaba en ello sin cesar, hasta su más ínfimo instante estaba dedicado a la planificación de un plan de acción. Antes de terminar el año, lo haría saltar. Y se convertiría en el mayor de los héroes de la guerra.

En su cabaña, Faron desbordaba alegría. A su pesar, tuvo que marcharse: los alemanes, alertados, pronto registrarían el bosque. No le gustaba tener que huir; le gustaba mirar. No le gustaba huir ante nadie. Que fuesen, que fuesen a buscarle. Hacía mucho tiempo que no tenía miedo.

Los bombardeos. Los Aliados aplastaban Europa, a menudo ayudados por agentes en el terreno.

Key, tras su lanzamiento en febrero, había entrado en Suiza. Había ido hasta la región de Zúrich, a observar las fábricas del norte de la ciudad, sospechosas de participar en el esfuerzo de guerra alemán. A mediados de marzo, la RAF había bombardeado las fábricas de armamento de Oerlikon. Después habían llegado Rennes, y Ruan, donde había conocido a un tal Rear. En los primeros días de abril, las fábricas Renault de Boulogne-Billancourt fueron blanco a su vez de la US Air Force, ya que allí se construían tanques para la Wehrmacht.

También Claude había operado como agente en el terreno en previsión de ataques aéreos. A finales de marzo, había sido enviado a Burdeos y había participado en la preparación de bombardeos.

Gordo, en el Noroeste, viajaba entre diferentes ciudades donde estaban estacionadas importantes guarniciones de la Wehrmacht. Su temperamento simpático y guasón le valía numerosas amistades, especialmente entre los soldados alemanes que conocía en los cafés. Les hablaba de la guerra como la mayor de las banalidades, encogiéndose de hombros y adoptando una expresión beatífica. Gustaba. Era de esas personas bravas y fieles que uno aprecia tener al lado, sin temor a que le haga sombra delante de las mujeres. Gordo estaba encargado de la propaganda negra, la que se repartía entre el enemigo, dirigida a ellos. Llevaba sus conversaciones hacia el tema de la música —los alemanes sabían apreciar la música—, y después les aconsejaba algunas buenas emisoras de radio germanófonas que podían captarse en la región. La música que ponían era entretenida, tenían programas de calidad y Gordo se lamentaba de no hablar suficiente alemán para apreciarla plenamente. Sí, estaba deseando que en toda Europa no se hablara más que alemán; el francés era una lengua asquerosa. Entonces Gordo promocionaba Radio-Atlantik o Soldatensender Calais, radios alemanas para soldados alemanes, de programación selecta y divertida, y que difundían, además de la música, información de gran interés, repetida por las demás emisoras alemanas. Ni siquiera el oyente más desconfiado distinguía las informaciones falsas que asimilaba, ocultas entre las verdaderas. Y estaba lejos de imaginar que su nuevo programa preferido se emitía desde un estudio en Londres.

Laura operaba como pianista en el Norte. No le gustaba el Norte, una región sucia, una región triste, oscura. De hecho, no le gustaba Francia, prefería con mucho Gran Bretaña, más civilizada, más armoniosa. Y además, le gustaban los ingleses, le gustaba ese carácter agridulce, mitad irascible mitad bonachón. Llevaba meses en el Norte, encerrada en un pequeño apartamento, a menudo sola, enlazando sin parar las comunicaciones entre Londres y dos redes locales; solo tenía contacto con los responsables de las redes, así como con tres agentes del SOE. Cinco personas en total. Se aburría. Al menos, cuando se comunicaba con Londres, siempre había otro agente junto a ella, apostado en la ventana, observando vehículos sospechosos en la calle; porque la Abwehr recorría las ciudades con vehículos dotados de un sistema de radiogoniometría, que localizaba las emisoras de radio por triangulación. Ya habían detenido a varios pianistas. Emitir era un arte difícil; llevaba su tiempo, pero era necesario que la emisión fuese lo suficientemente breve para que no la localizasen.

Cuando se encontraba a solas por la noche, solía mirar por la ventana, como había visto hacer a menudo a Palo.

Permanecía mucho tiempo con las luces apagadas para tener las cortinas abiertas y dejarse absorber por los halos de la noche. Después se peinaba su larga cabellera rubia, deslizando sobre ella un bonito cepillo de crin. Cerraba los ojos. Le hubiese gustado tanto que él la abrazase, y que ese cepillo fuese su mano. Maldita sea esa soledad que la invadía todas las noches, cuando se acostaba. Para olvidar, pensaba en América.

Palo había vuelto al sur de Francia; ya conocía perfectamente las redes de la región. Los movimientos de la Resistencia se habían unido: estaban bien organizados. Había conocido a varios agentes del SOE; el trabajo no faltaba. Había preparado el lanzamiento de material. Las entregas se hacían en varias etapas, en general en series de doce, quince o dieciocho contenedores, cada uno con un volumen de contenido estándar, preparado en las estaciones de embalaje. De ese modo, una primera serie de doce contenedores contaba unos cuarenta fusiles-ametralladores Bren, mil cartuchos y cuarenta y ocho cargadores para cada uno, unas cincuenta Sten, trescientos cartuchos y ochenta cargadores vacíos, pistolas con municiones, granadas, explosivo, detonadores, mucha cinta adhesiva y alrededor de diez mil cartuchos Parabellum 9 mm y 303.

Los Aliados habían abierto un frente en Italia, progresaban rápidamente; cuando llegaran a la región, todo apoyo sería útil, así que una de las principales tareas de Palo había sido formar a combatientes en el manejo de las armas. Había explicado ciertas técnicas de combate y enseñado la utilización de explosivos simples, pero él mismo no se sentía a gusto con ese material. Pasaba miedo durante sus propias lecciones, y juraba cada vez que sería la última. Pero había que estar en condiciones de atacar lo antes posible, de sembrar el pánico, de aislar. Le gustaba instruir, le gustaba ser el poseedor del saber: esperaba que sus alumnos le miraran de la misma forma en la que él había mirado a sus instructores en las escuelas del SOE.

Una vez al mes, cuando la situación se lo permitía, desaparecía unos días. Dos días. Nunca más de dos. Si alguien le hacía preguntas, aunque fuera otro agente del SOE, adoptaba ese aire a la vez misterioso y molesto que había aprendido en la profesión y que ponía término a toda discusión sin parecer grosero, ni incómodo. Todos tenían sus consignas. El secreto era el secreto. La gente, de hecho, hablaba demasiado. No los agentes británicos, sino los resistentes. Había advertido a los responsables de las redes: sus hombres hablaban demasiado, a menudo a su pesar. Una alusión a un amigo cercano, una confidencia a un cónyuge, y toda la red podría verse comprometida. Era necesario que las células de resistencia fuesen pequeñas, que nadie conociese a nadie, al menos entre los principiantes. Había que separar a los charlatanes, a los incapaces y a los mitómanos.

Se marchaba. Desde Marsella o desde Niza, cogía el tren hasta Lyon. Desde su vuelta a Francia, en febrero, había ido ya seis veces. Volvía a ver a Marie. Era arriesgado, contrario a las consignas de seguridad en las que sin embargo insistía tanto, pero debía hacerlo, porque Marie, algo enamorada, continuaba sirviéndole de correo hasta París. Era la manera en la que Palo iba desgranando su pila de postales de Ginebra, en las que escribía a su padre. Le decía que todo iba bien.

Las citas con Marie se concertaban por teléfono. Una simple conversación, palabras sin importancia: si telefoneaba, significaba que llegaría al día siguiente. Tenían tres lugares posibles de encuentro, y en la conversación, Palo, pronunciando una de las frases convenidas, le indicaba cuál. Y se encontraban, caminaban un rato juntos, iban a comer; él desplegaba su encanto, sus secretos, su situación. Después, en una callecita, fingía besarla y deslizaba el precioso sobre en su bolso. «En el sitio de siempre», susurraba. Ella asentía, amante, subyugada, dócil. No sabía lo que contenían esos sobres, pero vista la cadencia, debían de ser de extrema importancia. Debían de tratar de acontecimientos de primer orden, lo sabía. De hecho, leyendo los periódicos, constatando los bombardeos, se preguntaba si Palo no era el responsable. Quizás incluso había dado la orden a través de los mensajes. ¿Sería ella la clavija maestra que desencadenaba esos diluvios de fuego? Se estremecía de excitación.

Él continuaba con sus mentiras. Haciéndole creer en el esfuerzo de guerra, deslizando a veces una frase inacabada llena de sobreentendidos. Ella temblaba, él lo sabía. Por supuesto, su propio comportamiento le repugnaba, pero al menos, aunque le hacía perder el tiempo, no la exponía a riesgo alguno. Era una francesa simpática, con los papeles en regla, y las postales no contenían más que un texto anodino; ni siquiera llevaban fecha. Si la controlaban y la registraban, no tendría ningún problema. Entonces, ¿debía decirle la verdad? No, no lo comprendería. No le gustaba utilizarla, no le gustaba mentirle, pero debía continuar cultivando el misterio para estar seguro de que ella seguía haciendo de correo.

29.

Contaba las postales. Ocho. Había recibido ocho en total. Ocho postales desde Ginebra. Desde febrero, había recibido seis. Una al mes, con un ritmo impecable. Los meses más hermosos de su vida. Llegaban siempre de la misma forma: en un sobre, sin sello ni dirección, que una mano anónima dejaba en su buzón. Pero ¿quién? ¿Paul-Émile? No, si Paul-Émile fuese con regularidad a París, habría ido a verle directamente. Estaba seguro de que su hijo no dejaba Ginebra, y tenía razón.

El padre se sentía feliz como no se había sentido desde que su hijo se había marchado; todas esas postales eran como si Paul-Émile estuviese a su lado. Ahora comía más, tenía mejor aspecto, había ganado algo de peso. A menudo canturreaba en el piso. Y fuera, silbaba.

Las postales eran magníficas. Muy bien elegidas. Ginebra aparecía tal y como se la había imaginado siempre: una hermosa ciudad. En cuanto al texto, era sucinto y más o menos idéntico en cada ocasión. Aunque venían siempre sin firma, reconocía la escritura.

Querido papá:
Todo va bien.
Hasta muy pronto.
Un beso

Cada noche, después de cenar, las releía todas, en orden cronológico. Después las juntaba, dándoles golpecitos para que estuviesen bien apiladas, y las devolvía a su escondite. Bajo la tapa de un gran libro colocado encima de la chimenea. Sobre la cubierta de cartoné, situaba el marco dorado en el que brillaba la foto más reciente de su hijo. Colocaba el cuadro bien en el centro del libro, para que se apoyara encima, como si fuese una prensa, y que las postales no se deformasen nunca. Cerrando los ojos, se imaginaba a Paul-Émile, banquero emérito, deambulando en traje caro por los pasillos de mármol de un banco muy importante. Era el más guapo de los banqueros, el más orgulloso de los hombres.

30.

En el calor de Niza de mediados de agosto, Palo se había reunido con Rear en su hotel. Volvía de Lyon, donde se había encontrado con Marie para entregarle un nuevo sobre. En la pequeña habitación, que le recordaba a la de Berna, contemplaba, divertido, a Rear, empapado de sudor, que jugaba con una cámara de fotos en miniatura, un invento de los laboratorios experimentales del SOE. Palo sonrió; nada había cambiado.

Los dos hombres se habían cruzado por casualidad durante una operación que asociaba a dos redes, y se habían citado en Niza por el placer de volver a verse.

—He oído hablar de ti —dijo Rear sin abandonar su tarea—. Las redes están impresionadas con tu trabajo.

—Bah. Se hace lo que se puede.

—También he conocido a uno de tus compañeros de piso..., uno alto y pelirrojo.

El rostro de Palo se iluminó.

—¿Key? ¡El bueno de Key! ¿Cómo está?

—Bien. También es un buen agente. ¡Extremadamente eficaz!

Palo asintió, contento de escuchar las buenas noticias. Lo más duro era no saber nada de nadie, y a veces creía que Stanislas tenía razón. No deberían haberse cogido tanto cariño. Intentaba no pensar demasiado. Pensar era malo.

—¿Tienes noticias de Adolf? —preguntó.

—¿De Doff? No le va mal. Ahora está en Austria, creo.

—¿Es un *schleu**?

* *Schleu*, término injurioso para referirse a un alemán. *(N. del T.)*

—Más o menos.

No pudieron reprimir la risa. *«Heil Hitler, mein Lie-ber!»*, murmuró alegremente Palo, blandiendo el brazo en discretos saludos nazis mientras Rear seguía ocupado en colocar el minúsculo objetivo que había conseguido desmontar con un gesto torpe. Pero fue imposible: lo había roto. Para consolarse, cogió una pequeña botella de licor que había puesto a refrescar en el lavabo. Tomó un vaso para enjuagarse, llenó una tercera parte, se lo ofreció a Palo y bebió directamente de la botella.

—¿Estás al corriente de lo de anoche? —preguntó Rear tras dos tragos.

—¿Anoche? No...

—Es un secreto de Estado...

—¡Un secreto de Estado! —exclamó Palo haciendo el gesto de coserse los labios.

Rear encogió los hombros como para proteger sus palabras, su voz se hizo apenas audible y Palo tuvo que acercarse para oírlo.

—Anoche se ejecutó la Operación Hydra. Los boches están furiosos, de hecho lo intentarán todo para que nadie hable de ello.

—¿La Operación Hydra?

—Un follón de los buenos...

Rear sonrió.

—¡Cuenta!

—*Sabíamos* dónde se encontraba la base de desarrollo de misiles del ejército alemán. Tecnología punta, con la que ganar la guerra, quizás.

—¿Y?

—La noche pasada, centenares de bombarderos que despegaron del sur de Inglaterra arrasaron la base. Centenares de aviones, ¿te imaginas? Creo que ya no habrá más misiles.

Palo estaba entusiasmado.

—¡Pero bueno! ¡Joder! ¡Bien hecho!

Miró fijamente a Rear.

—¿Y tú estabas al corriente?

Rear sonrió con picardía.

—Quizás...

—¿Y cómo?

—Por Doff. Tenía algo que ver. Una noche que había bebido, me contó toda la operación. Cuando Doff bebe, habla. Créeme, si los boches le atrapan, no tendrán más que darle un buen vino y hará caer a todo el Servicio.

Los dos agentes se rieron. Una risa forzada. Aquello era grave. Pero se trataba de Doff. Rear prosiguió:

—Esta mañana he recibido la confirmación de que la operación fue un éxito.

—¿Cómo?

—No te preocupes de eso. Ni siquiera debería haberte dicho el nombre de esa operación. Mantendrás la boca cerrada, ¿verdad?

—Lo juro.

A Rear le divertía el poder que aún tenía sobre ese joven, que no tardaría en convertirse en un agente mucho mejor de lo que él lo sería nunca. No le importaba ofrecerle alguna información confidencial, Hydra ya había tenido lugar. Brindaron de nuevo, por el cercano final de la guerra.

—¿Cuál es el siguiente paso de tu misión? —preguntó Rear.

Palo sonrió, porque su misión había terminado.

—Me han llamado a Londres para recibir nuevas consignas. Mis redes aquí están armadas y entrenadas. Un permiso me sentará bien...

—Septiembre en Londres... La mejor época —dijo Rear, nostálgico.

Se felicitaron. La guerra iba bien. Tenían confianza. Rear se secó el sudor de su frente y salieron a cenar.

31.

Kunszer colgó el auricular delicadamente. Después agarró el teléfono y lo lanzó contra el suelo, en un ataque de cólera. Se sentó sobre su silla de piel, y hundió el rostro entre las manos: no había noticias de Katia.

Llamaron a la puerta, y se incorporó de un salto. Era Hund, cuyo despacho estaba al lado. Hund no se llamaba Hund, pero Kunszer lo había bautizado así por su desagradable manía de ir a husmear en los despachos de los demás, con la nariz levantada, como un spaniel buscando un faisán. Hund había venido atraído por el estrépito: deslizó el hocico a través del marco de la puerta y vio el teléfono que yacía en el suelo.

—Peenemünde, ¿eh? —dijo tristemente.

—Peenemünde —asintió Kunszer para que el perro no sospechase nada.

Hund cerró la puerta y Kunszer increpó, a media voz:

—¡Peenemünde para ti! ¡Maldito boche!

Agosto estaba siendo un mes pésimo. La noche anterior, la RAF había realizado una terrible incursión sobre Peenemünde, la base secreta en la que la Wehrmacht y la Luftwaffe desarrollaban los cohetes V1 y V2 que debían llover sobre Londres y todos los puertos del sur de Inglaterra. Pero Peenemünde había sido destruida en gran parte y aquello era el final de los misiles. Seiscientos bombarderos habían participado en la operación, según la Luftwaffe. Seiscientos. ¿Cómo diablos se habían enterado los británicos? ¿Cómo habían podido ser tan precisos? Y mientras tanto, peor aún que Peenemünde, la Operación Ciudadela, lanzada en Kursk contra el Ejército Rojo por el Oberkommando der Wehrmacht, había sido un fracaso. Los alemanes estaban atascados, y si los soviéticos ganaban, tendrían libre la ruta hacia Berlín. Señor, ¿qué harían en Berlín? Arrasarían la ciudad a sangre y fuego. Ya a principios de mes había sido necesario evacuar a los civiles de Berlín y del Ruhr, por culpa de los bombardeos. La RAF, la US Air Force; no cesaban en su baile diabólico. Apuntaban a las familias, a las mujeres, a los niños. Deliberadamente. ¿Qué culpa tenían los niños, los pobres niños, si había guerra?

Kunszer sacó una fotografía de su bolsillo y la contempló. Katia. Los ingleses no eran Hombres: cinco días y cinco noches de bombardeos incesantes sobre Hamburgo. Toneladas de bombas lanzadas, la ciudad arrasada. Era un crimen. Si hubiese podido preverlo, le habría dicho a Katia que se fuera. ¿Por qué la Abwehr no había sabido nada de esa operación? Y eso a pesar de que tenían infiltrados en las altas esferas de Londres. De haberlo sabido, habría podido avisar a su amada; su querida Katia, ¿por qué no se habría marchado lejos? A América del Sur. Hubiese estado bien en Brasil. Y ahora ya no tenía noticias suyas.

Contempló de nuevo la foto y la besó. Al principio le dio vergüenza. Pero era lo único que le quedaba. Era besar el cartón o no volver a besar, nunca más. La besó una vez más.

Bombardear Peenemünde formaba parte de los usos de la guerra, pero arrasar Hamburgo... Todo lo que Kunszer sabía era que los Aliados habían bautizado el ataque sobre Hamburgo como *Operation Gomorrah*. Gomorra. Se levantó, cogió un jarrón vacío de la mesa y lo volcó. Cayó una llave de hierro. Fue a abrir las puertas superiores de su gran archivador, cerrado a cal y canto. En su interior había libros. Algunos estaban prohibidos. No soportaba que se hubiesen podido quemar libros; solo había que usar toda la fuerza contra los soldados enemigos. Pero lo que nunca se podía tocar era a los niños y los libros. Contemplando los volúmenes, cogió su vieja Biblia. Pasó las páginas y se detuvo de pronto. Lo había encontrado. Cerró con llave la puerta de su despacho y echó las cortinas. Y de espaldas a la luz velada por la tela, recitó:

«Entonces Jehová hizo llover del cielo sobre Sodoma y sobre Gomorra azufre y fuego. Destruyó las ciudades, toda aquella llanura y todos sus habitantes, hasta los frutos de la tierra. Entonces la mujer de Lot miró atrás, a espaldas de él, y se volvió estatua de sal. Abraham se levantó temprano para subir al lugar donde había estado delante de Jehová. Y miró hacia Sodoma y Gomorra, y hacia toda la tierra de aquella llanura miró; y he aquí que el humo subía de la tierra como el humo de un horno.»

32

Miraba el sobre que Palo acababa de entregarle. En su habitación, en Lyon, en casa de sus padres, sostenía el sobre y lo miraba fijamente, sin saber qué hacer.

Se habían visto la víspera. Como en cada ocasión, se había puesto guapa, con la esperanza de gustar al joven agente. Como cada vez, Palo la había llevado a comer. Le gustaba encontrarse a solas con él. Esta vez habían comido en una terraza, a la sombra; se había puesto su ropa de verano más coqueta, se había maquillado, había sacado sus pendientes más bonitos, los de las grandes ocasiones. Durante la comida, había jugado con sus manos demasiado adelantadas sobre la mesa, demasiado cerca de él, para que él las tocara y las cogiese. Pero nada. Peor aún: había alejado las suyas. Después del café, habían paseado un rato juntos. Y habían procedido al ritual: mientras hacía como que la besaba, él le había deslizado discretamente en el bolso el sobre y le había susurrado: «En el lugar de siempre». Ella le había sonreído, tiernamente, y se había abrazado a él para que la besase de verdad, pero una vez más Palo había permanecido impasible. ¿Por qué no la besaba? Ese día se había sentido furiosa. Siempre el mismo circo, pero besos ¡nunca! Se había llevado la carta a regañadientes. Pero se había jurado que, la próxima vez, no lo haría gratuitamente, ni siquiera por la hermosa Francia. Él tendría que tocarla un poco, o prometerle más progresos. ¡No era mucho pedir por el riesgo que corría! A pesar de todo había cogido la carta, dócil como una sierva, no se había rebelado y, cuando él se había marchado, se había odiado a sí misma; se había encontrado fea, fea como un cardo. Había rumiado su rencor durante toda la noche. Había dudado en si abrir el sobre, pero no se había atrevido: lo había pegado a una lámpara, pero no había visto transparentarse nada. Y cuanto más pensaba en Palo, más le odiaba por haberla ignorado. Estaba enamorada. Él no tenía derecho a tratarla así, era un cabrón.

Sentada en su cama, dibujó la sonrisa de la venganza. Al final, esa carta no la entregaría. No haría más entregas. Mientras él no le hiciese caso.

33.

En los primeros días de septiembre, Palo ya estaba de vuelta en Londres. El viaje había sido rápido; había pasado brevemente por España. Siempre en ese mismo hotel. Una tarde, había visto llegar la inmensa silueta nerviosa de Faron. Agitado, como de costumbre. Habían pasado algún tiempo juntos, ociosos. A Palo le parecía que, al final, Faron no era mal tipo. Le asombraba que el coloso, llamado a Londres para informar de su misión, no pareciera contento de beneficiarse de un tiempo de descanso: le habría gustado encadenar, le dijo, y que le hubieran enviado directamente a París. En lugar de eso, había tenido que atravesar medio país para ir a esconderse en España y volver con los Rosbifs. Una pérdida de tiempo, de dinero y de energía: a esas horas ya habría hecho saltar algunos trenes. No soportaba la idea de plegarse a las órdenes de Londres como un perrito faldero. Se consideraba superior a los otros agentes y quería más reconocimiento. Había puesto a punto nuevos métodos de combate que pronto se enseñarían en las escuelas de formación, pero solo los desvelaría si el Estado Mayor dejaba de obligarle a ir y venir como una peonza. Ir y venir estaba bien para los Claude y los Gordo, poco seguros de sí mismos, pero él se movía en una dimensión superior; hacer informes para burócratas o vagar por Londres, donde se aburría como una ostra, no le hacía ninguna gracia.

En medio de la noche, el Hudson de la RAF se posó en suelo inglés. En el instante en que las ruedas tocaron tierra, Palo se sintió invadido por una dulce quietud. Volvía tras seis meses pasados en diversas misiones en Francia, sin interrupción. Estaba agotado: el Sur, siempre el Sur. Solo le enviaban al Sur, y cuanto más iba, más tenía que volver para ver a sus contactos, era un círculo sin final. Tenía ganas de que le enviaran una vez a París. Solo una vez. Hacía exactamente dos años que se había marchado de París, dos años en los que no había vuelto a ver a su padre. Le parecía que todo había cambiado tanto... Sobre su torso, más ancho, la cicatriz había empequeñecido.

En un anexo del aeródromo, sirvieron a Palo y a Faron una comida caliente. Después un coche los condujo hasta Londres. Nada más instalarse en el asiento de cuero, se durmieron, Faron soñando con el Lutetia, y Palo con Laura; esperaba que ella también hubiese vuelto, no aguantaba más no tenerla entre sus brazos.

Cuando Palo volvió a abrir los ojos, el coche atravesaba las afueras de Londres. Faron seguía durmiendo, con el rostro aplastado contra la ventanilla. El conductor los llevaba hasta Portman Square para que informaran sobre sus respectivas estancias en Francia. Era el final del amanecer, un amanecer azul como el de aquel día de enero, un año y medio antes, en el que él y los otros aspirantes habían llegado a la estación de Londres de regreso de la escuela de Lochailort. Le invadieron los recuerdos.

—Déjeme en Bloomsbury —ordenó entonces al conductor.

—Debo llevarlos a Portman Square...

—Lo sé, pero antes tengo algo que hacer en Bloomsbury. Después iré hasta Portman Square en metro. No tendrá problemas, se lo prometo.

El conductor dudó un instante. No quería ni desobedecer las órdenes ni contrariar a ese joven agente. ¿Y qué diría el gigante de aspecto poco simpático que dormía sobre la banqueta?

—¿Dónde en Bloomsbury? —preguntó.

—Al lado del British Museum.

—Le esperaré. Dese prisa.

Palo asintió con la cabeza en un gesto rápido sin dar las gracias. Es lo que Rear hubiese hecho.

Al llegar a la puerta del piso de Bloomsbury, Palo levantó el felpudo, febril. La llave seguía allí, escondida en las ranuras del marco metálico. Abrió la cerradura y empujó lentamente la hoja de la puerta. Cerró los ojos un instante, veía a Gordo y a Claude en plena conversación, a Laura esperándole, oía ruido, alegría. Pero cuando encendió la luz del recibidor, todo estaba desierto. Los geranios de Claude se habían secado, y el polvo se acumulaba sobre los muebles. Hacía mucho que nadie pasaba por allí. Decepcionado y triste, recorrió las habitaciones, despacio, invadido por la nostalgia. En la cocina, completamente vacía, encontró un paquete de las pastas de Gordo, a medio empezar. Se comió una. Después se dirigió a los dormitorios, todos oscuros y desesperadamente vacíos. Le esperaba su cama, se acostó en ella y respiró las sábanas para recuperar el olor de Laura. La echaba tanto de menos... Pero hasta los olores habían huido. Melancólico, visitó la habitación de Gordo, vio su libro de inglés en la mesita de noche. Lo abrió al azar y, sin mirar la página, repitió como una oración: *«I love you»*. Pobre Gordo. ¿Qué habría sido de él? Perdido en sus pensamientos, Palo creyó sentir una presencia en el piso. ¿El conductor?

—¿Hay alguien? —exclamó.

No hubo respuesta.

—¿Faron? —volvió a intentar.

Silencio. Después oyó pasos en el parqué y, en el marco de la puerta, vio aparecer a Stanislas, con la sonrisa en los labios.

—Agente Palo... Parece usted en plena forma.

—¡Stan!

Palo corrió hacia su viejo compañero y le abrazó.

—¡Stan! ¡El bueno de Stan! ¡Tengo la impresión de que ha pasado una eternidad!

—Ha pasado una eternidad... Seis meses. Seis largos meses. He contado cada día. He contado cada maldito día que Dios me ha impuesto vivir en la angustia de saberos lejos.

—¡Stan, qué contento estoy de volver a verte!

—¡Y yo! ¿No debías ir directamente a Portman Square para informar?

—Sí. Pero quería venir aquí...

—Me lo imaginaba... He visto a tu chófer, y a Faron maldiciendo. Les he dicho que se fueran. Yo te llevaré.

Palo sonrió.

—¿Cómo estás?

—Si supieras cómo odio quedarme en Londres sabiendo que estáis allí. He rezado, Palo, he rezado todos los días.

—¿Sigues en las oficinas?

—Sí, pero he ascendido.

—¿Qué tipo de ascenso?

—Muy alto.

—¿Cuánto de alto?

Stanislas hizo una mueca traviesa.

—No me hagas preguntas que no puedo contestarte.

Se rieron. Luego se hizo el silencio.

Palo no se atrevía a pedir noticias. Hizo un esfuerzo.

—¿Cómo están los demás?

—Bien.

—¿Y Laura? Laura... Dime, Stan, ¿Laura está...?

—Tranquilízate, Laura está bien. Está en el Norte.

El chico lanzó un suspiro de alivio. Agradeció al destino su buena suerte y se volvió a sentar, esta vez sobre la cama de Gordo, con el corazón acelerado.

—¿Y el resto? ¿Hay noticias?

—Key, Claude y Gordo están bien. Haciendo un buen trabajo, incluso.

Palo juntó las manos, aliviado, risueño. Se los imaginaba en ese instante, en la cima de su profesión. Sus queridos compañeros, ¡cómo los quería!

—¿Y ese viejo zorro de Aimé? Supongo que también en forma.

El rostro de Stanislas se oscureció. Posó las manos sobre los hombros del chico.

—Aimé ha muerto.

Al principio, Palo no reaccionó. Después sus labios, y todo su cuerpo, empezaron a temblar. Habían perdido a Aimé, al padre. Una lágrima rodó por su mejilla, luego otra, y al tiempo llegaron los sollozos.

Stanislas se sentó al borde de la cama y pasó un brazo por el hombro de su joven camarada.

—Llora, hijo mío, llora. Ya verás como te sienta bien.

Aimé había muerto en un encuentro con una patrulla, cuando se disponía a perpetrar un sabotaje ferroviario. En Francia, las operaciones del SOE estaban en pleno apogeo.

Pasaron unos días. Palo y Faron se instalaron juntos en Bloomsbury, Faron ocupó la habitación de Key, aunque Stanislas seguía pensando que hubiera sido mejor que se contentaran con las casas de tránsito del SOE, para evitar los fantasmas.

Los dos hombres empezaron a aburrirse rápidamente; estaban solos, sin saber qué hacer. Londres, sin el resto del grupo, no era en verdad Londres. Palo ocupaba su mente caminando, al azar. Paseaba desde el piso hasta Portman Square, e iba a comer con Stanislas. Una tarde, llegó hasta Chelsea. Quería darle a France Doyle noticias de su hija.

Al verlo, France no pudo evitar estallar en sollozos.

—Ay, Palo, espero que no me traigas una mala noticia.

Le abrazó. Hacía meses que se roía las uñas, aunque recibiese con regularidad esas estúpidas cartas del ejército, *no-se-preocupe-todo-va-bien*.

—Laura está bien. Vengo a tranquilizarla, señora.

Se instalaron en un saloncito del primer piso para estar tranquilos. Bebieron té, se miraron mucho pero hablaron poco. Había demasiado que decir. Palo se fue cuando ya terminaba la tarde, tras rechazar la invitación a cenar: Richard no debía verle, no podía permanecer mucho tiempo allí. Era malo para él, para France, y además estaba estrictamente prohibido.

Tras su marcha, France permaneció en el saloncito, inmóvil, mucho tiempo. Pensaba en su hija, en Palo, y para mantener el ánimo pensó en el futuro. Podrían casarse, ya tenían la edad. Ella se ocuparía de todo, tenía tantas ideas... La ceremonia tendría lugar en Sussex, donde los padres de Richard poseían una mansión, una hermosa propiedad que con toda seguridad pondrían a su disposición. La unión se celebraría en la capilla vecina, y la oficiaría el vicario, quizás el obispo. Después, los invitados, conducidos hasta los jardines de los abuelos, quedarían maravillados por la fiesta y el fasto. Se levantarían inmensas carpas blancas sobre el césped impecable. Bufé frío, bufé caliente, productos de la tierra y productos del mar, gastronomía francesa por todas partes y foie gras en todas sus variantes. Fotógrafos, recuerdos para todos. Hasta podrían rodar una película. Si hacía buen tiempo, instalarían una pista cerca de la gran fuente, frente al estanque y los cisnes, y bailarían hasta el amanecer. Sería en verano. Quizás el verano próximo. Palo y Laura estarían magníficos.

34.

Ahora se sabía el camino de memoria. Venía de la estación de Lyon, en su bicicleta, y llegaba al Barrio Latino por el Boulevard Saint-Germain, bordeando el Sena. Le gustaba el Sena.

Era la mejor época del otoño, llevaba un vestido ligero y, en una bolsa de tela, en la cesta de su bicicleta, el sobre que Palo le había confiado un mes antes. Había cedido; había decidido entregarlo a pesar de todo. No podía quedárselo solo para vengarse de Palo: estaban en guerra, y quizás la guerra la necesitara. Sabía bien que, en el sobre, las palabras, sin duda anodinas, formaban códigos insospechados que anunciaban un bombardeo, o incluían información de máxima importancia. No llevar aquella carta la convertiría en una traidora y quizás comprometería el curso de las operaciones de la Resistencia. Así que había cedido, pero la próxima vez que Palo viniese, le amenazaría y le pediría llevar a cabo tareas más importantes. Podía hacer mucho más que ese ridículo recado que le habían asignado. Poseía un montón de cualidades, era discreta, fiable, y hasta tenía un arma. Mientras pedaleaba por el Boulevard Saint-Germain se palpó ligeramente la parte alta de su muslo derecho, cubierto por su vestido, allí donde llevaba ceñida la funda con la pequeña pistola que Faron le había entregado.

Kunszer había pasado parte de la tarde mirando la fotografía de su Katia. La había enmarcado, para que no se estropease. Durante todo el día había estado bendiciendo a su pequeña Katia y maldiciendo a los ingleses. Aunque hacía todo lo posible para mantenerse ocupado, en aquel momento se ahogaba dentro de su despacho. Ya no soportaba el Lutetia. Quería salir, caminar un poco. Caminar le sentaría bien. Se dirigió al Boulevard Raspail, y bajó hasta el cruce con Saint-Germain. Se aflojó la corbata, abrió el primer botón de su camisa. Vagó por Saint-Germain a la sombra de los árboles; estaba demasiado abrigado para lo bueno que estaba haciendo aquel septiembre. Sudaba.

Encontró una terraza y se sentó en ella. Tenía sed. Pidió una bebida fría y se dejó llevar contemplando a los paseantes. Pensaba en Katia. Se sentía solo.

Marie acababa de dejar el sobre en el buzón. Una vez cumplido el encargo, montó rápidamente en su bicicleta. Tomó de nuevo el Boulevard Saint-Germain, en dirección a la torre Eiffel. Siempre había gente en el bulevar, era fácil fundirse entre la multitud, tal y como Palo le había dicho.

En la terraza, Kunszer observaba el ajetreo del bulevar. Era una buena distracción. Ante él pasó una joven muy guapa, en bicicleta. Tendría quizás unos veinticinco años, se parecía a Katia. Kunszer sintió cómo su corazón se aceleraba, latía con más fuerza; tenía ganas de correr tras ella, ganas de amarla, aunque solo fuese para olvidar a su Katia. Hablaba francés sin el menor acento, podía abordarla. Ella nunca sabría que era un asqueroso alemán. Podrían ir juntos al cine. Tenía ganas de sentirse atractivo de nuevo. Se levantó de su silla, quería conocer a esa joven francesa.

Un viento ligero atravesó entonces el bulevar. Apenas hizo estremecerse las hojas de los plátanos. Pero unido al impulso de la bicicleta, levantó por una fracción de segundo el vestido de Marie. Y Kunszer, que no había dejado de mirar a la joven, vio entonces el cañón de un arma.

35

Palo y Faron cenaban en casa de Stanislas, en Knights-bridge Road. En torno a la mesa de roble, demasiado grande para ellos tres, agotaron todos los temas de conversación con tal de no hablar de la guerra. Y cuando habían pasado revista a todos, incluso a la moda o las previsiones meteorológicas en Irlanda, tuvieron que rendirse.

—¿Qué se cuece entre los jefes? —se atrevió a preguntar Faron.

Stanislas masticó muy despacio el trozo de pavo que tenía en la boca, mientras sus dos invitados le miraban fijamente. Palo y Faron habían comprendido que Stanislas realizaba desde hacía algún tiempo importantes funciones en el seno del Estado Mayor, pero no sabían nada más. Ignoraban que tenía su propio despacho en el cuartel general del SOE, en el secretísimo número 64 de Baker Street, desde donde se dirigía el conjunto de operaciones de todas las secciones, que entonces se extendían desde Europa hasta Extremo Oriente.

—La guerra, solo la guerra —acabó respondiendo Stanislas.

Volvió a centrarse en su plato para no tener que soportar la mirada de sus dos jóvenes compañeros.

—Necesitamos saber —dijo Faron—. ¡Tenemos derecho a un poco de información, joder! ¿Por qué nunca estamos al corriente de nada? ¿Por qué debemos contentarnos con ir a cumplir una misión tras otra sin conocer nada de los planes generales? ¿Qué somos? ¿Carne de cañón?

—No digas eso —protestó Stanislas.

—¡Es que es la verdad! Tú, sentado tan a gusto en tu sillón de piel, con un vaso de whisky, marcas al azar sobre un mapa nombres de ciudades a las que enviar niñatos a la muerte.

—¡Cállate, Faron! —gritó Stanislas, levantándose de la silla y apuntándole furioso con el índice—. ¡No tienes ni idea! ¡Ni la menor idea! ¡No sabes cuánto me angustia saber que estáis allí mientras yo estoy aquí! ¡No tienes ni idea de lo que sufro! ¡Sois como hijos para mí!

—Pues entonces ¡compórtate como un padre! —le asestó él.

Hubo un silencio. Stanislas volvió a sentarse. Temblaba de cólera, contra él, contra esos chiquillos con los que se había encariñado, contra esa maldita guerra. Sabía que pronto partirían de nuevo y no quería discutir con ellos. Necesitaban buenos recuerdos. Así que se decidió a contarles un poquito de lo que sabía. Nada comprometedor. Solo para que viesen en él al padre que quería ser para ellos.

—Ha tenido lugar una conferencia en Quebec —dijo.

—¿Y?

—El resto solo son rumores.

—¿Rumores? —repitió Faron.

—Chismorreos.

—Sé lo que significa un rumor. Pero ¿qué cuentan?

—Que Churchill ha estado hablando con Roosevelt. Supuestamente habrían decidido reunir hombres y armas en Inglaterra, en previsión de abrir un frente en Francia.

—Entonces van a desembarcar —dijo Faron—. ¿Cuándo? ¿Dónde?

—Me estás pidiendo demasiado —sonrió Stanislas—. Quizás dentro de unos meses. Quizás en primavera. Quién sabe...

Palo y Faron se quedaron pensativos.

—La próxima primavera —repitió Faron—. Así que por fin se han decidido a darles una patada en el culo a los alemanes.

Palo permanecía con la mirada perdida. Ya no escuchaba. Unos meses. Pero ¿cuántos? ¿Y cómo reaccionarían los

alemanes a la apertura de un frente en Francia? ¿A qué velocidad podrían progresar los ejércitos aliados? Los rusos habían
ganado la batalla de Kursk, marchaban camino de Berlín. Se
esperaba una batalla terrible. ¿Y qué pasaría cuando los Aliados llegaran a París? ¿Asediarían la ciudad? Poco a poco, desgranando los escenarios posibles, Palo se sintió invadido por
un miedo sordo: el día que los Aliados se dispusieran a recuperar la capital, los alemanes harían una carnicería, no se deja-
rían coger, ni ellos, ni la capital. La destruirían antes de perderla. La arrasarían, terminarían con ella a sangre y fuego. ¿Qué
pasaría con su padre? ¿Qué le sucedería si los alemanes hiciesen con París lo que los Aliados habían hecho con Hamburgo? Esa noche, de vuelta en Bloomsbury, Palo decidió que debía llevar a su padre lejos de París.

Pasaron una decena de días. Ninguno de sus compañeros volvió a Londres. Estaban a mediados de septiembre. Stanislas no podía ni imaginarse cómo habían afectado sus confi-
dencias a los pensamientos de Faron y de Palo. Faron encontró
un respaldo para sus proyectos: volar el Lutetia sería una operación importante que facilitaría el avance de las tropas aliadas
en Francia. Ya no habría coordinación posible con los servicios
de información alemanes. Cruz de guerra asegurada. En cuanto a Palo, temía por su padre. Debía ir a buscarlo, ponerlo a salvo. Debía hacer lo que fuese para que no le sucediese nada.
     Así que los dos agentes querían marcharse cuanto an-
tes y dirigirse a París, pero no por las mismas razones. Para su
gran satisfacción, la Sección F no tardó en decidirse a enviarlos al terreno porque Europa estaba en ebullición. Faron fue
enviado a París, para dirigir bombardeos. Palo, al Sur de nuevo. Le daba igual. No iría al Sur. Iría a París.
     Pasaron varios días en Portman Square recibiendo
consignas y órdenes. Por la noche, se reunían en Bloomsbury.
Faron permanecía impasible pese al regreso a Francia; Palo se
esforzaba por mantener el control de sí mismo. Dos noches

antes de partir a las casas de tránsito, Palo, presa del insomnio, se levantó y se puso a vagar por el piso. Encontró a Faron sentado en la cocina, completamente concentrado: leía el libro de inglés de Gordo y comía sus galletas, que estaban demasiado secas.

—Me he portado como un tipo asqueroso, ¿verdad? —preguntó sin más, pillando a Palo por sorpresa.

—Bah. Todos tenemos momentos de debilidad...

Faron parecía preocupado, inquieto, como si le diera vueltas a algo muy importante.

—Entonces, van a desembarcar, ¿verdad? —dijo Palo.

—No debemos hablar de ese desembarco.

Palo guardó silencio. Luego preguntó:

—¿Tienes miedo?

—No lo sé.

—Cuando me fui de Francia para unirme al SOE, escribí un poema...

Como Faron no reaccionaba, Palo se fue a su habitación un segundo y volvió con un trozo de papel. Se lo tendió a Faron, que gruñó; no necesitaba ni la poesía ni a nadie, pero de todas formas se lo metió en el bolsillo.

Hubo un largo silencio.

—Voy a pasar por París —terminó diciendo Palo, que sabía que Faron estaría allí.

El coloso levantó la cabeza, interesado de pronto.

—¿París? ¿Esa es tu misión?

—Más o menos. Digamos que tengo que ir.

—¿Y para qué?

—Secreto, compañero. Secreto.

Palo había revelado voluntariamente una parte de sus planes a Faron: en caso de tener problemas en París, sin duda lo necesitaría. Y Faron pensó que Palo no estaría de más para su atentado en el Lutetia. Era un agente muy bueno. Así que le reveló su escondite.

—Ponte en contacto conmigo cuando vayas a París. Tengo un piso franco. ¿Cuándo irás?

Palo se encogió de hombros.

—Pocos días después de llegar a Francia, imagino.

Faron le dio la dirección.

—Nadie conoce ese sitio. Ni siquiera Stanislas, ya sabes lo que quiero decir.

—¿Por qué?

—Cada uno tiene sus secretos, compañero. Tú lo has dicho.

Se sonrieron. Era la primera vez desde su estancia en Londres que se sonreían. Quizás la primera desde que se conocían.

Más tarde, esa misma noche, Faron se levantó y se encerró en el cuarto de baño. Leyó el poema de Palo. Y apagó la luz porque había empezado a llorar.

El siguiente fue su último día en Londres. Habían pasado dos semanas en Inglaterra. Palo anunció su marcha a France Doyle y después pasó la tarde con Stanislas.

—Que te vaya bien —dijo sobriamente Stanislas, cuando se despidieron.

—Saluda a los demás de mi parte cuando los veas.

El viejo piloto lo prometió.

—Sobre todo a Laura... —insistió Palo.

—Sobre todo a Laura —repitió Stanislas.

Palo sentía mucho no haberla visto. Había pasado la mayor parte de su permiso esperándola en Bloomsbury, fielmente, lleno de esperanza, sobresaltándose a cada ruido. Y ahora se sentía triste.

De regreso en el piso, encontró a Faron, dando vueltas por la casa, medio desnudo. Al cabo de un momento, se presentó en el salón para ver a Palo.

—Necesito el cuarto de baño.

—Me parece bien. A mí no me hace falta.

—Voy a estar un buen rato.

—Todo el tiempo que quieras.

—Gracias.

Y Faron fue a encerrarse. Sentado en la bañera llena, con un espejo de bolsillo en la mano, se afeitó y se bañó con esmero. Después se cortó el pelo, lo lavó con cuidado y no se puso gomina. Se vistió con un traje blanco y se calzó unos zapatos de tela, también blancos. Una vez listo, se colgó al cuello la cruz de Claude por medio de un cordel y después, frente a su espejo, cerró el puño y se golpeó el pecho, con violencia, rítmicamente, mientras silabeaba la marcha militar del último perdón. Hacía penitencia. Pedía perdón al Señor. Mirando sin parpadear su reflejo, recitó la poesía de Palo. La había aprendido de memoria.

Que se abra ante mí el camino de mis lágrimas.
Porque ahora soy el artesano de mi alma.
No temo ni a las bestias ni a los hombres,
ni al invierno, ni al frío ni a los vientos.
El día que vaya hacia los bosques de sombras, de odios y
    miedo,
que me perdonen mis errores, que me perdonen mis yerros.
Yo, que no soy más que un pequeño viajero,
que no soy más que las cenizas del viento, el polvo del
    tiempo.
Tengo miedo.
Tengo miedo.
Somos los últimos Hombres, y nuestros corazones, llenos
    de rabia, no latirán mucho más tiempo.

Desde la mañana, a Faron le invadía un presentimiento. Necesitaba que el Señor le perdonase lo que había hecho, que le ayudase a seguir con orgullo hasta su último aliento. Porque en ese instante preciso supo que pronto moriría.

Palo vio entrar a Faron en el salón dos horas más tarde, completamente cambiado, con la maleta en la mano.

—Adiós, Palo —anunció el coloso con tono solemne. Palo lo miró, atónito.

—¿Adónde vas?

—A cumplir con mi deber. Gracias por tu poesía.

—¿No quieres cenar?

—No.

—¿Te llevas la maleta? ¿Ya no vuelves aquí?

—No. Nos vemos en París. Ya sabes la dirección.

Palo asintió, aunque no comprendía nada. Faron le estrechó vigorosamente la mano y se fue. Tenía cosas que hacer, debía marcharse. Tenía que presentarse en la cita más importante del mundo.

Visitó algunos cementerios, pidiendo perdón a los muertos, y después recorrió la ciudad, y distribuyó dinero entre los indigentes, a los que nunca había ayudado. Al final, hizo que le llevaran al Soho, donde las putas. En enero, al volver de Londres y al encontrarse con todos, como Marie le había rechazado y Laura se había burlado de él, había tenido que irse de putas. En las habitaciones de las pensiones había golpeado a algunas, sin razón, o porque estaba enfadado con el mundo. Ahora fue pidiendo perdón a las putas con las que se iba cruzando, al azar. Ya no adoptaba la postura del orgulloso combatiente, sino que llevaba los hombros caídos, arrepentido, la mirada al suelo, cabizbajo. Penitente, besando la cruz que colgaba de su cuello, salmodiaba: «*Que me perdonen mis errores, que perdonen mis yerros. / Yo, que no soy más que un pequeño viajero, / que no soy más que las cenizas del viento, el polvo del tiempo.* Perdóname, Señor... Perdóname, Señor...».

En una callejuela, se cruzó con una chica a la que había pegado; ella le reconoció a pesar de su atavío de fantasma blanco.

—¡Llévame contigo! —gritó, medio loco, en su inglés confuso.

Ella se negó. Tenía miedo.

—Llévame contigo, no te haré nada.

Se puso de rodillas y le tendió unos billetes, suplicante.

—Llévame contigo, y sálvame.

Había mucho dinero. Ella aceptó. Mientras la seguía hasta el sórdido edificio donde prestaba sus servicios, él continuaba su soliloquio en francés.

—¿Me perdonas? ¿Me perdonas? Si no me perdonas tú, el Señor no me perdonará. Y lo necesito, ¡lo necesito para morir bien!

La chica no entendía nada. Entraron en la habitación, segundo piso. Un minúsculo cuarto sucio.

Faron le volvió a pedir perdón por los golpes. Sí, si ella encontraba las fuerzas para perdonarle, él podría marcharse a Francia en paz. Necesitaba estar en paz, al menos hasta poder volar el Lutetia. Después, el Todopoderoso podría hacer de él lo que quisiera para expiar su desgraciada vida. Que el Señor le hiciese judío, el castigo supremo. Sí, cuando la Gestapo le cogiese, juraría que era judío.

Permanecieron de pie. Ella, asustada, y él, murmurando como un loco.

—¡Bailemos! —exclamó de pronto.

Vio un tocadiscos. La chica llevaba un triste vestido negro de tela barata que se le pegaba a su cuerpo contrahecho. A él le pareció guapa. Puso la aguja sobre el disco y la música invadió la habitación. Ella permaneció inmóvil; fue él quien se acercó. La tomó con delicadeza entre sus brazos, unieron las manos y bailaron, lentamente, con los ojos cerrados. Bailaron. Bailaron. Y cuanto más la estrechaba contra él, más suplicaba al Señor que le perdonase sus pecados.

En aquel mismo instante, en el piso de Bloomsbury, mientras Faron bailaba por última vez, Palo, con el torso desnudo frente al espejo del cuarto de baño, hundía la punta de su navaja en la cicatriz, para repasarla. Hizo una mueca de dolor. Solo se detuvo cuando vio una gota de sangre. Sangre púrpura, casi negra. La dejó brotar un poco y se manchó los dedos. Y bendijo su sangre, porque era la sangre de su padre.

Su padre había permanecido siempre a su lado; su sangre no había dejado de fluir dentro de él. Y mientras dibujaba de nuevo la marca de los hijos infames, maldijo la guerra. Poco importaba el SOE, poco importaba su misión: su única obsesión a partir de entonces sería llevar a su padre lejos de París y ponerlo a salvo.

36.

Quince días para nada. Kunszer echaba pestes mientras mascaba una colilla apagada. En la calle, observaba discretamente la entrada al edificio, en la Rue du Bac. Había pasado quince días vigilando a ese hombre para nada. Quince días siguiéndole, incansablemente, y siempre, a mediodía, el mismo circo: el hombre abandonaba su trabajo, cogía el metro para regresar a su casa, inspeccionaba el buzón y volvía a marcharse. ¿Qué diablos podía estar esperando? ¿Las cartas de la chica? No debía de saber que la habían detenido. El buzón estaba siempre vacío, y aquel sujeto llevaba la vida más aburrida que pudiese existir; no pasaba nada, nada de nada. Nunca. Kunszer dio una patada de rabia al vacío. No tenía ninguna pista, y lo único que había conseguido hasta entonces era perder el tiempo, esperando, siguiendo. Hasta se había pasado noches enteras vigilando ese buzón; si ese hombre era un importante agente del SOE, como pretendía la chica, tendría que haber encontrado al menos una prueba comprometedora. Pero no había nada. ¿Debía detenerle y torturarle a él también? No, no sería útil. Y no le gustaba torturar. ¡Dios, no le gustaba nada! Había tenido suficiente con la chica, y de hecho no había hablado mucho. Valiente. ¡Qué mal dormía desde entonces! Había necesitado darle una buena paliza para que hablase por fin, y mientras lo hacía había tenido la impresión de golpear a su Katia, de tanto que se le parecía. Solo había hablado de las cartas; al parecer, su misión consistía en entregar mensajes de un agente británico, y solo en ese buzón. Era lo único de cierta utilidad que había revelado. No sabía más sobre la presencia de ocasionales agentes en París. Los pocos nombres que había dado eran invenciones. ¿Le ocultaba información importante? Lo dudaba. No era más que un títere, un peón. Los agentes de los servicios secretos se aseguraban de que aquellos que escogían para llevar a cabo sus misiones supiesen lo menos posible. ¿Qué diablos estaba preparando el SOE en París? ¿Un importante atentado? Seguro que la chica conocía a miembros de la Resistencia, pero ahora ellos le daban igual: quería a los ingleses, a los que habían bombardeado Hamburgo. Los resistentes se los dejaba a los macacos de la Gestapo, o a Hund, del Gruppe III. La chica no hablaría más, lo sabía, era valiente. O idiota. De todas formas la guardaba al fresco en el Lutetia, para ahorrarle sufrimientos porque, cuando hubiese terminado, se la pasaría a la Gestapo, en la Rue des Saussaies. Y esos sí que le harían daño.

El hombre volvió a salir del edificio, con gesto de decepción, y Kunszer le observó atentamente. Observar, no hacía más que eso. No había nada en el buzón, Kunszer lo sabía, lo había registrado antes de que llegase el hombre. Miró cómo la pequeña silueta se dirigía hacia el Boulevard Saint-Germain, y se preguntó quién diablos podía ser, aparte de un ridículo funcionario. No tenía pinta de agente británico, no miraba nunca hacia atrás, no comprobaba nada, no parecía inquieto. Él le seguía desde hacía días, a veces sin demasiada discreción, ¡y nunca se había dado cuenta! O era el mejor de los espías, o no tenía nada que reprocharse. Sus jornadas eran de una rara monotonía: salía todas las mañanas a la misma hora, cogía el metro hasta el ministerio. Después, a mediodía, hacía el camino inverso, miraba en el buzón y volvía a marcharse a su trabajo. La rutina más cargante posible, Kunszer ya no aguantaba más.

Había visitado varias veces a la chica en su celda.

—¿Quién es ese hombre? —preguntaba en cada ocasión.

Y siempre la misma respuesta:

—Un importante agente de Londres.

No lo creía ni por un segundo; no era ese tipo el que había preparado la operación en la base de Peenemünde. Sin embargo, estaba convencido de que la chica no había mentido: había ido varias veces a ese buzón. Había venido armada, y la habían enviado los servicios secretos británicos. Pero no era por ese hombre, no tenía sentido. El quid de la cuestión era saber quién le había entregado esas cartas. Ella no había dado ninguna respuesta útil. Durante el primer interrogatorio, Kunszer había perdido los nervios porque la chica se negaba a hablar.

—¡Maldita sea! ¿Quién le dio esas cartas? —había gritado.

Qué horror gritar a su pequeña Katia, su querida niña, como si gritara a un perro mal adiestrado que se negara a ejecutar una ridícula pirueta. Ella ya no lo sabía, un hombre alto y rubio, moreno y bajo, se llamaba Samuel, o Roger, solo lo había visto una vez, le dejaba las cartas en el contador de electricidad de un edificio. Kunszer la había contemplado, conmovido: era valiente, como su Katia. Así que le había repetido las preguntas para darle la oportunidad de evitar los golpes. La había tratado de *usted,* la había mirado con amor, a su Katia resucitada, se había encariñado secretamente con ella y después le había dado golpes, bofetadas, puñetazos, como a un animal desobediente. Pero el animal era él. En eso le habían convertido esos malditos ingleses que habían arrasado Hamburgo, que habían exterminado a mujeres y niños, en eso le habían convertido. En un animal. Y la infeliz había seguido gritando que no había leído las cartas. Y él la había creído. Si al menos las hubiese leído, habría podido salvar su vida.

Kunszer siguió al hombre con la mirada hasta que giró en el bulevar y desapareció. Esta vez no iría tras él, no quería hacer por enésima vez un trayecto inútil hasta el ministerio de los mediocres. Le dejó marchar. La policía francesa no tenía nada sobre él; era un desconocido, sin historia, sin nada de nada. Esperó unos minutos más, inmóvil, para asegurarse de que el otro desaparecía, y después penetró en el patio del edificio. Lanzó un vistazo al interior del buzón: vacío, claro. Pensó entonces en hacer una visita al piso del hombre; todavía no lo había hecho, era su última pista. Pero no subió de inmediato porque se sintió observado. Levantó la mirada hacia las ventanas superiores. Nada. Se volvió discretamente y vio que la puerta de la portería estaba entreabierta y que, detrás, le espiaba una sombra.

Se dirigió hacia allí y la puerta se cerró en el acto. Llamó y abrió la portera, como si nada. Era de una fealdad infrecuente, mal cuidada, grasienta, desagradable.

—¿Qué quiere? —preguntó.

—Policía francesa —respondió Kunszer.

Había sido una estupidez añadir *francesa*. Los policías franceses no se presentaban así, no había sido creíble. Aunque no quería identificarse oficialmente porque la policía francesa era siempre mejor recibida. La mujer no se dio cuenta de nada; él hablaba sin el menor acento y sin duda a ella nadie la había detenido nunca.

—¿Me estaba observando? —interrogó Kunszer.

—No.

—Entonces, ¿qué estaba haciendo?

—Vigilo los pasajes del edificio. Por los merodeadores. Pero he visto enseguida que usted no era de esos.

—Por supuesto.

Aprovechó la ocasión para sacar a la portera información sobre aquel tipo.

—¿Le conoce? —preguntó diciendo su nombre.

—Claro. Hace años que vive aquí. Más de veinte, incluso.

—¿Y qué puede decirme de él?

—¿Se ha metido en problemas?

—Limítese a responderme.

La portera suspiró y se encogió de hombros.

—Un buen hombre sin más. Pero ¿qué quiere de él la policía?

—No es asunto suyo —respondió Kunszer, molesto—. ¿Vive solo?

—Solo.

—¿No tiene familia?

—Su mujer murió...

La portera hablaba como un telegrama. Kunszer se molestó aún más. Era una indolente, hablaba con lentitud, y él no tenía tiempo que perder.

—¿Qué más? —insistió.

Ella suspiró.

—Tiene un hijo. Pero no está.

—¿Cómo que *no está*? ¿Dónde está?

Ella volvió a encogerse de hombros, como si no fuese asunto suyo.

—Se marchó.

Aquello era demasiado; Kunszer la agarró por la camisa y la sacudió. Sintió asco al tocar su ropa sucia.

—¿Tiene ganas de meterse en líos?

—No, no —gimió la mujer gorda y fea, sorprendida porque la trataran de aquella manera, mientras se protegía el rostro con las manos—. Su hijo se marchó a Ginebra.

—¿A Ginebra? ¿Cuándo?

—Hace unos dos años.

—¿A qué se dedica?

—A la banca. Trabaja en la banca. En Suiza la gente se dedica a la banca, ya lo sabe.

—Su nombre...

—Paul-Émile.

Kunszer se relajó. Era información útil. Debería haber sacudido a esa gorda quince días antes.

—Qué más...

—El padre ha estado recibiendo postales de Ginebra. Por lo menos cuatro o cinco. Me las ha leído. El hijo dice que todo va bien.

—¿Y cómo es ese chico?

—Un buen chaval. Amable, bien educado. Lo normal, vamos.

Kunszer miró a la mujer con desprecio; ya no le sacaría nada más. Se sacudió las manos sobre su propia ropa para expresarle el asco que le tenía.

—Nunca he hablado con usted. Nunca me ha visto. Si no, mandaré que la fusilen.

—¿Tenéis derecho a hacer eso, vosotros? ¡Malditos! Sois como los alemanes.

Kunszer sonrió.

—Somos peores aún. ¡Así que ni una palabra!

La mujer asintió, con la cabeza gacha, avergonzada, humillada. Y desapareció en su portería.

Animado por las nuevas informaciones, Kunszer subió discretamente al piso, en la primera planta. Llamó; sin respuesta. Estaba seguro, pero era una simple medida de precaución. Dudó entre forzar la cerradura o ir a buscar las llaves a la portería; sabía que la portera no hablaría, era una cobarde. Pero antes de volver a bajar, sin saber por qué, se apoyó en el pomo de la puerta, sin más. Para su gran sorpresa, no estaba cerrada con llave.

Por su propia seguridad, inspeccionó el lugar con la mano en la empuñadura de su Luger. Vacío. ¿Por qué la puerta estaba abierta si no había nadie? Empezó entonces a registrar de manera metódica cada habitación, en busca de cualquier pista que pudiese ayudarle; tenía tiempo, el funcionario no llegaría hasta el final de la tarde.

El piso estaba polvoriento, y reinaba en él una inmensa tristeza. En el salón había instalado un tren eléctrico de niños. Kunszer inspeccionó cada esquina, minuciosamente; abrió los libros, miró en la cisterna, detrás de los muebles. Nada. De nuevo se sintió invadido por el desaliento; todo este asunto no tenía sentido. ¿Qué debía hacer? ¿Volver a golpear a la chica? ¿Enviarla a Cherche-Midi, enfrente del Lutetia, donde se practicaban las peores formas de tortura? ¿Mandarla a la Rue des Saussaies, donde destrozarían su bonita cara en las salas de interrogatorio de la quinta planta? Le dieron ganas de vomitar.

Se aseguró de no dejar huella alguna de su paso, y después, cuando ya iba a marcharse, al atravesar por última vez el pequeño salón, vio sobre la chimenea un marco dorado. ¿Cómo no se había fijado antes? La fotografía de un joven. El hijo, sin duda. Se acercó, observó la imagen, la cogió y después levantó el libro sobre el que estaba apoyada. Cuando lo abrió, cayeron nueve postales: vistas de Ginebra. Las famosas postales. Las leyó varias veces, pero el texto era insignificante. ¿Un código? Las palabras se repetían a menudo; si era el caso, no debía de ser un mensaje muy importante. Kunszer comprobó que no había ni sello, ni dirección. ¿Cómo habían llegado aquellas postales? ¿Esas eran las cartas que había entregado la chica? ¿Por esos miserables trozos de papel iba hasta allí armada? ¿Qué relación tenían con los agentes ingleses?

Se metió en el bolsillo una de las tarjetas, al azar. No llevaban fecha, no era posible establecer cronología alguna. Salió; en el descansillo, encendió un cigarro, satisfecho. Y pensó que, en lugar del padre, quizás habría que concentrarse en el hijo.

37

En el Norte, la misión de Laura llegaba a su fin; solo esperaba la orden de salida de Londres para regresar a su casa. Tenía muchas ganas. Ver de nuevo a Palo, no pensaba más que en eso. Su trabajo de pianista la había agotado, la soledad había sido muy dura, además de la angustia por las unidades de radiogoniometría de la Abwehr y del miedo a la Gestapo. Quería volver a Londres, quería volver con Palo; quería abrazarle, quería oír su voz. Estaba tan cansada de la guerra; quería acabar con todo. Sí, quería marcharse lejos con Palo, casarse y fundar una familia. Se lo habían prometido: si la guerra no terminaba, se marcharían a América. Y la guerra parecía no querer terminarse. Pensaba en América día y noche.

Cuando su vuelta no era más que una cuestión de días, Baker Street envió un mensaje destinado a Hervé, el agente del SOE que dirigía la misión. Laura lo descifró y no pudo evitar echarse a llorar. No volvería a casa: debía viajar a París, un agente necesitaba un operador de radio.

—¿Qué pasa? —preguntó Hervé, que estaba vigilando por la ventana.

Dejó caer la cortina y se acercó a la mesa donde estaba instalada. Ella apagó la emisora y se pasó la mano por las mejillas para secarse las lágrimas; Hervé leyó el mensaje que Laura acababa de transcribir.

—Lo siento —dijo—. Sé hasta qué punto tenías ganas de volver.

—A todos nos pasa lo mismo —dijo ella entre sollozos. Sus lágrimas brotaban a su pesar—. Te ruego que me perdones.

—¿Por qué?

—Por llorar.

Con gesto paternal, él le pasó la mano por el pelo.

—Tienes derecho a llorar, Laura.

—Estoy tan cansada...

—Lo sé.

A pesar de que Hervé no era un hombre dado a la emotividad, sintió un pinchazo en el corazón: esa chica rubia y guapa le daba pena; ¿cuántos años podía tener? Veinticinco a lo sumo. Siempre aplicada, siempre agradable. Él también tenía una hija, más o menos de su edad; vivía con su mujer y su hijo pequeño, cerca de Cambridge. Nunca hubiese soportado que su hija hiciese la guerra, esta guerra que ponía a prueba a todos. Días antes, hasta se había sentido feliz de anunciar el final de la misión de Laura; volvería sana y salva. Pero, ahora, ¿qué iba a pasar con ella, que debía pasearse hasta París con una emisora de radio que llenaba una maleta entera? Un simple control en una estación y la descubrirían.

Laura necesitó muchas horas para recuperar un poco la calma. Tenía miedo; nunca la habían enviado sola en misión. En su calidad de operadora de radio, siempre había estado acompañada por uno o varios agentes. Le aterrorizaba la idea de atravesar en solitario buena parte de Francia.

Pasaron unos días; la red consiguió papeles falsos para ella además de un salvoconducto para salir de la zona prohibida del Norte. La víspera de su partida, metió algunas cosas en una maleta de cuero, y la emisora en otra. Hervé fue a verla a su habitación.

—Estoy lista —dijo ella, en posición de firmes.

—No te vas hasta mañana.

—Tengo miedo.

—Es normal. Intenta ser lo más natural posible, nadie se fijará en ti.

Asintió con la cabeza.

—¿Tienes un arma?

—Sí. Tengo un Colt en mi bolso.

—Muy bien. ¿Llevas la píldora L?

—También.

—Es solo por precaución...

—Lo sé.

Se sentaron uno al lado del otro sobre la cama de Laura.

—Todo irá bien, nos veremos pronto en Londres —le dijo Hervé, apoyando dulcemente la mano sobre la de ella.

—Sí, en Londres.

Siguiendo las órdenes de Londres, Hervé repitió las consignas de la misión a la joven. Había organizado su viaje a París con miembros de la Resistencia, que la llevarían en camioneta hasta Ruan. Allí pasaría la noche. Al día siguiente cogería el primer tren a París. O en los días siguientes, si los protocolos de seguridad lo imponían; sobre todo no debía subir al tren si presentía el menor peligro o si veía algún registro o control previos. En todo caso, debía llegar antes del mediodía a la capital; no importaba el día, pero antes de las doce. Una vez allí, debía ir directamente hasta la boca de metro de la estación de Montparnasse, donde la esperaría un agente del SOE que se encargaría de ella. Tenía que esperar a que se acercase el agente, en ningún caso debía tomar la iniciativa. Él le diría: «Tengo sus dos libros, ¿siguen interesándole?». A lo que ella respondería: «No, gracias, con uno basta». El agente le presentaría después a su contacto, un tal Gaillot, en Saint-Cloud. Y en caso de tener problemas en París, Gaillot se encargaría de la huida.

Hervé hizo repetir las instrucciones a Laura, y le dio dos mil francos. Al día siguiente ella se marchaba en la camioneta de los resistentes, una pareja de hortelanos de la región de Ruan. Ella tenía el corazón destrozado.

38.

Llorando y sudando, revolvía todo su piso por tercera vez. Movía los muebles, levantaba las alfombras, sacaba los libros de la librería, volvía a buscar en la basura. Faltaba una postal. ¿Cómo diablos había sucedido? Todas las noches las había vuelto a contar, amorosamente. Y de pronto, cinco días antes, había comprobado que le faltaba una. Era miércoles por la noche. Su velada preferida. Primero la había buscado con calma, entre las páginas del libro. Nada. Después había mirado en el suelo, en la chimenea. Nada tampoco. Entonces, presa del pánico, había buscado por todo el piso. En vano. Al día siguiente, aterrado, había repetido paso por paso el camino hasta el ministerio, y había registrado su despacho. Por si acaso. Pero sabía que nunca habían salido de la Rue du Bac. Nunca. Entonces había registrado todo el piso, minuciosamente, por todos los rincones. Por todos. No había dormido. Y había vuelto a empezar. Y esa quinta noche, tras una última búsqueda desesperada, había llegado a la conclusión de que la postal no estaba en el apartamento. Pero entonces, ¿dónde estaba?

Agotado, se derrumbó sobre un sillón que había acabado en la entrada durante las operaciones; intentó calmarse. Quería comprender. De pronto, se dio una palmada en la frente: ¡alguien había entrado en su casa! ¡Le habían robado! ¡Y no se había dado cuenta de nada! ¿Qué más se habían llevado? El piso estaba entonces tan desordenado que no sabría decir lo que faltaba o no. Había dejado la puerta abierta durante dos años. Dos años desde que Paul-Émile se había marchado, dos años que no había metido la llave en la cerradura. Dos años ya. Estaba claro que un día le iban a robar. Un pobre hombre, sin duda, buscando comida: la ración de carne había disminuido hasta los 120 gramos. El padre esperaba que al menos ese acto permitiese al ladrón saciar su hambre. Seguramente se había llevado también la plata, que vendería a buen precio, pero ¿para qué robaría la postal? Las postales no se comen.

Al día siguiente, antes de salir para el trabajo, el padre llamó a la portería. Le abrió la portera, con muy mala pinta. Y, al verle, puso cara de susto, como si él fuese un fantasma.

—¡Ahora no tengo tiempo para usted! —exclamó, presa del pánico.

—Han robado en mi casa —respondió él con tristeza.

—Ah.

Parecía del todo indiferente a su desgracia. Quiso volver a cerrar la puerta, pero el padre se lo impidió adelantando el pie.

—Quiero decir que se han llevado cosas —explicó—. Es un delito, ¿lo entiende?

—Lo siento por usted.

—¿Sabe si han robado en otros pisos del edificio?

—No creo, no. Ahora, si me perdona, tengo mucho que hacer.

Empujó el pie del padre, cerró la puerta y echó el cerrojo, dejando al pobre hombre desconcertado y furioso a la vez. Ah, maldita petarda; le parecía que estaba más gorda que de costumbre. Decidió que no volvería a darle aguinaldo. Esa misma tarde, iría a la comisaría a poner una denuncia.

39.

Empezaba octubre. Era sábado. Delante de Notre-Dame, Faron se había citado con Gaillot, de la Resistencia. Deambulaban entre los peatones, como si nada, aprovechando el sol del otoño. Era un bonito día.

—Me alegra que estés de vuelta, hacía mucho tiempo —dijo Gaillot para romper el hielo.

Faron asintió con la cabeza. A Gaillot le pareció cambiado, parecía más relajado, tranquilo, feliz. Resultaba casi extraño.

—¿Y la guerra? —preguntó.

—Avanza —respondió el coloso, evasivo.

Gaillot esbozó una sonrisa: Faron no hablaba nunca. Ya estaba acostumbrado, pero sin embargo no se dejó intimidar.

—Bueno —dijo—, ¿en qué puedo servirte? Si te has puesto en contacto conmigo, no es solo por el placer de verme, supongo.

Faron miró a su alrededor antes de seguir. Llevó a Gaillot a un lugar apartado.

—¿Cuántos hombres podrías conseguirme? Bien entrenados. Y también necesito plástico. Mucho.

—¿Para una gran operación?

Faron asintió con expresión seria. Todavía ignoraba cómo iba a arreglárselas para volar el Lutetia, el modus operandi dependería de los recursos de los que dispusiera. Gaillot sería su principal fuente de aprovisionamiento de explosivos; era impensable pedir al SOE un lanzamiento de material sobre París, y además, nadie sabía lo del Lutetia. Solo informaría a Portman Square cuando estuviese todo listo. Entonces el Estado Mayor no podría negarse.

—Habría que verlo —dijo Gaillot—. Déjame estudiarlo. Haré todo lo que pueda. ¿Cuántas personas necesitarías?

—No lo sé con precisión.

—¿Eres el único que está en el ajo? Quiero decir... de los Rosbifs.

Faron se volvió con rapidez, nervioso de pronto. Ese era el tipo de palabra que no había que pronunciar en público. Sin embargo, evitó reprender a Gaillot, para no herirle; le estaba pidiendo un favor.

—Probablemente seremos dos o tres. Tengo un pianista que debe llegar uno de estos días, y un tercer tipo que no debería tardar.

—Cuenta conmigo —dijo Gaillot estrechando la mano del coloso.

—Gracias, compañero.

Se separaron.

Faron marchó hacia Les Halles. Después giró rumbo a los grandes bulevares y caminó durante una hora y media a través de la ciudad, en todas direcciones, para asegurarse de que nadie le seguía. Siempre procedía así tras una toma de contacto.

Por el momento, estaba solo en París, había sido lanzado sin operador de radio. No le gustaba encontrarse sin enlace con Londres. Mientras tanto, su consigna era acudir a Gaillot en caso de problema, pero Gaillot, a pesar de todas sus cualidades, no era del SOE, y Faron esperaba impaciente la llegada de su pianista. Antes de dejar Londres le habían avisado en Portman Square de que a Marc, su operador en París, lo habían destinado a una red del Este. Faron lamentó que le separasen de Marc; confiaba en él, era un buen agente. Dios sabe a quién le iban a enviar desde Londres. Había vuelto a esperar al sustituto, a las doce, en el metro de Montparnasse. Pero no se había presentado, o al menos no había visto a nadie que hubiese podido ser un operador de radio. Porque esa era la consigna: esperar al pianista a las doce, delante de la boca de metro, y entablar conversación: «Tengo sus dos libros, ¿siguen interesándole?»; «No, gracias, con uno basta». Y repetir ese circo todos los días hasta que se encontrasen. Le aterraban esas consignas que suscitaban una rutina peligrosa. Todos los días, en el mismo sitio, a la misma hora, esperando, atraía la atención. Procuraba cambiar siempre de apariencia y fundirse en el decorado; unas veces delante de un quiosco, otras en un café, otras sentado en un banco; unas veces con gafas, otras con sombrero. No le gustaba aquello; y si consideraba que su operador no era de confianza, lo enviaría a dormir con Gaillot para no comprometer la seguridad de su guarida. El atentado en el Lutetia estaba por encima de todo.

Faron volvió en metro al distrito tres, donde se hallaba el piso franco. Bajó una parada antes y caminó. Justo enfrente de su edificio, se detuvo delante de un quiosco, compró el periódico, miró por última vez a su alrededor, y por fin entró en el inmueble.

Era en el tercer piso. Al llegar al descansillo de la primera planta, sintió una presencia a su espalda; alguien le seguía intentando disimular el ruido de sus pasos. ¿Cómo no lo había sentido antes? Sin volverse, subió más deprisa los últimos escalones y sacó su estilete de la manga. En el descansillo, se giró de pronto y se detuvo en seco. Era Palo.

—¡Cretino! —silbó Faron entre dientes.

El chico le sonrió y le dio una palmadita amistosa en el hombro.

—Me alegro de verte, viejo chiflado.

Dos días antes, Palo había sido lanzado de nuevo en el Sur, para reunirse con un maquis. Le había recibido un tal Trintier, el jefe del maquis, pero no se había quedado con él; con la excusa de que se sentía en peligro le había dicho que quería desaparecer unos días, y se había marchado a París, sin avisar a Londres. Esos eran sus planes desde el instante en que había subido al Whitley, en Tempsford. Ya encontraría después una explicación que dar en Portman Square: diría que había pensado que le habían descubierto y había preferido hacerse el muerto. Porque su ausencia solo sería cosa de unos días y Londres no haría muchas preguntas sobre una precaución que podría ser beneficiosa tanto para el agente como para el SOE. Palo había fijado otra cita con Trintier y el maquis, y había hecho que le llevaran hasta Niza, donde había cogido el tren hasta París. París. Soñaba con ello desde hacía dos años. En la estación de Lyon, había temblado de felicidad. Volvía a casa.

Tal y como había convenido con Faron en Londres, Palo se había dirigido al piso franco. Había llamado, pero nadie había abierto; el coloso no estaba. Había aguardado su regreso en el bulevar, y después le había seguido los pasos cuando había aparecido por el quiosco de periódicos.

No había terminado de anochecer, pero cenaron. Como soldados, latas de conservas que no se molestaron en verter en un plato, mientras sus cabezas daban vueltas. Estaban en la minúscula cocina. El piso era exiguo: un salón, un dormitorio, un cuarto de baño y un pequeño pasillo central. La habitación más grande era el salón, bien amueblado. El dormitorio, provisto de dos colchones, daba a un balcón. Era la salida de emergencia: desde el balcón podía llegarse a una ventana de la escalera del edificio vecino.

Los dos hombres, masticando en la penumbra, solo hablaron cuando terminaron de comer.

—Entonces, ¿qué estás haciendo por aquí? —preguntó Faron.

—Cuanto menos se sepa, mejor para todos. Por eso no te hago la misma pregunta.

Faron lanzó una risa sarcástica. Le ofreció una manzana.

—¿Estás solo aquí? —preguntó Palo.

—Solo.

—¿No tienes pianista?

—Todavía no. Tenía uno, pero lo han enviado a otro sitio. Se llamaba Marc, un buen tipo. Londres me ha asignado otro.

—¿Y cuándo llega?

—Ni idea. Nos hemos citado a las doce delante de la boca del metro de Montparnasse. Sin fecha precisa. Voy todos los días hasta que llegue. No me gustan ese tipo de arreglos.

—¿Y cómo vas a reconocer a un tipo al que no has visto nunca?

Faron se encogió de hombros y el chico adoptó una expresión falsamente seria.

—A lo mejor lleva un S-Phone en la mano.

Se rieron. Faron se había dado cuenta, desde el momento en que se habían encontrado, de lo nervioso que estaba Palo a pesar de sus esfuerzos por ocultarlo.

En ese mismo instante, en la Rue du Bac, el padre irradiaba felicidad. Frente a su armario, se probaba sus trajes y sus corbatas, febril. Debía estar impecable. Al final de la tarde, a la vuelta de sus compras del sábado, había descubierto el mensaje de su hijo, detrás de la puerta. Paul-Émile estaba en París. Se verían al día siguiente.

40.

Al día siguiente, domingo, el chico se despertó antes del alba. Apenas había dormido, angustiado y excitado a la vez: iba a ver otra vez a su padre. No podía dejar de pensar en ello. En el Whitley hasta Francia, en la camioneta hasta Niza, en el tren hasta París. Iba a ver de nuevo a su padre tras dos largos años de ir de un lado a otro y de guerra.

El día anterior había ido directamente a la Rue du Bac nada más llegar a la estación de Lyon. El corazón le explotaba en el pecho. Había llegado a pie, conteniendo su prisa. A veces había cedido al impulso de correr, para retenerse al momento: no debía llamar la atención. Mientras caminaba, se reía solo, ebrio de alegría y de excitación, había dado algunos pasos de baile e incluso había lanzado en el platillo de un mendigo la exagerada limosna de quien se siente afortunado. Iba murmurando: «Papá, papaíto, he vuelto, estoy aquí». En los primeros metros del Boulevard Saint-Germain, había acelerado el paso y, para cuando llegó a la Rue du Bac, se había convertido en un caballo desbocado. Ante la puerta del edificio, había mutado de nuevo en agente británico; serio, inquieto, con los sentidos en alerta. Había tomado la precaución habitual de mirar alrededor antes de entrar. Nadie lo había visto, así que había volado hasta el primer piso, se había detenido en la puerta, había inspirado profundamente y había girado el pomo, victorioso. Pero la puerta estaba cerrada con llave. Se había quedado estupefacto: ¡su padre había cerrado con llave! ¿Por qué? Le había prometido que la puerta permanecería abierta, siempre, día y noche. ¿Qué había pasado? Palo se había dejado invadir por el pánico; ¿era posible que su padre se hubiera marchado de Francia? No, su nombre figuraba todavía al lado del timbre. Entonces algo peor: ¡quizás su padre había muerto! Le costaba respirar, su cabeza había empezado a dar vueltas; ¿qué debía hacer? Había dudado y había hecho ruido, aquello podía haber revelado su presencia a los vecinos, que podían verle a través de la mirilla. De inmediato se había calmado; sin duda su padre había salido, simplemente. Y después de dos años, era normal que no dejase la puerta abierta. ¿Debería ir a ver a la portera y pedirle la llave? No, nadie debía saber que estaba allí. Necesitaba encontrar a su padre, llevarlo inmediatamente con él, coger el tren hasta Lyon, y luego llegar a Ginebra, lejos de los alemanes que no tardarían en arrasar París. Sí, llevaría a su padre a Ginebra a través de la red que había montado durante su primera misión. Allí estaría a salvo hasta el final de la guerra.

No quería permanecer más tiempo ante la puerta, esperando, vulnerable, y había arrancado entonces una página del cuadernillo que llevaba en el bolsillo y había escrito un mensaje a la atención de su padre, un poco a la manera que había aprendido en Beaulieu, pero más sencillo. Para que su padre lo entendiese.

¿Puerta cerrada con llave? ¿Nada bajo el felpudo? Mañana a las once. Como después de álgebra, el viejo carpintero.

El mensaje era claro.
¿Puerta cerrada con llave? ¿Nada bajo el felpudo? Solo ellos dos sabían que la puerta no debía cerrarse con llave y que esa decisión la tomó tras haber dudado en dejar la llave bajo el felpudo. Aunque no reconociera su letra, el padre tendría la certidumbre de que el mensaje era de su hijo, sin necesidad de firma.

Palo no volvería al piso, era demasiado peligroso. Esa era la razón de que lo hubiera citado en clave en otro lugar. *Como después de álgebra, el viejo carpintero.* En secundaria había tenido muchas dificultades con las matemáticas. Sus notas de álgebra se habían vuelto horrorosas, hasta el punto de que sus padres lo habían enviado a clases particulares a casa de un antiguo profesor de instituto retirado, Stéphane Charpentier*, un viejo desagradable. Odiaba sus clases, y Charpentier le horripilaba. Su padre, su querido padre, para animarle, le esperaba en el portal, cada semana, durante toda la hora que duraba la clase. Y después lo llevaba a tomar un chocolate caliente en una panadería al final de la Rue de l'Université. *Como después de álgebra, el viejo carpintero,* era la panadería, y el padre lo sabría. Tras haberlo releído varias veces, Palo había besado el mensaje y lo había deslizado bajo la puerta, rezando con toda su alma para que su padre estuviera bien y lo encontrase. De nuevo se había convertido en fantasma, se había marchado y, como no tenía dónde quedarse hasta el día siguiente a las once, había decidido ir al piso franco de Faron.

Amanecía. Hoy vería a su padre. Tumbado en el colchón sobre el suelo, Palo volvía a pensar en su mensaje. Su padre lo entendería, estaba convencido de ello. Su padre lo comprendería de inmediato. Y si otro lo leía, no sabría nada, era demasiado sibilino, era su inviolable lenguaje secreto, el de un padre y un hijo, ese lenguaje que ni siquiera los especialistas de la Abwehr podrían descodificar jamás, porque para comprenderlo había que haber estado allí, en aquella panadería, bebiendo lentamente el delicioso chocolate, mirando a su padre, escuchándole hablar y pensando que era el más maravilloso de los hombres.

Palo permaneció despierto en su lecho durante un buen rato; se obligaba a descansar, no quería tener cara de fatiga al encontrarse con su padre. Para ocupar su mente, pensó en cómo se arreglaría. Tendría que afeitarse bien, y perfumarse. Tendría que ser el más guapo de los hijos.

Aguardó hasta que Faron, que dormía sobre el colchón de al lado, se levantó y desapareció en el cuarto de baño.

---

* Palo juega en la nota con el apellido del profesor, Charpentier, que significa carpintero de obra. (*N. del T.*)

Esperaba que se fuese rápidamente del piso, no quería tener que rendirle cuentas, no esa mañana, cuando se disponía a convertirse en clandestino entre los clandestinos, violando las reglas de seguridad del Servicio al ir a ver a su padre para ponerlo a salvo del mundo. Pero Faron se quedó en el piso hasta las nueve. Bebieron café en la cocina. Faron se había puesto gafas y se había peinado de lado, uno de sus disfraces.

—¿Qué haces hoy? —le preguntó.

—Creo que tengo que salir de la ciudad. Probablemente hasta la noche. Quizás más.

La respuesta era algo confusa, pero Faron renunció a hacer más preguntas.

—Bueno. Tengo que irme, debo esperar otra vez a ese maldito pianista hasta las doce. Después volveré aquí. ¿Estarás todavía?

—No lo sé.

—¿Nos volveremos a ver?

— Ni idea.

—Nada de tonterías, ¿eh?

—Nada de tonterías.

Faron buscó en su bolsillo y sacó una llave.

—La llave de aquí. No sé qué estás tramando pero, en mi opinión, te vendrá bien poder regresar, por si acaso...

Palo se guardó la llave en el bolsillo.

—Gracias, Faron. Te debo una.

—Lava los platos antes de salir —dijo Faron, se puso el abrigo y salió del piso.

El padre no había pegado ojo en toda la noche, demasiado ocupado culpándose. ¿Por qué había cerrado la puerta con llave? Paul-Émile había venido, y había encontrado la puerta cerrada a pesar de sus promesas. Pero es que esa puerta debía cerrarla, porque si no, le robaban las postales. Ahora la cerraba con llave. Había encontrado el mensaje al volver de hacer la compra. Era como una clave, lo había leído varias veces aunque lo había comprendido enseguida: *Quedamos mañana a las once, delante de la panadería, la de la época del viejo Charpentier.* Pero ¿por qué su hijo no había esperado a que regresara? ¿Y por qué ese mensaje en clave? ¿Estaba metido en un lío? El padre se había preocupado mucho y, para pensar en otra cosa, había ordenado sus compras en el frigorífico. Era una suerte que el frigorífico estuviese lleno para acoger a su hijo. Había decidido no tomar nada hasta el día siguiente para asegurarse de que no comía nada que su hijo hubiese querido comer también. Le quedaba una buena ración de carne, comerían bien. Había dedicado el final de la tarde y toda la velada a ordenar y limpiar el piso; en el fondo, se había sentido casi aliviado de que su hijo no hubiese entrado y visto ese insoportable desorden. Quizá hubiese creído que era un descuido.

Esperó a que el reloj del salón diese las ocho para levantarse. No quería precipitar el tiempo. Ahora eran las nueve. Dos horas. Dentro de dos horas volvería a ver a su hijo.

Palo llegó antes de tiempo. Se sentó en un banco frente a la panadería, en una amplia acera al borde del Sena. Esperó, con las piernas apretadas y las manos sobre las rodillas. El niño aguardando a que su padre viniese a buscarle. Pero ¿y si no venía? Nervioso, encendió un cigarrillo que apagó inmediatamente; no quería que su padre le viese fumar. Siguió esperando como un niño bueno. Entonces, de repente, lo vio: su corazón empezó a latir más rápido y con más fuerza. Era su padre. Era su padre.

¡Papá, padre querido! Quiso gritar. Allí llegaba hacia él. Le veía caminar, le veía bajar por la calle, reconocía su manera de andar.

Papá, padre querido; se habían prometido volverse a encontrar, y lo estaban haciendo. Observó que su padre iba muy elegante, se había puesto un traje para la ocasión. Se sintió invadido por una marea de lágrimas: su padre se había arreglado para ir a verlo.

Papá, padre querido; cuánto amaba a su padre, aunque no se lo hubiera dicho nunca.

Papá, padre querido; llevaban dos años sin verse. Dos años de vida perdida. El hijo se había convertido en hombre, había superado pruebas difíciles. Pero la peor de todas había sido estar lejos de su padre. Había llegado a creer que no le volvería a ver.

Papá, padre querido; había pensado en él todos los días. Todos los días y todas las noches. A veces sin dormir. En el barro y el frío de los entrenamientos, en el terror de las misiones, no había hecho más que pensar en él.

El padre disminuyó la cadencia: era su hijo. De pie, ante ese banco. Era su hijo, digno, altivo, recto como un príncipe. Cómo habían cambiado sus rasgos; le había abandonado siendo un niño, y se había convertido en un hombre. Le pareció aún más guapo, poderoso. Se sintió invadido por una emoción y una alegría inusitadas, desmesuradas, inimaginables. Se volvían a encontrar. Sintió ganas de llorar, pero se contuvo, porque los padres no lloran. Siguió avanzando, su hijo le había visto. Quiso hacerle una seña, pero no se atrevió. Entonces sonrió con amor. Tanteó en su bolsillo el paquetito de caramelos que le había comprado. No había debido comprarle caramelos, eso era para los niños, su hijo se había convertido en el más hermoso de los hombres.

El hijo también avanzaba, caminaba en dirección a su padre. Había soñado con ese instante, pero no sabía si debía correr o gritar.

Se detuvieron un instante a pocos metros el uno del otro y se miraron fijamente, resplandecientes de felicidad, las manos torpes. Hicieron sus últimos pasos muy despacio, para no estropear nada. No se hablaron. Las palabras, en aquel instante, no tenían sentido. Se abalanzaron el uno sobre el otro, se fundieron en un abrazo, con las frentes tocándose y los ojos cerrados. Se besaron, ya no se soltarían nunca más. Palo reconoció el perfume de su padre. Le abrazó con más fuerza aún. Su padre había adelgazado, sentía sus huesos bajo los dedos. Permanecieron silenciosos para poder decirse todas las palabras que no se atrevían a pronunciar.

Solo mucho tiempo después deshicieron su abrazo, para contemplarse.

—Te he traído caramelos —murmuró el padre.

Vagaron sin rumbo por la orilla del Sena. Tenían tanto que contarse... En una placita desierta, se sentaron en un banco, el uno contra el otro.

—¡Cuéntame! ¡Cuéntame! —suplicaba el padre—. ¿Qué has hecho en estos años?

—Es complicado, papá.

—¡He recibido tus postales! ¡Qué postales! ¡Mag-ní-fi-cas! Y bien, ¿qué tal por Ginebra?

—Solo he estado una vez pero...

El padre, que apenas escuchaba, le interrumpió; le parecía que su hijo estaba estupendo con ese traje.

—Dime, ¿te has enamorado de alguna chica?

—Esto... Sí.

—¡Magnífico! ¡Es importante estar enamorado! Y con lo guapo que eres, las chicas deben de pelearse por ti.

El hijo se rio.

—¿Cómo se llama?

—Laura.

—Laura... Laura... ¡Magnífico! ¿Trabaja también en la banca?

—No, papá.

Palo se preguntó por qué su padre le hablaba de la banca. Pero su padre no le dejaba contestar, le asediaba a preguntas.

—Y bien, ¿qué haces en París?

—He venido a verte.

El padre sonrió, ¡qué hijo más maravilloso!

—¡Hay un gran vacío en casa desde que te marchaste!

—Te he echado mucho de menos, papá.

—¡Y yo! Ahora pienso más en la guerra. Contigo sería más fácil.

—Yo también, papá, pienso más en la guerra. ¿Y mis postales? ¿Te han gustado mis postales?

El rostro del padre se iluminó aún más.

—¡Magnífica! ¡Mag-ní-fi-ca! ¡Ginebra! ¡Qué ciudad! Me siento tan feliz de que hayas ido a ponerte a salvo allí, al final. Entonces, ¿qué tal te va en la banca?

Palo contempló a su padre, divertido.

—En realidad, no estoy en Ginebra. Y no trabajo en un banco. Pero eso no tiene importancia.

—¿No estás en la banca? Entonces... Si no estás en la banca... ¿No me habías dicho que trabajabas en la banca? O quizás no... Ya no sé muy bien.

El padre, confundido, intentó pensar en los textos de las postales.

—Papá —dijo Palo—, he venido a buscarte.

El padre no escuchaba más que la mitad. Pensaba en voz alta:

—En la banca no... Puede ser que en la tercera postal... No, la tercera no... Quizás la siguiente... O quizás en ninguna, de hecho.

El hijo le apretó la mano para captar su atención.

—Papá...

—¿Sí?

—Y si nos fuésemos a Ginebra...

La cara del padre irradiaba.

—¿Ginebra? ¡Hurra! Unas vacaciones en Ginebra. ¡Magnífico! Tengo que pedirle a mi jefe que me dé unas vacaciones. ¿Por qué no en diciembre? Ginebra es muy bonita en diciembre. La fuente seguramente se helará, debe de ser una suntuosa escultura de hielo. Cuando se entere la porte-ra... Mejor aún, ¡nos haremos fotos! ¡Se morirá de envidia! ¡La vieja malvada! Figúrate que nos han robado —había ol-vidado explicar a su hijo adorado que había dejado la puerta abierta, como le había prometido, pero que le habían robado hacía dos semanas y había debido cerrarla cuando se ausenta-ba, porque ahora los ladrones roban hasta las postales—. Pues bien, ¡a la portera le daba igual! ¡Entonces decidí que se acabaron los aguinaldos! Es una mala mujer.

Palo se sintió invadido por un ligero pánico. Su padre no comprendía.

—Papá, me gustaría que nos fuésemos deprisa. Muy deprisa.

El padre detuvo en seco su torrente de palabras y miró fijamente a su hijo, perplejo.

—¿Por qué deprisa?

—Esta tarde —dijo Palo sin responder a la pregunta.

El padre se descompuso.

—¿Marcharse hoy? Pero si acabas de llegar... Apenas nos hemos visto. ¿Qué pasa, hijo?

Palo se arrepentía de haber abordado el tema de forma tan brusca. Pero no tenía elección, ya había corrido muchos riesgos. Tenían que marcharse esa misma tarde. Por la noche estarían en Lyon. Mañana en Ginebra. Allí, juntos, podían de-tenerlos en cualquier momento. Quería que fuera ya el día siguiente, y estar paseando por la orilla del Lemán con su pa-dre, libres. El hijo miró a su alrededor, el lugar permanecía de-sierto. Estaban solos. Se permitió entonces ser más explícito.

—Papá, en Ginebra estaremos seguros.

—¿Seguros? ¿No estamos bien aquí? Estamos en gue-rra, pero hay guerras todo el tiempo. Cuando esta termine, empezará otra. La guerra es la vida.

El padre, que un momento antes era tan feliz, tenía el rostro descompuesto por la incomprensión.

—Tenemos que marcharnos, papá. Tenemos que salir de París. Ahora. Mañana estaremos en Ginebra. Allí no podrá pasarnos nada...

—No, no. Uno no se va sin decir adiós a la gente, ¿qué formas son esas? Unas vacaciones, vale, pero ¿dejar París? No y no. ¿Y nuestro piso? ¿Y nuestros muebles? ¿Y la portera? ¿Has pensado en eso?

—Empezaremos una nueva vida en Ginebra, papá. Estaremos bien. Lo importante es estar juntos.

—¿Te he dicho ya que nos han robado, hijo mío? Y a esa portera, a esa arpía, le dio igual. «Ah», dijo solamente al enterarse. ¡Me hervía la sangre! Si esa se cree que va a tener aguinaldo...

—¡Papá! —gritó Palo.

Cuando el padre giró la cabeza, el muchacho le atrapó el rostro para que le mirase, para que comprendiese. Vio entonces que las mejillas del hombrecillo estaban cubiertas de lágrimas.

—Papá, debemos marcharnos de París.

—¿Para qué has venido, si te vas a marchar? —preguntó el padre.

—¡Pero si nos vamos a ir juntos! ¡Para estar juntos! ¡No importa adónde vayamos con tal de que estemos juntos! ¡Porque tú eres mi padre y yo soy tu hijo!

—Paul-Émile, no deberías haber venido...

Palo, agotado, nervioso, acosado, ya no sabía lo que debía hacer.

—No nos enfademos, hijo, mi hijo querido... Ven, volvamos a casa.

—No puedo. Es peligroso. Es demasiado peligroso. Tenemos que irnos. ¿No lo entiendes? ¡Tenemos que irnos!

Estaba desesperado: se preguntaba si su padre no se habría vuelto un poco loco después de abandonarle. Y como no sabía qué más hacer para convencerle, traicionó el secreto. Él, que había sido uno de los mejores agentes, uno de los más discretos, se sintió atrapado por los demonios de la soledad. Los hijos no abandonan a los padres. Los hijos que dejan a sus padres no serán nunca Hombres. Y acabó hablando porque pensó que era el único medio para que su padre pudiese comprender la importancia de la situación.

—Papá, cuando me marché... hace dos años... ¿Lo recuerdas?

—Sí...

—Me marché a Londres. No fui a Ginebra, no he trabajado en la banca. Soy agente de los servicios secretos británicos. No puedo quedarme aquí, no pueden vernos aquí. La guerra avanza, se preparan acontecimientos graves... No puedo decirte nada... Pero me temo lo peor si los Aliados se dirigen hacia París... Y eso se va a producir... Combates terribles, papá... Los alemanes arrasarán sin duda la ciudad. Aquí pronto no habrá más que ruinas.

El padre ya no escuchaba. Se había quedado en *servicios secretos británicos*. Su hijo, su querido hijo, su maravilloso hijo era agente de los servicios británicos. Su hijo era un héroe de guerra. Hubo un silencio muy largo. Después fue el padre el que habló primero. Resignado.

—Estate tranquilo, hijo mío, me marcharé contigo.

Palo suspiró de alivio.

—Gracias, papá.

—Al principio será difícil, pero estaremos juntos.

—Sí, papá.

—Y además, Ginebra es una bonita ciudad. Con los grandes palacios y todo eso.

Otro silencio.

—Pero nos iremos mañana. Te lo suplico, Paul-Émile, mañana. Dame tiempo para volver al piso, para decir adiós a nuestros muebles, a nuestros cuartos, para preparar una maleta. Mañana no es nada. Mañana es una palabra muy pequeña. Apenas un suspiro. Ven a comer mañana a mediodía. Ven al menos una vez a casa. Haremos una última comida. Carne de la buena, de la que te gusta. Después nos iremos.

Palo no necesitó pensárselo. Podía esperar un día más. Iría a mediodía a su casa de la Rue du Bac. No habría problema porque ya no volverían. Luego tomarían el tren de las dos hacia Lyon. El martes su padre estaría en Ginebra.

—Me parece bien, iré a comer —sonrió Palo—. Nos iremos mañana.

Se abrazaron.

Sentado al volante de su coche, en una calle perpendicular a los Campos Elíseos, Kunszer jugaba con la postal. El análisis no había dado resultado alguno. Los especialistas de la Abwehr lo tenían claro. Era una simple tarjeta postal, sin código, sin mensaje y sin tinta invisible. Habían pasado quince días desde su visita al piso de la Rue du Bac y no había obtenido más pistas. El hombre había presentado una denuncia por robo cuatro días después de su irrupción. Cuatro días. ¿Objetos robados? Una tarjeta postal, había declarado. Aquello no tenía ningún sentido... A menos que... De pronto tuvo una idea y todo resultó claro. ¡Cómo no lo había comprendido antes! Se apresuró a garabatear un esquema en un trozo de papel para confirmar su hipótesis: una chica de la Resistencia, armada, deposita por cuenta de los servicios secretos británicos tarjetas postales en casa de un hombre inofensivo. Esas postales, no cabe duda de ello, las ha escrito su hijo. Así que el hijo es un agente inglés. ¡Evidentemente! ¡Un agente inglés que había cometido la imprudencia de escribir a su padre para darle noticias suyas! Tenía que echarle el guante al hijo sin falta, pero ¿dónde podría estar? Había utilizado a la chica como correo desde Lyon, podía estar escondido en cualquier parte de Francia. En aquel momento, solo dos cosas le resultaban seguras: el padre no estaba al corriente de nada, y la chica le había dicho todo. Se la había entregado a la Gestapo, en el número 11 de la Rue des Saussaies. Allí la habían vuelto a interrogar; pobre Katia querida. No quería ni pensar en los golpes. Había llamado una o dos veces a la Gestapo para saber si había hablado, pero sobre todo para tener noticias suyas. Se había enterado de que habían registrado la casa de sus padres, en Lyon, y también los habían arrestado. La Gestapo hacía eso en ocasiones. Entonces pensó que si la chica no sabía nada, su única pista era el padre. Ese padre era la debilidad de su hijo.

Kunszer vio interrumpidas sus reflexiones al abrirse la puerta: tenía cita con uno de sus informadores. Como siempre, le hacía subir al coche y conducía al azar mientras duraba su conversación. Se puso en marcha.

—Espero que tenga información útil —dijo Kunszer al hombre que acababa de sentarse a su lado.

Gaillot, nervioso, se quitó el sombrero con deferencia.

—Hay agentes ingleses en París.

41.

Palo entró en el piso franco sin tomar muchas precauciones. Estaba bastante nervioso. Nada estaba saliendo como había imaginado. ¿Qué debería hacer al día siguiente si su padre se negaba de nuevo a marcharse? ¿Abandonarlo a su suerte? ¿Llevárselo a la fuerza? ¿Quedarse con él para defenderlo? No lo sabía; había sido formado para resistir a los alemanes, pero no le habían enseñado cómo enfrentarse a su padre.

Giró la llave de la cerradura y empujó la puerta. Oyó la voz de Faron que se dirigía a él: le hablaba, pero él no escuchaba, inmerso en sus pensamientos; comprendió vagamente que Faron le decía que desconfiase del toque de queda, que no debía volver tan tarde, que la noche estaba hecha para los malhechores y que a los malhechores los arrestaban. Palo miró entonces su reloj, y se dio cuenta de que era tarde. Había caminado durante horas. En ese preciso momento, él y su padre podrían estar ya en Lyon. Y no partirían hasta mañana. Hasta entonces, se encomendaría a la protección divina.

Faron le dio una palmadita en el hombro.

—¿Todo bien, Palo?

—Todo bien.

El coloso parecía animado.

—Ha llegado el pianista... Ni te imaginas la sorpresa que te vas a llevar...

—Ah —respondió simplemente Palo.

—¿Cómo que *ah*? En el salón, está en el salón. Ve a ver...

Palo se dirigió hacia el salón sin pensar. No quería ver a nadie, pero parecía importante para Faron. Entró en la habitación.

Laura estaba sentada en el sofá, impaciente.

Se besaron como jamás hubieran imaginado. Qué alegría, qué alegría encontrarse tan de sorpresa. Se rieron felices, y siguieron cubriéndose de besos como si no hubiesen tenido suficiente; besos largos, cortos, besos profundos y besos robados. Volvían a la vida.

Faron les dejó la habitación y se instaló en el sofá del salón. Pasaron la noche el uno contra el otro. No se molestaron en dormir, dormir no era importante. Esa noche vivieron sus momentos más hermosos. Laura se reía sin parar, y Palo le repetía: «¡Ves lo mucho que te amo! ¡Ves cómo mantengo mis promesas!». Y ella se acurrucaba contra él, le abrazaba lo más fuerte que podía. Ya no había guerra.

—Laura, hay que hacer proyectos, Gordo dijo que soñar es vivir.

Ella aplaudió, con la cabeza apoyada en su pecho.

—¡Hagamos proyectos! ¡Hagámoslos ya!

Encontraron una mancha en el techo que les parecía un mapa de Europa y, sobre él, hicieron planes para marcharse.

—Mira, ahí es donde podemos ir. A Suecia. Bien arriba, al norte. Los lagos, los grandes bosques, y sobre todo nadie.

—El Norte no —suplicó Laura—. El Norte es muy al norte.

—El Norte no. Entonces, ¿dónde quieres ir? Dime, y te seguiré. Te seguiré donde sea.

Ella le besó. En otra esquina del techo encontraron el mapa del mundo, y después el de América.

—¡Quiero ir a América! —exclamó Laura—. ¡Vámonos a América! Vámonos pronto, creo que la guerra no terminará nunca.

Palo asintió.

—Quiero ir a California por el sol —prosiguió Laura—, o mejor a Boston, por las universidades. Sí, Boston. Aunque a veces haga frío.

—Cuando haga frío, estaremos juntos.

Ella sonrió.

—Entonces Boston. Háblame, Palo, háblame de cuando estemos en Boston.

El chico adoptó una voz profunda de narrador.

—En Boston seremos felices. Viviremos en una casa de ladrillo rojo, con nuestros hijos y nuestro perro. Georges.

—Georges, ¿es uno de nuestros hijos?

—No, es el perro. Un buen perro, lleno de pelos y ternura. Cuando sea demasiado viejo y se muera, lo enterraremos en el jardín. Y le lloraremos como hemos llorado a los Hombres.

—¡No me hables de la muerte del perro, eso es muy triste! ¡Háblame de los niños! ¿Serán guapos?

—Serán los niños más guapos del mundo. Formaremos una hermosa familia, una gran familia. Ya no habrá ni guerra ni alemanes.

Hubo un silencio.

—Palo.

—¿Sí?

—Quiero irme.

—Yo también.

—No. Quiero irme de verdad. ¡Desertemos! ¡Desertemos! ¡Ya hemos hecho suficiente! Hemos dado dos años de nuestras vidas, ha llegado el momento de recuperarlas.

—¿Y cómo?

—Marchándonos de aquí. Usamos una red, decimos que nuestra coartada está quemada y volvemos a Inglaterra. Nos vamos a Portsmouth sin avisar a nadie, y tomamos el barco para Nueva York. Tenemos ahorros en el banco, tenemos dinero suficiente para los billetes. Incluso para instalarnos allí.

Palo pensó un instante. ¿Por qué no se marchaban? Por culpa de su padre. Nunca dejaría a su padre. Pero estaría a salvo en Ginebra. O quizás podría ir con ellos a América. De hecho, le regalaría el billete, ¡transatlántico en primera clase! ¡Sería un regalo estupendo! Un regalo para recuperar los dos cumpleaños que se había perdido. Sí, se marcharían juntos, se esconderían en América. Para amarse. Pero ¿y si su padre no quería acompañarle? Mañana le propondría Ginebra o América. Tendría que elegir. Aunque le pareciera una revolución.

Palo miró a Laura en lo más profundo de sus ojos. Tenía unos ojos preciosos.

—Tengo que marcharme mañana —le dijo—. Dos o tres días, es imperativo. Cuatro días como mucho y estaré aquí de vuelta. Entonces decidiremos si nos fugamos.

—¡Vuelve pronto conmigo! —suplicó Laura.

—Te lo prometo.

—Prométemelo otra vez. Promete amarme, como me lo prometiste en Londres. Fue tan bonito, siempre recordaré esas palabras. Siempre.

—Te querré. Todos los días. Toda mi vida. Siempre. Los días de guerra y los días de paz. Te querré.

—Has olvidado: *Todas las noches. Mañana y tarde, al amanecer y en el crepúsculo.*

Él sonrió, ella no había olvidado ninguna de sus palabras. Y sin embargo, las había pronunciado una sola vez. Repitió:

—Todas las noches. Mañana y tarde, al amanecer y en el crepúsculo. Los días de guerra y los días de paz. Te querré.

Se abrazaron de nuevo y se quedaron así mucho tiempo, hasta que por fin se durmieron. Felices.

42.

El padre preparaba la comida. Ya había cerrado la maleta, una maleta minúscula, con lo imprescindible: cepillo de dientes, pijama, una buena novela, salchichón para el camino, su pipa y algo de ropa. Lamentaba marcharse como un ladrón. Pero era necesario. Paul-Émile se lo había dicho. En la pared, el reloj marcaba las once.

Si el hijo era uno de los agentes del SOE en París, iría a ver a su padre. Kunszer estaba del todo convencido. Por las postales, y porque era su única pista. Gaillot le había dicho que se había puesto en contacto con un tal Faron, un agente especialmente peligroso que preparaba un atentado importante en París. No tenía informaciones precisas sobre ese Faron, que era desconfiado hasta la médula, pero si encontraba al hijo, lo más probable es que pudiese atar cabos hasta encontrar la célula terrorista e impedir el atentado. El tiempo contaba, había vidas en juego. Desde la víspera estaba apostado con otros dos agentes en un coche, frente a la puerta del edificio, en la Rue du Bac. No era más que cuestión de tiempo. Dudaba que Paul-Émile estuviese ya en el piso; pero si tardaba demasiado en aparecer, lo registraría.

Kunszer escrutaba a los escasos paseantes: había visto la foto del hijo, recordaba a la perfección su cara.

Palo subía la Rue du Bac. Llevaba su maleta consigo. Miró el reloj. Las once y dos minutos. Dentro de tres horas estarían en el tren. Estaba deseándolo. Aceleró el paso y llegó a la entrada del edificio. Pensaba en Laura; volvería a buscarla y se marcharían definitivamente. Ya estaba harto del SOE. La guerra había terminado para él.

Entró en el portal sin tomar más precauciones que un rápido vistazo a la calle con el rabillo del ojo: todo andaba tranquilo. Mientras atravesaba el estrecho pasillo que llevaba a las escaleras y al patio interior donde estaban los buzones, se detuvo un momento, justo delante de la portería, para aspirar el aire y recuperar el olor familiar del edificio. De pronto oyó unos pasos apresurados a su espalda.

—¿Paul-Émile?

Se volvió sobresaltado. Tras él, acababa de entrar a su vez en el edificio un hombre atractivo, alto, elegante. Armado con una Luger, le apuntaba.

—Paul-Émile —articuló de nuevo el hombre—. Ya había perdido la esperanza de encontrarle algún día.

¿Quién era? ¿La Gestapo? No tenía el menor acento. Palo miró a su alrededor: no había escapatoria. Estaba encerrado en el estrecho pasillo. A pocos pasos se hallaba la puerta del cuarto de basuras, pero el cuarto de basuras no llevaba a ninguna parte. ¿El patio interior? Un callejón sin salida. ¿Subir por las escaleras? No serviría de nada, sería un blanco fácil: la entrada principal era la única salida. ¿Desarmarle? Estaba demasiado lejos de él para intentar nada.

—Esté tranquilo —dijo el hombre—. Soy de la policía.

Entonces surgieron dos tipos trajeados detrás del hombre de la Luger, que les habló en alemán. Palo, devorado por el miedo, intentó reflexionar: debía cooperar, fingir extrañeza. Sobre todo no mostrar su pánico, no podía ser más que un control de rutina. Quizás era por el trabajo obligatorio, estaba en la edad. Sí, sin duda era el STO*. Sobre todo no dejarse invadir por el pánico. No despertar sospechas. Le pedi-

---

* STO (Service du Travail Obligatoire). Servicio de Trabajo Obligatorio impuesto por los alemanes a los ciudadanos de los países ocupados para participar en el esfuerzo de guerra. *(N. del T.)*

rían que se presentara mañana en la comisaría, pero mañana ya no estaría allí. Sobre todo conservar la calma: sabía cómo hacerlo, estaba entrenado para ello.

Los dos hombres de traje se acercaron a Palo, que permaneció inmóvil.

—¿Qué pasa, señores? —preguntó con tono perfectamente despreocupado.

Sin responder, le agarraron por los brazos, sin violencia, le registraron —no llevaba nada— y le acercaron hacia el hombre de la Luger. Este señaló el cuarto de basuras que daba al pasillo, metieron al chico y cortaron la salida poniéndose delante de la puerta. Palo sintió que le temblaban las piernas pero intentó tranquilizarse.

—Pero bueno, ¿qué quieren? —repitió Palo, perdiendo un poco la calma.

El primer hombre guardó su arma y entró a su vez en el cuarto de basuras.

—Paul-Émile, soy el agente Werner Kunszer, Gruppe III de la Abwehr. Creo saber que es usted un agente británico.

—No comprendo, señor —respondió Palo.

Su voz se había quebrado, no conseguía luchar contra el pánico. La Abwehr, su peor pesadilla. Había sido detenido por la Abwehr. ¿Y cómo sabía su nombre Kunszer? No era posible, era un mal sueño. ¿Qué había hecho, Señor, qué había hecho? ¿Qué era lo que le esperaba a él y qué le esperaba a su padre?

—Estaba seguro de que lo negaría.

Palo permaneció mudo y Kunszer hizo una mueca. Sabía que el tiempo contaba. ¿Cuándo tendría lugar el atentado? ¿Cuál era el objetivo? ¿Habían enviado a Palo de avanzadilla de otros agentes? ¿Se reunirían con él aquí? ¿El piso del padre era un lugar de reunión clandestino? Debía tener respuestas, pronto, ahora. No había tiempo de volver al Lutetia, de reflexionar o de golpear. Miró fijamente a los ojos de Palo y prosiguió su monólogo, con la misma voz tranquila.

—No le voy a torturar, Paul-Émile. Ni siquiera lo voy a intentar, porque no tengo tiempo, ni ganas. Pero si usted habla, salvaré a su padre. ¿Es su padre, verdad, el que vive aquí, en el primer piso? Un buen hombrecillo, hasta encantador, a quien ha escrito usted bonitas postales. Si habla, no me verá, ni a mí, ni a nadie. Vivirá su vida, tranquilamente. Sin problema alguno, ¿entiende? Y si tiene la menor necesidad, aunque sea una bombilla fundida, yo me encargaré de que se la cambien.

Kunszer dejó pasar un largo silencio. Palo no conseguía respirar. ¿Qué había hecho, Señor, qué había hecho yendo allí? El alemán prosiguió:

—Pero si no habla, querido Paul-Émile, si no habla, le juro por mi vida que iré a buscar a su padre, a su querido padre. Le juro que le infligiré los peores sufrimientos que un hombre pueda aguantar, durante días enteros, durante semanas. Le haré sufrir a conciencia, le enviaré a la Gestapo y a los más espantosos torturadores, y después haré que lo manden a un campo en Polonia, donde morirá lenta, atrozmente, de frío, de hambre y de golpes. Se lo juro por mi vida: su padre, si no habla, ni siquiera será un ser humano. Ni siquiera será una sombra. No será nada.

Palo temblaba de terror. Sentía cómo sus piernas cedían. Le entraron ganas de vomitar, pero se contuvo. Su padre no. A él que le hiciesen lo que quisieran, pero no a su padre. Todo, pero no a su padre.

—Sí. Sí... Soy un agente inglés.

Kunszer asintió con la cabeza.

—Eso ya lo sé. También sé que hay varios en París. Aquí. Ahora. Sé que se prepara una gran operación: necesitan hombres y plástico, ¿verdad? —sonrió un instante y luego volvió a su tono grave—. Lo que quiero saber, Paul-Émile, es dónde se encuentran los otros agentes. Es la única respuesta que puede salvar a su padre.

—Estoy solo. He venido solo. Se lo juro.

—Está mintiendo —dijo con calma Kunszer antes de asestarle una enorme bofetada en plena cara.

Palo soltó un grito y Kunszer sintió un desagradable escalofrío; decididamente, no le gustaba pegar.

—Está mintiendo, y no tengo tiempo para eso. Ya ha hecho usted bastante daño. Debo impedirle continuar. Dígame dónde están los demás.

Palo comenzó a sollozar. Quería a su padre. Pero su padre estaba perdido. Había querido que todos estuvieran a salvo, y ahora debía decidir la suerte de Faron, de Laura y de su padre. Debía decir quién viviría y quién moriría. No habría Ginebra, ni habría América.

—Tengo poco tiempo, Paul-Émile... —se impacientó Kunszer.

—Me gustaría pensarlo...

—Conozco esos trucos. Nadie tiene tiempo. Ni usted. Ni yo. Nadie.

—Llévenme, llévenme a sus campos. ¡Háganme trizas como a un papel!

—No, no. No le llevaremos a usted, llevaremos a su padre. Será torturado hasta que se quede sin lágrimas. Sin lágrimas, ¿me entiende? Y después irá a morir a los campos de Polonia.

—Se lo suplico, ¡llévenme! ¡Llévenme!

—Le llevaré de todas formas, Paul-Émile. Pero puede usted salvar a su padre. Si habla, no sufrirá nunca el menor daño. Nunca. Su suerte está en sus manos. Él le ha dado la vida. Tiene la oportunidad de devolvérsela. Dele la vida, no le dé la muerte.

Palo lloraba.

—¡Elija! ¡Elija, Paul-Émile!

Palo no respondió nada.

—¡Elija! ¡Elija!

Kunszer le asestó una serie de bofetadas.

—¡Elija! ¡Elija!

Continuó golpeándole como un animal. Era un animal. Habían hecho de él un animal. Golpeó con todas sus fuerzas, con la palma, con los puños. Palo, acurrucado sobre sí mismo, solo gritaba. Y Kunszer seguía golpeando.

—¡Elija! ¡Elija! ¡Última oportunidad! ¡Elija salvar a su padre, por Dios! ¡Elija salvar a quien le dio la vida! ¡Última oportunidad! ¡Última oportunidad!

Más golpes. Más fuerte.

—¡Elija! ¡Elija!

Palo gritaba. ¿Qué debía hacer? *Señor, si existes, guíame,* pensaba mientras brotaba la sangre y llovían los golpes.

—¡Elija! ¡Última oportunidad! Última oportunidad, ¿lo comprende?

—¡Elijo a mi padre! —exclamó entonces Palo, llorando—. ¡A mi padre!

Kunszer dejó de golpearle.

—¡Júrelo! —suplicó Palo desesperado—. Jure proteger a mi padre. ¡Júrelo! ¡Por Dios, júrelo!

—Paul-Émile, se lo juro. Si su información es correcta, por supuesto.

Palo se hundió sobre el suelo húmedo. Paralizado. El rostro ensangrentado.

—Lo es. Distrito tres. Hay un piso franco.

Kunszer lo ayudó a levantarse. Le tendió un cuadernillo y un lápiz. Su voz se volvió más suave.

—La dirección. Escriba la dirección.

Palo obedeció.

—Su padre vivirá —le murmuró Kunszer al oído—. Ha tenido usted la valentía de los hijos. Es usted un buen hijo. Que Dios le guarde.

Los otros dos agentes cogieron sin contemplaciones a Palo, lo esposaron y se lo llevaron. En el coche que le conducía hasta el Lutetia, con la cabeza apoyada en la ventanilla, simplemente deseó que, en cuanto terminase la guerra, Buckmaster escribiera a su padre, cada vez que pudiese:

Estimado señor, no se inquiete. Las noticias son buenas.
Desde el final de la guerra hasta siempre.

También pensaba en lo que siempre le había obsesionado: el mayor peligro para los Hombres eran los Hombres. Era él. Y lloraba, estaba anegado en llanto. Se había vuelto a convertir en un niño.

Once y media. En el distrito tres, la Abwehr había rodeado ya el edificio. Los pisos estaban tomados; agentes alemanes echaron abajo con un ariete la puerta del piso franco. En su interior estaban Faron y Laura.

En la Rue du Bac, el padre, lleno de amor, se dedicaba a preparar el almuerzo. No debía fallar nada. Era su última comida.

Sonaron las doce. Se dio prisa para estar listo antes de la llegada de su hijo. Se peinó, se perfumó. Había reflexionado mucho: se sentía muy feliz de irse a Ginebra. No había estado bien lo que había dicho la víspera, se disculparía. Le regalaría su reloj de bolsillo de oro. Su hijo, un agente británico. No podía creerlo. Sonrió de felicidad. Era el padre más orgulloso del mundo.

Dieron las doce y media. Paul-Émile seguía sin llegar. El padre se sentó en una silla, bien recto para no arrugar el traje. Y esperó. Ignoraba que tenía una larga vida por delante.

Por la ventanilla del coche, Palo miraba París por última vez. Porque se dirigía a la muerte. Intentó recordar su poesía, para que le diera valor. Pero no se la sabía de memoria. Y al darse cuenta de que ya no podría aprendérsela, se puso a llorar.

Tercera parte

43.

Ella lloraba.

El cielo era negro, pesado, la luz de la tarde había quedado reducida a una oscuridad tenebrosa. A lo lejos, las nubes dejaban caer su cortina de agua, pero aún no llovía sobre la finca. La tormenta se acercaba; pronto se desatarían los elementos. Estaba preciosa con su vestido negro y sus perlas de nácar en las orejas; el inmenso Gordo, en traje oscuro, la protegía con un gran paraguas; ella lloraba.

Lloraba a lágrima viva, desgarrada por el dolor, loca de pena, devorada por una desesperación irreprimible. Él se había ido, para siempre.

Lloraba. Nunca había sentido tanto dolor. Una pena destructiva, un suplicio supremo que sabía que no se detendría jamás. El tiempo pasaría, pero ella no sería capaz de olvidar. No olvidaría nunca. No habría más hombres, no habría nadie. El tiempo pasaría, pero ella no sería capaz de volver a amar.

Lloraba, y le parecía que nunca podría recuperar su aliento; aunque estaba agotada, seguía llorando, a veces desconsolada, a veces llena de rabia. Maldito Dios, Dios de mierda, Dios de los condenados alemanes y de la miseria. ¿Qué hicimos para provocar hasta ese punto tu furia?

Sobre la hierba de la propiedad de los abuelos Doyle, en Sussex, ante la mansión de piedra gris que tendría que haber acogido la boda de Laura y Palo, todos lloraban la muerte del chico y de Faron.

Era diciembre. Habían pasado dos meses desde el asalto de la Abwehr al piso del distrito tres. Estaban reunidos alrededor de la fuente, Stanislas, Gordo, Claude, Laura, France, Douglas *Rear* Mitchell y Adolf *Doff* Stein.

A finales de octubre, habían recibido la confirmación de que Palo había sido ejecutado en la prisión de Cherche-Midi. Pero Laura había querido esperar a que todos estuvieran de vuelta, de permiso, para reunirlos. Doff y Rear, avisados por Stanislas, a quien conocían de Baker Street, se habían unido a la ceremonia.

Allí estaban, silenciosos, rectos y dignos ante el frío, minúsculos delante del inmenso edificio. Minúsculos ante el dolor. Minúsculos ante el mundo. No había cuerpos, no había tumba, no quedaban más que los vivos y sus recuerdos, en semicírculo frente a la fuente, la misma donde hubiesen debido bailar los invitados a la boda; maldita vida y malditos sueños. Con la vista vuelta hacia el gran estanque, como si quisiera esparcir sus palabras hasta los confines de la tierra, Claude recitaba plegarias a media voz. Murmuraba, para no incomodar a los no creyentes. Hacía ya mucho tiempo que no los culpaba de ello.

Había sido Stanislas quien había anunciado a Laura la muerte de los dos agentes. Desde entonces, ella pensaba todos los días en Faron, que la había salvado, y revivía sin cesar aquel maldito día de octubre en París.

Estaban en la cocina del piso franco. Debían de ser las doce. Palo se había marchado poco antes de las once, muy arreglado. Ella preparaba la comida, con la esperanza de que volviese y que comiesen juntos. Por la mañana tenía un aire extraño, quizás por la emoción de volver a París. No importaba, se irían juntos; en dos días vendría a buscarla. Dos días. Contaba los segundos. Pensaba en su casa en Boston, en sus futuros hijos, en sus hermosos hijos. Y también en Georges, el perro. Esperaba que Palo aceptase llamarlo de otro modo. Georges no era nombre de perro. O mejor, no tendrían perro; se les coge cariño y luego se mueren.

Faron había entrado en la cocina, atraído por los buenos olores, a pesar de que lo más normal en él era que se contentase con su menú *lata-de-conservas-sin-cambiar-de-reci-*

piente. Faron parecía distinto, Laura no sabía decir en qué. Quizás su corte de pelo. No, era otra cosa.

—Pareces cambiado —le había dicho mientras removía lentamente el contenido de la cacerola.

Faron se había encogido de hombros.

—Tengo nuevas preocupaciones.

—¿Una mujer?

—No. Una operación.

Ella se había reído.

—Debí imaginármelo. ¿De qué se trata?

—No puedo decírtelo...

Laura había hecho una mueca divertida.

—¡Venga, cuéntamelo! Después de todo, soy tu operadora de radio. ¡Y qué operadora! ¡La mejor!

Él había sonreído. Y se había ausentado un momento para volver con un portafolios del que había sacado algunos documentos para esparcirlos sobre la mesa de la cocina.

—El Lutetia —había confesado—. Lo voy a volar.

Laura había abierto los ojos como platos.

—¿Y eso estaba previsto?

—No te preocupes. Avisaremos a Londres a su debido tiempo.

Le había enseñado un plano del edificio para apoyar sus explicaciones.

—Están relativamente bien preparados contra un atentado desde el exterior. Escaparates protegidos por planchas de madera, rejas delante de la puerta de entrada, turno de guardia... Así que debería realizarse desde el interior, pasando quizás por la cafetería, abierta al público, o disfrazarse de empleado del hotel, y dejar las cargas donde hagan daño. En la planta baja o, mejor, en el subsuelo. Para derribar el edificio entero.

—¿Y cómo lo harás?

Faron había lanzado un suspiro.

—Todavía no lo sé. Lo mejor sería tener cómplices en el interior. Es factible, los empleados son todos franceses. Pero necesitamos por lo menos trescientos kilos de explosivo.

Laura había mirado detenidamente las fotos, las notas y los esquemas. El trabajo de Faron era impresionante. Le había puesto una mano en el hombro, él parecía orgulloso.

Pero de pronto, oyeron unos ruidos sordos y un estruendo espantoso contra la puerta. Estaban intentando forzarla.

—¡Joder! —había gritado Faron mientras corría hacia la entrada.

El grueso refuerzo de madera que él mismo había fijado había impedido que la puerta cediese al primer golpe, pero sabía que aquella barricada era efímera. La había instalado cuando se encontraba solo. En caso de asalto, tendría tiempo de huir por la salida de emergencia, que hacía que su piso fuese tan seguro. Pero esta vez eran dos.

Segundo golpe contra la puerta. Al próximo, cerrojo, refuerzo y bisagras cederían. Gritos furiosos en alemán tronaban en el pasillo. Faron se había armado con la Browning que llevaba en su cinturón y dudaba si disparar a través de la puerta. No serviría de nada. Se había vuelto hacia Laura.

—Ve a la habitación. ¡Pasa por el balcón como te enseñé ayer!

—¿Y tú?

—¡Vete! Nos encontraremos más tarde.

—¿Dónde?

—En el metro Maison-Blanche, en el andén, a las dieciséis horas.

Laura había huido. Había atravesado la habitación y, por el balcón, había accedido sin dificultad a la ventana de la escalera del edificio de al lado, había bajado hasta el portal y salido al bulevar. Tres pisos más arriba, la puerta del piso acababa de ceder: los agentes alemanes apostados en la acera, pendientes del asalto y sin sospechar que los dos inmuebles podían comunicarse, no habían prestado atención alguna a la guapa jovencita que se fundía entre los curiosos y desaparecía sin volverse.

Faron no se había ido. La puerta había cedido al tercer golpe de ariete. Esperaba, tranquilo, en el pasillo. No había tenido tiempo de guardar los planos del atentado. Qué
más daba ya. Ya sabía que iba a morir, lo había sabido en
Londres. Estaba listo. Y para que su valor no flaqueara, recitaba la poesía de Palo.

Que se abra ante mí el camino de mis lágrimas.
Porque ahora soy el artesano de mi alma.

No se había ido. En su mano derecha, la cruz de
Claude había sustituido a la Browning. Si los alemanes estaban allí, era porque sabían que el piso estaba ocupado; si lo
encontraban vacío, acordonarían el barrio y detendrían a los
dos sin dificultades. A él y a Laura. No quería que atrapasen
a Laura. A Laura no. Sin duda ignoraban que eran varios y si
le encontraban solo en el piso, no la buscarían. Al menos no
inmediatamente. Tendría tiempo para huir, lejos.

No temo ni a las bestias ni a los hombres,
ni al invierno, ni al frío ni a los vientos.

No se había ido. Su vida a cambio de la de Laura. Sí, la
había amado. ¿Quién no se habría enamorado de ella? Todos lo
estaban, quizás sin saberlo. Desde Wanborough Manor, la amaban. Tan dulce, tan hermosa. ¿Qué harían los alemanes con ella
si la atrapaban? Lo que hacían con todos; le infligirían tales sufrimientos que la muerte sería una liberación. Nadie tenía derecho a tocar a Laura.

El día que vaya hacia los bosques de sombras, de odios y
*   miedo,*
que me perdonen mis errores, que me perdonen mis yerros.
Yo, que no soy más que un pequeño viajero,
que no soy más que las cenizas del viento, el polvo del
*   tiempo.*

No se había ido. Se había quedado delante de la puerta, había estrechado con fuerza la cruz de Claude. La había besado, con fervor, con devoción. Había cerrado los ojos. «Ayúdame, Señor —había murmurado—, protégeme porque he pecado y voy a morir». Hubiese querido rezar mejor, pero no conocía ninguna oración. Solo tenía el poema de Palo. Continuaba recitándolo; qué importaban las palabras, el Señor comprendería. «Ahora estoy en Tus manos.» Se arrepentía de haber sido tan malo con los suyos y con todo el mundo, y rogaba que la muerte pudiera liberarle de tanta maldad. ¿Y el zorro de Gordo? ¿Le acogería el Señor a pesar del asesinato del zorro? Todavía veía la cara de Gordo cuando había entrado en el dormitorio con el cuerpo, esa cara de incomprensión, de terror y de tristeza. Esos eran los sentimientos que inspiraba. Que el Señor le perdonase; en la época del zorro, todavía no era un Hombre. Y había vuelto a besar la cruz, había pensado en Claude, con fuerza, porque tenía miedo.

Tengo miedo.
Tengo miedo.
Somos los últimos Hombres, y nuestros corazones, llenos
  de rabia, no latirán mucho más tiempo.

La puerta había cedido.

Se había dado cuenta al llegar al metro Maison-Blanche. La estación estaba cerrada: la retaguardia la había transformado en refugio para los bombardeos aéreos. Faron, héroe de guerra, la había salvado de las llamas del infierno.

Perdida, presa del pánico, había huido, guiada por su instinto de supervivencia. No sabía cómo ponerse en contacto con Gaillot, Faron no se lo había dicho todavía. Sabía que vivía en Saint-Cloud, pero ¿cómo encontrar a un hombre cuya verdadera identidad ni siquiera conocía? Primero había pensado dirigirse a Hervé y la red del Norte, pero aquello le pareció demasiado lejos. Al final se había dirigido hasta Ruan, a la casa de la pareja de campesinos que la había trasladado días antes. Vivían en las afueras de la ciudad, recordaba la dirección; eran amables, cincuentones devotos y sin hijos. Había conseguido llegar a su casa, por la noche. Pero en qué estado.

Se habían quedado espantados al encontrarla ante la puerta, agotada y aterrorizada. La mujer se había ocupado bien de ella, le había preparado un baño y le había dado de comer. Al quedarse sola un momento en la cocina, Laura había oído a la mujer murmurar a su marido, en el pasillo: «Dios mío, ¡pero si casi es una niña! Cada vez los envían más jóvenes».

El marido se había puesto en contacto con Hervé, que les había pedido que le llevaran a Laura para repatriarla a Londres. La pareja la había transportado oculta en su camioneta, entre cajas de manzanas. Y, durante el trayecto, la mujer le había dicho: «No vuelvas más a Francia. Olvídate de lo que está pasando aquí».

En Londres, el SOE se había hecho cargo de ella. Había sido interrogada varias veces. Se había hundido; ¿qué le había pasado a Faron? ¿Y a Palo? Ojalá no hubiese vuelto a París; ojalá no hubiese vuelto al piso; ojalá se hubiese enterado de la redada de la Abwehr, se hubiese escondido y vuelto directamente a Londres, donde se reencontrarían. Estaba llena de esperanza. Stanislas, que la visitaba todos los días en casa de sus padres, adonde había regresado, no conseguía información alguna. Después, en octubre, les había llegado la espantosa noticia.

En el salón de la mansión de los Doyle, miraban por la cristalera la lluvia que se abatía ahora sobre la propiedad. France trajo té y se instalaron en los mullidos sillones.

—¿Cómo conocisteis a Palo? —preguntó Claude a Rear y Doff.

—Estábamos juntos en su primera misión —respondió Doff.

Hubo un silencio. Después, Rear, con su voz cálida y lenta, empezó su relato. Les contó, emocionado, Berna, y los primeros días de Palo como agente. Y todos hablaron de los buenos momentos pasados junto a él.

Hasta que se hizo de nuevo el silencio.

—Quizás deberíamos ir a buscar a Laura —dijo France.

—Dejémosla tranquila —sugirió Key—. Creo que necesita estar un minuto sola.

Estaba fuera. Hacía mucho tiempo que la ceremonia había terminado. Ella seguía de pie ante la fuente, lugar del último homenaje, abandonada, más hermosa que nunca. Solo el fiel portador del paraguas, con el rostro lleno de lágrimas, se había quedado para protegerla de la tormenta. Una racha de viento le soltó un mechón de su pelo recogido, pero no se inmutó. Sus manos estaban apoyadas en su vientre. Levantó la mirada al cielo tormentoso. Estaba embarazada.

44.

El SOE no podía explicarse las razones de la captura de Palo y de Faron; y todavía menos la presencia de Palo en París cuando había sido lanzado en el Sur, ni la localización del piso que no había sido aprobada por el Estado Mayor de la Sección F. El servicio de contraespionaje se había encargado del asunto; tenían sospechas de una posible traición. Había numerosos agentes dobles en la Resistencia, a sueldo de los alemanes, y aquello era un mal augurio. Los próximos meses serían decisivos: los Aliados, en Francia, necesitaban más que nunca el apoyo de las redes que el SOE se había dedicado a tejer durante cuatro largos años gracias a sus secciones francesas. No obstante, aunque la Sección F había tenido muchos éxitos durante la mayor parte de 1943, noviembre y diciembre habían estado marcados por graves fracasos: en el Loira, en Gironda y en la región parisina, la Gestapo había desmantelado redes importantes, realizado arrestos masivos y confiscado ingentes cantidades de armas. Para empeorar la situación, las fuertes tormentas que se abatían desde hacía semanas sobre el sur de Inglaterra impedían la mayor parte de las incursiones aéreas, y por tanto, el aprovisionamiento de material. El año terminaba en las peores condiciones.

Desde el final del mes de agosto y en el mayor de los secretos, Stanislas, en Baker Street, participaba en calidad de oficial del Estado Mayor en los preparativos para la ofensiva de las fuerzas aliadas en Francia: la Operación Overlord. El Desembarco. Se había unido a un grupo bautizado SOE/SO, que reunía al SOE y al OSS, el Office of Strategic Services, los servicios secretos americanos. Como preludio del Desembarco, preparaban una operación conjunta que facilitaría la entrada de las tropas aliadas en territorio francés. En su momento, Stanislas había propuesto a Faron para los comandos especiales.

El viejo piloto tenía mucho ajetreo en su nuevo destino, dado que la complejidad de Overlord era inimaginable: en los despachos, los rostros inquietos se inclinaban sobre los mapas, perplejos, algunos dudando de la viabilidad de un desembarco. ¿No sería mejor desgastar al enemigo continuando los ataques aéreos, que tenían un menor costo de vidas humanas? Cuando volvía a su casa, en Knightsbridge Road, Stanislas no dejaba de pensar en ello, y no cejaba hasta el día siguiente. Los Aliados no contaban con margen de error y, en Francia, las Secciones F y RF serían más que indispensables para el buen desarrollo del Desembarco; las redes debían impedir la llegada de los refuerzos alemanes, y proporcionarían sin duda preciosa información estratégica. Sabía ya qué futuro les aguardaba a sus jóvenes compañeros, pero no podía hablar de ello a nadie.

Key se enrolaría en un grupo interaliado, con el OSS, en una misión en el Noreste, para apoyar a las tropas americanas.

Claude el cura sería pronto destinado al sur de Francia, para reemplazar a Palo. Estaba preparándose en Portman Square; su lanzamiento se llevaría a cabo en esas próximas semanas.

Gordo había sido asignado a un grupo de propaganda negra.

En cuanto a Laura, a causa de la muerte de Palo, no había recibido todavía ninguna orden de misión; debería realizar una evaluación psiquiátrica antes de poder volver al terreno, era el procedimiento. Mientras tanto, no quería vivir en Chelsea; quería estar cerca de los suyos, cerca de los que le recordaban a Palo, cerca de Gordo, Claude, Key y Stanislas. Había pedido instalarse en Bloomsbury, en la habitación de Palo. En el piso había tenido lugar un auténtico zafarrancho de combate: los tres compañeros, ayudados por Doff y Stanislas, habían frotado hasta la última esquina para recibirla adecuadamente. Habían colgado cortinas nuevas, limpiado a fondo los armarios, y Claude había reemplazado sus plantas marchitas.

Cuando llegó ante el edificio, Key, Gordo y Claude la esperaban en la acera. Key había dado las consignas: había que portarse correctamente cuando Laura estuviese. Nada de pasearse en ropa interior, nada de chistes subidos de tono, nada de dejar ceniceros llenos de colillas en el salón y, sobre todo, ni mencionar a Palo. Salvo si ella misma hablaba de él.

Deshizo sus pesadas maletas en la habitación de su amado; Gordo permaneció cerca de ella, contemplándola desde el umbral de la puerta.

—No tienes por qué dormir aquí —le dijo—. Por lo de los malos recuerdos. Coge mi cuarto si quieres, o el de Claude. El de Claude es más grande.

Ella sonrió, le dio las gracias, se acercó y hundió su cara llena de pena en su enorme hombro.

—¿Qué malos recuerdos? —murmuró—. No hay malos recuerdos, solo hay tristeza.

Tristeza. No había más que eso. Todos estaban desolados.

Además de su propio dolor, Gordo cargaba con el de Laura; no soportaba verla tan devastada. Delante de los demás, ella guardaba las apariencias, no se hundía nunca. Pero por la noche, sola, cuando no necesitaba fingir ante nadie, no dormía. Gordo lo sabía, ocupaba la habitación vecina, y desde su cama escuchaba el sollozo discreto, casi silencioso, pero lleno de una irreprimible tristeza. Entonces se levantaba y pegaba la cabeza contra el tabique que separaba los dos cuartos, tiritando de frío. Y también lloraba, ebrio de dolor. A veces se unía a ella; llamaba suavemente a la puerta y entraba a sentarse a su lado. A Laura le gustaba que Gordo fuese a verla, en medio de la noche, para ayudarla a sobrevivir a su desesperación. Pero, cada vez que tamborileaba en la puerta para anunciarse, se estremecía: durante una fracción de segundo, pensaba que era Palo quien llegaba, como en Wanborough, como en Lochailort, como siempre.

—¿Crees que soy gafe? —le preguntó Gordo a Claude una tarde que estaban solos.

—¿Gafe? ¿Por qué?

—¡Por todo! Por lo de Rana, Aimé, Palo, Faron. ¿Crees que es culpa mía? Creo que debería estar muerto. Díselo a tu Dios, dile que me mate. Tu pequeño Dios de mierda. La gente muere por mi culpa.

Gordo pensaba también en Melinda. La tenía siempre presente. Nunca iría a verla, lo sabía, y aquella idea le había hecho sentirse desgraciado durante mucho tiempo. La pena había pasado con los meses; el dolor cesa, pero la tristeza permanece. Su sueño también se había extinguido; adiós, dulce boda, y adiós, bonito albergue francés donde él cocinaría y ella serviría.

Claude pasó su brazo alrededor de la nuca del gigante.

—No digas eso, Gordo. Conocerte es una suerte. Para todos nosotros. Y sabes que Palo te adoraba. Así que no digas eso. Ha muerto por culpa de la guerra, por culpa de los alemanes. Vamos a aplastar a los alemanes, Gordo. En nombre de nuestros muertos. Es todo lo que nos queda por hacer.

Gordo se encogió de hombros. No lo tenía tan claro. Ganar la guerra o perderla, el resultado era parecido: se seguía muriendo.

—Ya no tengo sueños, Ñoño. Una vez le dije a Palo que, sin sueños, uno se muere, como las plantas. Como Rana.

—Vamos a encontrarte un sueño.

—Me gustaría ser padre. Tener hijos, una familia. Una familia te protege; no puede pasarte nada cuando tienes una familia.

—Entonces te convertirás en padre. En un padre formidable.

Gordo estrechó el hombro de su amigo, para agradecerle el consuelo. Pero sin duda nunca sería padre; ese era el destino de los eternos solitarios.

45.

Bajó a la cocina del Lutetia y pidió champán a un camarero que le apreciaba: como hablaba francés sin acento, era menos alemán que los demás. Pidió un semiseco, sin cubitera, sin nada, solo la botella. Lo pidió todo *por favor*. Fuera el día era gris, oscuro; a Kunszer le parecía que diciembre era el mes más feo de la creación. De hecho, había inventado una palabrota para la circunstancia: *Scheissigdezember**. En una sola palabra. El empleado volvió con la botella y Kunszer le dio las gracias.

Lo hacía casi todas las semanas. Desde noviembre. Metía la botella en una bolsa de papel que llenaba de todo lo que se podía encontrar en el Lutetia, sobre todo provisiones de lujo, oca confitada y foie gras, y se iba. Realizaba el trayecto a pie, solemne. El andar de los vencidos, el andar de los arrepentidos, el andar de los atormentados que no olvidan. Desde el Lutetia bajaba hasta el cruce Raspail-Saint-Germain. Caminata espantosa, agotadora, penitente, oh, Saint-Germain del calvario. Llevaba sus vituallas como una pesada cruz de madera, y casi lamentaba que los paseantes no le azotaran a su paso. Así iba cada semana a la Rue du Bac para ver al padre y llevarle algunos víveres.

Kunszer había celebrado su cuarenta y cuatro cumpleaños en noviembre. Nunca se había casado, había conocido tarde a su Katia. Ella no tenía más que veinticinco. Ya siempre tendría veinticinco años. En muchas ocasiones había

---

* Diciembre de mierda. *(N. del T.)*

pensado en casarse con ella después de la guerra. No durante, nadie debería casarse durante una guerra. Ahora estaba casado con la Abwehr, con el Reich. Pero pronto se divorciarían.

Cuarenta y cuatro años. Según sus cálculos, había pasado más años siendo un soldado que siendo hombre. Pero desde noviembre había dejado de querer ser soldado. Un mes antes de su cumpleaños, las revelaciones de Paul-Émile habían permitido la detención de ese Faron, el temible agente británico que había mencionado Gaillot, en un piso del distrito tres. En la cocina, había descubierto un informe sobre el Lutetia. Estaban planeando un atentado en el cuartel general de la Abwehr; había intervenido a tiempo.

Desde el piso, el coloso había sido transferido directamente a la prisión de Cherche-Midi, muy cerca del Lutetia, para que los especialistas en interrogatorios de la Gestapo se encargaran de él. Kunszer no torturaba, y por lo general no le gustaba que se torturase en el Lutetia; primero dejaba hacer a la Gestapo, en la Avenue Foch, en la Rue des Saussaies o en Cherche-Midi, y solo después hacía que transfirieran al detenido al Lutetia para escucharle. Había sido Kunszer el que había dado la orden de llevar a Faron a Cherche-Midi, consciente de que no podría sacarle nada sin haberle preparado; siempre procedía de igual forma. Salvo con la hermosa chica de la Resistencia, la que tanto se parecía a su pequeña Katia, a la que había arrestado cuando iba en bicicleta. La había llevado al Lutetia para evitarle la Gestapo. Pero como no había hablado, había tenido que golpearla él mismo, él, que no sabía golpear. Había necesitado reunir todo su valor. Al abofetearla, había soltado pequeños gritos. Sus primeros golpes habían sido casi caricias. No se atrevía. Al final, había golpeado más fuerte. Resultaba demasiado difícil. Entonces había pedido a alguien que le trajese un bastón, o cualquier otra cosa, con tal de no tener que tocarla con las manos. Sí, con un bastón sería mejor. Era menos real.

Nada más llegar a Cherche-Midi, en cuanto le habían librado de las esposas, Faron se había suicidado con una píldora. Y eso que le habían registrado. Kunszer mismo estaba a su lado, escoltándole, pero se había despistado un momento. Un segundo después y el coloso ya estaba tendido en el suelo. Al contemplar el inmenso cuerpo yacente, Kunszer pensó que aquel hombre era un león.

Ese mismo día, habían llevado a Paul-Émile a Cherche-Midi para que lo interrogaran torturadores profesionales. Pero no había pronunciado una palabra, y su suplicio había durado tres semanas. A finales de octubre, había sido decapitado. Por fin, había pensado Kunszer, casi con alivio.

A Kunszer le había afectado su última conversación, en su despacho del Lutetia. Pensaba en ella a menudo. Había tenido lugar días antes de la ejecución. Aunque hubiese bastado con cruzar la calle, habían llevado a Paul-Émile al hotel en un Citroën negro de la Gestapo. Se hallaba en un estado lamentable. Era un hermoso joven, y le habían desfigurado. Apenas podía caminar. Se habían quedado solos en el despacho, sentados frente a frente. El hijo lo había mirado fijamente, encogido, tumefacto, y le había dicho:

—¿Por qué me hace esto a mí, si ya le he dicho todo?

Kunszer ni siquiera había tenido el valor de enfrentarse a su mirada. Paul-Émile, bonito nombre. Era tan joven... No recordaba su edad. Unos veinticinco años.

—Yo no lo decido todo —se había justificado.

Silencio. Había contemplado el cuerpo deforme.

—No ha dicho nada, ¿verdad?

—Lo que tenía que decir ya se lo dije a usted. Le he entregado a la mujer de mi vida para salvar a mi padre, y ahora quiere más. Pero ¿cómo podría darle más?

—Lo sé, hijo mío.

¿Por qué le había llamado *hijo mío*? ¿Y quién era esa mujer? En el piso solo habían arrestado al coloso.

—¿Qué puedo hacer por usted? —había preguntado Kunszer.

—Voy a morir, ¿verdad?

—Sí.

Silencio. Miró los labios del joven. Hablar debía de dolerle: estaban azules, hinchados y cubiertos de sangre seca.

—¿Recuerda su promesa? —le había preguntado Palo.

—Sí.

—¿La mantendrá? ¿Protegerá a mi padre?

—Sí, señor.

Había dicho *señor* para olvidar que no tendría tiempo de vivir. Si hubiese conocido a una Katia en sus años jóvenes, quizás ahora tuviese un hijo de su edad.

—Gracias.

Kunszer le miró fijamente. Su agradecimiento era sincero. Nada le importaba a ese chico más que su padre.

—¿Quiere escribirle? Tome, tengo buen papel aquí. Escríbale lo que quiera, no lo leeré, e iré a llevarle la carta. ¿Quiere que le deje solo un momento para escribir mejor?

—No, gracias. Ni carta, ni soledad. ¿De veras quiere hacerme un favor?

—Sí.

—Procure que mi padre no sepa nunca que estoy muerto. Nunca. Un padre no debe saber nunca que su hijo está muerto. No es ley de vida. ¿Lo comprende?

El alemán había asentido con la cabeza, grave.

—Perfectamente. Cuente conmigo. Nunca sabrá nada.

Habían permanecido en silencio. Kunszer le había ofrecido un cigarrillo, alcohol. Comida. Palo lo rechazó.

—Es hora de que muera. Después de lo que he hecho, ya es hora de que muera.

Kunszer no había insistido más y había llamado a los guardias. Justo antes de que entraran en el despacho, le había susurrado al oído, con tono de confidencia:

—No había ninguna mujer. En el piso, no había ninguna mujer. Solo había un hombre. Se suicidó poco después de su arresto tragándose una píldora. Murió como un soldado, orgulloso. No fue torturado. No sufrió. Y no había ninguna mujer. Si la había, se nos escapó.

Palo había dibujado una sonrisa angelical. Y había suplicado al Cielo que protegiese a Laura para siempre. En Francia, en Inglaterra, en América. Que se fuese, lejos. Que encontrase el amor. Que fuese feliz. Que no estuviese triste por él, que le olvidase pronto, que no le guardase duelo. Él era un traidor, ella debía saberlo. Sin embargo, la amaba tanto; amaba a Laura, amaba a su padre. Era amor, pero un amor diferente. ¿Cómo imaginar que una sola palabra pudiese designar tantos sentimientos?

—No tiene nada que reprocharse —le había musitado después Kunszer—. Eligió a su padre.

Entonces le había cogido por los hombros, lo que le había recordado al chico el gesto paterno, el de su despedida de París, el del doctor Calland en el instante de su reclutamiento en el SOE, o el del teniente Peter al final de la escuela de Beaulieu. Y Kunszer había continuado:

—¡Todos los hijos eligen a sus padres! ¡Yo hubiese hecho como usted! ¡Ha sido usted un gran soldado! ¿Qué edad tiene, señor?

—Veinticuatro años.

—Yo tengo veinte más. Ha sido usted mucho mejor soldado de lo que yo lo seré nunca.

Dos hombres de la Gestapo habían entrado en el despacho y se habían llevado a Palo, para siempre. Al pasar ante él, Werner Kunszer, tieso como una estaca, le había saludado militarmente. Y se había quedado así, honrándole, varios minutos. Quizás hasta varias horas.

Una semana después de la muerte de Paul-Émile, Kunszer había ido a visitar a su padre. Era noviembre; el día de su cuadragésimo cuarto cumpleaños. ¿Por qué diablos había vuelto a ver a ese hombre? Había sido a partir de esa visita cuando había empezado a odiarse.

Eran casi las doce y media cuando había entrado en el edificio, en la Rue du Bac. Al pasar por el cuarto de basuras, había sentido un escalofrío de asco. Subió al primer piso, llamó a la puerta. Y el padre había abierto. Kunszer se sentía incómodo; lo sabía todo de él por haberle espiado durante semanas, pero el padre no le conocía.

—¿Qué desea? —había preguntado.

A Kunszer le afectó aquella estampa: el padre había adelgazado mucho, y el piso parecía muy desordenado. Había dudado antes de responder:

—Vengo de parte de su hijo.

El hombre había dibujado una inmensa sonrisa y había corrido a buscar una maleta, atrapando de paso su abrigo y su sombrero.

—¡Ya está, estoy listo! ¡Lo que he esperado, Dios mío, lo que he esperado! He llegado a creer que no vendría nunca. ¿Me va a llevar usted? ¿Es su chófer? ¿Cómo iremos a Ginebra? Señor, ¡qué alivio verle! ¡Pensé que no nos iríamos nunca! ¿Paul-Émile me está esperando en la estación?

Kunszer, desconcertado, se había disculpado:

—Lo siento mucho, señor, pero no vengo a buscarle.

—¿Ah, no? ¿No vamos a Ginebra?

—No. Su hijo me ha encargado venir a darle noticias suyas.

El rostro del padre había vuelto a iluminarse.

—¿Noticias? ¡Magnífico!

Kunszer se había planteado la idea de anunciar al padre la muerte de su hijo, pero había renunciado inmediatamente. A causa del padre, a causa de la promesa hecha a su hijo.

—Vengo a decirle que su hijo está bien. Muy bien, incluso.

—Pero ¿por qué no ha venido todavía a buscarme?

—Es complicado.

—¿Complicado? ¿Complicado? Pero ¿qué tiene de complicado? Cuando uno promete a su padre marcharse juntos, viene a buscarle, ¿no? ¿Adónde ha ido ahora, por amor de Dios?

Kunszer, que recordaba la postal de Ginebra, había respondido sin pensar:

—Está en Ginebra.

—¿En Ginebra?

—Sí. Vengo a decirle que su hijo ha tenido que regresar a Ginebra por un asunto urgente. Está muy ocupado. Pero volverá pronto.

El rostro del padre se había vuelto a descomponer.

—Me siento tan decepcionado. Si se ha ido a Ginebra, ¿por qué no me ha llevado con él?

—La urgencia de la guerra, señor.

—Y entonces, ¿cuándo vendrá?

—Supongo que muy pronto.

El padre parecía débil y desnutrido. Sin embargo, en el piso flotaba un agradable olor a comida recién hecha.

—¿Come usted? —había preguntado Kunszer.

—A veces me olvido.

—Pero huele muy bien aquí. ¿Está cocinando?

—Cocino para Paul-Émile. Cada día, a las doce, vuelvo rápidamente de mi trabajo. Me voy antes y vuelvo más tarde. He quedado con Paul-Émile a comer. A las doce en punto, no debo retrasarme porque el tren sale a las dos.

—¿El tren? ¿Adónde van?

—¡A Ginebra! Ya se lo he dicho.

—¿A Ginebra? —había repetido Kunszer, que no entendía nada—. ¿Y cómo diablos piensan llegar a Ginebra?

—No lo sé. Ya no lo sé. Pero vamos a Ginebra, eso es seguro, es lo que me ha dicho Paul-Émile. Los días que no viene, me pongo tan triste que se me quita el hambre. La tristeza corta el apetito.

Y así todos los días.

—Entonces, ¿no va a comer hoy?

—No.

—¡Pero hace falta que coma! Él volverá pronto.

Kunszer se detestaba por hablar así, por distribuir su polvo de esperanza. Pero ¿qué otra cosa podía hacer?

Qué asco de sufrimiento; no quería torturar más a ese hombrecillo.

—¿Quiere usted comer conmigo? —le había propuesto entonces el padre—. Le hablaré de mi hijo.

Kunszer había dudado un instante. Después había aceptado por piedad.

El padre le había hecho entrar en el piso; se había convertido en una sórdida leonera, por falta de cuidado. Junto a la puerta, la maleta estaba lista para la partida.

—¿Cómo conoció a mi hijo? —había preguntado el padre.

Kunszer no había sabido qué responder; no podía decir que eran amigos, era el colmo del cinismo.

—Somos compañeros —había dicho sin pensárselo mucho.

El padre se había animado un tanto.

—Ah, ¿también usted es agente de los servicios secretos británicos?

A Kunszer le entraron ganas de tirarse por la ventana.

—Sí. Pero no lo vaya contando.

El padre sonrió, con un dedo en la boca.

—Claro, claro. Ustedes son gente magnífica. ¡Magní-fi-ca!

Después de la comida, Kunszer había propuesto poner algo de orden en el piso.

—¿No tiene usted mujer de la limpieza?

—No. Antes lo hacía yo mismo, para pasar el rato. Ahora ya no tengo muchas ganas.

Kunszer había cogido una escoba, trapos viejos, un cubo de agua y jabón y había limpiado la casa. El agente de la Abwehr limpiaba la casa del padre del agente inglés que había hecho ejecutar.

Al marcharse, el padre le había cogido las dos manos, agradecido.

—Ni siquiera sé cómo se llama usted.

—Werner.

Al padre le había parecido que Werner era un nombre extraño para un inglés, pero no había dicho nada para no molestar.

—¿Volverá usted, señor Werner?

Debía decir que no, debía decir que no. No volvería más, nunca más, porque no aguantaba ese cara a cara, y menos aún la insoportable mentira. Pero como la razón tardaba en responder, fue el corazón quien tomó la palabra.

—Claro. Hasta muy pronto.

El padre había sonreído, muy contento; qué bueno era aquel amigo de Paul-Émile, que venía a librarle de su soledad.

Y en su despacho del Lutetia, la tarde de aquel maldito día de noviembre, Kunszer había jurado mantener su promesa a Paul-Émile: cada semana, iría a ocuparse de su padre, y le llevaría con qué mantenerse. Ese padre se convertiría en su padre y él se convertiría en su hijo. Hasta el final de sus días, si era necesario.

46

Llegó enero de 1944 en Londres.

Justo al lado del British Museum, había un café al que Laura iba todos los días. Habían pasado tanto tiempo juntos, allí, sentados el uno contra el otro en aquella banqueta, o uniendo sus manos a través de la mesa, frente a frente; estaba tan guapo con su traje gris. Cada día, ella iba de peregrinaje por los lugares de su amor; volvía a los restaurantes, a los teatros, repetía sus paseos. A veces llevaba la misma ropa que entonces. En el cine, compraba dos entradas. Y permanecía horas en aquel café, releyendo los poemas que él le había escrito. Dejaba pasar el tiempo, esperando que pasase la pena.

Ese año, Laura cumpliría veinticuatro años. Stanislas, cuarenta y siete; Gordo, veintinueve; Key, veintiocho; y Claude, veintiuno. Hacía dos años y medio que se habían unido al SOE. Y habían cambiado tanto... Todo había cambiado. Ella empezaba su tercer mes de embarazo. Nadie estaba al corriente y, bajo su ropa de invierno, no se adivinaba nada. Pero el momento de anunciarlo estaba cercano. Convirtió a Gordo en su primer confidente. Le llevó al pequeño café del British Museum y bebieron té durante horas, hasta que encontró valor para murmurar:

—Gordo, estoy embarazada…

El gigante abrió los ojos como platos.

—¿Embarazada? ¿De quién?

Laura se echó a reír. Era la primera vez que se reía desde hacía mucho tiempo.

—De Palo.

El rostro de Gordo se iluminó.

—¡Pero bueno! ¿Y de cuánto tiempo?

—De tres meses.

Contó mentalmente. Habían pasado tres meses desde ese maldito octubre. Estaban en París cuando habían engendrado al niño. No sabía si aquello era muy bonito o muy triste.

—Gordo, ¿qué debo hacer? —preguntó Laura, con lágrimas en los ojos—. Llevo dentro el hijo de un muerto.

—¡Llevas el hijo de un héroe! ¡Un héroe! Palo era el mejor de nosotros.

Gordo se levantó de la silla para sentarse en la banqueta, a su lado, y la estrechó con fuerza contra él.

—Tendrás que contárselo a Stan —murmuró—. No debes realizar más operaciones.

Ella asintió con la cabeza.

—Pero este hijo no tendrá padre...

—Todos seremos su padre. Key, Stan, Claude. Yo también seré su padre. No su padre de verdad, ya entiendes lo que quiero decir, pero un poco su padre, porque le querré como a mi propio hijo.

Y Gordo, invadido de pronto por una energía extraordinaria, sintió que su corazón empezaba a latir con fuerza: sí, juraba protegerlos, a ella y a su hijo, protegerlos para siempre. Nunca conocerían el miedo, ni la derrota, ni el odio, porque él estaría allí. Siempre. Le querría como a nadie, a ese huérfano por nacer, daría por él hasta su vida. Ese niño sería su sueño a partir de entonces. Y sobre la banqueta del café, Gordo abrazó a Laura un poco más fuerte para asegurarse de que ella comprendiese todas esas palabras que no se atrevía a decir.

47.

Llegó enero de 1944 en París.

Kunszer estaba melancólico. Sabía que iban a perder la guerra. Probablemente no aguantarían un año. No era más que una cuestión de tiempo. Ya no le gustaba el Lutetia. Y eso que era un hotel bonito. Soberbios salones, confortables habitaciones-despacho, una historia brillante; pero desde que se habían instalado allí, había demasiados uniformes, demasiadas botas, demasiada rigidez germánica. Le gustaba el hotel, pero no le gustaba en qué lo habían convertido.

Era enero; también podrían haber estado en febrero, abril o agosto, ya no tenía importancia. El primer día del año había bajado temprano al Salón de los Pájaros, donde estaba instalada la centralita telefónica, tras pasar por delante de la habitación 109, la suite que ocupaba Canaris cuando estaba en París. Había apoyado sus manos contra la puerta, última plegaria por su admirado superior que pronto caería. Estaba seguro. En la centralita, había pedido a una operadora que enviase un mensaje a la atención del almirante: le felicitaba respetuosamente su cumpleaños. Canaris cumplía cincuenta y siete años. Le escribía por simpatía. Porque sabía que ese año sería difícil. Sin duda el más difícil.

Aún echaba de menos a Katia. Erraba por los salones, por los comedores. Necesitaba hablar. Y cuando no encontraba a nadie, ni siquiera a ese asqueroso fisgón de Hund, iba a la antigua sala de estar, convertida en cuarto de descanso de los guardias del edificio, y les soltaba un monólogo. Sobre el paso del tiempo, sobre su última comida, sobre cualquier cosa con tal de no decir lo que tenía ganas de decir, con tal de no hacer lo que tenía ganas de hacer. Quería abrazar a esos humildes centinelas y gritarles su desesperación: «Hermanos alemanes, ¿qué va a ser de nosotros?». Y cuando, a veces, le daban ataques de cinismo, se decía para sus adentros: *Werner Kunszer, es la última vez que te alistas en los servicios secretos, es la última vez que vas a la guerra.*

48.

Durante ese mes, Baker Street fue emitiendo nuevas consignas. Todos lo ignoraban aún, pero serían sus últimas misiones en Francia.

Denis el canadiense, que nunca se había unido al grupo, había realizado un rápido paso por Londres; ahora estaba en una casa de tránsito, esperando a unirse a una red del Noreste.

Claude iba a partir para unirse a uno de los maquis en el Sur.

Gordo iba a ser lanzado a principios de febrero en el Norte. Debía unirse a una célula de propaganda negra, encargada de confundir a los alemanes haciéndoles creer que pronto habría un desembarco aliado en Noruega.

Key se había integrado en un grupo interaliado, al igual que Rear. Ambos se disponían a recibir una formación especial, en las Midlands, antes de partir en misión.

A Doff, que a veces iba a pasar la velada en Bloomsbury, lo había fichado la Gestapo en Burdeos, en noviembre. Había conseguido desaparecer y volver sano y salvo a Inglaterra. La oficina de seguridad del SOE había decidido no volver a enviarle a Francia, por lo cual había ingresado a principios de mes en la sección de contraespionaje del Servicio. Contraespionaje estaba más activo que nunca en aquel periodo. Se trataba de impedir que los espías enemigos consiguiesen descubrir el secreto del Desembarco, especialmente difundiendo informaciones falsas por medio de agentes de la Abwehr detenidos en Gran Bretaña, a quienes obligaban a continuar en contacto con Berlín. De esa forma, el SOE abrumaba a la Abwehr a base de mensajes que les hacían transmitir a los espías cautivos. La técnica era buena, pero si los ingleses la empleaban, podían estar seguros de que los alemanes hacían lo mismo.

Laura se decidió a informar a Portman Square de su embarazo, y después, una noche, reunió a sus camaradas de guerra en el salón de Bloomsbury. «Estoy embarazada de Palo», les anunció, con los ojos llenos de lágrimas. Y Stanislas, Key, Rear, Doff, Claude y Gordo la asfixiaron con sus abrazos. Gordo, muy orgulloso por estar ya al corriente de la noticia, contó a todo el mundo cómo había sabido mantener la boca cerrada.

Y todos los agentes, emocionados, hicieron proyectos para el niño. Quién le enseñaría a leer, a pescar, a jugar al ajedrez, a disparar y a manejar explosivos. Ya avanzada la velada, Laura fue a ver a Key a su habitación. Estaba haciendo gimnasia.

—Me daba algo de miedo pensar en cómo reaccionaríais —le confesó.

Key se levantó, el torso desnudo, los músculos hinchados. Se puso una camisa.

—¿Por qué?

—Porque Palo está muerto.

—Pero eso significa que los alemanes no han ganado. Esto es algo muy de Palo: no darse nunca por vencido. Tú le querías tanto...

—Todavía le quiero.

Key sonrió.

—Un hijo de él quiere decir que seguiréis siempre juntos. Incluso si un día conoces a otro hombre...

—Nunca habrá otro hombre —le cortó secamente.

—He dicho *un día*. Todavía eres joven, Laura. Se puede amar varias veces, de forma diferente.

—No lo creo.

Key la abrazó para infundirle valor y para cortar de raíz una conversación que no quería tener.

—¿Qué dicen tus padres?

—Todavía no se lo he contado.

Key posó su mirada sobre el vientre de Laura; el embarazo aún era invisible para los que no lo supieran.

—Todavía no estoy lista para decírselo —añadió.

Él asintió con la cabeza. Lo comprendía.

Los servicios administrativos del SOE enviaron a Laura a Northumberland House para una evaluación psiquiátrica. Simple rutina en estos casos. Tenían previsto asignarle un puesto en Baker Street. Al entrar en el despacho donde había sido convocada, no pudo reprimir una sonrisa. Ante ella tenía al mismo hombre que la había reclutado: el doctor Calland.

Él la reconoció en el acto. Como era habitual, no recordaba su nombre, pero se acordaba perfectamente de esa guapa jovencita. Ahora era aún más hermosa.

—Laura —se presentó ella, para evitarle tener que preguntarle su nombre.

—Pero bueno...

—Ha pasado tiempo. Ahora tengo el grado de teniente.

Calland pareció impresionado; hizo que se sentara y ojeó rápidamente un documento sobre su mesa.

—Una evaluación, ¿verdad? —dijo.

—Sí.

—¿Qué ha pasado?

—La maldita guerra, señor. Un agente murió en octubre. Era mí... prometido. Nosotros... Bueno, estoy embarazada de él.

—Cómo se llamaba.

—Paul-Émile. Le llamábamos Palo.

Calland miró fijamente a Laura, y al instante acudieron a su cabeza los recuerdos. Su grupo de aspirantes era el último que había reclutado, antes de ser destinado a otras tareas; de hecho, su puesto lo había ocupado un escritor. Y entre los nombres de esos aspirantes, uno solo se había grabado en su memoria: Paul-Émile. El hijo. Recordaba la poesía, una poesía que había inventado para su padre, mientras paseaban juntos por una avenida. Lo recordaría siempre.

—Paul-Émile... —repitió Calland.

—¿Lo conocía?

—Los conocía a todos. Os conocía a todos. A veces olvido un nombre, pero el resto no lo olvido. No olvido que los que están muertos lo están en parte por mi culpa.

—No diga eso...

Esa tarde no hubo evaluación; a Calland le pareció innecesaria. La joven respondía bien; era valiente. Y durante toda la entrevista no hablaron más que de Palo. Ella le contó cómo se conocieron, las escuelas de formación, su noche en Beaulieu; contó también cuánto se habían amado en Londres. Laura solo dejó Northumberland House al caer la noche, cuando teóricamente la cita debía durar a lo sumo una hora.

Juzgada apta para el servicio, fue transferida al cuartel general de Baker Street; la destinaron al servicio de cifrado, de comunicaciones en clave, para la Sección F. Se encontró, en un despacho vecino al suyo, a las noruegas de Lochailort.

Unos diez días más tarde, Claude partió hacia Francia. Después llegaron los primeros días de febrero; Overlord tendría lugar en apenas unos meses. Para la Sección F, el principio del año se anunciaba tan malo como el final del previo: las tormentas habían durado hasta mediados de enero, perturbando gravemente las operaciones aéreas, y además en el norte de Francia, la Gestapo había recibido a unos agentes lanzados en paracaídas. La Gestapo era temible, y su servicio de radiogoniometría, bien eficaz. En previsión de la Operación Overlord, el comandante general del SOE pondría en marcha en breve la Operación Ratweek: la eliminación de jefes de la Gestapo en toda Europa; pero aquello no concernía a la Sección F.

Después les llegó a Key y Rear el turno de abandonar Londres. Antes de unirse a un comando cerca de Birmingham, en las Midlands, los enviaron a Ringway para un breve curso de puesta al día, porque la técnica de lanzamiento en paracaídas había sido ligeramente modificada. Ahora se saltaba con un «bolso de pierna»: el material de la misión se guardaba en un bolso de tela, atado a la pierna del paracaidista por una cinta de varios metros de largo. En el momento del salto, la cuerda se tensaba y el bolso colgaba en el vacío. En cuanto tocaba el suelo, la cuerda se aflojaba, y así el agente quedaba advertido de la inminencia del aterrizaje.

Gordo, por fin, fue llamado a su misión. Se preparó para el inmutable ritual, que casi se había convertido en rutina: un último paso por Portman Square, después el traslado a una casa de tránsito donde permanecería hasta el despegue del bombardero desde el aeródromo de Tempsford, donde el momento exacto dependía del tiempo que hiciera. No le daba miedo marcharse, pero le molestaba dejar a Laura sola; ¿cómo los protegería, a ella y al niño, si no estaba allí? Es cierto que estaba Stanislas, pero no sabía si el viejo piloto sabría querer al niño como él mismo había decidido; era importante quererlo desde ya. Se consoló pensando que en Londres también estaba Doff; a Gordo le gustaba. A menudo le recordaba a Palo, en más mayor. Doff debía de tener unos treinta años.

La víspera de dejar Londres, mientras preparaba la maleta en su habitación de Bloomsbury, Gordo dio las últimas indicaciones a Doff, que ya formaba parte de los suyos.

—Pon mucha atención a Laura, mi pequeño Adolf —declaró Gordo, solemne.

Doff asintió, divertido por el gigante. Laura comenzaba su cuarto mes de embarazo.

—¿Por qué nunca me llamas Doff?

—Porque Adolf es un nombre muy bonito. No por que Hitler-de-mierda te haya robado el nombre tienes que cambiártelo. ¿Sabes cuántos hombres hay en la Wehrmacht? Millones. Así que, créeme, todos los nombres del mundo están dentro. Y si además añades a los colaboracionistas y a la milicia, la cuenta nos incluye a todos, seguro. ¿Solo por eso es necesario que nos pongamos nombres que nadie ha ensuciado, como Pan, Ensalada o Papel-del-culo? ¿A ti te gustaría que tu hijo se llamase *Papel-del-culo*? *¡Papel-del-culo, cómete la sopa! Papel-del-culo, ¿has hecho los deberes?*

—A ti te llaman Gordo...

—Eso es distinto, es un nombre de guerra. Eres como Denis y Jos, no puedes saberlo... No estabas con nosotros en Wanborough Manor.

—No te mereces que te llamen Gordo.

—Te digo que es un nombre de guerra.

—¿Qué diferencia hay?

—Después de la guerra, se acabó. ¿Sabes por qué me gusta la guerra?

—No.

—Porque, cuando se acabe, todos tendremos una segunda oportunidad de existir.

Doff lo miró con afecto.

—Cuídate, Gordo. Vuelve pronto con nosotros, el niño va a necesitarte. Serás una especie de padre...

—¿Padre? No. O bien su padre secreto, que vela en la sombra. Pero nada más. ¿Tú me has visto bien? No sería un padre, sería un animal de circo, con mi pelo horrible y mi papada. Mi falso hijo sentiría vergüenza de mí. Y no se puede ser un padre que da vergüenza, no se le puede hacer eso a un niño.

Hubo un silencio. Gordo miró a Doff: era un hombre guapo. Y suspiró, triste. Le hubiese gustado ser como él. Habría sido más fácil con las mujeres.

49

Llevaba dos días asistiendo a una importante reunión
en el Lutetia entre responsables de las antenas española, ita-
liana y suiza de la Abwehr. Dos días encerrados en el Salón
Chino, inmersos en intensos debates; dos días que pasó hir-
viendo por dentro de impaciencia: ¿por qué diablos no había
recibido su pedido? Solo al final de la última sesión el responsable de la antena suiza dijo a Kunszer:

—Werner, se me olvidaba: tengo su paquete.

Kunszer hizo como si no recordase su petición del mes
pasado. Y siguió a su compañero hasta la habitación, febril.

El paquete era un sobre en papel manila, pequeño
pero grueso. Kunszer lo abrió apresuradamente en el ascensor: contenía decenas de postales de Ginebra, en blanco.

Cada semana desde noviembre, incansable, Kunszer
iba a visitar al padre, con sus vituallas y su champán. Y comía
con él, para asegurarse también de que se alimentaba. De su
cocina seguían emanando olores deliciosos, porque el padre
preparaba todos los días un plato para su hijo. Pero ni siquiera la probaba, se negaba: la comida del hijo, si el hijo no venía, no debía comerse. Así que los dos hombres, silenciosos,
se contentaban con provisiones frías. Kunszer tocaba apenas
la comida, pasaba hambre a propósito para que quedaran so-
bras y que el padre siguiera alimentándose. Después, deslizaba discretamente algo de dinero en la bolsa de provisiones.

Los fines de semana, el hombrecillo ya no salía de casa.

—Debería salir a tomar un poco el aire —le repetía
Kunszer.

Pero el padre se negaba.

—No me gustaría que Paul-Émile llegase y no me encontrara aquí. ¿Por qué ya no me manda noticias?

—Si pudiese, lo haría. Ya sabe, la guerra, es difícil.

—Lo sé... —suspiraba—. ¿Es un buen soldado?

—El mejor.

Cuando hablaban de Palo, el rostro del padre se coloreaba ligeramente.

—¿Ha luchado usted a su lado? —preguntaba el padre al final de cada comida, como si se repitiese sin cesar el mismo día, anclando el calendario.

—Sí.

—Cuénteme —suplicaba el padre.

Y Kunszer le contaba. Cualquier cosa. Con tal de que el padre se sintiese menos solo. Contaba éxitos fantásticos, en Francia, en Polonia, en cualquier sitio donde el Reich tenía a sus soldados desplazados. Paul-Émile arrasaba columnas de blindados y salvaba a sus compañeros; por la noche, en lugar de dormir, si no lanzaba obuses antiaéreos al cielo, servía como voluntario en los hospicios para mutilados. El padre estaba loco de admiración por su hijo.

—¿No quiere usted salir un poco? —proponía Kunszer cada vez que terminaba su sempiterno relato.

El padre se negaba. Y Kunszer insistía.

—¿Al cine?

—No.

—¿A un concierto? ¿A la ópera?

—Le digo que no.

—¿Un paseo?

—No, gracias.

—¿Qué le gusta? ¿El teatro? Puedo conseguirle lo que quiera, la Comédie-Française si le apetece.

Los actores iban a cenar a menudo a la cafetería del Lutetia. Si el padre deseaba conocerlos, o si quería asistir a una representación privada, se lo conseguiría. Sí, actuarían para él, en su salón, si ese era su deseo. Y si se negaban a venir, haría cerrar su estúpido teatro, les enviaría a la Gestapo y los deportaría a todos a Polonia.

Pero el padre no quería otra cosa que a su hijo. A principios de enero, había explicado a su único visitante:

—Sabe, una vez salí. Solo para hacer unos recados sin importancia. Y cerré la puerta con llave, a pesar de mi promesa, pero fue por culpa de unos ladrones de postales que me habían robado una que había enviado Paul-Émile, y que yo sin duda había escondido mal. En fin, ese día vino mi hijo y no estaba. No me lo perdonaré nunca, soy un pésimo padre.

—¡No diga eso! ¡Es usted un padre formidable! —había exclamado Kunszer, con repentinas ganas de saltarse la tapa de los sesos con su Luger.

Al día siguiente, pedía las postales de Ginebra a través de la antena suiza de la Abwehr.

En cuanto el paquete llegó a sus manos, Kunszer empezó a escribir al padre haciéndose pasar por Paul-Émile. Había conservado la postal robada y se inspiraba en ella, imitando la letra. Primero copiaba las frases en sucio, cientos de veces si era necesario, concienzudamente, para que la caligrafía fuese verosímil. Después metía cada postal en un sobre en blanco que dejaba en el buzón de hierro de la Rue du Bac.

Querido papá adorado:
Siento no haber vuelto todavía a París. Tengo mucho que hacer, seguro que lo comprenderás. Estoy convencido de que Werner se ocupa bien de ti. Puedes confiar completamente en él. Pienso en ti todos los días. Pronto volveré. Muy pronto. Lo antes posible.
Tu hijo

Kunszer firmaba *tu hijo* porque no tenía el valor para cometer la impostura suprema: escribir el nombre del muerto, Paul-Émile. Por lo que recordaba, ninguna de las postales que había visto estaba firmada. A veces llegaba a añadir: *Postdata: Muerte a los alemanes.* Y se reía solo.

En febrero, Canaris, acosado por Himmler y otros oficiales superiores del Sicherheitsdienst, privado de las últimas muestras de confianza de Hitler, dejó la dirección de la Abwehr. Kunszer, convencido de que el Servicio sería pronto desmantelado, empezó a dedicarse cada vez menos a su labor para el Reich y cada vez más a sus postales: su obsesión, a partir de entonces, era realizar imitaciones perfectas de la letra de Paul-Émile. Pasaba los días practicando, y de su éxito en ese ejercicio dependía su estado de ánimo general. A principios de marzo, la cadencia era de una postal por semana, todas imitaciones perfectas que podrían engañar a los grafólogos de la Abwehr. Y cuando iba a ver al padre, este resplandecía exhibiendo, feliz como nunca, la postal que acababa de recibir de su hijo adorado.

Ya en marzo, cada vez se veía más cerca el inexorable ataque aliado; ese año se produciría un desembarco en el norte de Francia, aquello ya no era un secreto para nadie. Quedaba saber dónde y cuándo, y todos los servicios del ejército andaban de cabeza. A él le daba igual; la Abwehr estaba acabada. En el Lutetia le parecía que, como él, todos fingían estar ocupados, haciendo sonar sus botas, corriendo de las salas a la centralita y de la centralita a los despachos, ocupándose en estar ocupados. Ellos ya habían perdido la guerra. Pero no Hitler, ni Himmler; todavía no.

—¿Todo bien, Werner?

—Muy bien —respondía él sin levantar la cabeza, inclinado sobre su mesa encima de una lupa enorme.

A Hund le caía bien Kunszer, pensaba que trabajaba con celo. Un hombre que no contaba sus horas dedicadas al Reich, entregado a la causa, pensaba, mientras lo veía detrás de su escritorio repleto de papeles.

—No se agote demasiado —añadía.

Pero Kunszer ya no le escuchaba. Si parecía agotado, era por culpa de su titánica comedia. ¿En qué se estaba convirtiendo? Le daba la impresión de estar perdiendo el sentido de la realidad. En el espejo del ascensor, se hacía burlas y reverencias.

Pronto llegaría la primavera. Le gustaba tanto la primavera... Era la estación de su Katia; sacaba sus faldas del armario, la azul era su preferida. Él se alegraba de la llegada de la primavera, pero había perdido el gusto por la vida. Vivir era una farsa. Quería a Katia. El resto no importaba. Si seguía en París, era por el padre.

A mediados de marzo, la producción de postales alcanzó el ritmo de dos por semana.

50

En Chelsea, la noticia del embarazo dividió el hogar de los Doyle, que la guerra ya había puesto duramente a prueba. Laura se había decidido a anunciarlo a sus padres; estaba embarazada de cinco meses, ya no podía ocultarlo.

Era una tarde de domingo. Stanislas y Doff la habían llevado en coche para darle su apoyo. La esperaron en un camino cercano, fumando. Y volvió con el rostro arrasado por las lágrimas.

Richard Doyle se había tomado muy mal la noticia; no quería oír hablar de un bastardo en la familia, el bastardo de un muerto, además. Un bastardo era algo sucio, algo que haría que se hablara de ellos de forma negativa, y quizás hasta perdiera la confianza de sus banqueros. Un bastardo. Las criadas sin cabeza hacían bastardos en sus cuartuchos con hombres que no volverían a ver; después acababan de putas para poder criar a su aborto. No, a Richard Doyle le parecía que su hija no se portaba correctamente al quedarse embarazada del primero que pasaba.

Al escuchar las palabras de su padre, Laura se había levantado, con gesto adusto.

—No volveré nunca por aquí —había dicho con calma.

Y se había ido.

—¿Un bastardo? —había gritado France cuando Laura se había ido—. ¡El hijo de un valiente soldado, querrás decir!

Richard se había encogido de hombros. Conocía el mundo de los negocios, era un mundo difícil. Esa historia del bastardo le causaría problemas.

Desde ese domingo, Richard y France dejaron de dormir juntos. France pensaba a menudo que, si Richard hubiese sido un hombre bueno, le habría revelado el secreto de Palo y de su hija, pero no merecía saber en qué forma su hija honraba su apellido. Y a veces, en accesos de furia, pensaba que hubiese preferido que Richard muriese y Palo viviera.

Como Laura ya no iba a Chelsea, France empezó a visitarla en Bloomsbury. Laura vivía sola desde la partida de Gordo, Claude y Key, pero Stanislas y Doff velaban por ella. Le llevaban la cena, realizaban sus compras y no paraban de hacerle regalos para el futuro niño, que apilaban en la habitación de Gordo. Habían decidido que el cuarto de Gordo se convertiría en el cuarto del bebé. Gordo estaría sin duda encantado; iría a dormir con Claude, que tenía la habitación más grande y seguramente estaría de acuerdo.

A France Doyle le gustaba ir al piso de Bloomsbury, sobre todo los fines de semana. Mientras charlaba con su hija en el salón, Doff y Stanislas se afanaban preparando la habitación del niño, entre pintura y telas. Los dos hombres pasaban muchas horas en Baker Street, pero se las arreglaban para liberarse cuando Laura estaba de permiso, para que no se quedase sola.

Después de Ringway, Key y Rear reanudaron los entrenamientos intensivos en las Midlands, con su comando. En una propiedad inmensa que parecía una granja, siguieron una formación especializada en tiro y desactivación de minas.

En el sur de Francia, Claude se había unido al maquis. Era la primera vez que veía un maquis; le sorprendió la juventud de los combatientes, y se sintió menos solo. Estaban bien organizados y eran muy valientes. Aunque habían sufrido la crudeza del invierno, la llegada inminente de la primavera y los días calurosos les devolvía el vigor. A la cabeza del maquis, un treintañero algo alocado, llamado Trintier, dio una calurosa bienvenida a Claude y, aunque este último tenía diez años menos que él, se puso a sus órdenes. Pasaban juntos muchas horas, aislados, poniendo en marcha las consignas de Londres. El objetivo, para apoyar Overlord, era frenar el traslado hacia el norte de las unidades alemanas.

Gordo se alojaba en un pequeño edificio, muy cerca del mar, en una diminuta ciudad del noroeste de Francia. Se había unido a un grupo de agentes en cuyo seno era el único en realizar actividades de propaganda negra, ayudado a veces por algunos miembros de la Resistencia. Por primera vez desde el inicio de la guerra, pensaba en sus padres. Su familia era originaria de Normandía, sus padres vivían en las afueras de Caen: se preguntaba qué habría sido de ellos. Estaba triste. Para infundirse valor, se acordaba del hijo de Laura y pensaba que quizás había nacido para velar por ese niño.

Había oído decir a los otros agentes que había un burdel en una callejuela cercana, frecuentado por oficiales alemanes. Todos se habían preguntado si no debían planificar allí un atentado. Pero Gordo se preguntaba más bien si no debía ir a buscar un poco de amor. ¿Qué diría Laura si supiese que se libraba a ese tipo de actividades? Una tarde, cedió a la desesperación: le hacía tanta falta un poco de amor...

El 21 de marzo, el día de la primavera, Kunszer convocó a Gaillot en el Lutetia. Le hizo entrar en su despacho. Hacía mucho tiempo que no se veían.

Gaillot estaba encantado de que lo recibiera en el cuartel general, era la primera vez; y esa alegría no extrañó a Kunszer. Si Gaillot se hubiese ofuscado por tener que entrar en los despachos de la Abwehr a la vista de todo el mundo, eso lo habría salvado, porque por lo menos habría hecho de él un buen soldado. Si en el primer contacto, tres años antes,

Gaillot se hubiese negado a colaborar, si hubiese sido necesario amenazarle y obligarle, eso lo habría salvado, porque al menos habría sido un buen patriota. Pero Gaillot no era otra cosa que un traidor a su patria. A su patria, a su única patria, la había traicionado. Y, por ese motivo, Kunszer lo detestaba: representaba a sus ojos lo peor que aquella guerra podía producir.

—Me hace mucha ilusión estar aquí —declaró Gaillot, muy contento, al entrar en el despacho.

Kunszer le miró sin responder. Cerró la puerta con llave.

—¿Qué tal va la guerra? —preguntó el visitante para romper el silencio.

—Muy mal, vamos a perderla.

—¡No diga eso! ¡Hay que mantener la esperanza!

—¿Sabe, Gaillot, lo que le van a hacer cuando hayan ganado la guerra? Le matarán. Y siempre será menos duro que lo que nosotros mismos hemos hecho.

—Me marcharé antes.

—¿Y adónde?

—A Alemania.

—A Alemania... ja. Mi querido Gaillot, Alemania va a ser arrasada.

Gaillot se quedó mudo, atónito. Era importante que Kunszer fuese optimista. Se animó de nuevo cuando el alemán le dio una palmadita en el hombro como a un viejo amigo.

—Venga, Gaillot, no se preocupe, vamos a ponerlo a salvo.

Gaillot sonrió.

—Brindemos. Por el Reich —propuso Kunszer.

—¡Sí, brindemos por el Reich! —exclamó Gaillot como un niño.

Kunszer instaló a su visitante en un cómodo sillón, y se volvió hacia su mueble bar. De espaldas al francés, vertió agua en un vaso, como si fuese alcohol, y añadió el contenido de un frasco opaco: una materia blanca y granulosa que parecía sal. Cianuro potásico.

—¡Salud! —exclamó Kunszer entregando el vaso a Gaillot.

—¿Usted no bebe?

—Más tarde.

Gaillot no se ofendió.

—¡Por el Reich! —repitió una última vez antes de vaciar el vaso de un trago.

Kunszer observó a su víctima hundida en el sillón, le daba pena. Quizás sufriría convulsiones; después su cuerpo quedaría paralizado, sus labios y sus uñas se volverían violeta. Antes de que su corazón dejase de latir, Gaillot permanecería consciente unos minutos, rígido como una estatua. Una estatua de sal.

El francés, lívido, parecía ya inmovilizado, respirando con dificultad. Entonces Kunszer abrió su armario secreto y sacó su Biblia. Y mientras el traidor moría lentamente, le leyó los versículos de Sodoma y Gomorra.

51.

Había llegado la primavera. La campaña del SOE en Francia, preámbulo de Overlord, estaba en su apogeo. El Desembarco estaba previsto para el 5 de mayo. En cuatro años, el Servicio había constituido, formado y armado redes de resistencia a través de toda Francia, exceptuando Alsacia. Pero a seis semanas de la ofensiva aliada, les faltaba de todo, porque la desastrosa climatología de los últimos meses había entorpecido y de qué manera el abastecimiento. La prioridad del SOE era ahora aprovisionarlos de armas y municiones antes de la apertura del frente normando: desde enero, la RAF, ahora con el apoyo de la US Air Force, había efectuado ya más de setecientas salidas, frente al centenar del último trimestre del año 1943.

El maquis se preparaba para la tormenta. Una de las primeras operaciones que dirigió Claude con su red fue el sabotaje de un depósito de locomotoras. Minucioso, hizo colocar una carga en cada una de las máquinas: la operación duró más de una hora. Pero como los relojes de los detonadores estaban mal coordinados, el resultado fue una serie de explosiones en cadena que sembró el caos entre los soldados alemanes desplazados al lugar, lo que le valió al cura el que los resistentes le tomasen por un líder militar de genio innovador.

A pesar de algunas operaciones exitosas, dirigidas junto a Trintier, Claude se hallaba preocupado: estaban mal equipados. Tenían con qué mantenerse un tiempo, aunque las municiones se gastaban deprisa. Ya habían ordenado más a Londres, pero las entregas eran todavía demasiado escasas e incompletas, porque las redes del norte del país tenían prioridad. Prepararon pues reservas de armas, y se ordenó disparar poco; no había lugar para el derroche.

Los maquis conocían la mayoría de las armas, salvo las pistolas ametralladoras Marlin: Claude los inició en su manejo. Les recomendó usar las Marlin mejor que las Sten mientras fuese posible, porque eran más precisas y gastaban menos munición. El cura recibió también, en otoño, armamento pesado: lanzagranadas antitanque PIAT.

—¿Cómo se usan estos trastos? —preguntó Trintier a Claude durante una inspección del material.

Este adoptó una expresión incómoda: no tenía la menor idea.

—Supongo que se apunta... y...

Trintier rio con sarcasmo y Claude le sugirió que probase él mismo. En cambio, cuando los combatientes ordinarios le hacían la misma pregunta, el cura, que tenía miedo de perder autoridad, respondía adoptando aires de importancia y de no querer perder el tiempo: «¿Acaso esto no es la guerrilla? En la guerrilla se usa el fusil. ¡Concentraos en vuestros fusiles y no vengáis a joderme con vuestras preguntas!». Después pidió a su pianista que enviara con urgencia un mensaje a Londres para obtener, además de armas, un instructor capaz de formar rápidamente a los hombres de Trintier para utilizar sus PIAT.

En Londres, en el seno del grupo SOE/SO, Stanislas preparaba intensamente las operaciones conjuntas de los servicios aliados. Aunque el periodo crítico del SOE en Francia había quedado atrás en febrero, sobre todo gracias a la reanudación de los vuelos de abastecimiento, ahora había que hacer frente a los vivos debates que suscitaba la cuestión del apoyo aéreo del SOE; el servicio de inteligencia inglés, los servicios secretos americanos y otras entidades de los servicios secretos *profesionales* aliados no veían con buenos ojos el baile incesante de aviones que no hacía más que atraer la atención de la Gestapo y ponía en peligro a los agentes de unos y otros que operaban sobre el terreno, y todo, según ellos, para apoyar a agentes aficionados del SOE y a algunos miembros de la Resistencia mal preparados.

Los Estados Mayores aliados contaban con la Resistencia, pero no sabían en qué medida las redes serían eficaces. Las del Sur estaban particularmente bien organizadas; los maquis infligían ya pérdidas humillantes entre los alemanes. En cuanto a Francia en su conjunto (Secciones F y RF), el SOE, que había entregado armas y apoyo a las redes gracias a sus agentes —y a veces hasta formado a ciertos responsables de grupos de resistencia en las diferentes escuelas del Servicio—, estimaba en más de cien mil el número de combatientes clandestinos que podía movilizar en el país.

En Baker Street, Stanislas bajaba a menudo a los despachos de cifrado de la Sección F; iba a observar a Laura, en secreto. La miraba trabajar, sin que le viese, absorta en su tarea. A Stanislas le parecía que su duelo la había vuelto aún más bella. Su vientre lucía ya muy redondeado, estaba embarazada de seis meses. En una ocasión, la había acompañado al médico; la madre y el niño se encontraban bien. El nacimiento estaba previsto para principios de julio.

Stanislas velaba por Laura, incansablemente. En Londres no quedaban más que él y Doff, y a veces Doff se ausentaba de la capital. Así que, todas las noches, Stanislas volvía con Laura desde Baker Street hasta Bloomsbury. Y si tenía alguna reunión que pudiese terminar tarde, hacía una pausa para acompañarla a casa y luego volver al cuartel general, sin que ella supiera que su jornada no había terminado. Cenaban juntos con frecuencia, en Bloomsbury, en el restaurante, o a veces en el piso de Knightsbridge. Stanislas le proponía entonces pasar la noche en su casa, donde había sitio, pero ella se negaba siempre: debía aprender a vivir sola, ya que ese era su destino. Porque, a pesar de todos los esfuerzos que Stanislas y Doff desplegaban, no podían hacer nada contra la tristeza que la abrumaba.

Palo llevaba cinco meses muerto; ella seguía llorando, todas las noches. Lloraba un poco menos y dormía un poco más, pero seguía llorando; ahora que el piso de Bloomsbury estaba desierto, no debía preocuparse de que la oyeran. Lloraba en el salón, mientras estrechaba la novela que Palo le había leído en Lochailort y que había encontrado en su habitación; no la abría, no la abriría nunca, no tenía fuerzas, pero abrazarla la reconfortaba. Olía la cubierta y recordaba las palabras. Recordaba la mayoría de sus momentos felices, con precisión y muchos detalles. A veces, también soñaba con lo que hubiese podido ser; con América, con Boston, con su casa y con su hijo; podía pasearse por las habitaciones, sentir el aroma del bonito jardín. Palo estaba allí, y también su padre; le había hablado tanto de su padre... En la casa de América había una habitación para él.

En las noches inglesas, mientras Laura lloraba su desesperación, encerrada en su salón, Adolf *Doff* Stein, en el sur del país, acorralaba a los últimos agentes infiltrados del Gruppe II de la Abwehr, que buscaban las bases aliadas de la Operación Overlord. Por la ventana de su cuarto de hotel, se preguntaba lo que pasaría con su mísera nación. ¿En qué se convertiría y en qué se convertiría el mundo?

En el mismo momento, en Knightsbridge, si había vuelto a su casa, o en su despacho de Baker Street si se disponía a trabajar toda la noche, Stanislas pensaba en Claude y en Gordo, sus dos hijos sobre el terreno en Francia, y rezaba para que sobreviviesen.

Pasaron las semanas. Llegó abril y luego mayo. La Operación Overlord se retrasó al 5 de junio, para dar un mes suplementario a las fábricas de lanchas de desembarco. El SOE aprovechó para terminar de preparar las redes: las operaciones conjuntas de la RAF y la US Air Force, apoyando al SOE en Francia, se desarrollaban sin descanso. Los envíos de material a los agentes se habían convertido en un mecanismo bien engrasado, casi rutinario. Solo en el segundo trimestre de 1944, se realizarían casi dos mil incursiones aéreas. Key, Rear y los demás agentes de los grupos interaliados, terminado su entrenamiento, esperaban impacientes su partida a Francia, rumiando su ansiedad en las casas de tránsito del SOE.

52.

El 6 de junio de 1944, con un día de retraso por las condiciones meteorológicas, los Aliados activaron la Operación Overlord, que llevaban preparando diez meses. Radio Londres emitía sin interrupción mensajes a las redes para que se pusiesen en marcha. En la oscuridad del alba, con el corazón a cien, Gordo y Claude, cada uno en un lado del país, se lanzaban a la batalla con sus compatriotas, con la Sten en bandolera. Tenían miedo.

Como preámbulo al Desembarco, el grupo SOE/SO había movilizado a sus tropas para la guerra. A Rcar lo enviaron al Centro. Key fue lanzado con agentes del OSS en Bretaña. Estaban uniformados. Era una sensación extraña, tras dos años de clandestinidad, llevar de pronto un uniforme del ejército británico. El comando, bien entrenado, debía avanzar rápidamente; estaban encargados de neutralizar las instalaciones de la Luftwaffe en la región.

La Resistencia, alentada por la cercanía de la batalla, se enardeció. Y mientras los ejércitos británico, americano y canadiense se aprestaban a enviar a un millón de soldados a las playas de Normandía; mientras el SAS británico —el Special Air Service—, elegido finalmente en vez del SOE para marear a los servicios secretos alemanes, lanzaba en paracaídas a centenares de soldados de trapo lejos del lugar del Desembarco, las redes, en las afueras de las ciudades o desde los maquis, saboteaban las vías de tren para impedir el desplazamiento de las tropas alemanas por el país.

En el despacho de Kunszer, la radio hervía. Él estaba tranquilo. En los pasillos, notaba la efervescencia; el pánico invadía el Lutetia. El asalto a Francia había comenzado.

Tenía miedo. Pero llevaba mucho tiempo preparándose para tener miedo. Bajó a buscar champán a las cocinas del hotel y luego se dirigió a la Rue du Bac.

La noche había caído sobre Londres. Las playas de Normandía conocían intensos combates. A través de las ondas, la BBC difundía la llamada del general De Gaulle a la Resistencia. En ese mismo instante, en el Saint-Thomas Hospital, en el barrio de Westminster, con unas semanas de antelación, Laura estaba dando a luz a su hijo. Su madre se hallaba a su lado en la sala de partos; en el pasillo, Richard Doyle daba vueltas y vueltas.

Cada cuarto de hora, una enfermera venía a buscar a France Doyle. Llamaban por teléfono. Era Stanislas, en Baker Street, tan ansioso por el desarrollo del parto como por el de Overlord.

—¿Va todo bien?

—Esté tranquilo, todo va muy bien.

Stanislas suspiraba. A la séptima llamada, pudo tranquilizarle definitivamente.

—Es un chico —le dijo France.

Al otro lado del teléfono, el viejo Stanislas estaba demasiado emocionado para hablar. En cierto modo, se había convertido en abuelo.

53.

El Desembarco incendió Francia; las redes se mostraban mucho más eficaces de lo que los Estados Mayores aliados habían previsto: las redes del SOE, guiadas por Londres; las redes de la Francia libre, guiadas por Argel; pero también civiles que tomaban parte en el esfuerzo de guerra mediante actos de sabotaje espontáneos a lo largo de todo el país.

En Normandía y en las regiones limítrofes, los resistentes constituían una fuerza de combate de primer orden. Key y su grupo disponían de una impresionante cantidad de material; distribuían víveres y uniformes entre la población, creando pequeñas facciones de combatientes a quienes entrenaban someramente. La consigna del SOE era desestabilizar las unidades alemanas mediante sabotajes o encontronazos incesantes; había que debilitarlos, minar la moral de los soldados, y luego dejar que los ejércitos aliados terminaran el trabajo. De ese modo, un método eficaz de combate consistía en parar una columna alemana desencadenando un tiroteo para que después, en cuanto los vehículos estuvieran inmovilizados y los soldados desplegados para hacer frente a los resistentes, una escuadrilla de la RAF o de la US Air Force surgiera de pronto de las nubes y aplastara la columna, propinándole en ocasiones fuertes pérdidas.

En el Sur, las redes se dedicaban a retrasar el envío de refuerzos del Reich hacia el frente, saboteando las líneas telefónicas, las vías de tren y los depósitos de combustible, o provocando enfrentamientos directos, ataques y emboscadas. Pero las tropas alemanas, acosadas por los escurridizos combatientes, desahogaban su rabia con la población. El caso más sangriento tuvo lugar en junio, días después del Desembarco. La

2.ª División SS Das Reich, que se dirigía desde la región de Burdeos a unirse al frente normando, se detuvo en el pueblo de Oradour-sur-Glane, después de sufrir enfrentamientos con las Fuerzas Francesas del Interior, las FFI. Reunieron a los habitantes en la plaza del pueblo; los hombres fueron fusilados, y las mujeres y los niños, encerrados en la iglesia y quemados vivos. Hubo más de seiscientos muertos.

Claude y Trintier dirigían conjuntamente las operaciones. La RAF había lanzado por fin armas, material y provisiones, pero no eran suficientes. En los contenedores, el SOE había incluido brazaletes con la bandera francesa que Claude distribuyó entre los combatientes, pero qué importaban los brazaletes, necesitaban más armas. Londres estaba obnubilado por el apoyo a las redes del Norte, mientras que ellos habían sufrido pérdidas, y las reservas de munición disminuían dramáticamente. Para empeorar las cosas, en la euforia de la guerra, los combatientes hablaban sin tapujos con los civiles; a veces se mostraban en los pueblos con sus armas y brazaletes, y de esa manera llamaban la atención. Si los alemanes los encontraban, no podrían aguantar; serían todos masacrados. Por las noches, el cura hacía balance con Trintier, al abrigo de una tienda de campaña.

—Hemos gestionado mal las reservas —decía el maquis, también inquieto.

—Hay que ser más discretos. Menos emboscadas y más sabotajes... Hay que aguantar hasta el próximo abastecimiento. Si Palo hubiese venido a poner un poco de orden en esto...

—¿Conoces a Palo?

Claude le miró fijamente, estupefacto.

—Claro que le conocía... Pero...

—¿*Conocías?* —le cortó Trintier—. ¿Ha muerto?

—Sí. En octubre.

—Mierda. Lo siento. Aquí no sabíamos nada...

Claude se incorporó, casi temblando. Si él mismo se encontraba en este maquis, era porque Palo no se había rendido nunca.

—¡Por Dios! Pero ¿cómo es que conoces a Palo? —preguntó el cura.

—Conocer es mucho decir. A finales de septiembre, el septiembre pasado, me enviaron a un agente para reforzar y formar el maquis. Era él. Palo. Un tipo excelente. Pero solo se quedó una noche. Lo recibimos como dice el protocolo, y después, al día siguiente de su llegada, se marchó.

Claude se frotó la frente, atónito; ¡así que Palo había pasado por el maquis antes de ir a París! Londres no sabía nada de eso: durante su preparación en Portman Square, le habían dicho que Palo nunca había venido aquí. Aquello daba algo de luz al asunto: en aquella época, no había operador de radio en el maquis, y en consecuencia el SOE ignoraba lo que había pasado después del lanzamiento; Stanislas había planteado la hipótesis de que Palo no hubiese encontrado al comité de recepción y se hubiese replegado en París. Pero al parecer no era el caso.

—Entonces, ¿lo viste? —insistió Claude—. Quiero decir, de verdad, estás seguro de que era él.

—Está claro que se llamaba Palo. Eso fijo. ¿Puede ser que fuera otro? Aunque no es un nombre muy común. Un chico joven, de tu edad, quizás unos años más. Bien plantado. Espabilado.

—No puede ser otro. Así que lo recibieron bien...

—Como te cuento. Yo estaba presente, con otros chicos míos. Nada más aterrizar, ya quería marcharse. Quería ir a París.

Claude suspiró, perdido.

—¿Y por qué demonios a París?

—No tengo la menor idea. Dijo que sospechaba que le habían seguido, que no se sentía seguro, o algo así. En todo caso, pidió que le condujeran a París. Al día siguiente, le hice pasar por Niza, y cogió el tren, creo. ¿Qué le sucedió?

—Lo capturaron. Pero nadie sabe cómo. El SOE lo lanzó en el Sur, y días después lo cogieron... En París... Pero, espera... ¿Estás seguro de que habló de París?

—Sí.

—¿Completamente?

—Completamente seguro. Quería ir a París.

Claude estaba perplejo: aquello no tenía sentido. ¿Por qué Palo, si se sentía amenazado al llegar al maquis, había dejado tan claro el sitio donde quería ponerse a salvo? ¿Y qué es lo que no era seguro? ¿El maquis? Si ese era el caso, debería haber hablado de París y haberse quedado en Lyon, o en cualquier otro lado, para borrar pistas. Su cabeza se aceleraba: ¿había un traidor en el maquis que había provocado la caída de Palo? De todos modos, no Trintier, confiaba plenamente en él.

—¿Quién más sabía que Palo quería ir a París?

Trintier reflexionó un instante.

—Éramos cuatro en el comité de recepción, cuando lo lanzaron. Pero solo Robert sabía lo de París. Fue él quien le llevó a Niza, de hecho.

—Robert... —repitió Claude—. ¿Quiénes eran los otros?

—Aymon y Donnier.

El cura anotó los nombres en un trozo de papel.

Lo acunaba, dulcemente, en el gran salón de la casa de Chelsea. En mitad de la noche, una noche de finales de junio; todo estaba en calma, no había habido bombas desde la tarde. Las ventanas abiertas dejaban entrar la suavidad del verano y el olor de los tilos de la calle. Le parecía que tenía el niño más hermoso del mundo; lo había llamado Philippe.

Desde el nacimiento de su hijo, ya no lloraba, pero sus insomnios no habían cesado. Se pasaba las horas contemplándole, perdida en sus pensamientos. ¿Cómo iba a criarlo, sola? ¿Y cómo crecería sin padre? Dejó que su mente se perdiera un poco. No demasiado. Tenía un hijo, eso era lo más importante; ahora debía ser feliz.

France Doyle bajó desde su cuarto para ver a su hija.

—¿No duermes?

—No tengo sueño.

Por iniciativa de su madre, Laura se había instalado en Chelsea, para descansar. Richard no había dicho nada. Pero era abuelo, era importante ser abuelo.

—Nos has dado un nieto precioso —susurró France.

Laura asintió con la cabeza.

—Palo estaría orgulloso.

Hubo un largo silencio; el niño se despertó un momento y se durmió de nuevo.

—¿Por qué no te marchas al campo? —propuso tímidamente France—. Tú y Philippe estaríais seguros allí.

Desde el Desembarco de Normandía, los cohetes alemanes V1 lanzados desde las costas francesas asediaban Londres; la operación sobre Peenemünde no había podido inutilizar los misiles de crucero. Los cohetes caían tanto de día como de noche; llegaban demasiado rápido como para que la población tuviese tiempo de alcanzar los refugios o las bocas de metro. Todos los días había decenas de civiles muertos en la capital. Pero Laura, resignada, se negaba a partir.

—Debo quedarme en Londres —respondió a su madre—. Hasta hoy no me he escondido, no voy a dejarme amedrentar ahora. Hace mucho que los alemanes no me impresionan.

France no insistió; sin embargo, estaba tan preocupada... Estaba harta de la guerra. Sentada cerca de su hija, veló a Philippe junto a ella.

Ninguna de las dos se había fijado en la silueta que permanecía al volante de un coche, aparcado frente a la casa, desde hacía horas. Estaba allí todas las noches; Stanislas, con su Browning en el cinto, venía a montar guardia. Hacía eso por él mismo, para quedarse tranquilo; nunca se perdonaría haber enviado a sus hijos a la muerte. Quería velar por los vivos. Así que si un cohete V1 destruía la casa, precisamente esa casa, quería morir él también. Era su forma de luchar contra los fantasmas.

En el calor de julio, los combates redoblaron su intensidad. Los Aliados avanzaban, el 9 de julio el ejército británico liberó Caen al cabo de intensos bombardeos, y las tropas franco-americanas tenían previsto desembarcar en agosto en la Provenza, desde el norte de África.

A pesar del entusiasmo de los combatientes, el maquis del Sur pasaba un momento difícil: cada vez echaban más en falta el armamento, y más aún cuando, a medida que los combates se recrudecían, los voluntarios se aprestaban a unirse a las organizaciones de resistencia. También estaban los antagonismos políticos, que a veces se anteponían a la guerra. En ocasiones, franceses libres o comunistas se negaban a seguir las órdenes del SOE, cuando era él el que los había armado: cada uno esperaba las consignas de su propio campo, las FFI querían tener el beneplácito de Argel y los FTP, Francotiradores y Partisanos franceses, el de su partido antes de disparar armas entregadas por los ingleses. Pero como esas mismas redes habían destruido las infraestructuras de comunicación, era difícil pedir o recibir órdenes.

Claude estaba inquieto; los refuerzos que tanto habían solicitado no aparecían. A pesar de su carácter tranquilo, llegaba a tener ataques de ira contra su operador de radio, que no podía hacer nada. Trintier era más sosegado; decía al cura que no se preocupase. Y durante una emboscada, probó con éxito un lanzamisiles antitanques, cuando nunca antes lo había utilizado.

Mientras se ocupaba de las operaciones y de la vida en el maquis, Claude también observaba con atención a los combatientes. ¿Habían entregado a Palo a la Abwehr? ¿Había un traidor entre ellos? ¿Sería Aymon? ¿O Robert? ¿O Donnier? ¿Y los demás? Había llevado a cabo varias localizaciones de depósitos de combustible con Aymon, y Aymon era bastante cerrado; ¿sería esa una razón para sospechar de él? Robert, que vivía en un pueblo cercano al maquis, parecía un buen patriota; formaba parte del equipo que había saboteado el depósito de locomotoras, y más de una vez había transportado combatientes en su camioneta. ¿Bastaba aquello para disipar eventuales sospechas? En cuanto a Donnier, era un explorador con talento, que nunca había fallado. Claude pensó en disculparle inmediatamente, pero toda esa historia del traidor le tenía roído por dentro, y su confianza en los combatientes flaqueaba; era mala señal.

54

Solo en su despacho, bailaba con su mujer de cartón. El reloj dio las doce. De nuevo el paso del tiempo le había sorprendido. Besó la foto, apagó el gramófono y guardó a Katia en un cajón. Se dio prisa en salir del Lutetia: iba a la Rue du Bac. Ahora iba casi todos los días.

Estaban a mediados de julio, hacía un tiempo espléndido; caminaba en mangas de camisa. Recorrió el Boulevard Raspail por la acera de la derecha, como siempre, aunque cuando transitaba por el Boulevard Saint-Germain lo hacía siempre por la acera de la izquierda, la opuesta a donde había arrestado a Marie. Aceleró el ritmo para recuperar el retraso.

—Tiene usted mala cara, Werner —dijo el padre cuando le abrió la puerta antes incluso de haber llamado.

Le había esperado con el ojo en la mirilla. Kunszer entró; el piso olía a asado.

—Las jornadas son largas, señor —dijo el alemán excusándose.

—Hay que dormir. Por la noche hay que dormir. Por cierto, ¿dónde se aloja?

—Tengo una habitación.

—¿Dónde?

—En la Rue de Sèvres.

—Eso no está lejos.

—No.

—¡Entonces no se retrase para la comida, Werner! El asado está demasiado hecho. Los ingleses nunca se retrasan.

Kunszer sonrió: el padre se estaba recuperando. Desde hacía poco, comían incluso los platos que preparaba para su hijo. El asalto normando había alegrado al hombrecillo; se decía que el final de la guerra estaba próximo, su Paul-Émile volvería pronto.

—Palo va muy bien —dijo el padre mientras sentaba a su eterno invitado a la mesa—. He recibido dos nuevas postales. ¿Quiere verlas?

—Por supuesto.

El padre cogió el libro de encima de la chimenea, sacó los dos tesoros y se los tendió.

—¿Cuándo volverá mi hijo? Usted me ha dicho que volverá pronto.

—Es inminente, señor. Cuestión de días.

—¡De días! ¡Qué felicidad! ¡Eso quiere decir que por fin podremos marcharnos!

Kunszer se preguntó que para qué iba a marcharse, si los alemanes iban a dejar pronto París.

—Como mucho dos o tres semanas —rectificó para tener un poco de margen.

Era el tiempo que estimaba necesario para que los Aliados llegaran a París.

—Pensaba que no había tanto que hacer en Ginebra —dijo el padre.

—Es una ciudad altamente estratégica.

—Eso nunca lo he dudado. Hermosa ciudad, Ginebra. ¿Ha estado usted allí, Werner?

—Me temo que no.

—Yo sí. Muchas veces. Una ciudad magnífica. Los paseos al borde del lago, las esculturas de hielo del surtidor en invierno.

Kunszer asintió con la cabeza.

—Pero ¿Paul-Émile no tiene tiempo de pasar a buscarme? Sería cosa de dos días...

—El tiempo es precioso, sobre todo en este momento.

—¡Ah, sí! Ha llegado la hora de la desbandada para los alemanes, ¿verdad?

—No lo dude.

—¿Y es mi hijo el que dirige todo eso?

—Sí. El Desembarco de Normandía fue idea suya.

—¡Ah, magnífico! ¡Mag-ní-fi-co! —exclamó el padre, alegre y vivaracho—. ¡Qué buena idea ha tenido! ¡Es el vivo retrato de su padre! Qué extraño, por un tiempo pensé que en lugar de hacer la guerra, trabajaba en la banca.

—¿En la banca? ¿Dónde?

—¡Pues en Ginebra, claro! Se lo estoy diciendo una y otra vez, Werner, ¿es que no me escucha?

Kunszer escuchaba atentamente pero seguía sin comprender ese tema de la banca en Ginebra, que también había mencionado la portera durante la investigación que llevó a cabo para desenmascarar a Palo.

El padre desapareció en la cocina para ir a buscar el asado. Su maleta seguía lista, con el cepillo de dientes, el salchichón, la pipa y la novela. No la había tocado. Hacía ahora más de un mes que el Desembarco había tenido lugar. Su hijo llegaría de un momento a otro. El tren a Lyon salía a las dos de la tarde, le había dicho.

El grupo de Key colaboraba estrechamente con los SAS, que acababan de ser lanzados en la región junto a unos jeeps. Mientras los americanos avanzaban sobre Rennes, ellos recorrían las carreteras por la noche arrojando un diluvio de fuego sobre las patrullas alemanas que se cruzaban. Key se sentía muy tenso, pero la situación había cambiado. Las organizaciones de resistencia se mostraban poco a poco a cara descubierta; él mismo no se quitaba nunca el uniforme. La guerra secreta prácticamente había terminado, pero debían contentarse con ataques furtivos, con dar miedo, con debilitar. Sobre todo no debían enfrentarse de tú a tú a las unidades alemanas, equipadas con armamento pesado y capaces de acabar con las escuadrillas organizadas de combatientes. En el Vercors, unos franceses libres asediados por divisiones SS habían sido espantosamente masacrados.

Claude, consciente de la situación, intentaba contener las ambiciones de Trintier y sus maquis, que proyectaban llevar a cabo asaltos temerarios cuando las emboscadas debían ser simples y cortas. Él mismo daba prioridad a los sabotajes, y entre ellos los de los ejes de comunicación. Había que aguantar hasta el desembarco aliado en el Sur.

Una mañana, mientras, cubierto de sudor al volver de una inspección, se lavaba, vino a verle Trintier. Había recibido un mensaje de Londres; esa misma mañana tendría lugar un lanzamiento de material. Había ido a recogerlo con algunos de sus hombres. Las fuerzas aéreas británicas y americanas ya no dudaban en lanzar hombres en pleno día.

—¿Qué tal ha ido? —preguntó Claude.

—Muy bien. Hemos recibido el material que habíamos pedido.

—¿Todo?

—Armas, municiones... Absolutamente todo.

—¡Ya era hora!

Trintier sonrió, burlón.

—¿Qué te hace tanta gracia? —preguntó el cura.

—Londres nos ha enviado por fin al instructor para los lanzadores PIAT.

Claude suspiró. Hacía más de dos meses que lo habían pedido; gajes del oficio en Baker Street. Ya habían tenido tiempo de aprender solos.

—¿Y dónde está ese listillo?

Trintier le llevó hasta una barraca donde el recién llegado estaba tomando el sol, con la camisa húmeda pegada a su enorme cuerpo.

—¡Gordo!

Este dio un salto.

—¡Ñoño!

Se precipitaron uno en los brazos del otro.

—Pero ¿qué estás haciendo aquí?

—Estaba en el Norte, por lo del Desembarco, pero ahora los americanos están haciendo un buen trabajo. Así que me han enviado aquí.

—¿Has pasado por Londres? ¿Tienes noticias de los demás?

—No. No he vuelto desde febrero. Lo echo de menos. Me han metido directamente en un avión. Un Datoka... Un trasto de esos de los americanos.

—Un Dakota —corrigió Claude.

—Eso. Da igual. En fin, me metieron dentro y me lanzaron aquí. Sabes, Ño, creo que vamos a ganar esta maldita guerra.

—Eso espero... pero mientras todo el mundo se divierte en el Norte, aquí no nos enteramos de nada.

—No te preocupes. Los americanos se disponen a desembarcar en Provenza. Vengo de refuerzo para dar su merecido a los pequeños boches. Y vengo a hacer de instructor para el lanzagranadas, también estaba en mis órdenes.

Claude se echó a reír, imaginando la catástrofe que podía ocurrir si a Gordo se le ocurría utilizar un PIAT.

—¿Sabes cómo usarlo?

—Pues aprendí, figúrate. ¡Había que estar atento en clase, en lugar de pensar en el Niño Jesús!

—¿Hicimos un curso sobre esos trastos?

Gordo levantó la vista al cielo, fingiendo desesperación.

—¡Claro! ¡Te saltas las clases para dar misa y después estás perdido! Lo vimos en Escocia. Por suerte, ahora, Gordo está contigo.

Y dio una palmada en la cabeza de Claude como si fuera un niño.

Gordo llevaba tres misiones seguidas; estaba cansado. Pensaba a menudo en Inglaterra, en las escuelas del SOE, en sus compañeros, en todo gracias a lo cual se sentía un poco realizado. Gracias a la guerra se había convertido en Gordo, también llamado Alain, y ya no era Alain, *el gordo*. Había sufrido durante los entrenamientos, más que los demás, pero se había encontrado en el seno de una familia; era eso lo que quería conservar. Hasta sus misiones para el SOE no eran más que un medio de permanecer con ellos, pues si no, habría renunciado hacía mucho. Eran todo lo que siempre había soñado; amigos fieles, hermanos. Durante mucho tiempo había creído que solo los perros podían ser fieles, y después llegaron Palo, Laura, Key, Stanislas, Claude y los demás; nunca se lo había dicho a nadie, pero la vida había empezado a parecerle bonita haciendo la guerra. Gracias a ellos, gracias al SOE, se había convertido en alguien. Después del Desembarco, al unirse a la red, en Normandía, había pasado no lejos de Caen, muy cerca de su casa, la casa de sus padres. Había sentido ganas de ir a verlos, de contarles todo lo que había realizado. Se había marchado siendo un gordo inútil, y se había convertido en un guerrero. En los momentos de mayor euforia, llegaba a pensar que no era tan mediocre como algunos habían pensado.

La noche de su llegada al maquis, Gordo partió con Claude, Trintier y un puñado de hombres a realizar un atentado contra un tren de transporte de tropas. Como anochecía tarde, se pusieron en marcha en pleno día y eligieron un lugar bien seguro entre los árboles para instalar las cargas a lo largo de los raíles. Trintier se encargó de desplegar el cable del detonador hasta una colina cercana, tras la que estaría a cubierto; sería él quien desencadenaría la explosión. Enfrente, un explorador con su corneta. Dispersos en torno al lugar de la operación, dos grupos de tiradores para cubrir; uno de ellos estaba formado por Gordo, Claude y un joven recluta atemorizado, todos armados de Sten y de Marlin.

—¿No te pesa demasiado la ametralladora? —susurró Gordo al chico, para relajarle con la conversación.

—No, señor.

—¿Cómo te llamas?

—Guiñol. No es mi verdadero nombre, pero así es como me llaman, de burla.

—No es burla —corrigió Gordo con tono docto—, es un nombre de guerra. Es importante tener nombre de guerra. ¿Sabes cómo me llamo yo? Gordo.

El chico no dijo palabra. Escuchaba atentamente.

—Pues bien, no es por burla tampoco —prosiguió Gordo—, es una particularidad, porque tuve una enfermedad que me dejó así, no puedes saberlo, no estabas en Wanborough Manor con nosotros pero, en todo caso, se convirtió en mi nombre de guerra.

En medio de aquella penumbra que los estaba envolviendo, Claude dio un golpe de reprimenda a Gordo, que acababa de divulgar por despiste uno de los lugares de entrenamiento de alto secreto del SOE. Pero el chico no se había enterado de nada.

—¿Quieres chocolate, soldadito? —propuso entonces el gigante, para cambiar de tema.

El chico asintió con la cabeza. Se sentía más tranquilo con la presencia de ese imponente agente británico. Un día lo contaría. Esperaba que le creyesen: sí, había combatido al lado de un agente inglés.

—¿Tú también quieres chocolate, Ñoño?

—No, gracias.

Gordo rebuscó en su bolsillo. Sacó una barra de chocolate que dividió en dos trozos; la luz había menguado poco a poco y, en aquel instante, en los matorrales donde se ocultaban, estaba demasiado oscuro para ver con claridad.

—Ten, compañero, esto te dará coraje.

Gordo tendió un trozo de chocolate al chico, que se lo metió en la boca con ganas, agradecido.

—Está bueno, ¿eh?

—Sí —dijo el joven combatiente, al que le costaba mascar.

Claude se reía en silencio: era plástico.

Pronto escucharon una corneta, y después el tren acercándose. Y a su paso entre los árboles, se desencadenó una formidable explosión.

55.

Julio tocaba a su fin. Aprovecharon una tarde de descanso para dar un paseo por Hyde Park, sin miedo pese a los V1 que minaban la moral de los londinenses. Abriendo la marcha, Laura empujaba el cochecito de Philippe; a varios pasos de distancia, Doff y Stanislas conversaban. Avanzaban despacio para que la joven no los oyera; hablaban de la guerra, como siempre. Laura todavía no había vuelto a su trabajo en Baker Street y los dos hombres estaban convencidos de que, si no los escuchaba, permanecería al margen de las batallas en Francia, de las pérdidas aliadas y de los cohetes V1 que amenazaban la ciudad. No tenían en cuenta ni los periódicos, ni la radio, ni las sirenas, ni las conversaciones en los cafés; se imaginaban, ingenuos, que si susurraban a sus espaldas, Laura estaría a salvo de la furia del mundo.

Estaba resplandeciente bajo el sol, vestida con una falda blanca de tenis que le sentaba de maravilla; los volantes bailaban a medida que caminaba, elegante. Sabía todo sobre el curso de la guerra, y pensaba en ella sin cesar. Pensaba en Gordo, en Key, en Claude. También en Faron, todos los días, y recordaba su fuga del piso franco. Y en Palo, cada segundo, estaba condenada a pensar en él el resto de su vida. También se acordaba del padre, en París; cuando la guerra hubiese terminado iría a París, a enseñarle a su nieto. Al igual que a ella, Philippe le consolaría de la abominable tristeza. Le pediría al padre que le hablase de Palo, durante días enteros, para continuar reviviéndolo. Estaba harta de ser la única que lo mantenía con vida; los demás no hablaban nunca de él, para no darle pena. También quería que Philippe, un día, conociese la historia de su padre.

Los tres paseantes seguían un camino que bordeaba los estanques; el parque parecía desierto. La población estaba aterrorizada por las bombas volantes que se abatían desde mediados de junio sobre Londres y el sur de Inglaterra; los V1, *die Vergeltungs Waffen* —las armas de la venganza—, eran una de las últimas esperanzas de Hitler para recuperar el control de la contienda. Se disparaban desde rampas desplegadas a lo largo de las costas de la Mancha. Rápidos, silenciosos, caían a cualquier hora del día y de la noche, hasta doscientos cincuenta diarios, y a veces casi cien solo en la ciudad de Londres; los muertos se contaban ya por miles, y los niños eran evacuados al campo, fuera del alcance de los misiles. Un escuadrón de Spitfire atravesó el cielo con estruendo; Laura no prestó atención, pero Stanislas y Doff siguieron a los aviones con la mirada, inquietos.

El servicio de información británico no conseguía localizar el emplazamiento de las rampas de los V1, y el ejército solo podía detectar los cohetes cuando ya habían sido lanzados por encima de la Mancha. La defensa antiaérea lograba abatir algunos, pero la RAF parecía impotente frente a esos ataques, bien diferentes a las hordas de bombarderos del Blitz. Los cazas podían disparar sobre los cohetes en pleno vuelo, pero la explosión desestabilizaba peligrosamente a los aviones de combate. Ya habían perdido varios de esa forma. Existía sin embargo un método, espectacular y peligroso, para evitar que los misiles cayesen en zonas habitadas: algunos pilotos de Spitfire conseguían desviar su trayectoria deslizando su ala bajo uno de los alerones de la bomba.

Laura se separó del camino para enseñar a Philippe los patos de un estanque; miró, divertida, a Doff y a Stanislas, que habían interrumpido su conversación. Sabía muy bien que estaban hablando de Overlord. Dio gracias al Cielo por haber puesto a esos dos hombres en su vida y en la de Philippe. Sin ellos, no sabía qué habría sido de ella.

Stanislas observó las tranquilas ondas. El avance de los Aliados en Francia era imparable, pero aunque las operaciones militares conducirían con seguridad a la victoria, no lograrían borrar los antagonismos entre Aliados y franceses. Las relaciones eran tensas. Los franceses libres habían sido apartados de los preparativos de Overlord, y De Gaulle solo había tenido noticia de la fecha del Desembarco en el último momento. Al mismo tiempo, había entendido que aquello no era ninguna garantía para que Francia pudiera recuperar el control sobre su territorio tras la liberación, y había sufrido un ataque de cólera contra Churchill y Eisenhower, negándose incluso, durante la puesta en marcha de Overlord, el 6 de junio, a pronunciar su llamada a la unión de todas las fuerzas de la Resistencia por la radio. Finalmente, se resignó a hacerlo más tarde, por la noche. Ahora el problema era la suerte de los agentes de la Sección F del SOE después de la guerra. La sección SOE/SO estaba inmersa en ásperas negociaciones con la Francia libre sobre el estatus que debía concederse, tras la liberación, a los franceses que habían combatido en las filas del SOE; la cuestión había surgido antes del Desembarco y llevaba meses en suspenso. Para gran desesperación de Stanislas, las discusiones no habían conducido a nada por el momento. Algunos pretendían incluso considerar a los agentes franceses del SOE como traidores a la nación por haber colaborado con una potencia extranjera.

Laura tomó a su hijo en brazos. Con su mano libre, agarró un puñado de tierra y lo lanzó al agua; los patos, que pensaron que era comida, se abalanzaron. Laura rio. Y los dos hombres a su espalda sonrieron.

Fueron a sentarse en un banco para continuar su conversación.

—He hecho lo que me pediste —dijo Doff.

Stanislas aprobó con la cabeza.

—El contraespionaje que espía —continuó enfadado—, quieres que me cuelguen, ¿verdad?

Stanislas esbozó una sonrisa.

—No has hecho más que consultar un informe. ¿Quién está investigando?

—Por el momento, nadie. El informe está pendiente. Con Overlord hay otras prioridades.

—¿Y qué has descubierto? —preguntó Stanislas, nervioso.

—No mucho. Creo que van a archivar el asunto. Fueron detenidos, como decenas de agentes. O cometieron un error, o los denunciaron.

—Pero ¿quién les habría entregado?

—Lo ignoro. No tiene por qué ser a la fuerza un cabrón: quizás un resistente detenido y torturado. Ya sabes lo que les hacen...

—Lo sé. ¿Y un topo en el Servicio?

—Para ser sincero, no tengo ni idea. Aparentemente nadie conocía la existencia del piso de Faron. Y por eso veo muy difícil que un topo...

—¡Ni siquiera conocemos todos los escondites de los agentes en Baker Street!

—¿Lo lanzaron solo?

—Sí, un pianista debía unirse a él más tarde.

—Es cierto. Pero, según Laura, Faron había dicho que era oficialmente un piso franco. La Sección F debería haber estado al tanto.

—¿Qué más?

—Palo estaba en París. No se le había perdido nada allí, lo habían lanzado en el Sur. ¿Qué diablos estaba haciendo entonces? No era su estilo desobedecer las órdenes...

Stanislas asintió.

—Debía de tener una buena razón para ir a París, pero ¿cuál?... ¿El informe menciona los interrogatorios a Laura?

—Sí. Por lo visto Faron había preparado un atentado contra el Lutetia —dijo Doff.

—¿El Lutetia?

—Como lo oyes. Le había mostrado unos planos a Laura. ¿Estaba previsto algún atentado?

—No, que yo sepa...

—Según la orden de misión, Faron estaba en París para preparar blancos de bombardeos.

—¿Quizás un bombardeo del Lutetia? —sugirió Stanislas.

—No. Preparaba un atentado con explosivos.

—Demonios.

—¿Qué crees que significa eso? —preguntó Doff.

—No tengo ni idea.

—En cuanto pueda, iré a París a investigar. ¿El padre de Palo está al corriente de que su hijo...?

—No, no creo. Su padre... Sabes, durante la formación, hablaba de él a menudo. Era un buen hijo ese Palo.

Doff asintió y bajó la cabeza, triste.

—En cuanto se le pueda avisar, se hará —declaró.

—Habrá que hacerlo bien.

—Sí.

No habían visto a Laura acercarse a ellos, con Philippe todavía en sus brazos.

—Habláis de Palo, ¿verdad?

—Decíamos que su padre no estaba enterado de su muerte —explicó con tristeza Stanislas.

Ella los miró con ternura y se sentó entre los dos.

—Entonces, habrá que ir a París —dijo.

Los dos agentes asintieron y ambos le pasaron el brazo por la espalda, en señal de protección. Después, sin que se diese cuenta, se miraron el uno al otro; lo habían hablado varias veces en secreto en Baker Street. Querían comprender qué había pasado en París, aquel día de octubre.

Sentado en su mesa, Kunszer miraba fijamente el teléfono, espantado por la noticia: Canaris, el jefe de la Abwehr, había sido arrestado por el contraespionaje del Sicherheitsdienst. Desde el atentado contra Hitler, ocho días antes, todos los altos oficiales alemanes estaban bajo vigilancia; alguien había tratado de eliminar al Führer poniendo una bomba en una sala de reuniones del Wolfsschanze, la Guarida del Lobo, su cuartel general cerca de Rastenburg. La represión en el seno del ejército era terrible, las sospechas pesaban sobre todo el mundo, el contraespionaje había pinchado los teléfonos. Y Canaris había sido arrestado. ¿Formaba parte de los conspiradores? ¿Qué sería de la Abwehr?

Tenía miedo. Aunque no había participado en la conspiración, aunque no se había movido, precisamente por esa razón tenía miedo: llevaba meses sin hacer nada para la Abwehr; si alguien se fijaba en él, considerarían su inactividad como una traición. Pero si permanecía inerte, era porque hacía mucho tiempo que no creía en la victoria alemana. Y mientras tanto, los Aliados avanzaban. En pocas semanas estarían a las puertas de París. La orgullosa Alemania se marcharía pronto de allí, lo sabía. Los ejércitos se replegarían, y el Reich lo perdería todo: a sus hijos y su honor.

Tenía miedo. Miedo de que viniesen a arrestarle por alta traición a él también. Pero él nunca había sido un traidor. A lo sumo había tenido sus propias opiniones. Si solo fuese por él, se quedaría apostado en su despacho del Lutetia, con su Luger en la mano, dispuesto a abatir a los SS que quisieran tomarlo al asalto, dispuesto a levantarse la tapa de los sesos cuando los británicos a los que tanto había combatido entraran con sus tanques en París. Pero estaba el padre; uno no abandona a su padre. Si aún salía, era por él.

56.

Los ejércitos alemanes no podían hacer nada contra el inexorable avance aliado, con el fuerte respaldo de la Resistencia. En los primeros días de agosto, los americanos habían tomado Rennes; a finales de la primera semana, la Bretaña entera había sido liberada. Después, los blindados de la US Army entraron en Le Mans y, el 10 de agosto, en Chartres.

Key y su grupo, que habían terminado en el Norte, ahora liberado, fueron desplegados con una unidad de SAS en la región de Marsella, en previsión del desembarco en Provenza.

En el maquis, Claude proseguía su investigación para localizar al chivato que había entregado a Palo a los alemanes. Aunque si a Palo le había traicionado alguien del maquis, ¿cómo había conseguido la Abwehr seguir la pista hasta el piso de Faron? ¿Le vigilaban? El que había entregado a Palo había sido quizás indirectamente responsable de la captura de Faron. Debía encontrar al culpable. De las cuatro personas que habían recibido a Palo al llegar, Claude no tenía duda alguna sobre Trintier, y sus investigaciones habían puesto a Donnier fuera de sospecha. Quedaban Aymon y Robert. Después de haberle dado muchas vueltas, este último le parecía el principal sospechoso, porque nada lo disculpaba completamente: Robert estaba encargado del enlace entre el maquis y el exterior, vivía en un pueblo cercano y se ocupaba sobre todo de conseguir víveres para los combatientes; habría podido tratar con los alemanes sin despertar sospechas. Claude había observado mucho el comportamiento de Robert y Aymon; los dos eran bravos resistentes y fieros patriotas. Pero eso ya no quería decir nada.

El 15 de agosto se puso en marcha la Operación Dragoon; las fuerzas americanas y francesas desembarcaron en Provenza desde África del Norte. La Resistencia, alertada la víspera por un mensaje de la BBC, participó en los combates.

Numerosos voluntarios se unieron al maquis para tomar las armas. Los alemanes oponían poca resistencia. En los pueblos, mezclándose con los uniformes de los soldados franceses y americanos, combatientes de todo signo y facción exhibían sus insignias y sus armas, para demostrar su orgullo de participar en la liberación. Ese entusiasmo popular produjo las primeras tensiones entre Claude y Trintier: Claude desconfiaba de la avalancha de combatientes de última hora, quería que Trintier lo evitase. Los recién llegados no estaban formados, no había suficiente material y, sobre todo, sospechaba que los colaboracionistas, al ver que cambiaba el viento, se mezclarían con los maquis. Francia debía juzgarlos.

—¡Es hermoso tener tantos franceses voluntarios! —protestaba Trintier—. Quieren defender a su país.

—¡Hace cuatro años que podrían haberlo hecho!

—No todo el mundo tiene madera de héroe de guerra...

—¡No es esa la cuestión! Vamos a meter gente que no sabe nada de combatir. Tu responsabilidad es también que tus hombres sobrevivan.

—¿Y yo qué les digo a aquellos que no queremos?

—Envíalos a los hospitales, donde serán más útiles que aquí. O a las FFI... siempre necesitan gente.

Tras una jornada particularmente espantosa y la enésima discusión con Trintier, Claude subió a una pequeña colina para estar solo. Estaba de muy mal humor. Acababa de hacer inventario de víveres y material, y faltaban herramientas y comida de la última entrega de la RAF. Sospechaba de Robert, más que nunca; solo él podía llevarse provisiones del maquis. Si era él, ¿qué debía hacer? Estaba nervioso, molesto. Un poco después, Gordo subió a su encuentro. Hacía mucho calor, y le llevaba una botella de agua. Claude le dio las gracias.

—Está muy fresca —dijo bebiendo un trago.

—La he puesto en el arroyo... Me gusta esta colina. Me recuerda a la escuela.

—¿Qué escuela?

—Wanborough Manor, la colina donde íbamos a fumar.

—Tú no fumabas.

—Quizás, pero jugaba con los ratones de campo. No me gusta mucho fumar, me da tos... Sabes, Ñoño, me gustaron mucho las escuelas.

—¡Qué dices! Era horriblemente duro.

—En aquel momento no me hacía ninguna gracia. Pero ahora que lo pienso, no estaba tan mal. Nos levantábamos pronto, pero estábamos todos juntos...

Hubo un silencio. Gordo necesitaba charlar un rato en confianza, pero sentía que Claude estaba cabreado. Y eso que le había dado su botella de agua, la que conservaba bien fresquita, bajo una piedra del arroyo.

—¿Sigues enfadado con Trintier? —preguntó Gordo para apaciguar a su amigo.

—Sí.

—¿Por qué?

—Porque quiere meter a todo el mundo en su puñetero maquis, y no me gusta.

—Es cierto, no tenemos muchas municiones...

—Bah, ese no es el problema, podemos conseguirlas ahora que los americanos están aquí. Pero a mí no me gusta que los colaboracionistas se unan al maquis para hacerse absolver: los colaboracionistas tienen que pagar por lo que han hecho.

—¿Qué es adsolver?

—Absolver. Es cuando Dios te perdona.

—¿Y Dios los perdonará? Dios debe perdonar a todo el mundo, ¿no?

—Quizás Dios los perdone. Pero los Hombres, ¡nunca!

Permanecieron sentados un buen rato.

—Ñoño.

—Sí.

—¿Crees que Laura ya ha tenido a su Palito?

—Estamos en agosto... Sí, sin duda.

—Me gustaría verle.

—A mí también.

Silencio.

—Ñoño.

—Qué pasa ahora.

Claude estaba nervioso, se sentía mal, quería que Gordo le dejase tranquilo.

—Estoy cansado —dijo Gordo.

—Yo también. Ha sido un día muy largo. Ve a descansar un poco, iré a buscarte para cenar.

—No, no es eso... Estoy cansado de la guerra.

Claude no respondió nada.

—¿Has matado, Ñoño?

—Sí.

—Yo también. Creo que tendremos remordimientos toda la vida.

—Hemos hecho lo que debíamos hacer, Gordo.

—Ya no quiero matar más...

—Ve a descansar. Iré a buscarte más tarde.

Sonaba seco, desagradable. Gordo se levantó y se fue, triste. ¿Por qué su pequeño Claude no quería charlar un poco con él? Estos últimos tiempos se sentía solo. Fue a tumbarse bajo un pino centenario. Le pareció percibir a lo lejos el ruido de combates. Poco antes de la puesta en marcha de Dragoon, los Aliados habían interceptado un mensaje de Hitler en el que ordenaba a sus tropas abandonar el sur de Francia y replegarse hacia Alemania. Los servicios de información se las habían arreglado para que la consigna no llegase nunca a las guarniciones de Provenza; sorprendidas por el Desembarco, las unidades americanas y francesas las estaban aplastando. La dominación del Reich sobre Francia se derrumbaba; y en ese mismo momento, en París, crecía la insurrección.

57

En la oscuridad, encerrado en su despacho del Lutetia con las cortinas echadas, contemplaba fijamente el retrato de su Katia. Era 19 de agosto, los americanos estaban a las puertas de la ciudad y los carros del general Leclerc no tardarían en entrar.

El Lutetia se hallaba desierto; todos los agentes de la Abwehr habían huido. Solo algunos fantasmas, errando en uniforme, aprovechaban los últimos lujos del hotel. Champán, caviar... Ya que perdían la guerra, lo harían a lo grande. Por la ventana, asomando la cabeza entre las cortinas, Kunszer escrutó el bulevar. Sabía que había llegado el momento de marcharse. Quedarse significaba morir. Estaba anocheciendo. Pronto haría un año que le habían arrebatado a su Katia. Cogió su pequeña maleta de cuero y puso dentro su Biblia y su venerada foto. Repitió cada gesto varias veces para retrasar su partida. El resto no tenía mayor importancia.

Hizo una última peregrinación a la puerta de la suite 109, la de Canaris cuando venía a París. Descendió a pie hasta la planta baja. La centralita, la sala de estar, el restaurante y la mayoría de las habitaciones estaban vacías; pronto caería Alemania. Tanto para nada. Nada tenía sentido, ni él, ni nadie, ni los Hombres, ni nada. Salvo quizás los árboles.

Pidió un último café y lo bebió lentamente, para retrasar el fatal desenlace. Cuando atravesara la puerta del hotel, con su maleta, perdería toda esperanza. Lo habría perdido todo, se batiría en retirada, le darían el *Vae victis,* Alemania estaría vencida. Su Katia habría muerto en los bombardeos aliados; su Biblia no serviría más que para rezar por los muertos; y su foto no sería más que la señal del duelo.

Al tragar el último sorbo, le pareció que los pájaros no volverían a cantar jamás. Después salió del Lutetia. Saludó educadamente al portero:

—Adiós, señor.

El portero no le devolvió el saludo; estrechar la mano de un oficial alemán en aquel momento era exponerse a que lo fusilaran al día siguiente.

—Siento todo este desbarajuste —añadió Kunszer—. No era lo previsto, ¿sabe? O quizás sí. Ya no lo sé. Ahora volverán ustedes a ser un pueblo libre, debería desearle buena suerte en su nueva vida... Pero la vida, señor, la vida es sin duda la mayor catástrofe que se haya concebido.

Y se fue. Por última vez, se dirigió a la Rue du Bac. Subió al primer piso, llamó a la puerta. Había llegado la temida hora del adiós.

En el piso, el padre estaba muy excitado.

—¿Es cierto lo que dicen? ¿Los alemanes se baten en retirada? ¿París será pronto liberado?

No había visto la maleta que Kunszer sostenía en la mano.

—Sí, señor. Pronto los alemanes no serán nada.

—¡Entonces han ganado ustedes la guerra! —exclamó el padre.

—Sin duda. Y si no la hemos ganado, al menos los alemanes la han perdido.

—No parece usted contento.

—Se equivoca.

Kunszer no se atrevió a decir que no volvería más; el padre parecía tan feliz...

—¿Y mi Paul-Émile, entonces? ¿Volverá?

—Pronto, sí.

—¿Mañana?

—Algo más tarde.

—Entonces, ¿cuándo?

—Todavía hay guerra en el Pacífico...

—¿Y también la dirigen desde Ginebra? —interrogó el padre, incrédulo.

—Todo pasa por Ginebra, señor.

—¡Qué ciudad!

Kunszer, emocionado, miró al padre que no volvería a ver más. No encontraba ni las palabras ni el valor para anunciarle su partida.

—Señor, ¿puede enseñarme las últimas postales de Paul-Émile?

—¿Las postales? Las postales. ¡Pues claro!

El rostro del padre se iluminó. Se dirigió hasta la chimenea, cogió el libro, contó las postales y las contempló largamente, embobado.

—¡Ah, Ginebra! ¡Ah, mi hijo! Pensar que dirige esta guerra, qué locura. Estoy tan orgulloso de él, sabe. Mi único pesar es que su madre no esté aquí para verlo... De hecho, ¿a qué grado ha ascendido para asumir todas esas responsabilidades? Por lo menos coronel, ¿no? ¡Coronel! Uf... Qué locura ser coronel tan joven. ¡Qué futuro ante él! Sabe, después de esto, podría optar a la presidencia, ¿qué piensa usted? No inmediatamente, claro, pero más tarde. ¿Por qué no? Coronel. Es coronel, ¿verdad? ¿Eh?

El padre se volvió hacia su interlocutor, pero no había nadie.

—¿Werner? ¿Dónde está, amigo mío?

No hubo respuesta.

—¿Werner?

Dio algunos pasos hasta el pasillo, la puerta de entrada estaba abierta.

—¿Werner? —volvió a llamar el padre.

No hubo más que silencio.

En la calle, una silueta corría por el bulevar rumbo a la estación de Lyon, una silueta con una maleta. Kunszer huía. Ya no era alemán, ya no era Hombre, ya no era nada. Canaris, su héroe, había tenido la sangre fría, unos meses antes, de poner a su familia a salvo, fuera de Alemania. Él no tenía a nadie a quien poner a salvo, no tenía a Katia, y no tenía hijos. Al final, le alegraba no haber tenido hijos; se hubiesen avergonzado tanto de su padre...

Por el bulevar, Kunszer corría. No lo verían más. En unos días los Aliados liberarían París. Los bombardeos y la destrucción de la ciudad que Palo temía no tendrían lugar nunca.

58.

Finales de agosto, en la Marsella liberada. Gordo y Claude paseaban por el puerto, con el brazalete tricolor en el brazo y el arma en la cintura.

—¡Respira el olor del mar! —exclamaba Gordo.

Claude sonreía.

Su trabajo allí había terminado. Iban a volver a Londres.

—Entonces, ¿lo del SOE se acabó? —preguntó Gordo.

—Ni idea. Mientras la guerra no haya terminado, el SOE no ha terminado.

Gordo balanceó la cabeza.

—¿Y nosotros?

—Tampoco sé nada, Gordo.

—Tengo ganas de volver a ver a Laura, ¡tengo ganas de ver al bebé! Espero que sea un niño, como Palo. Oye, Ñoño...

—Dime...

—Aunque la guerra se termine, ¿te importaría seguir llamándome Gordo?

—Si quieres...

—Prométemelo, es importante.

—Entonces, te lo prometo.

Gordo suspiró de alivio y se puso a correr como un niño. Nunca en su vida había tenido una sensación como aquella; había resistido la formación del SOE, y después había sobrevivido a sus misiones y a un interrogatorio de la Gestapo. Había sobrevivido a los golpes, al miedo, a la angustia de la clandestinidad; había sido testigo de lo que se habían hecho unos seres humanos a otros, y también había sobrevivido. Aquello había sido sin duda lo más difícil: sobrevivir al desastre de la humanidad, no renunciar y mantenerse firme. Los golpes no son más que golpes; hacen daño, un poco, mucho, y después el dolor cesa. Lo mismo con la muerte; la muerte no es más que la muerte. Pero vivir como un Hombre entre los hombres era un desafío diario. Y esa poderosa sensación de bienestar que sentía entonces Gordo era orgullo.

—Somos buenos hombres, ¿verdad, Ñoño? —gritó el gigante.

—Sí.

Después el cura murmuró otra vez: «Somos Hombres». Y, lleno de melancolía, sonrió a su amigo. ¿Cómo Gordo, después de todo lo que había hecho, podía dudar todavía de que lo era? Se sentó en un banco, y contempló cómo el gigante lanzaba piedrecitas a las gaviotas. De pronto sintió una pesada mano sobre el hombro, y se volvió con rapidez: tras él apareció un hombre en uniforme oscuro. Key.

—¡Hostias! —soltó Claude.

—¿Ahora dices *hostias*? —sonrió Key—. Va a resultar que la guerra te ha sentado bien.

Claude se levantó de un salto y los dos se abrazaron con fuerza.

—Pero ¿qué haces aquí? ¡Y de uniforme! ¡Menuda clase!

Key apuntó con el dedo a una terraza donde había unos soldados sentados.

—Estoy con los chicos de las tropas interaliadas, caídos del cielo para dar una patada en el culo a los últimos alemanes. Nos lanzaron en la región justo antes del Desembarco...

Key no pudo terminar su frase porque una masa inmensa llegó en tromba y se abalanzó sobre él, abrazándole con una alegría tremenda.

—¡Key! ¡Key!

—¡Gordo!

Gordo contempló a su amigo mientras le agarraba firmemente los hombros.

—¡Llevas uniforme, Kiki! ¡Te queda de cine!

—Gracias, Gordo. Si quieres uno, tenemos un montón. Figúrate que nosotros, los del SOE, con nuestros lanzamientos de contenedores, no somos nada al lado de estos: a los SAS, amigo mío, ¡les lanzan vehículos!

—¡Coches! ¿Has oído eso, Ñoño? ¡Coches!

Se rieron, locos de alegría, y caminaron un buen rato por el espigón, hablando sin cesar. ¿Quién había vuelto a Londres desde febrero? Nadie. ¿Y Laura? ¿Y el niño? No sabían nada. Estaban deseando volver, deseando reencontrarse con todos los que habían echado de menos, y se hicieron mutuamente todas las preguntas que les quemaban en los labios. Pasaron la tarde juntos y, al final de la jornada, decidieron no separarse. Key dejó a sus compañeros y acompañó a Gordo y Claude hasta el maquis para pasar la velada. El maquis estaba soberbio, en la dulzura de un atardecer de verano, rebosante de olor a pino, a salvo del mundo, con el canto de las cigarras y los grillos como único ruido de fondo.

—No está mal esto —dijo Key.

—¡Es nuestro pequeño paraíso! —declaró Gordo, muy orgulloso de impresionarle.

Claude dirigió la visita de Key a las instalaciones de los maquis y le presentó a Trintier; el Sur había sido liberado y numerosos combatientes se habían marchado, pero Trintier, fiel, continuaba patrullando con sus hombres, velando por la población y buscando a los últimos colaboracionistas.

Cuando pasaron cerca del arroyo, Gordo metió las manos en el agua y sacó su cantimplora.

—¿Quieres probar mi agua, Kiki? Agua bien fresquita, lleva todo el día en el arroyo. La mejor agua de Francia.

Key bebió ceremoniosamente algunos tragos. Después hicieron un fuego y montaron una pequeña fiesta. Al ponerse el sol, vaciaron varias latas de conserva en las escudillas y comieron felices. Hablaron y volvieron a hablar. Claude encontró algo de alcohol y brindaron. Por la liberación de Francia, por su regreso a Londres, por el final de la guerra que esperaban próximo y por la nueva vida que podría comenzar. Más tarde, Gordo se durmió cerca del fuego, roncando tan tranquilo. Se sentía bien a salvo ahora que Key se encontraba allí; esa noche estaba seguro de no tener pesadillas. Claude le cubrió con una manta.

—¿Qué vamos a hacer con él ahora? —murmuró—. *Nuestro pequeño paraíso,* como él dice...

Key sonrió.

—Bah. Ya le cuidaremos...

Claude contempló al durmiente.

—Key, tengo que decirte algo...

—¿Qué?

—Palo... pasó por este maquis antes de ir a París.

—¿Y?

—Llegó aquí, decía que se sentía en peligro. Dijo que quería ir a París... Y después, lo capturaron...

—¿Crees que hay un traidor?

—Sí.

—¿Quién?

—Tenía varias pistas, pero la más seria en mi opinión es un tipo que se llama Robert, un resistente del maquis. Formaba parte del comité de recepción a la llegada de Palo, fue él quien le llevó a la estación de Niza. Sabía lo de París. Y creo que hace cosas raras con los suministros aéreos. No me extrañaría que traficase con los boches.

—Son acusaciones graves... Debemos estar seguros.

—Lo sé.

—¿Cuál es tu otra pista?

—Aymon, otro maquis.

Key adoptó una expresión pensativa.

—Dejemos que pase la noche para reflexionar —propuso.

Los tres hombres pasaron la noche juntos, cerca del fuego. Al día siguiente, Claude y Key decidieron profundizar en la investigación; se libraron de Gordo confiándole una tarea tan larga como inútil, y después fueron a ver a

Aymon. Key le interrogó durante casi una hora, sentados frente a frente, mirándole a los ojos; impresionaba mucho con su uniforme.

—No ha sido él —dijo a Claude cuando terminó—. Es un tipo legal, sin duda.

—Yo pensaba igual.

—Pasemos al otro, ese Robert. ¿Dónde podemos encontrarlo?

—No vive aquí, sino en un pueblo cercano.

—Vayamos a interrogarle.

—¿Y si tampoco ha sido él?

—Entonces seguiremos buscando. Los traidores no deben quedar impunes.

El cura asintió.

Se pusieron en marcha. El pueblo se encontraba aproximadamente a una hora a pie del maquis. Al llegar, los dos hombres iban llamando la atención, con sus pistolas, el brazalete y el uniforme. Localizaron la casa poco después de la salida del pueblo. Había una pequeña construcción de piedra y madera que tenía adosado un taller mecánico y, no lejos de allí, un grupo de tres viviendas. Llamaron a la puerta; abrió un niño de unos diez años.

—Buenos días, hijo. ¿Está tu padre? —preguntó Claude.

—No, señor.

—¿Está en su garaje?

—No, señor.

—¿Estás solo?

—Sí, señor.

—Y tu padre ¿cuándo vuelve?

—Más tarde, señor. ¿Quieren entrar?

—No, hijo. Volveremos. Gracias.

Claude y Key se alejaron unos pasos. Empezaba a hacer calor. Key apuntó al taller con el dedo.

—¿Es mecánico el tal Robert?

—Algo así.

Se acercaron al taller y miraron a través de los cristales cubiertos de polvo. El lugar estaba desierto.

—Vamos a echar un vistazo —propuso Key.

—¿Para qué?

—Para echar un vistazo.

Key miró a su alrededor; no había nadie. Y el garaje, algo apartado del camino, estaba fuera de la vista. Hizo saltar la cerradura de una patada. Lo habían aprendido en Beaulieu: las cerraduras no se abren con unas pinzas o una horquilla. Simplemente se rompen.

El interior era un amasijo de chapas. Abrieron algunas cajas y levantaron aquí y allá trapos llenos de grasa. Nada. De pronto, Claude llamó a Key y le señaló unos alicates.

—Esto es material de Londres.

Key, con gesto serio, asintió. Entonces registraron el lugar meticulosamente; y encontraron herramientas y raciones de comida. Allí estaba el material del SOE que faltaba de las reservas del maquis.

El día llegaba a su fin. Esperaron durante horas, escondidos en la espesura. La mujer de Robert había llegado a mediodía, con otro niño, de unos cinco o seis años. Pero Robert no aparecía.

—¿Crees que se ha enterado de que estamos aquí? —preguntó Claude—. Quizás en el pueblo le hayan dicho que habían llegado agentes de uniforme y haya tenido miedo.

Key maldijo.

—Me jodería que hubiera huido a Berlín con una columna de boches.

Siguieron esperando; sus piernas empezaron a entumecerse y a sufrir calambres pero aguantaron, en nombre de Palo y de Faron, a quienes Robert, ese infame traidor, había entregado. Y llegó el crepúsculo; la hora de cenar había pasado, pero un exquisito olor a comida procedente de la casa perfumaba todavía la atmósfera. Llegó una camioneta y aparcó delante del taller.

—Es él —murmuró Claude.

Una silueta bajó del vehículo. Robert era un hombrecillo de apariencia simpática, fuerte y con una calva incipiente; no debía de tener más de cuarenta años. Silbó una tonada alegre, se bajó las mangas y alisó la tela arrugada con las manos. Después, cuando se disponía a entrar en la casa, dos hombres surgieron a su espalda y le empujaron al interior. Se encontró en el suelo sin poder reaccionar. Al girar la cabeza vio, en el marco de la puerta, a Claude, agente del maquis, y a otro joven, ancho de hombros y vestido de uniforme.

—¿Claude? ¿Qué pasa? —preguntó, algo asustado.

—¿Qué has hecho, Robert? ¡Dime que tienes una explicación razonable!

—Pero ¿de qué estás hablando?

Key le asestó una patada en el vientre y el hombre gimió de dolor; apareció su mujer, seguida por sus dos hijos.

—¿Quiénes son ustedes? —gritó, atemorizada, la voz ahogada en sollozos.

Los dos intrusos la miraron con dureza.

—Váyase, señora —dijo Key con voz tempestuosa.

—¡Váyase usted, por Dios! —respondió ella.

Key la agarró del brazo y se lo torció.

—¡Lárguese antes de que diga a las FFI que le corten el pelo al cero!

Los niños estaban aterrorizados, la mujer los llevó fuera de la casa; para salir, tuvieron que pasar por encima de su padre, que temblaba de terror. En cuanto se marcharon, Claude cerró la puerta; tenía el rostro descompuesto por el odio y, de repente, asestó una horrible patada en la espalda de Robert, que gritó.

—¿Por qué lo hiciste? —preguntó Claude—. Por amor de Dios, ¿por qué?

—¡Porque era necesario! —gritó Robert—. ¡Por culpa de la guerra!

—¿Porque era necesario? —repitió Claude, atónito.

Le dio una manta de golpes. Todo su cuerpo estaba invadido por la rabia; no consideraba Hombres a aquellos que habían matado a otros hombres. Su corazón rebosaba de odio. Key empezó a golpearle también; Robert se había hecho un ovillo para protegerse.

—¡Lo siento! —gritaba—. ¡Lo siento!

Golpeaban con todas sus fuerzas.

—¿Lo sientes? ¿Lo sientes? —gritó Key—. ¡Ya es tarde para sentirlo!

Key lo levantó agarrándolo por la camisa, que se desgarró en parte, y le golpeó en el vientre. Como el hombre se doblaba en dos, Key ordenó a Claude que lo sostuviera. Este lo sujetó con fuerza, y Key le propinó una serie de puñetazos en la cara. Le rompió la nariz y algunos dientes. Tenía las falanges cubiertas de sangre. Robert gritaba, y les suplicaba que parasen.

—¡Colaboracionista de mierda! ¡Eres peor que un perro! —vociferaba Claude a su oído, mientras lo sostenía para que Key pudiera partirle la cara.

Cuando les pareció que ya le habían dado a Robert su merecido, lo arrastraron fuera de la casa y lo dejaron tumbado en el suelo, en el polvo, con el cuerpo deformado. Claude encontró un palo y volvió a golpearle. Después fueron a buscar un bidón de gasolina al taller, y volvieron a la casa; vertieron el combustible en el suelo y por las cortinas. Y Claude, con su mechero, se encargó de prenderle fuego.

Salieron rápidamente y se quedaron mirando la casa, que ardía despacio en la noche.

—¿Por qué? —gimió Robert, cubierto de sangre y desfigurado—. Claude, ¿por qué lo has hecho?

Claude se extrañó de que su víctima le llamase por su nombre de pila. No, él ya no era Claude, no era el buen curita. Era el vengador de Palo. Actuaba para que aquello no volviese a suceder. Nunca más.

—Esto no ha sido nada, Robert. Francia te juzgará. Eres responsable de la muerte de dos grandes soldados.

—¿Porque he robado algunas pinzas y latas de conserva?

—¡Cierra la boca! ¡Entregaste a Palo! —gritó Key—. ¡Confiesa!

Encendido de cólera, apoyó el cañón de su revólver en la mejilla de Robert.

—¡Confiesa! —repitió.

—¿Palo? ¿El agente que llevé a Niza? Pero si no he traicionado a nadie. No he hecho nada —juró—. Me he dedicado al mercado negro, eso es todo.

Silencio. A Robert le costaba hablar, pero prosiguió.

—Sí, he robado algunas conservas para el mercado negro. Para ganar algo de dinero, para alimentar a mis niños. Mis niños tenían tanta hambre. Pero en el maquis no se han muerto de hambre, si no, no lo habría hecho. Y cogí algunas herramientas para mi garaje. Herramientas que no utilizábamos, porque teníamos varias. Sí, está mal, pero ¿por qué me hacéis esto? ¿Por qué quemáis mi casa por algunas conservas?

Silencio.

—He servido a mi país, he luchado contra los alemanes. He luchado contigo, Claude. He luchado a tu lado. Confiábamos el uno en el otro. ¿Recuerdas el depósito de locomotoras que volamos juntos?

Claude no respondió.

—¿Lo recuerdas? Os llevé en camioneta. Os ayudé a poner las cargas. ¿No te acuerdas? Había que arrastrarse debajo de las locomotoras, no era fácil, no, nada fácil. Las locomotoras son bajas, y yo soy bastante grande, pensé que iba a quedarme atrapado, ¿lo recuerdas? Nos reímos después de aquello, nos reímos mucho.

Silencio.

—Devolveré la comida, os daré dinero, pagaré por las herramientas, os compraré otras si es necesario. Pero por qué me habéis hecho esto... Habéis venido a liberar Francia, arriesgando vuestras vidas... Todo para quemar la casa de un ladrón de latas de conserva. ¿Todo por eso? ¿Ese es el ideal que os trajo aquí? ¡Dios mío! Soy un francés honesto. Un buen padre y un buen ciudadano.

Robert dejó de hablar. Ya no podía más. Le dolía mucho. Tenía ganas de morirse de tanto que le dolía. Y su casa estaba ardiendo. Amaba aquella casa. ¿Dónde vivirían ahora?

Hubo un largo silencio. El crepitar de las llamas había suplantado a los ruidos de la noche. Key enfundó su arma. Por la ventana de la casa vecina donde se habían refugiado la mujer y los hijos de Robert, aterrados, se cruzó con la mirada del niño que miraba a su padre, golpeado y humillado ante sus ojos.

La casa ardía, las llamas se elevaron muy alto. El hombre, tumbado en el polvo, lloriqueaba. Claude se pasó una mano por el rostro. Robert era inocente.

—¿Qué hemos hecho, Key? —suspiró.

—No lo sé. Ya no somos Hombres siquiera.

Silencio.

—Tenemos que volver, tenemos que marcharnos. Marcharnos y olvidar.

Key asintió. Marcharse y olvidar.

—Yo me encargo de encontrar un avión a Londres —dijo—. Ve a buscar a Gordo.

Cuarta parte

59.

Ya nadie le quería. Así que se había marchado. Sobre
el puente del barco que le llevaba a Calais, Gordo veía Inglaterra alejarse. El viento furioso de finales de otoño le golpeaba el rostro. Estaba triste. Eran los últimos días de octubre de
1944, y ya nadie le quería.

Key, Gordo y Claude habían vuelto a Londres a principios de septiembre. A su llegada, a Gordo le invadía la euforia: qué alegría volver a encontrarse con los suyos, Stanislas,
Doff y Laura, qué alegría estrechar a Laura contra él. El niño
había nacido el día del Desembarco. Un varón, que se había
adelantado un mes pero que tenía buena salud. El pequeño
Philippe. Al verlo por primera vez, Gordo se había dado
cuenta de que desde entonces ese niño sería su razón de vida;
su casi hijo, su sueño. Qué alegría ver al hijo de Palo, cogerlo
en brazos; qué alegría estar todos juntos en el gran piso de
Bloomsbury. ¡Qué alegría!
Septiembre había sido un mes de victorias, a Gordo le
había encantado ese septiembre. La calma había vuelto a Londres, ya no había cohetes: gracias a la Resistencia, la RAF había
localizado y destruido todas las rampas de lanzamiento instaladas en el litoral francés. Francia era un país libre; en aquel
mes, las últimas ciudades habían sido liberadas, y los ejércitos
aliados que habían desembarcado en Normandía y en Provenza se habían encontrado en Dijon. Aunque la guerra en Europa no había terminado y proseguía en el Este y en Alemania, la
Sección F había completado su labor. El grupo SOE/SO había
llegado a un acuerdo con la Francia libre sobre el destino de los

agentes franceses del SOE: podrían volver a la vida civil en Francia sin preocuparse, o bien integrarse en el ejército francés con idéntico grado al obtenido en el Servicio.

Habían contribuido a aplastar a los alemanes: ni sus sufrimientos ni sus miedos habían sido en vano. Podían sentirse orgullosos, felices. Pero no era el caso. Y rápidamente Gordo constató que faltaba esa alegría en Bloomsbury.

Claude y Key se mostraban sombríos, atormentados, con el alma desgarrada; ya no reían, ya no salían. Nadie sabía lo de Robert, nadie debería enterarse nunca; se encerraban en el silencio de la vergüenza. Cuando coincidían a solas en una habitación y Claude se atrevía a sacar el tema, Key, para cortar por lo sano la conversación, repetía que aquello eran cosas de la guerra, que no se podía esperar nada mejor de ellos después de dos años en condiciones espantosas, que había que dejar de darle vueltas, y que pronto lo olvidarían.

—¡Pero hemos cedido ante el odio! —se lamentaba Claude.

—¡Hemos combatido! —matizaba Key.

Claude lo dudaba: los enemigos son mortales, pero el odio no. Envenena la sangre y se transmite de padres a hijos, durante generaciones, y eso hace que no exista un fin, que los combates sean vanos. Qué importa matar al enemigo si no se termina con su instinto de odio, gorgona terrible.

Gordo no comprendía qué pasaba; se sentía muy solo. Después de haber soñado tanto con ese regreso, tenía la impresión de que nadie le quería. Claude le evitaba; y cuando Gordo le preguntaba por qué estaba tan triste, el cura no respondía. Una vez le había dicho simplemente: «No podrías entenderlo, Alain», y Gordo había sentido que su corazón se desgarraba de pena.

Stanislas seguía encargándose de los grupos interaliados de las secciones de países del Este. No tenía tiempo para ocuparse de Gordo. Doff tampoco, centrado todavía en el contraespionaje.

En cuanto a Laura, por lo general tan radiante, conforme había ido avanzando el otoño se había sentido más presa del calendario, y se la notaba triste por el primer aniversario de la muerte de Palo. Al buen Gordo le parecía que las fechas y los calendarios eran invenciones malvadas que solo servían para llenar a la gente de tristeza recordando que los muertos están muertos, cosa que todo el mundo ya sabe. Había intentado entretenerla, hacer que se distrajera, llevarla a tiendas, a tomar algo. Pero no había tenido mucho éxito. ¿Por qué no volvían a ese café, cerca del British Museum, donde le había desvelado su embarazo? Ay, se había sentido tan orgulloso de haber guardado el secreto. También le había propuesto varias veces ocuparse del pequeño Philippe, para quitarle trabajo; lo cuidaría bien, en cierto modo era su falso -padre. Pero se había dado cuenta de que Laura se sentía incómoda. De hecho, no dejaba nunca al niño a cargo de él, tan brusco, demasiado distraído, y no se sentía tranquila cuando él lo cogía en brazos. Qué desgracia, qué desgracia de existencia, ¡con lo que había soñado con ese niño durante los meses de guerra! Algunas tardes, cuando hacía buen tiempo, había acompañado a Laura al parque. Los árboles de otoño rutilaban, ella reía con su hijo en los brazos, espléndida, espléndidos los dos. Alzaba a Philippe al cielo y el niño también reía, como su madre. Y Gordo los contemplaba alejado, el gordo-mantecoso-que-apenas-servía-para-empujar-el-cochecito. Tenía la impresión de no tener derecho a existir por ese niño. Sufría. ¡Por qué diablos sus amigos le odiaban, a él, que tanto los quería! A Gordo le parecía que la inexorable maldición del final de la guerra le alcanzaba: la guerra terminaba y pronto él dejaría de existir.

Había intentado hablar con Claude, varias veces, pero Claude ya no era el mismo. Aunque dormían juntos en Bloomsbury, ahora que Philippe ocupaba su habitación, Claude evitaba a Gordo. Esperaba siempre a que el gigante se durmiese para entrar a acostarse. Gordo intentaba permanecer despierto, se pellizcaba para no dormirse y poder hablar con Claude cuando entrara, porque quería decirle lo triste que estaba, que el grupo ya no era como antes y que no entendía por qué. ¿Por qué esa vida de alegría que había esperado durante toda la guerra se había convertido en una vida de sombras y tristeza?

Una noche de octubre, todo había cambiado. Eran más de las doce, el piso entero dormía, pero Gordo había sabido aguantar sin cerrar los ojos. Fingió roncar. Claude había entrado a acostarse, y él había dado un salto y había encendido la luz. Era la primera vez que Claude se enfadaba con Gordo.

—Ya no es como antes, Ñoño —le había dicho sentándose sobre el colchón.

Claude se había encogido de hombros.

—Tú mismo tampoco eres como antes, Gordo.

Él se había sentido profundamente herido.

—¡Sí! ¡Soy el mismo! ¿Piensas que he cambiado? ¿Eh? Dilo. ¿He cambiado, y por eso ya no queréis saber nada de mí? ¿Qué ha pasado, Ñoño, es por haber matado hombres?

Claude no había respondido.

—¿Es eso, Ñoño? ¿Es porque hemos matado hombres? Pienso en ello todo el tiempo. Tengo pesadillas. ¿Tú también, Ño?

Claude se había puesto furioso.

—¡Deja de preguntarme! ¡Y deja de llamarme Ño, o Ñoño, o lo que sea! ¡Hay que pasar página! ¡Cumplimos con nuestro deber y ya está! Lo elegimos. ¡Elegimos todo esto! ¡Elegimos hacer la guerra y levantarnos en armas! Elegimos dejarnos guiar por nuestra cólera, mientras otros eligieron quedarse en su casa, acurrucados en una esquina. Elegimos levantarnos en armas. Nadie más que nosotros eligió eso, y nadie más que nosotros cargará con ello. ¡Elegimos matar! Nos hemos convertido en lo que elegimos, Gordo. Somos lo que somos, no lo que fuimos. ¿Lo entiendes?

Gordo no estaba de acuerdo. Pero había mucha cólera en la voz de Claude y eso le abrumaba. ¿Por qué no le había dicho desde el principio que no le gustaba su mote? Le habría buscado otro. Habría podido llamarle Zorro, porque pensaba que Claude se parecía a un zorro. Después de mucho dudar, el buen gigante se había atrevido a responder, en voz muy baja:

—Pero ¿algún día conseguiremos olvidar? Me gustaría olvidar...

—¡Ya basta, por el amor de Dios! ¿Quieres saber de qué somos capaces? ¡De todo! ¿Y sabes qué? El que más suerte ha tenido ha sido Palo, ¡porque no tendrá que vivir con aquello en lo que se había convertido!

—¡No hables así de Palo! —había gritado Gordo.

Claude había soltado un taco, se había puesto el pantalón y se había marchado del piso, harto. En la habitación vecina, Philippe se había despertado y se había puesto a llorar; Key y Laura se levantaron sobresaltados, alertados por los ruidos y los gritos.

—¿Qué pasa, Gordo? —le había preguntado Laura al entrar en la habitación.

Llevaba mucho tiempo sin hablarle con tanta dulzura. Pero Gordo ya no aguantaba más. Debía marcharse, lejos.

—¡Estoy hasta las narices! ¡A la mierda! —había contestado el dulce gigante.

—Pero, Gordo, ¿qué pasa? —había repetido ella.

Se le había acercado y le había puesto una mano amistosa sobre el hombro.

Sin responder, Gordo había tomado su vieja maleta y la había llenado con algunas cosas.

—Pero, Gordo... —había insistido Laura, que no entendía nada.

—¡A la mierda! ¡Me largo! ¡Me largo y se acabó!

Sus ojos desbordaban de lágrimas. Cómo se odiaba. Key también había tratado de razonar con él, pero Gordo no había querido escuchar nada. Había cerrado su maleta, se había puesto su abrigo y sus botines, y se había marchado sin perder un segundo.

—¡Gordo, espera! —habían implorado Laura y Key.

Había bajado los escalones de dos en dos, había salido a la calle y había corrido lo más rápidamente posible, huyendo en la noche. Pobre de él, ya no existía. Solo había existido haciendo la guerra. Había hecho amigos, habían visto sus cualidades. Laura le había dicho incluso que era el más guapo por dentro. El más guapo por dentro, era como ser el más guapo sin más. Pero ahora ya no era *al que llamaban Gordo*, sino Gordo *el gordo*. Se había detenido en una calle desierta, y había dejado estallar violentos sollozos: se sentía el hombre más solitario del mundo. Ni siquiera Claude quería saber nada de él; ya nadie le amaría nunca. Ni los hombres, ni las mujeres, ni los zorros. Quizás sus padres. Sí, sus padres, quería volver a ver a su madre, su madre querida que le amaría incluso aunque no fuera más que un sucio gordo. Quería llorar en sus brazos. Quería volver a Francia para siempre.

Así era como Gordo había abandonado Londres, convencido de que ya no le querían. Había cogido el autocar hasta la costa, y después había subido a bordo de un barco pesquero que cobraba por la travesía. El barco avanzaba lentamente por las aguas de la Mancha. Adiós a los ingleses, y adiós a la vida.

En el piso reinaba la incomprensión. Laura, Key, Claude, Doff y Stanislas habían buscado a Gordo por toda la ciudad durante dos días. Luego se habían reunido todos en la cocina. Tristes, se culpaban.

—Es culpa mía —dijo Claude—. No sé cómo se me ocurrió gritarle así...

—Y yo... —encadenó Laura—. No le hice caso... Por culpa de Philippe —escondió el rostro entre las manos—. ¡No lo volveremos a ver!

—No te preocupes, volverá. Hemos vivido dos años difíciles, pronto irá todo mejor.

Claude, hundido, salió de la cocina y se fue a su cuarto. ¿En qué se estaba convirtiendo? Después de lo que le había hecho a Robert, ahora hacía huir a Gordo, su buen Gordo, el mejor de los Hombres. Se arrodilló a los pies de la cama. Señor, ¿qué había hecho? Volvía a ver una y otra vez la casa de Robert en llamas: había torturado a un infeliz, a un ladrón de latas de conserva. Juntó las manos y empezó a rezar; quería que Dios volviera junto a él. ¿En qué se había convertido? Atormentado, rezaba.

> *Señor, ten piedad de nuestras almas. Estamos cubiertos de ceniza y hollín.*
> *Ya no queremos matar.*
> *Ya no queremos luchar.*
> *¿En qué nos hemos convertido, nosotros que éramos Hombres y que ya no somos nada?*
> *¿Adónde iremos ahora? Ya nunca seremos los mismos.*
> *Ya nunca seremos Hombres, porque los Hombres, los auténticos, nunca han odiado; solo han intentado comprender.*
> *Señor, ¿en qué nos han convertido nuestros enemigos, forzándonos a la batalla? Nos han transformado: han oscurecido nuestros corazones y quemado nuestras almas, empañado nuestros ojos y mancillado nuestras lágrimas. Nos han cambiado, nos han inoculado su odio, han hecho de nosotros eso en lo que nos hemos convertido.*
> *Ahora somos capaces de matar, ya lo hemos hecho.*
> *Ahora estamos dispuestos a todo, por nuestra causa.*
> *¿Volveremos a encontrar el sueño, el sueño de los justos?*
> *¿Volveremos a encontrar la fuerza?*
> *¿Podremos amar de nuevo?*
> *Señor, ¿el odio al prójimo se cura un día o nos ha contaminado para siempre? Peste de pestes, enfermedad de enfermedades.*
> *Señor, ten piedad de nuestras almas.*
> *Ya no queremos matar.*
> *Ya no queremos luchar.*
> *Ya no queremos que vuelva a cegarnos el odio; pero ¿cómo resistir a la tentación?*

¿Nos curaremos un día de lo que hemos vivido?

¿Nos curaremos un día de aquello en lo que nos hemos convertido?

Señor, ten piedad de nuestras almas. Ya no sabemos quiénes somos.

60.

Caen era una ciudad libre pero en ruinas. Los combates habían sido extremadamente violentos; para acabar con los últimos alemanes, la RAF lo había arrasado todo.

Gordo llegó el día siguiente a su desembarco en Calais. Puso en su brazo un brazalete tricolor del SOE que conservaba en el bolsillo de su abrigo, porque no quería que la guerra terminase todavía. Sin guerra, ya no era nada. Quizás la Sección F podría volver al servicio en el frente del Este. Estarían reunidos de nuevo.

Deambuló a través de los escombros; sus padres vivían al otro lado de la ciudad. A Gordo le gustaba Caen; le gustaba la calle de los cines, le hubiese gustado tanto ser actor, como las estrellas americanas. Tras terminar sus estudios, se había hecho acomodador, era un principio. Y después había pasado el tiempo, y había llegado la guerra, y el SOE. Llevaba tanto sin ver a sus padres...

Atravesó las ruinas. Caminó cerca de una hora. Llegó a su barrio, a su calle, y por fin casi ante su casa. Se detuvo un instante, contemplando la calle, a los paseantes, las casas; el quiosco, justo enfrente, no se había movido.

¿Cómo se volvía de la guerra? No lo sabía. Permaneció un buen rato sobre la acera, hasta que, avanzando lentamente, se introdujo entre los muros de un edificio destruido. Escondido, escrutó la calle. ¿Cómo se volvía de la guerra?

Se quedó un largo rato mirando su casa. Allí, al lado. Pensaba en sus padres. Tan cerca. Había vuelto por ellos. Pero no terminaría su camino, era un viaje demasiado largo. Quizás el viaje de su vida. Pocos metros le separaban de la casa, pero no entraría. Por la misma razón por la que no había ido a ver a Melinda, no podía volver a ver a sus padres; no tenía fuerzas, el riesgo de desesperación era demasiado grande.

Hacía tres años que se había marchado, sin dar noticia alguna. ¿Cómo volver? Sentado sobre un montón de escombros, imaginaba la escena.

—¡He vuelto! —gritaría al entrar en la casa, mostrando el brazalete.

Un alegre alboroto invadiría entonces todo, el hijo único regresaba con sus padres. Correrían hacia la entrada.

—¡Alain! ¡Alain! —gritaría la madre, emocionada—. ¡Has vuelto!

El padre llegaría detrás, con las mejillas enrojecidas de felicidad. Gordo abrazaría a su mamaíta, y después a su papaíto. Los abrazaría con fuerza. La madre lloraría, el padre se contendría.

—Pero ¿dónde has estado todo este tiempo? ¡Ni una noticia, ni una sola noticia tuya! ¡Hemos pasado tanto miedo!

—Lo siento, mamá.

—Entonces, ¿qué has estado haciendo?

Sonreiría, orgulloso.

—La guerra.

Pero nadie le creería. No él, Gordo no. No era un héroe. Sus padres le mirarían fijamente, casi aterrados.

—Espero que no hayas sido colaboracionista —interrogaría severamente el padre.

—¡No, papá! ¡Estaba en Londres! Fui reclutado por los servicios secretos británicos.

Su madre, tan dulce, esbozaría una sonrisa y le daría una palmadita en el hombro.

—Pero bueno, Alain querido, siempre con tus fantasías. No digas tonterías, hijo mío. Los servicios secretos británicos... Como tu carrera en el cine, ¿eh?

—¡Os juro que es verdad!

Gordo pensaría que sus padres no podían comprenderlo, porque ellos tampoco habían estado en Wanborough Manor. Pero le dolería muchísimo que no le tomaran en serio.

—Los servicios secretos... —sonreiría el padre—. Te escondiste para no hacer el STO, ¿verdad? Eso ya es muy valiente.

—¡Oh, a propósito, cariño! —exclamaría la madre—. No te lo vas a creer, pero el hijo de los vecinos se alzó en armas durante la liberación de la ciudad. Mató a un alemán, con una escopeta.

—¡Yo también he matado!

—Vamos, no seas celoso, tesoro. Lo que cuenta es que estés bien. Y que no seas un colaboracionista.

En cuclillas sobre los escombros, Gordo suspiró, triste. No podía volver a su casa. Nadie le creería. Aunque llevara su brazalete... seguirían sin creerle. Quizás era mejor no hablar del SOE. Simplemente entrar y decir que se había escondido como un miserable, que era el peor de los cobardes. Todo lo que quería era un poco de amor; que su madre le abrazase. Entraría, volvería a ver a sus padres y, más tarde, por la noche, su madre se acercaría a él. Como antes.

—¿Podrías acostarte a mi lado y abrazarme? —se atrevería a preguntar después de mucho dudarlo.

Ella se reiría. Su madre tenía una risa preciosa.

—No, cariño —respondería—. ¡Eres demasiado mayor para eso!

Ya no querría, sin duda porque él había ido de putas; las madres deben de notar esas cosas. Gordo sollozaba. ¿Cómo se volvía de la guerra? No lo sabía.

El gigante pasó allí la noche, escondido entre las ruinas. Sin atreverse a cruzar el umbral de su propia casa. A fuerza de esperar una señal del destino, se durmió. Cuando le despertaron las primeras luces del alba, decidió marcharse. No sabía dónde iba, pero en la brisa glacial del otoño, se puso en marcha; quería caminar, lejos. Lo más lejos posible. Atravesó la ciudad, que despertaba. Cerca de la catedral, encontró una patrulla del ejército americano estacionada en una plaza; los GI eran todos negros. Gordo se aproximó a ellos y empezó a hablar en su inglés incomprensible.

El cabello al viento, Gordo estaba de camino a ninguna parte, transportado por los GI, a los que había caído simpático. Habían bebido café juntos, sobre el capó de su jeep, y después los soldados habían propuesto a Gordo llevarle durante un tramo de su camino sin final y le habían hecho hueco en el jeep. Gordo había lanzado a la compañía la única frase que era capaz de pronunciar correctamente en inglés: «*I am Alain and I love you*».

Abandonaron la ciudad y avanzaron un buen rato en dirección al Este. Sobre las doce, cuando penetraban en un pueblo, vieron una aglomeración en plena calle. Un sol radiante iluminaba las dos o tres decenas de espectadores. Delante de un coche marcado con las siglas de las FFI, unos resistentes agarraban a una joven. Se disponían a raparla al cero.

La atención general se desvió un momento hacia el vehículo del ejército americano que acababa de detenerse. Gordo se apeó; los curiosos se apartaron al paso del imponente personaje, que debía de ser un oficial llegado de América.

La joven era rubia y guapa, pálida, con ojos brillantes pero enrojecidos por las lágrimas. De rodillas, con el rostro marcado por los golpes, lloriqueaba, aterrorizada.

—¿Qué pasa aquí? —preguntó Gordo al tipo de las FFI que parecía ser el jefe.

—Es una colaboracionista —respondió el jefe, impresionado por el excelente francés del americano.

Una colaboracionista, eso estaba mal; Claude pensaba que había que juzgarlos. Pero esa chica le daba lástima. Gordo pensó que todos los colaboracionistas, cuando eran apresados, debían de dar lástima; el miedo confería a todo el mundo la misma cara.

—¿Cómo que colaboracionista?

—Es una puta de los boches. Le gustaban tanto que se unió a los convoyes de la Wehrmierda.

—¿Qué es eso de la Wehrmierda? —preguntó Gordo, que no había comprendido.

—La Wehrmacht.

Hubo un silencio. Gordo miró a la chica. Conocía a las putas. Esta parecía muy joven. Cogió su delgado rostro entre sus gruesas manos; ella cerró los ojos, pensando que iba a pegarle, pero le acarició la mejilla para tranquilizarla.

—¿Eres colaboracionista? —le preguntó con dulzura.

—No, oficial.

—Entonces, ¿por qué estabas con los alemanes?

—Porque tenía hambre, oficial. ¿Usted nunca ha tenido hambre?

Reflexionó. Sí. O no. No lo sabía. Tener hambre llevaba a la desesperación. Dejarse violar para comer no era ser colaboracionista; al menos no según la idea que él tenía. La miró fijamente.

—Nadie va a rapar a esta niña —declaró tras un momento de reflexión.

—¿Y por qué no? —preguntó el FFI.

—Porque lo digo yo.

—Solo los franceses libres administran Francia, no los yanquis.

—Entonces, porque no sois ni alemanes, ni animales. Y además, no debe raparse a la gente, ¿qué es esa idea tan absurda? Los Hombres no hacen eso a los Hombres.

—Los alemanes han hecho cosas peores.

—Quizás. Pero esto no es un concurso.

El otro no respondió, y Gordo cogió a la chica de la mano para ayudarla a levantarse; tenía una mano minúscula. La llevó hasta el coche, nadie se interpuso. Se instaló entre los soldados. El jeep se puso en marcha, saludando al gentío con una fanfarria de golpes de claxon para celebrar la libertad recuperada. Al poco rato, la chica se durmió con la cabeza apoyada en el hombro de Gordo. Él sonrió y acarició su cabello de trigo. Le traía lejanos recuerdos.

Gordo nunca olvidaría a su primera puta. Se había enamorado de ella. Había estado enamorado de ella mucho tiempo.

Todo había empezado cerca del barrio de los cines, durante el primer mes de clase. Iba a cumplir los dieciocho, estaba en su último año en el instituto. Un día, vagando por las calles, se había fijado en una chica guapísima, más o menos de su edad; por pura casualidad, ella también parecía deambular por allí. Era una encantadora morena.

Se había detenido un instante para contemplarla; el sol era agradablemente cálido como solo puede serlo algunos días de otoño, y Gordo había notado que su corazón latía más rápido. No pasó mucho tiempo en aquella calle, sin duda por timidez, pero hubiese podido quedarse horas mirándola. Y el recuerdo de aquel encuentro ya no le había abandonado.

Enfermo de amor, había comenzado a pasar por esa calle primero todos los días, después varias veces el mismo día; y ella seguía allí, como si le esperase. Cosas del destino, sin duda. Luego había empezado a preparar frases para iniciar una conversación, e incluso se preguntaba si no debía empezar a fumar para parecer más seguro de sí. Se había imaginado fingiendo que era un estudiante de Derecho, para parecer serio, o esperando a que una banda de delincuentes viniese a molestarla para salvarla. Entonces, un domingo por la tarde, se había dado de bruces con la triste realidad; Gordo se había cruzado en aquella misma calle con los peores chicos de su clase, que le habían gritado: «Oye, Alain, ¿así que te gustan las putas?». Primero, no había querido creerlo, y después se había puesto enfermo. Y cuando había vuelto al instituto, evitando cuidadosamente la calle maldita, había sido víctima de las burlas de sus camaradas que le habían cantado durante días: «¡A Alain le gustan las putas!».

Ese descubrimiento le atormentaba; no por culpa de ella, sino por culpa de sí mismo. No le parecía degradante haberse enamorado de una puta, eso no restaba nada de su be-

lleza, y después de todo era una profesión como cualquier
otra. Pero saber que podría estar con ella simplemente ofre-
ciéndole dinero le obsesionaba a todas horas.

Dos meses más tarde, al cumplir los dieciocho, sus
padres le habían dado algo de dinero «para realizar algún
proyecto». Su proyecto fue hacerse amar. Había vuelto de
nuevo a la calle, sosteniendo con fuerza el dinero en la mano.

La puta se llamaba Caroline. Bonito nombre. Gordo
se dio cuenta al ir a su encuentro de que abordar a una puta
era más sencillo que abordar a cualquier otra mujer, porque
su apariencia importaba poco. Caroline le había conducido
hasta una habitación en una buhardilla, en el edificio ante el
que la veía siempre. Y, mientras subía las escaleras, Gordo la
había cogido de la mano; ella se había vuelto, extrañada, aunque no se había enfadado.

La habitación era estrecha pero bien aireada; tenía una
cama de matrimonio y un armario. Aquel lugar no le dio asco,
aunque había oído hablar de dormitorios de paso sórdidos, ver-
daderos caldos de cultivo de enfermedades. Su corazón latía
con fuerza, era la primera vez. No pensaba en el dinero que le
había dado por estar allí, ya no pensaba en ello; solo sentía una
mezcla de aprensión y alegría ante la idea de que esa mujer, a la
que tanto quería desde hacía varios meses, fuese la primera.
Pero ignoraba todo lo que debía hacer en ese momento.

—Nunca he hecho esto —había dicho bajando la
cabeza.

Ella le había mirado con ternura.

—Te enseñaré.

Él había respondido con un silencio torpe, y ella había susurrado:

—Desnúdate.

No tenía ninguna intención de desnudarse, al menos
así no. Si hubiese sido atractivo desnudo, no le habría hecho
falta pagar una puta.

—No tengo muchas ganas de desnudarme —había
murmurado, incómodo.

Ella se había quedado asombrada; era un cliente muy extraño.

—¿Por qué? —había preguntado entonces.

—Porque soy menos feo con la ropa puesta.

Ella se había reído, una risa agradable, reconfortante. No se estaba burlando. Había echado las cortinas y apagado la luz.

—Desnúdate y acuéstate en la cama.

Como todo el mundo es guapo en la oscuridad, Gordo había hecho lo que le decía. Y había descubierto un universo lleno de ternura.

Había vuelto a verla a menudo. Un día, había desaparecido.

Caía la noche. Caminaban por un sendero, en medio de ninguna parte. Gordo había pedido a los GI que los dejaran en mitad de un campo en barbecho, un buen camino para partir hacia un nuevo destino. Llevaban un buen rato caminando en silencio. A la chica le dolían los pies, pero no se atrevía a quejarse; se contentaba con seguir a Gordo dócilmente.

Llegaron ante una granja aislada. El gigante se detuvo.

—¿Vamos a dormir aquí, oficial?

—Sí. ¿Te da miedo?

—No. Ya no tengo miedo.

—Mejor. Pero llámame Gordo, no oficial.

Ella asintió.

Era un buen refugio; el interior olía a madera vieja. Gordo amontonó paja en una esquina y se instalaron allí. La luz del día todavía se filtraba un poco. Estaban bien. Sacó de su bolsillo algunas golosinas que le habían regalado los GI. Ofreció a la chica.

—¿Tienes hambre?

—No, gracias.

Silencio.

—Es un nombre extraño, *Gordo* —dijo entonces ella con timidez.

—Es mi nombre de guerra.

Ella le miró fijamente, impresionada.

—¿Es usted americano?

—No, soy francés. Pero teniente del ejército británico. ¿Y tú cómo te llamas?

—Saskia.

—¿Eres francesa?

—Sí, teniente Gordo.

—Saskia no es muy francés...

—No es mi nombre de verdad. Así era como me llamaban los alemanes. Los que volvían del frente ruso también me llamaban Sassioshka.

—¿Cuál es tu verdadero nombre?

—Saskia. Mientras haya guerra, me llamaré Saskia. Como usted. Usted es el teniente Gordo. En la guerra, llevamos nuestro nombre de guerra.

—Pero Saskia es un nombre lleno de malos recuerdos...

—Tenemos el nombre de guerra que merecemos.

—No digas eso. ¿Cuántos años tienes?

—Diecisiete.

—No debería haber putas de solo diecisiete años.

—No debería haber putas.

—Tienes razón.

—¿Ha ido usted de putas, teniente?

—Sí.

—¿Le gustó?

—No.

Caroline no contaba. *Las putas* eran los burdeles tristes.

—Entonces, ¿por qué lo hizo?

—Porque estoy solo. Es atroz estar siempre solo.

—Lo sé.

Silencio.

—Saskia, ¿cómo llegaste a convertirte en...?

—Es complicado.

Gordo asintió. No lo dudaba.

—Gracias por haberme salvado.

—Ni lo menciones.

—Me ha salvado, es importante. Puede hacerme lo que quiera... para estar menos solo... No necesita pagar, será agradable así.

—No quiero hacerte nada.

—No diré nada. Estamos bien aquí, ¿no? Sé guardar un secreto. En la parte trasera de los camiones, hacía todo lo que me pedían, y nunca dije nada a nadie. Algunos querían que gritase fuerte, o que me quedase muda. Sabe, teniente Gordo, he visto muchos soldados en las calles, armados, pero en el camión era diferente: esos hombres, un instante antes, de uniforme, eran los poderosos militares que habían conquistado Europa... pero en la oscuridad del camión, tumbados sobre mí, jadeando torpemente, solo me inspiraban piedad, desnudos, delgados, pálidos, atemorizados. Algunos querían incluso que les pegase. ¿No le parecen raros, teniente, esos soldados que han invadido Europa, que desfilan orgullosos hasta un camión y luego, una vez dentro, se desnudan y quieren que una puta les pegue?

Silencio.

—Pídame lo que quiera, teniente Gordo. No diré nada, será agradable.

—No quiero nada, Saskia...

—Todo el mundo quiere algo.

—Entonces quizás podrías abrazarme, como si fueras mi madre.

—No puedo ser su madre, tengo diecisiete años...

—En la oscuridad no se verá.

Ella se tumbó en la paja y Gordo se colocó junto a ella, apoyando la cabeza sobre sus rodillas. Saskia le acarició el pelo.

—Mi madre cantaba a menudo para que me durmiese.

Saskia se puso a cantar.

—Abrázame.

Le abrazó con fuerza. Y sintió correr sobre su piel desnuda las lágrimas del oficial. Saskia lloró también. En silencio. Habían querido raparla, como a un animal. Tenía miedo, ya no sabía quién era. No, no era una traidora; su hermana, de hecho, estaba en la Resistencia, un día se lo había dicho. Llevaba sin verla tanto tiempo... Y sus padres, ¿qué habría sido de ellos? La Gestapo había ido a su casa, en Lyon, después de arrestar a su hermana, buscaban a toda la familia. Se habían llevado a sus padres, pero ella se había escondido en el fondo de un gran armario que no registraron, y había permanecido allí varias horas después de que se marcharan los Citroën negros, temblando de miedo. Luego había huido, pero sola, fuera, solo había podido sobrevivir siguiendo a una columna de la Wehrmacht. Aquello había sucedido un año antes. Un año pasado en la trasera de un camión bajo una cubierta de lona a cambio de conservas y algo de protección. Cuatro estaciones. En verano, los soldados estaban todos sucios y sudorosos, olían mal; en invierno, temblaba de frío, y ninguno le dejaba hacer aquello bajo una manta, por temor a las enfermedades. La primavera le había gustado, había oído a los pájaros cantar desde el suelo metálico del camión. Y después, de nuevo el calor del verano.

En la oscuridad de la granja, Gordo y Saskia, el oficial de los servicios secretos y la puta, se durmieron, cansados del mundo.

61.

Noviembre era un mes gris en Londres. No tenían noticias de Gordo. Stanislas decía que acabaría volviendo, que ahora su vida estaba allí.

En el salón de Chelsea, Laura pasaba la tarde con su madre. Era domingo. La guerra había terminado para la Sección F; Baker Street había desmovilizado a los agentes.

—¿Qué vas a hacer ahora? —preguntó France.

—Ocuparme de Philippe. Y después terminaré mis estudios.

La madre sonrió; su hija hablaba como si la guerra, al fin y al cabo, no fuese algo tan serio. Laura prosiguió:

—Me gustaría reunir de nuevo a todo el mundo en diciembre, en la mansión de Sussex. Como el año pasado... En conmemoración. ¿Crees que la gente querrá venir?

—Claro.

—Sabes, desde que volvimos todos de Francia, nada es como antes.

—No te preocupes, lo volverá a ser. Dale tiempo al tiempo.

—Y Gordo ¿habrá vuelto para entonces? Estoy preocupada por él, ¡y me gustaría tanto que estuviese!

—Sin duda. No te preocupes... Ya tienes bastantes responsabilidades.

—Me gustaría invitar también al padre de Palo. Ni siquiera sabe que tiene un nieto... Creo que ni siquiera sabe que su hijo está muerto. Ha llegado la hora de decírselo.

France asintió con tristeza y acarició el pelo de su hija.

En la acera que bordeaba la casa, Richard paseaba a Philippe en un cochecito.

Todos los días rezaba. Iba a la iglesia, por la mañana y por la tarde, se quedaba horas sentado en los bancos duros e incómodos, en las filas desiertas y heladas, suplicando poder olvidar. Quería volver a ser Claude el seminarista, a lo peor Claude el cura, el Claude de Wanborough Manor del que todo el mundo pensaba que era incapaz de hacer la guerra. Quería volver a ser sacerdote, aislarse en una abadía, quería ser trapense, y no volver a hablar. Sí, que el Señor le llevase al claustro del silencio, que le limpiase de sus pecados para que la espera de la muerte no fuese demasiado insoportable; sí, quizás su alma pudiese salvarse, quizás todavía no estaba completamente rota porque aún era casto. Había matado pero había permanecido casto.

Que el Señor le encerrase en las montañas; quería desaparecer, no valía nada, solo había sabido hacer daño. Y lo que más le remordía en ese momento era haber herido a Gordo, el único Hombre de todos ellos. Era consciente del precio que tenía que pagar: el que hiera a un Hombre no conocerá el futuro, no tendrá horizonte; el que hiera a un Hombre no conocerá jamás la redención. Claude lamentaba a menudo no haber muerto en la guerra, tenía envidia de Aimé, Palo y Faron.

Sentía vergüenza de estar junto a Laura: no la merecía. Acabaría haciéndola huir. Tampoco quería ver más a Philippe: Palo, su padre, había sido un Hombre, nunca había pegado a nadie, nunca había traicionado a nadie, nunca había hecho el menor mal; Philippe se convertiría en un hombre a su vez, y así no moriría la humanidad. Así que, sobre todo, no debía contaminar al niño; sí, en cuanto pudiese, se marcharía lejos. Mientras tanto, salía del piso de Bloomsbury al alba y volvía por la noche, tarde, para no cruzarse con Laura ni con Philippe. A menudo, en los meandros de la noche, escuchaba llorar a Key en la habitación de al lado, porque a él también le atormentaba su propia existencia. A veces bebía, pero pocas; quería cumplir su penitencia.

Los alemanes no habían capitulado todavía; el SOE estaba aún activo, pero la Sección F vivía sus últimas horas. En Portman Square y en ciertos despachos de Baker Street había llegado el instante de la despedida. Se había abierto una oficina del SOE en París, en el hotel Cecil, para facilitar el regreso de los agentes de nacionalidad francesa. Esa oficina también estaba a cargo de ponerse en contacto con las familias de los muertos.

Laura comunicó a Stanislas su deseo de ir a París a ver al padre de Palo.

—¿Está al corriente de lo de su hijo? —preguntó.

—No lo sé.

—Ha llegado el momento de que se entere.

—Sí.

—Le presentaré a Philippe, eso aliviará su dolor.

—Sin duda alguna... Pero no hay prisa. Ve cuando te sientas preparada.

—Tengo ganas de que vea a Philippe... Tengo ganas de hablar con él... Tengo tanto que decirle... Pero ¿cómo? ¿Cómo voy a anunciarle lo de Palo si no sabe nada?

—Podría adelantarme si quieres —propuso Stanislas—. Con Doff. Lo haremos bien. En nombre del SOE. Con honores militares y todo lo necesario para que el padre se dé cuenta de hasta qué punto su hijo fue un héroe de guerra.

Laura apoyó la cabeza en el hombro del viejo piloto.

—Me parece bien —dijo tristemente—. ¿Crees que querrá venir a la mansión de Sussex? Quizás podría quedarse un tiempo en Inglaterra, para estar con Philippe. Estaría bien, ¿no?

—Sería formidable.

La tranquilizó; todo saldría bien.

62.

Se encontraban en Dieppe, en un pequeño hotel frente al mar; su habitación estaba en el segundo piso. Por la ventana, Saskia contemplaba cómo las olas acariciaban la arena,
mientras Gordo permanecía sentado sobre la cama. Llevaban
varios días allí.

—Me aburro —dijo ella sin dejar de mirar la playa.

Gordo parecía abatido.

—Pero aquí estamos a salvo de los hombres. ¿No
quieres estar a salvo de los hombres?

—Sí, pero me ha parecido ver una rata en el comedor.

—No tengas miedo de las ratas. No van a hacerte nada.

—Me gustaría ir a la playa.

—No podemos... Está llena de minas.

Ella suspiró. A Gordo le parecía muy hermosa. La impaciencia la embellecía. Le hubiese gustado estrecharla contra él, abrazarla. Pero no se atrevía.

—¡Me gustaría correr por la arena! —exclamó de
pronto Saskia.

Gordo sonrió. *Mi pequeña Saskia querida,* pensó.

—Podrías venir a Inglaterra. Allí no hay minas en las
playas...

—¿Es un país bonito?

—El más bonito.

—Allí llueve todo el rato, ¿no? No me gusta la lluvia...

—Llueve mucho. Pero no importa: es un país donde
se vive muy bien. ¿Qué importa la lluvia cuando se es feliz?

Ella puso cara triste.

—Me gustaría volver a ver a mis padres. Y a mi hermana...

El encargado del hotel le había dicho a Gordo que los deportados que volvían de los campos alemanes iban a parar al hotel Lutetia, en París. Si los padres y la hermana de Saskia habían sido arrestados y deportados tal y como ella le había dicho, y aún seguían con vida, podrían dar con ellos en el Lutetia. Gordo no se lo había contado a Saskia, tales eran sus ganas de quedarse allí con ella; pero era incapaz de seguir ocultándole que quizás encontraría a su familia en París.

Se levantó y se acercó a ella.

—Sabes, Saskia, podríamos ir a París. Para buscar a tus padres... Conozco un sitio.

—¡Oh, sí! ¡Me encantaría!

Bailó de alegría y se colgó de su cuello; iría a encontrarse con los suyos. Feliz de hacerla feliz, él la cogió de la mano y le propuso salir a tomar el aire. Fueron hasta el borde de la playa, donde no había minas.

Saskia se quitó los zapatos y caminó delicadamente con los pies descalzos sobre la arena calentada por los rayos del sol. Sus cabellos rubios, aquellos hermosos cabellos, bailaban al son del viento. No soltó la mano de Gordo.

—Un día te llevaré a una bonita playa inglesa —le dijo él.

Ella sonrió y asintió, risueña. Haría todo lo que él quisiese, la había salvado de la vergüenza e iba a conducirla hasta sus padres.

Llevaban allí juntos varios días. Él no la tocaba, pero no dejaba de mirarla. Mirar no estaba prohibido; era tan dulce y tan guapa. Llevaba varios días enamorado de ella. El mismo amor que el que había sentido por Melinda. Y quizás también por Caroline. Sentía una alegría inmensa por ser capaz de amar todavía. No todo estaba perdido, nada estaba perdido nunca por completo. Se sentía revivir. Podía volver a soñar; si no tenía a Philippe, tendría a Saskia. Ella daba sentido a su vida. La amaba, pero se juró no decírselo nunca. O al menos no antes de que ella se lo dijera a él. Sobre las playas de Inglaterra, se amarían.

63.

Pasaron dos semanas. Estaban a mediados de noviembre. Laura y Philippe, escoltados por Stanislas y Doff, llegaron a París para ir a ver al padre. Se alojaron en un pequeño hotel cerca de Les Halles: Stanislas y Doff en una habitación, Laura y su hijo en otra.

Stanislas había conseguido en Londres la dirección de Palo, y, con ayuda de un plano de bolsillo, los tres, reunidos en la habitación de Laura, buscaron el camino para llegar hasta allí. Rue du Bac. No era complicado.

—Iremos mañana, ahora es demasiado tarde —declaró Stanislas, para retrasar el momento de la terrible noticia.

No muy lejos, Gordo y Saskia volvían a la pequeña pensión del distrito once donde estaban alojados desde hacía poco más de una semana. Ella se había puesto guapa, como cada día desde que habían llegado a la capital, esperando que cada mañana fuese la del encuentro con los suyos. Todas las mañanas tenía esa misma esperanza. Todas las mañanas iba con Gordo al Lutetia. Y allí aguardaban en vano hasta que caía la tarde.

64

Saskia despertó a Gordo a primera hora de la mañana. Llevaba mucho rato en pie.

—¡Levántate, es hora de salir! —exclamó, impaciente, sacudiendo el colchón.

Gordo se incorporó despacio, no quería darse demasiada prisa; en el dormitorio minúsculo, ella saltaba de alegría, y él la encontraba magnífica. Tenía tanto miedo de perderla. Quería proponerle que no fueran al Lutetia hoy, le parecía que había demasiada infelicidad allí. Podrían tomarse el día libre, e ir a pasear, o entretenerse en un café, como enamorados. Pero ella ya se había arreglado, e irradiaba esperanza y energía, como si no hiciese tantos días que repetían el ritual de los huérfanos. El gigante se vistió y salieron.

Ante el Lutetia, a pesar de lo pronto que era, ya se había formado una larga cola que iba pasando a través de un estricto control de seguridad. Gordo presentó su carné del ejército británico y pudieron entrar antes y con más facilidad. Penetraron en el gran recibidor; decididamente, no le gustaba ese sitio. Había demasiada tristeza y esperanza a la vez en los rostros de la gente.

Ya había filas de visitantes ansiosos, detrás de los mostradores y de las mesas; también había voluntarios, enfermeras, un puesto de orientación para recién llegados, otros de cuidados, de desinfección, de alimentación y de inscripción en los registros. Por ellos pasaba un caudal de fantasmas descarnados y calvos; los espectros de lo que la humanidad había hecho a la humanidad.

Como todas las mañanas, Saskia volvió al mismo mostrador y dio de nuevo el nombre de sus padres; no estaban en ninguna lista. Repitió su petición en un despacho de la planta baja.

—Pregunta también por tu hermana —sugirió Gordo—. ¿Cómo se llama?

—Marie.

Tampoco encontraron nada. Y, como todas las mañanas, se sentaron en el mismo gran sillón. Saskia se dejó invadir por la desesperación. ¿Se había quedado sola? ¿Huérfana para siempre? Al menos tenía a Gordo, el buen Gordo que la protegería en adelante y que no dejaría que la raparan.

—Vamos a seguir esperando, varios días si hace falta —murmuró Gordo a su oído, porque veía correr las lágrimas por sus mejillas.

Discretamente, la besó en la base de su cuello. Jamás en la vida había hecho eso.

Pasó una hora. Se mezclaron con otras familias, se cruzaron con otros fantasmas. Otra hora más. Y, de pronto, Saskia la vio: era su hermana, allí mismo. Gritó su nombre, chilló, hasta diez veces. Era Marie. No tenía pelo, su cara y su cuerpo estaban deformados por la delgadez, pero allí estaba, viva. Se precipitaron la una hacia la otra, se abrazaron. Saskia podía casi levantar por los aires a su hermana. Se estrecharon, se palparon como para estar seguras de que era cierto, y rompieron a llorar, lágrimas de alegría, de alivio y de dolor.

—¡Marie! —murmuró Saskia—. Marie... Tenía tanto miedo por ti, ¡te he buscado por todas partes! ¡Hace varios días que te espero aquí!

No dijeron nada más, no podían hablar. Lo que tenían que decirse no importaba; los golpes y las violaciones ya no contaban, solo lo que les deparara el futuro. Y Gordo las contempló, a la vez emocionado y abrumado. Nunca sabría que Marie había sido arrestada un año y medio antes por un agente de la Abwehr, en el Boulevard Saint-Germain, cuando transportaba lo que ella creía que eran valiosas órdenes de guerra pero no eran más que postales de un hijo a su padre.

No habían dado las doce. Delante del Lutetia, Marie y Saskia se disponían a ir a la estación. Marie acababa de enterarse por boca de su hermana de la redada de la Gestapo en la casa familiar, después de su arresto. Y las dos jóvenes habían decidido volver a Lyon; quizás sus padres estaban esperándolas allí. Había que tener esperanzas. No querían seguir aguardando en París, y de hecho Marie no querría volver nunca, le traía demasiados malos recuerdos.

Sobre la acera delante del hotel, Saskia dio algunos pasos con Gordo, que estaba triste por perderla. Acababa de llover, la silueta de la joven se reflejaba en los charcos, muy cerca de la suya.

—Volveré pronto —le dijo Saskia—, pero tengo que ir a ver si mis padres...

—Lo entiendo.

—Volveré pronto. ¿Qué vas a hacer mientras tanto?

—No lo sé. Creo que regresaré a mi casa, en Londres.

Ella le abrazó.

—No estés triste —suplicó—, ¡si no, yo también lo estaré!

—¿Vendrás a Londres?

—¡Claro!

—¿E iremos a la playa?

—¡Sí! ¡A la playa!

Le besó en la mejilla.

Gordo sacó del bolsillo un trozo de papel y escribió su dirección en Bloomsbury.

—¡Ven conmigo! Te esperaré todos los días.

—Iré muy pronto. Te lo prometo.

Le cogió de las manos y se contemplaron en silencio.

—¿Me querrás incluso aunque haya sido puta?

—¡Pues claro! ¿Y tú, me querrás aunque haya matado hombres?

Ella sonrió con ternura.

—¡Ya te quiero un poco, tonto!

Gordo dibujó una sonrisa deslumbrante. Ella se unió a su hermana y las dos echaron a andar por el bulevar. Saskia se giró por última vez e hizo una seña con la mano a Gordo, que, feliz, no dejó de mirarla hasta que desapareció por la esquina de una calle. ¡Le quería! Nunca le habían querido.

No habían dado las doce. Mientras Gordo, enamorado, soñaba despierto sobre la acera, Stanislas y Doff, unos cientos de metros más allá, subían por la Rue du Bac.

65.

Eran las doce en punto cuando llamaron a la puerta del piso. El padre saltó de alegría y agarró su maleta. ¡Su hijo había vuelto! Había aguantado bien todas esas semanas aunque no tenía noticias de Werner, ni postales, nada; semanas, quizás meses, ya no sabía. Había hecho un esfuerzo por no inquietarse y por conservar la moral; se había informado lo mejor que pudo del desarrollo de la guerra en el Pacífico, que su hijo dirigía desde Ginebra. Le había esperado, fiel. Cuando había tenido que salir, no había cerrado la puerta con llave. Qué alegría, ¡qué inmensa alegría volver a ver a su hijo! «¡Paul-Émile!», gritó el padre precipitándose para abrir mientras agarraba su maleta con fuerza. «¡Paul-Émile!», exclamó de nuevo mientras giraba el pomo, feliz. Pero su rostro se paralizó al abrir: ninguno de los hombres del descansillo era su hijo. El padre los miró fijamente, con la decepción clavada en el vientre.

—Buenos días, señor —dijo el de más edad.

El padre no respondió. Lo que quería era a su hijo.

—Me llamo Stanislas —continuó el que había hablado—. Pertenezco al ejército británico.

—Adolf Stein —encadenó el segundo—. También del ejército británico. Mis respetos, señor.

El rostro del padre recuperó inmediatamente el color.

—¡Magnífico! ¿Los ha enviado mi hijo? Claro, lo comprendí nada más verlos. ¡Menuda cara traen! ¿Vienen de Ginebra? ¿Dónde está mi hijo, entonces? ¿Viene para acá? Tengo lista la maleta. El tren de las dos, no lo he olvidado.

Doff miró a Stanislas; no entendían nada, pero el padre parecía tan contento... Era algo inesperado para ellos.

—Entren, entren, señores. ¿Quieren comer?

—No lo sé... —respondió Stanislas.

Doff no dijo nada.

—¿Cómo que no saben? Eso quiere decir que tienen hambre, ¡no teman molestar! Estos ingleses, siempre tan educados. Una nación formidable, sí señor. Vamos, no sean tímidos. Entren, espero que haya bastante, no había previsto que fuesen dos.

Los dos visitantes se dejaron guiar por el padre.

—¿A qué hora viene Paul-Émile?

Doff y Stanislas volvieron a callar, estupefactos, al principio sin encontrar fuerzas para responder. Después Stanislas articuló:

—Paul-Émile no vendrá, señor.

La decepción se dibujó en el rostro del padre.

—Ah, bueno... Es una lástima... No consigue sacar tiempo. Es por culpa del Pacífico, ¿verdad? Maldito Pacífico, a ver si los americanos pueden arreglárselas solos.

Los dos agentes se miraron, perplejos, mientras el padre desaparecía un instante en la cocina, para volver con un plato y cubiertos adicionales.

—No puedo... —murmuró Doff a Stanislas—. Es demasiado difícil... No puedo.

—¡A comer! —llamó el padre, con una bandeja humeante en las manos.

Se sentaron a la mesa, pero Doff, devastado ante la idea de lo que iban a hacerle a ese padre, se levantó de pronto.

—Discúlpeme, señor, pero... me ha surgido una urgencia. Acaban de llamarme. Es una falta de educación por mi parte marcharme así, pero se trata de algo excepcional.

—¡Una urgencia excepcional! ¡No hay problema! —exclamó, vivaracho, el padre—. ¡Es normal! ¡Ya estoy acostumbrado con lo de Paul-Émile en el Pacífico! La guerra es algo serio, día y noche. Hay que ser flexible.

Doff se volvió hacia Stanislas, avergonzado por su cobardía, pero su compañero, con una señal de la cabeza, le tranquilizó: él se encargaría de anunciarle la noticia.

—¿Estará usted de vuelta para el postre? ¿O para el café?

—Seguramente... En caso contrario, ¡no me esperen! No volvería nunca.

—En cuanto al café, no tengo más que del falso, claro está. ¿Le parece bien?

—Sí, falso, auténtico, ¡cualquier cosa estará bien!

Y salió a toda prisa del piso.

Bajó las escaleras a trompicones. Se sentó en los primeros peldaños, junto a la entrada; en el chiscón, la portera le miraba fijamente.

—¿Quién es usted? —preguntó.

—Teniente Stein, ejército británico.

Se presentó como militar para que le dejase en paz.

—Disculpe, oficial. Es que a veces entra algún merodeador.

Doff no escuchaba; se arrepentía de haber dejado que Stanislas cumpliera solo aquella insoportable misión.

La portera seguía mirándole; no hablaba, pero su sola presencia le molestaba, quería estar solo. Enseñó su carné.

—Ejército británico le he dicho. Puede volver al trabajo.

—Estoy descansando.

Suspiró. Ella continuaba vigilándole, intrigada. Acabó preguntando:

—¿Es usted agente inglés? ¿Como Paul-Émile?

El rostro de Doff se oscureció de pronto.

—¿De qué está hablando?

—¡Oh, no quiero problemas! Solo me preguntaba si estaba en el mismo servicio que el pequeño Paul-Émile... Eso es todo.

Doff se quedó de piedra: ¿cómo sabía la portera el vínculo entre Palo y los servicios secretos? La mujer ya entraba en la portería, pero él se levantó.

—¡Espere! ¿Qué sabe usted de Paul-Émile?

—Sé lo que tengo que saber. Quizás más que usted... Ha vivido siempre aquí, con sus padres. A la muerte de su madre, incluso llegué a ocuparme un poco de él. El padre no debe de recordarlo, porque ya no me da aguinaldo. El pobre está perdiendo la cabeza... Después de lo que pasó con su hijo, es normal, pensará usted.

Doff frunció el ceño. ¿Cómo diablos sabía lo de Palo, si ni siquiera el padre parecía estar al corriente?

—¿Y qué pasó con Paul-Émile?

—Bueno, ya debe de haberse enterado, si está usted aquí. Porque es usted un agente como él, ¿no?

—¿Quién le ha contado todo eso?

—Bueno, lo dijo el alemán. Cuando detuvieron a Palo, aquí. En este pasillo. El alemán dijo a Paul-Émile: «Sé que es un agente británico». Entonces, como usted me ha dicho que está en el ejército de los Rosbifs, he pensado que conocería a Paul-Émile. Eso es todo.

A Doff le asaltaban las preguntas: ¿la portera había visto a Palo allí? ¿Con un alemán? Así que Palo había venido a París a ver a su padre... Pero ¿por qué? Doff pensó un instante en ir a buscar a Stanislas, y después cambió de idea. Propuso a la portera entrar en la portería para poder hablar con más tranquilidad; ella estaba encantada de que alguien se interesara por fin en ella, y además un atractivo soldado.

Doff se sentó y la portera, excitada, le ofreció café auténtico que guardaba para las grandes ocasiones. Le parecía que el militar era un hombre muy guapo: tenía una voz profunda, era encantador. Y encima, teniente del ejército de Su Majestad. Era mucho más joven que ella, que podía ser su madre, pero también sabía que los jóvenes sienten especial predilección por las mujeres maduras. Se encerró un instante en el cuarto de baño.

—Hay que ver lo bien que hablan francés los ingleses... —declaró el padre, al que ya le había parecido asombroso el buen francés de Werner.

Stanislas no reaccionó. Continuaron comiendo en silencio. Primero el plato principal, luego el postre. El padre no volvió a hablar hasta que terminaron.

—Y bien, dígame... ¿Por qué está usted aquí?

—Para hablar de su hijo. Tengo una mala noticia, señor.

—Ha muerto, ¿verdad? —dijo el padre de pronto.

—Sí.

Se lo estaba imaginando desde que ellos habían aparecido. O quizás desde siempre. Los dos se miraron fijamente. Su hijo había muerto.

—Lo siento, señor —murmuró Stanislas.

El padre permaneció impasible. El tan temido día había llegado: estaba muerto, ya no volvería. Ninguna lágrima rodó sobre el rostro del hombrecillo, ningún grito salió de su boca. Todavía no.

—¿Qué sucedió?

—La guerra. Siempre esta maldita guerra.

La cabeza del padre se giró hacia él.

—Hábleme de mi hijo, oficial. Hábleme de mi hijo, hace tanto tiempo que no lo he visto, tengo miedo de haber olvidado todo.

—Su hijo era valiente.

—¡Sí, valiente!

—Un gran soldado. Un amigo fiel.

—¡Fiel, siempre fiel!

—Le llamábamos Palo.

—Palo... ¡Qué bonito!

El padre sentía cómo el nudo insoportable del duelo se cerraba en torno a su cuerpo, poco a poco. Apenas podía respirar, como si pronto el mundo se fuese a detener por completo. Una larga fila de lágrimas rodó por sus mejillas.

—¡Siga hablando, oficial! ¡Siga! ¡Siga!

Y Stanislas se lo contó todo. Le habló de las escuelas, de Wanborough Manor, Lochailort, Ringway, Beaulieu. Le habló del grupo, de las extravagancias de Gordo, de los momentos difíciles pero llenos de coraje. Le contó los tres años que habían pasado juntos.

—¿Y también estaba Laura, su novia? —preguntó de pronto el padre.

Stanislas detuvo su relato en seco.

—¿Cómo conoce usted a Laura?

—Paul-Émile me lo contó.

El viejo piloto abrió los ojos como platos.

—¿Cómo pudo contárselo?

—Me habló de ella cuando vino aquí.

Stanislas no salía de su asombro.

—¿Vino aquí? ¿Cuándo?

—En octubre, el año pasado.

—¿Aquí? ¿En París?

—Sí, sí. ¡Qué alegría volver a verle! Era un bonito día. El más bonito. Vino para que nos marchásemos juntos. Pero no le seguí. Quería esperar un poco. Hasta el día siguiente al menos. Habíamos quedado en que volvería, pero no volvió.

Stanislas se dejó caer hacia atrás, contra el respaldo de la silla. ¿Qué había hecho Palo? ¿Había venido a ver a su padre? ¿Había venido a París para ver a su padre? ¿Había comprometido la seguridad de sus compañeros por ver a su padre? Pero ¿por qué, Dios mío, por qué?

Las lágrimas caían por el rostro del padre, pero su voz seguía siendo digna.

—Sabe, no me preocupaba. No demasiado. Gracias a sus postales.

—¿Sus postales?

El padre sonrió tristemente.

—Tarjetas postales. ¡Y qué postales! Siempre tan bien elegidas.

Se levantó y fue a buscarlas a la chimenea. Las extendió sobre la mesa, delante de Stanislas.

—Cuando me anunció su partida, era... —reflexionó un instante— septiembre del 41. Le pedí que me escribiese.

Para tener menos miedo por él. Y cumplió su promesa. ¿Ha dicho usted fiel? Ese era él: fiel.

Stanislas, atónito, leía una a una las postales, con el pulso tembloroso. Las había a decenas, aunque en su mayor parte eran de Kunszer. Pero eso Stanislas no lo sabía. Lo que constataba era que Palo había violado todas las reglas de seguridad; conocía las consecuencias, pero eso no le había detenido.

—¿Cómo llegaron estas postales?

—Aparecían en mi buzón. Sin sello, en un sobre. Como si alguien las hubiese dejado allí...

¡Palo! ¡Qué había hecho! Stanislas sintió ganas de derrumbarse de desesperación: el que había considerado como a un hijo los había traicionado; ni siquiera su Palo había sido un Hombre. Temblaba al pensarlo. Palo había vuelto a París para ver a su padre. La Abwehr seguramente le esperaba; debían de haberlo seguido, y había arrastrado a Faron en su caída. Y Laura, embarazada. Se los había puesto en bandeja a los alemanes. ¿Debía llamar a Doff? No. Nunca. Ni Doff ni nadie podía saberlo jamás. Aunque solo fuese por Philippe, para que no sintiese vergüenza de su padre, como él mismo ahora. Ya no sabía qué pensar. ¿Debía renegar de aquel a quien había querido como a su propio hijo?

—¿Dónde quería llevarle Palo? —preguntó Stanislas.

—A Ginebra. Decía que allí estaríamos a salvo.

—¿Por qué no se fueron?

—Yo no quería marcharme de inmediato. No de aquel modo. Quería decir adiós a mi piso. A mis muebles. Como ya le he dicho, habíamos quedado aquí, el día siguiente. Para comer y coger después el tren de las dos. Hasta Lyon. Y le esperé, Dios mío, cuánto le esperé. Nunca volvió.

Stanislas miró al padre, que sollozaba. Pero no le daba pena. Su hijo había venido a buscarle en el momento más crítico de la guerra, y el padre había preferido decir adiós a sus muebles. En el fondo, Stanislas esperaba que Palo hubiese sido arrestado ese día. Esperaba que no hubiese sido al día siguiente, al volver con su padre para intentar convencerle de que se fuesen. Aquello habría significado que Palo no era capaz de rebelarse contra su padre. La indispensable rebelión del hijo frente a su padre. Sin duda a Palo le habían dado miedo los peores últimos días: los últimos días de su padre. Pero los últimos días de nuestros padres no debían ser de tristeza, sino de futuro y de permanencia. Porque durante el último día de su padre, Palo estaba empezando a andar el camino para ser padre él mismo.

—¿Qué va a ser de mí ahora? —se desesperó el padre, que ya no quería vivir.

—Palo ha tenido un hijo.

El rostro del padre se iluminó.

—¿Con Laura?

—Sí. Un precioso varón. Tiene casi seis meses.

—¡Eso sí que es una buena noticia! ¡Soy abuelo! Es un poco como si mi hijo no hubiese muerto, ¿verdad?

—Sí. Un poco.

—¿Y cuándo podré ver a ese niño?

Stanislas mintió:

—Un día... pronto... En este momento está en Londres, con su madre.

Laura no debía conocer al padre. No debía saber nunca lo que había hecho Palo. De vuelta al hotel, le mentiría, le diría que ya no había padre, haría lo que fuese, llegaría a un acuerdo con Doff, sin explicarle tampoco nada, porque nadie debía saberlo nunca. Y, si era necesario, mataría al padre para mantener el secreto. Sí, ¡lo mataría si fuese necesario!

—Cuénteme los detalles de esa historia —ordenó Doff a la portera cuando por fin volvió, con una bandeja, la cafetera y galletas.

Notó que se había perfumado.

—¿Los detalles de qué? ¿De la muerte de la madre?

—¡No! De esa historia con el alemán. Haga memoria, es importante.

La portera se estremeció de excitación; ¡tenía una conversación importante!

—Fue hace un año, capitán. En septiembre, recuerdo bien el día. Yo estaba en mi sillón, ese sillón. Sí, eso es.

—¿Y después?

—Escuché algo de jaleo en el pasillo, allí, justo delante de la portería. Sabe, coronel, los muros de esta casa son delgados, y la puerta es como de cartón. Cuando el portal del edificio se queda abierto mucho tiempo en invierno, siento el viento y el frío que se cuelan en mi salón, sí señor, como de cartón.

—Así pues, escuchó ruido en el pasillo...

—Exactamente. Voces de hombres, en francés y en alemán, ni siquiera me hizo falta pegar la oreja a la pared. Entonces abrí la puerta, muy suavemente, diría que apenas la entreabrí, quiero decir, lo justo para ver... Lo hago a menudo, no para espiar, sino para asegurarme de que no hay merodeadores. Así que miré y reconocí al pequeño Paul-Émile al que hacía tanto tiempo que no veía. Y después vi también a un hombre que le apuntaba con un arma, un tipo repugnante al que ya conocía porque había venido a hacerme preguntas, aquí.

—¿Qué tipo de preguntas?

—Preguntas sobre Paul-Émile, su padre, y sobre Ginebra.

—¿Ginebra?

—Porque el hijo estaba en Ginebra, en la banca. De director, creo. Pero yo no le dije gran cosa, lo suficiente como para que me dejase en paz.

—Pero ¿quién era ese tipo?

—Un policía francés, dijo la primera vez. Aunque después, cuando volví a verle en el pasillo, con su pistola y hablando en su frisón con otros dos tipos que no había visto nunca, comprendí que era alemán.

—¿Sabe su nombre? —le interrumpió Doff, quien, en aquel momento, había empezado a tomar notas en un cuadernillo de piel verde.

—No.

—Bueno. Continúe...

—Después, mi general, ese sucio alemán metió a Paul-Émile en el cuarto de la basura, justo a la izquierda de la entrada. Ya no podía verle, pero oí cómo le daba una paliza, y le decía que eligiera. Decía —imitó un grosero acento germánico—: «Sé que es usted agente inglés, y que hay otros agentes en París, tendrá que elegir». Dijo eso más o menos, pero sin acento, porque hablaba francés sin acento, y de hecho por eso nunca desconfié cuando dijo que era policía francés.

—¿Elegir qué?

—Si Paul-Émile hablaba, el alemán no haría daño a su padre. Si no hablaba, el padre terminaría como un polaco, o algo así.

—¿Y?

—Habló. No lo oí todo, pero Paul-Émile habló, y se lo llevaron. Y ese sucio alemán volvió a menudo por aquí. No me pregunte la razón, porque no sé nada, pero en todo caso sé lo que he visto. Luego, en el momento de la Liberación, desapareció, evidentemente.

Doff se quedó sin habla: Palo había entregado a Faron, había entregado a Laura. A su amada. No, era imposible... ¿Cómo había podido enviar a Laura a la muerte? ¡Qué caos había generado Palo viniendo aquí! ¿Y por qué? Doff decidió que nadie debía saberlo nunca, ni Stanislas ni nadie. Guardaría el secreto toda su vida; Philippe no sabría la verdad sobre su padre.

Se sentía mal, tenía calor, le dolía la cabeza; se levantó con un brusco impulso, y a punto estuvo de derribar la bandeja y el café auténtico que no había bebido.

—¿Ya se va, mi general?

Doff miró seriamente a la portera.

—¿Ha contado ya esta historia a alguien aparte de a mí?

—No. Ni siquiera al padre. Tenía demasiado miedo del alemán, que volvía una y otra vez.

—¿Sabe usted guardar un secreto?

—Sí.

—Entonces no hable a nadie de esto. Nunca, a nadie. Olvídese de esta historia, llévesela a la tumba... Es secreto de Estado, secreto mundial.

Ella intentó protestar en vano; Doff adoptó un tono autoritario y amenazador, y articuló lentamente:

—Debe guardar el secreto. Si no, ¡la haré fusilar por alta traición!

Ella abrió los ojos como platos, horrorizada.

—¡Pum! —gritó Doff imitando la ejecución, los dedos en forma de pistola—. ¡Pum! ¡Pum!

Ella se sobresaltó con cada detonación. El alemán le había hablado igual, un año antes. Decididamente, los militares eran unos tipos asquerosos.

Stanislas bajó las escaleras y salió del edificio. Sobre la acera, Doff fumaba un cigarrillo mientras le esperaba. Se miraron y suspiraron a la vez.

—Ya está —dijo Stanislas.

—Ya está —respondió Doff.

Silencio.

—¿Cómo se ha tomado la noticia?

—Lo aguantará...

Doff asintió con la cabeza.

—Sabes, Stan, creo que voy a cerrar el caso... Ya está dicho todo, no necesitamos volver por aquí. Es culpa del destino.

—Sí, sí, cerrar el caso. Culpa del destino. Nada que añadir, y no volver por aquí. Maldita guerra...

—Maldita guerra.

Dieron unos pasos en dirección al Sena.

—Vaya con Palo. Un auténtico héroe, ¿verdad? —añadió Stanislas.

—Claro, un héroe.

No volvieron directo al hotel. Necesitaban tomar un trago.

66.

Eran casi las tres de la tarde cuando Laura llamó a la puerta del piso.

¿Por qué Stanislas y Doff no habían regresado al hotel? Se habían marchado sobre las once y media, y había estado esperándolos tres horas en su habitación, de la que no había salido desde la noche del día anterior. Estaba inquieta, no podía seguir esperando, había decidido ir a la Rue du Bac. Había metido a Philippe en su cochecito y había llegado hasta la casa del padre.

Él abrió. Pensaba que era Stanislas que volvía. Ya no conseguía contener los sollozos de dolor, pero a pesar de eso abrió.

Al ver al hombre llorando, Laura comprendió que Stanislas y Doff le habían dado la noticia. Y entonces, ¿por qué no habían vuelto al hotel inmediatamente?

—Buenas tardes, señor. Soy Laura... No sé si Stanislas le ha hablado de mí.

Él sonrió tristemente y asintió. Laura. También había venido. ¿Desde Londres? ¿Tan pronto? Qué importaba. La encontró espléndida.

—Así que usted es el padre de Paul-Émile... —murmuró con los ojos llenos de lágrimas—. Me habló tanto de usted.

Él volvió a sonreír.

—Mi querida Laura... Es usted más hermosa de lo que hubiese podido imaginar.

En un impulso repentino, se abrazaron, los tres.

—¿Es mi nieto?

—Se llama Philippe. Philippe... Como usted. Es guapo, ¿verdad?

—Magnífico.

Se instalaron en el salón, y se miraron en silencio, llenos de tristeza. Después, a petición del padre, Laura empezó a contar cosas de Palo, como había hecho Stanislas. Contó lo mucho que Philippe se parecía a Palo, y el abuelo le dio la razón. Y mientras la madre hablaba, Philippe, en sus brazos, reía y entablaba balbuceando una larga conversación con el mundo.

El abuelo miraba a la joven y al niño, a uno y a otro, sin cesar. Eran la familia de su hijo, su descendencia. La perpetuación de su apellido. Sus lágrimas seguían cayendo.

Hablaron durante casi dos horas. A las cinco, el padre, agotado, propuso a Laura que volviese al día siguiente.

—Ha sido un día difícil —dijo—, necesito algo de soledad, ¿lo entiende?

—Por supuesto. Me siento tan feliz de haberle conocido por fin...

—Yo también. Vuelva mañana a primera hora. Tenemos todavía tanto que contarnos...

—Mañana. A primera hora.

—¿Le gustan a usted los pasteles? —preguntó el padre—. Podría comprar un pastel para mañana.

—Un pastel —respondió Laura—. Es una idea excelente. Lo comeremos juntos, y seguiremos hablando.

Se abrazaron, él besó a su nieto. Y ella se marchó.

En la calle, sintió ganas de caminar. Caminar le sentaría bien. Al día siguiente invitaría al padre a ir a la mansión de Sussex. Quizás querría pronunciar un pequeño discurso. Quizás podría quedarse en Londres un tiempo. Por Philippe. Sonrió. El futuro les aguardaba.

Gordo salió del hotel Cecil, donde el SOE tenía sus oficinas en Francia. Siguiendo el consejo de un oficial con el que se había cruzado por casualidad delante del Lutetia, donde había permanecido mucho tiempo después de la marcha de Saskia, se había presentado allí para regularizar su situación, sin saber ya si era agente inglés o ciudadano francés.

En el Cecil le habían hecho pasar una entrevista seca y sin protocolo. Le habían explicado que la Sección F estaba desmantelada pero que podía unirse a las filas del ejército francés si lo deseaba, con idéntica graduación a la obtenida en el seno del SOE: teniente.

—No, gracias —declinó Gordo—. Ya no quiero más guerra, ni nada.

El entrevistador se encogió de hombros. Le hizo esperar un momento y después le entregó un certificado que dejaba entender que había tomado parte importante en la guerra. Eso era todo. Ni redoble de tambores, ni saludo militar, ni siquiera un papel que firmar. Nada. Adiós y gracias. Gordo sonrió y no perdió más tiempo allí. El SOE se extinguía de la misma forma que se había puesto en marcha: había sido la mayor improvisación de toda la historia de la guerra.

El gigante deambulaba al azar por las calles. Miraba su diploma con orgullo, acercándolo y alejándolo de los ojos para contemplarlo mejor. Se lo enviaría a sus padres. La guerra había terminado, para él, para sus compañeros. Para la Sección F. Una página de su historia que pasaba definitivamente. ¿Qué iba a ser de ellos?

Siguió caminando, no importaba adónde. Sin darse cuenta, puso rumbo a la Rue du Bac; estaba haciendo, en sentido inverso, el trayecto que Palo había seguido una mañana de septiembre de 1941 para dejar París y tomar los senderos de la guerra. Fue entonces cuando la vio, empujando el cochecito de Philippe. Laura. Ella le sonreía, había reconocido de lejos la inmensa silueta. ¡Qué sorpresa! Qué extraordinaria sorpresa ese reencuentro, allí y entonces. Ella sonreía, más hermosa que nunca. Ella y su hijo sin padre encontrando a Gordo, allí. Pensaron en el destino, quizás en la suerte, pero la realidad es que el mundo es demasiado pequeño para jurar no volver a verse. Solo se pierden de vista aquellos que realmente lo desean.

Gordo se precipitó hacia Laura y la abrazó con todas sus fuerzas.

—¡Tenía tanto miedo de no volver a encontrarte! —exclamó la joven.

Había sentido miedo por él; Gordo cerró los ojos de felicidad y, discretamente, puso la mano sobre la cabeza del bebé.

—¿Qué haces en París? —preguntó el gigante.

—He venido a ver al padre de Palo. Stanislas y Doff han venido también conmigo.

Se sonrieron.

—Vuelve a Londres con nosotros —le dijo Laura—. Vuelve a Londres, ¿quieres?

—Sí.

—Todo el mundo está esperándote allí. Queremos ir a la mansión de mis abuelos. Unos días. Para recordar a Palo y a los muertos.

—¿Todos juntos?

—Todos juntos. Como durante las escuelas. Pero ya no tendremos que levantarnos al amanecer. Ya no sufriremos. Hemos ganado la guerra.

Philippe, en su cochecito, se agitó.

—¿Quieres cogerlo? —propuso Laura.

—Me gustaría tanto.

Puso al niño en brazos de Gordo, que le estrechó con delicadeza contra él. El niño posó sus minúsculas manos sobre las enormes mejillas del que se convertiría un poco en su padre.

¿Qué iba a ser de ellos? No tenía importancia. Volverían los demonios, lo sabían. Porque la humanidad olvida fácilmente. Para recordar, construye monumentos y estatuas, confía su memoria a las piedras. Las piedras no olvidan nunca, aunque como nadie las escucha, los demonios vuelven. Pero siempre quedarán Hombres en alguna parte.

—¿Qué será de nosotros? —preguntó Gordo.

—No tiene importancia —respondió Laura.

Le cogió de la mano libre.

—He encontrado una novia —anunció Gordo con orgullo.

Ella sonrió.

—Eres el mejor Hombre del mundo.

Él enrojeció.

—Se llama Saskia... También es un nombre de guerra. Hoy me ha dicho que me quería...

—¡Yo también te quiero!

Le besó en la mejilla. Un largo y profundo beso como Gordo no había recibido nunca. Suspiró de felicidad: le amaban.

—Quizás Saskia y yo tengamos hijos —dijo.

—Te lo deseo.

De camino al Sena, se estrecharon el uno contra el otro. Soñaron con el futuro mirando al río. Los que ya no querían amar seguían amando al fin, y los que querían ser amados seguramente lo serían. Se puede amar varias veces, de forma diferente.

En aquel mismo instante, en la Rue du Bac, el padre estaba tumbado en la cama de su hijo, abrazado a su maleta. No volvería a despertarse; había llorado sus últimas lágrimas, estaba vencido por el dolor. Ya no había hijo, ya no habría más cartas. Y cerró los ojos para morir.

Había sido un bonito día. Uno de esos días durante los cuales, sin razón particular, era fácil vivir.

Epílogo

Diciembre de 1955. Todos reunidos en la mansión de Sussex.

Había pasado el tiempo; la guerra había terminado en mayo de 1945. El SOE se había disuelto por completo en enero de 1946.

Frente a la fuente, recordaban. El tiempo pasaba y lo borraba todo; a la larga, se hacía difícil recordar cada detalle. Así que, para no olvidar, se reunían todos, año tras año, en la misma fecha, en el mismo sitio. Y recordaban a Palo, Faron, Aimé y a todos los muertos de la guerra.

Estaban en el salón, allí con sus familias. A cubierto tras la cristalera, unos niños jugaban alegremente.

Claude se había convertido en jefe de gabinete del Quai d'Orsay* y se había prometido. A veces, cuando tenía tiempo, creía en Dios.

Key no había vuelto a Francia. Había pasado a formar parte del Servicio de Inteligencia Secreto británico. Se había casado, tenía dos hijos. Su mayor preocupación en ese momento eran los comunistas.

Adolf *Doff* Stein se había casado también, era padre de tres hermosos niños, y dirigía una importante empresa textil con sede en Londres. Había guardado el secreto.

Stanislas tampoco había hablado, no hablaría nunca. Durante los primeros años de la posguerra, había retomado su actividad de abogado, para después retirarse definitivamente. Pensaba que se lo había ganado con creces. A escon-

---

* Ministerio francés de Asuntos Exteriores. *(N. del T.)*

didas, repartía chocolate a los niños, encantados, y todos le llamaban *Abuelo*.

Laura entró en el salón con una bandeja de bebidas y pasteles. Tenía treinta y cinco años. Desde Palo no había conocido a nadie; seguía tan guapa y resplandeciente como siempre. Un día conocería a alguien, tendría otros hijos. Aún le aguardaba una larga vida.

Sentado en el suelo, Gordo se reía y bromeaba con los niños. Eran todos sus hijos. Saskia nunca había ido a Londres; a veces soñaba con ella. Desde la posguerra, trabajaba de camarero en un restaurante francés de Londres. Muchas veces metía el dedo en los platos. Discretamente.

Entre los niños que reían, estaba Philippe. Era un niño guapo, bueno, alegre, inteligente, fiel. Nadie se lo decía, por pudor, pero era el vivo retrato de su padre.

Mientras comían unos trozos de pastel, Gordo cogió a Philippe de la mano y se lo llevó fuera. En Londres iba a menudo a buscarlo al colegio. No pasaba un día sin que se vieran.

Caminaron hasta la fuente. Acariciaron el granito. Después dieron algunos pasos hacia el gran estanque. En el cielo, los últimos pájaros emprendían el vuelo antes del anochecer.

—¿Ahora que ya tengo once años, qué debo saber de la vida? —preguntó Philippe.

Gordo reflexionó un instante.

—Tienes que ser bueno con los zorros. Si ves alguno, dale pan. Es importante. Los zorros suelen tener hambre.

El chico asintió con la cabeza.

—¿Qué más?

—Sé un buen chico.

—Sí.

—Sé bueno con tu madre. Y sobre todo ayúdala. Tu madre es una mujer formidable.

—Sí.

Silencio.

—Me hubiera gustado que fueses mi padre —dijo el niño.

—¡No digas eso!

—Es cierto.

—¡No digas eso, que lloro!

—Papá...

—¡No me llames así!

—Papá, ¿un día habrá guerra de nuevo?

—Seguramente.

—Pero, entonces, ¿qué deberé hacer?

—Lo que te diga el corazón.

—¿Y qué te dijo el corazón durante la guerra?

—Que fuese valiente. El valor no es no tener miedo: es tener miedo y a pesar de ello resistir.

—Pero, todos vosotros, ¿qué hicisteis durante esos años? Esos años de los que no se debe hablar...

Gordo sonrió, sin responder.

—No me lo dirás nunca, ¿verdad? —suspiró el niño.

—Nunca.

—Quizás alguien lo escriba en un libro. Entonces lo sabré.

—No.

—¿Por qué? ¡Me gustan los libros!

—Los que estaban allí no lo escribirán...

—¿Y los demás?

—Los demás tampoco. No se puede escribir sobre lo que no se ha vivido.

Gordo le cogió de la mano. Contemplaron el mundo. El gigante rebuscó entonces en su bolsillo y sacó una bolsa de caramelos. Se la dio al único hijo que tendría nunca. El niño comenzó a comer, mientras Gordo le daba una palmadita en la cabeza con sus manos regordetas, torpes, casi como si tocara el tamtan. Había empezado a llover. Llovía, pero las gotas no los alcanzaban.

—¿Tú también morirás? —preguntó el hijo.

—Un día. Pero dentro de mucho.

El chico suspiró aliviado: ese mucho le parecía muchísimo. Se pegó contra Gordo, y le abrazó con fuerza. Él era su hijo. Y Gordo aprovechó la lluvia para llorar un poco. En secreto. Hubiese querido hablar más, decirle cuánto le quería, pero permaneció en silencio. El tiempo de las palabras había terminado.

Sobre el autor

Joël Dicker nació en Suiza en 1985. Ha escrito seis novelas de las que ha publicado solo dos. La primera, *Los últimos días de nuestros padres,* resultó ganadora en 2010 del Premio de los Escritores Ginebrinos. Su segunda novela publicada, la aclamada *La verdad sobre el caso Harry Quebert* (Alfaguara, 2013), ha sido galardonada con el Premio Goncourt des Lycéens, el Gran Premio de Novela de la Academia Francesa, el Premio Lire a la mejor novela en lengua francesa, y, en España, ha sido elegida Mejor Libro del Año según los lectores de *El País* y ha merecido el Premio Qué Leer al mejor libro traducido y el XX Premio San Clemente otorgado por los alumnos de bachillerato de varios institutos de Galicia. Traducida con gran éxito a treinta y tres idiomas, se ha convertido en el último fenómeno literario global.

www.joeldicker.com
www.facebook.com/joeldickeralfaguara

Esta obra se terminó de imprimir en diciembre de 2014
en los talleres de Litográfica Ingramex, S.A. de C.V.
Centeno 162-1, Col. Granjas Esmeralda,
C.P. 09810, México, D.F.